漫漫世界拥抱你

（上册）

代琮

著

重庆出版集团 重庆出版社

图书在版编目(CIP)数据

漫漫世界拥抱你/代琮著. —重庆:重庆出版社, 2023.12

ISBN 978-7-229-17939-7

Ⅰ.①漫… Ⅱ.①代… Ⅲ.①长篇小说—中国—当代 Ⅳ.①I247.5

中国国家版本馆CIP数据核字(2023)第170392号

漫漫世界拥抱你
MANMAN SHIJIE YONGBAO NI
代 琮 著

责任编辑:钟丽娟
责任校对:杨 婧
装帧设计:徐 图

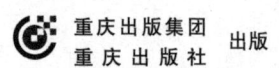

重庆出版集团
重庆出版社 出版

重庆市南岸区南滨路162号1幢 邮政编码:400061 http://www.cqph.com
重庆出版社艺术设计有限公司制版
重庆市国丰印务有限责任公司印刷
重庆出版集团图书发行有限公司发行
E-MAIL:fxchu@cqph.com 邮购电话:023-61520646
全国新华书店经销

开本:890mm×1240mm 1/32 印张:23.875 字数:680千
2023年12月第1版 2023年12月第1次印刷
ISBN 978-7-229-17939-7
定价:108.00元(上下册)

如有印装质量问题,请向本集团图书发行公司调换:023-61520678

版权所有 侵权必究

目录
Contents

第一章	为了两倍的年薪	/ 1
第二章	沈默选择不再沉默	/ 11
第三章	世界上只有两种人	/ 22
第四章	我不是你想的那种人	/ 31
第五章	就一直装不知道好了	/ 42
第六章	频繁骚扰职场男青年	/ 56
第七章	给你配个男朋友	/ 69
第八章	爸爸妈妈要来北京	/ 84
第九章	现在的"渣男"这么多	/ 101
第十章	怎么敢这样对我说话	/ 128
第十一章	你谈过几次恋爱	/ 143
第十二章	上演一出无间道	/ 153
第十三章	言副总的另一副模样	/ 168
第十四章	我的心事都写在脸上	/ 179
第十五章	言氏兄妹的家教很成问题	/ 208
第十六章	你是不是喜欢上沈默了	/ 221
第十七章	不要被他们的外表迷惑	/ 272
第十八章	敬一第一高手	/ 284
第十九章	这女婿我很满意	/ 297
第二十章	到底谁才是亲生的	/ 311
第二十一章	最生猛的女人	/ 328
第二十二章	他就是想为她做点事	/ 345
第二十三章	冤家路窄	/ 361
第二十四章	不会是想泡我吧	/ 376

第一章　为了两倍的年薪

走进敬一公司的一楼大厅，沈默下意识地挺直了背脊，在心里给自己打气。

这已经是这个月她面试的第十份工作了，她这次一定要好好表现。

叮——电梯门开了。

身后蜂拥的公司职员们往里挤着，沈默礼貌地退到一边。

等到大家都进去了，沈默刚踏进去站稳，刺耳的铃声响起。

"超载了！"

"谁最后进来的，麻烦出去！"

"是呀，赶紧出去等下一趟，不要耽误大家的时间！"

身边有个微胖的中年女士扶扶眼镜，瞟着沈默："你是最后一个进来的吧？超载了你没听见吗？现在的年轻人，真是太不自觉了。"

沈默咬了下唇，还是抱着简历走出电梯。

看着电梯门缓缓关上，沈默只好走楼梯，推开安全门，看着打扫得一尘不染的楼道，她脱下高跟鞋拿在手里，碎碎念着："不过就十二楼，沈默，你能行的，权当减肥了！"

一边往上走一边默念着昨天晚上熬夜在网上查到的关于敬一公司的资料，倒也不觉得累。

看到墙上贴着八楼的标记，沈默一脚踏着一级台阶松了口气，还有四层就到了，得先到卫生间补个妆，不然这满脸的汗，让面试官看了像什么样子！

站在楼梯缓台上，她拿出纸巾轻拭脸颊，突然听到有女孩的哭声。

沈默一愣，下意识地想藏起来，转身下了几级台阶，就听见安全门开关的声音。

"阿辰，为什么会是这样？为什么要分手啊？是我有什么不好吗？"

然后便是一个男人清冷的声音，透着无情："你没什么不好。"

"那到底是为什么呀？你告诉我，我哪里做错了，我可以改，我真的可以改！为了这份感情，我现在把工作都辞了，每天忙着学油画，学钢琴，健身，练瑜伽……可以说想尽办法地让自己变得更好，只要不分手，让我做什么都行。阿辰，求求你告诉我，怎么才能不分手啊？分了手我可怎么活啊……"

那男人没说话，然后沈默听到手机提示音。

"转了二十万给你，算是你这半年的精神损失费，拿着钱该干吗干吗去，以后别再来公司烦我。"

女孩半天没说话，想必是在看手机，抽泣的声音也小了许多。

然后她喃喃地说："二十万……在你眼里，我就值二十万？"

男人冷嗤道："你以为你值多少？我真的很讨厌你现在这副样子，赶紧滚吧，我现在忙得很，没工夫听你在这寻死觅活。"

女孩似乎是被伤透了，呜咽道："言辰！你太冷血了，怪不得外面都传你心理变态！"

紧接着便是高跟鞋的哒哒声，由近及远，然后安全门开关了两下，想必男女主角已经离场。

沈默站直身子，恨恨地说："现在的'渣男'真是太多了，这都什么人哪！"

"是谁在那儿！"

沈默吓了一跳，原来那男人没走啊。

她转身想下楼，想想自己爬了半天好不容易才到八楼，而且她也没做错事，为什么要躲？要说有错，也是这辜负美女的"渣男"错得离谱。

男人已经走到楼梯口，居高临下看着她："你是谁？你在这儿干什么？"

2

"你管我！"沈默索性瞪着那男人，理直气壮地经过他身边，继续往上走。

那男人并没有再继续追问或是跟着她，只是用审视的目光看她，直到她转过缓台上到九楼。

站在十二楼的卫生间里，重新穿上高跟鞋的沈默站在镜子前补妆，她的眼前不自觉地浮现出刚才那个男人的身影。

经过他身边时，沈默闻到很好闻的须后水味，淡淡的还透着冷冽。

余光瞥见他的脸，深锁的浓眉下是一双锐利的眼睛，眼神很冷，一副生人勿近的样子；高挺的鼻梁下薄唇紧抿，脸颊上的线条绷得笔直，下巴的弧度很好看，整张脸让人印象深刻。

"嗯，长得还挺帅的。"沈默对着镜子里的自己自言自语，涂了唇釉后抿下唇，又加了一句，"可惜是个'渣男'。"

补好妆从卫生间出来，来到面试的办公室门口，刚好叫到沈默的名字。

走进面试间，沈默朝面试官鞠了个躬，然后坐下来。

坐在中间的面试官扶了扶眼镜，看着手里的资料说："你是来应聘人力资源管理部门总监的？可是你的简历里并没有这方面的工作经验。"

沈默微笑着回答："我的专业就是人力资源管理，研究生毕业后也带过自己的团队……"

面试官打断她："那你的团队现在在哪里？"

沈默语塞："团队现在解散了。"

"那你就是没有成功喽？一个失败的CHO，来敬一应聘年薪三十万的总监职位……对不起，你的面试没通过。"

面试官啪地合上资料，一脸严肃地看着沈默，坐在他旁边的中年女士在桌面上轻敲了两下，对面试官耳语了两句。

沈默坐着没动，她在思考，要不要再据理力争一下，这么大的公司，凭什么光看简历不看实力呀？我沈默虽然创业失败了，可好歹也带过八九个人的团队，怎么能说没有一点经验呢？

那面试官倒也没有赶沈默走，而是看着她又开口问："CHO的职位你不适合，不过公司现在另外一个职位有空缺，而且薪水比CHO要高，你愿意试一试吗？"

沈默一听，高兴地问："请问是什么职位？"

"我们公司总经理的生活助理因为怀孕休假了，现在需要重新招聘一位，你愿意做吗？"

沈默问："生活助理？那是做什么的？"

"就是照顾薛总的衣食住行，需要二十四小时待命，当然，薪水也是CHO的两倍。"

这……这不就是高级保姆吗？我一个研究生，竟沦落到看人脸色伺候人的地步了吗？

沈默心头一阵悲凉。

面试官似乎看出她的心理变化，竟然伸出手指比了个V的姿势，然后说："两倍……六十万哦。"

两倍！六十万！

咬咬牙，干一年就能把创业被人骗走的那五十万给挣回来，那可是父母辛苦一辈子从牙缝里省下的钱。

沈默咬了咬牙说："行，我做。"

面试官跟中年女士对视一眼，显然没料到沈默答应得这么爽快。

"咳，沈小姐，那你的初试就算结束了。"

沈默诧异地问："初试？那下次面试是什么时候？"

中年女士站起来沉声道："就现在，请沈小姐跟我去总经理办公室，下面由薛总经理亲自面试你。"

沈默赶紧站起来，又朝在座的几位鞠了一躬，这才跟着中年女士走出去。

站在电梯里，沈默下意识地拉拉衣角理理头发，中年女士友善地说："不用紧张，薛总很好相处的。"

沈默礼貌地问:"请问您怎么称呼?"

"我姓徐,是人事部经理,你以后叫我徐经理就可以了。"

沈默立刻恭敬地叫了声徐经理,徐经理面带微笑回应:"别客气,以后你就是总经理身边的人了,咱们以后互相关照。"

沈默皱了下眉,徐经理这话是不是别有深意?

一旦沈默成为总经理身边的生活助理,也就是整个敬一集团跟他走得最近的人了。总经理身边的人,说话办事任何下级都要给几分薄面吧。

所以现在徐经理想跟沈默搞好关系,以后万一她有事,沈默总要帮衬一二的。

沈默笑了下:"徐经理也别客气,我初来乍到什么都不懂,还需要您多多提携。请问做薛总的生活助理有什么需要注意的吗?"

"其实也没什么,只要二十四小时开机,保证随传随到就可以了。对了,你会开车吗?"

沈默说:"会的,大学时就拿了驾照。"

"嗯,那就好,以后薛总出门应酬喝多了的话,可能需要你来开车送他回家。"

沈默诧异道:"还要陪着出门应酬?"

"那是自然,这是生活助理必须做的呀。"徐经理看了沈默一眼,继而笑着说,"看样子你酒量应该不错。"

沈默哑然,看来这年薪六十万不是那么好赚的。

叮——电梯到了顶层,门缓缓打开,徐经理跟沈默一前一后走出来。

站在总经理办公室的门口,徐经理轻敲两下门,里面传出浑厚的男声:"进来。"

推开门,沈默先看见一张偌大的红木办公桌,敬一集团总经理薛山坐在那儿,抬头望着她,一双眼睛透着精明和世故。

徐经理介绍道:"薛总,这是人事部为您新招聘的生活助理。"

薛山四十二岁,正是男人成熟稳重的年纪,虽然不算英俊,却生得高大魁梧,再加上身居高位多年,自有一番气势。

沈默鞠了一躬,礼貌地做自我介绍:"薛总您好,我叫沈默,沉默的默。今年26岁,研究生学历,我……"

"嗯?"薛山挑了下眉,打断沈默的话,"你是研究生学历啊?那怎么来应聘做生活助理了啊?你的专业是什么?"

沈默回答:"我的专业是人力资源管理。"

"哦?"薛山靠在椅背上,两手交叉,饶有兴趣地看着她。

沈默接着道:"我原本是来应聘CHO的,可是面试官说我不适合这个职位。然后他告诉我,薛总在招生活助理,年薪是CHO的两倍。"

"原来你是为了这两倍的年薪?"薛山站起身,从办公桌后面走出来。

徐经理见薛山表情严肃,不由得为沈默捏了一把汗,这小姑娘可真够直接的,为了六十万年薪这种话,怎么能当着老总的面说?

看老总的表情,这份工作这小姑娘怕是得不着了,自己跟她非亲非故,也没必要帮她打圆场。

就听沈默说:"是的,薛总,我研究生毕业后自己创业,拿着父母给我的五十万开了家公司,结果创业失败。所以我想找份高薪的工作,把父母的五十万还上,毕竟这是他们存了一辈子的血汗钱。"

薛山两手背在身后,淡淡地说:"嗯,还挺有孝心的。"

徐经理觉得薛山口气不悦,唯恐波及自己身上,立刻道:"薛总,没别的事我先下去了,CHO的面试还没结束。"

薛山扫她一眼:"嗯,你去吧。"

徐经理快步走出去带上门,薛山走回办公桌后坐下:"你对生活助理这个职位有了解吗?"

沈默想了下:"生活助理应该就是照顾领导的衣食住行,二十四小时待命随传随到。"

薛山身子后靠,看着她问:"还有呢?"

沈默愣了下："没……没有了吧，老实说薛总，我是第一次听说还有这个职位，所以我也不太清楚到底要做什么，不过我可以学，我这个人学习能力很强的。"

她这么说着，心里却越来越没底，薛山一直不苟言笑，看样子是觉得她不合格。

这个月的第十份工作又泡汤了，沈默有些沮丧，也不知道她一块儿投简历的其他几家公司会不会传来好消息。

薛山没再说什么，拿出钢笔在便笺纸上一边书写着，一边说道："我这个人，生活习惯很单一，早上八点从家里出发到公司，中午在公司吃工作餐，然后休息一小时，下午五点半下班，一般没有应酬的话，我就直接回家了。不过如果有突发事件，你还是要随传随到。另外，我会在我家给你准备一个房间，有时候你可能会需要留宿。"

"薛总，我这是被录用了吗？"沈默很意外，想一想又说，"如果可以的话，能不在您家留宿吗？我，我可以在您家附近租房住，我保证随传随到。"

薛山看着她说："第一，你是被录用了，但是试用期一个月，如果我有任何不满意，可以随时开除你；第二，我家里还有太太和保姆，如无必要的话，你当然可以不留宿，但是如果确实需要留宿，你也大可放心。"

沈默有点尴尬："薛总，我不是那个意思，我只是觉得出入您家不太妥当，毕竟我只是您的职员。"

薛山不做回答，把便笺纸撕下来："这是我前助理的手机号码，如果有什么不懂的地方，你可以请教她。"

见薛山不再继续留宿与否的话题，沈默也不好再纠结。她心想，只要自己在工作时间把事情做完，避免留宿的机会发生就是了。

沈默走过去双手接住便笺纸，小心折好放进口袋，"谢谢薛总"。

薛山点点头："那就这样……"

外面响起敲门声，打断了薛山下面的话，他微皱了下眉，冷声道："进来。"

沈默退到一旁，看见门打开，一个男人拿着文件大步走进来。

沈默看向那个男人，意外地认出，这不是楼梯间里那个男人吗？他怎么会在这儿？而且能够直接进入总经理的办公室，看来职位不低。

那男人的视线只在她身上停留了一瞬，走过去把文件放在办公桌上："薛总，企划部那边说，这个AI的Case您驳回了？"

薛山靠着椅背，余光瞥了眼那份文件，"嗯"了一声道："言副总有什么意见吗？"

他的口气倨傲冷漠，完全不同于刚才跟沈默说话时的样子。

那位言副总冷声问："这Case是我的团队辛苦了三个月的成果，从实地考察到项目策划，我们都有很精确的数据统计，请问薛总驳回的理由是什么？"

"公司目前资金不足，你的AI相关的企划案是很好，但是周期过长，公司很难在短期内看到收益，这对公司资金的周转不利，所以我和集团的领导们一致决定，暂停你这个企划的开发。"

言副总紧抿着唇，侧脸的线条绷得笔直，沈默站在一边，只感觉他周遭的空气都被冻住了一般。

两个男人一个站着一个坐着，就这样冷冷地对视着，就连沈默都尴尬得想要跳起来逃走。

最终言副总慢慢拿起桌上的文件："明白了，多谢薛总指正我们的不足。我出去了。"

薛山没说话，看着言副总走出去关上门，他"哼"了一声，拿起茶杯喝水。

晃了晃杯子，薛山微皱眉头，沈默赶紧走过去双手接过杯子，走到饮水机旁接水。

看看杯子里是白水，沈默就接了一半温的一半凉的，回到薛山身边。

薛山接过杯子，沾唇试了试温度，浅笑着说道："你还挺细心的。"

沈默笑着说："薛总过奖了。"

薛山喝了口水，把杯子放下："我以前喜欢喝茶，还得是滚烫的那种，后来夫人骂了我几句，说那样喝对身体不好，就逼着我把茶水给戒了，只给喝白开水。"

沈默笑着附和："薛太太也是为您好。"

"我明白，就是有点太烦人。"薛山笑了笑，接着说道："刚才那位，是敬一的副总，名叫言辰，年轻有为，就是人太傲太冷，有点自以为是。"

原来那男人是副总，那不就是敬一的第二把交椅？

沈默不由得有点担心，怎么办？刚进公司第一天，自己好像就把副总给得罪了，当着他的面说他的不是。

哎呀，他以后会不会伺机报复呀？

"沈默？"

沈默盯着门口出神，直到薛山的声音把她的思绪拉回，她赶忙恭敬地说："薛总需要我做什么？"

薛山颇有深意地问："你认识言辰？"

"啊？不，我不认识他。"

薛山没再追问，而是拿起座机上的话筒说道："你现在就去人事部报到吧，我会给他们打电话，让他们给你安排一个工位。"

沈默点点头："好的，薛总，那我出去了。"

薛山摆摆手，沈默退出办公室带上门。踏进电梯后她拍拍胸口，感觉好像是在做梦一样。

不过目前看来，一切都进行得不错，薛总看起来挺友善也挺好相处的。

徐经理人虽然自私点，可是在这样的大企业里自保是每个人的基本技能，所以她刚才丢下沈默也可以理解。

至于那个副总言辰，虽然自己刚进公司就跟他有一场小小的冲突，不过他应该不会计较吧？

嗯，接下来的这个月一定要好好表现，到了明年这个时候，就可以把父母的五十万还上，还能再额外多给他们十万块。

一想到父母的笑脸，沈默不由得开心起来。

叮——电梯门开了，沈默什么也没想就走出去，一头撞在某人身上。

"你在这儿干什么？"是个冷漠的男声，还带着不耐烦。

沈默抬头，瞬间一惊："渣……渣男！"

言辰皱紧眉头问道："你说什么？"

"欸，没什么。言副总好，我是要去人事部的。"

言辰冷冷看着她说："人事部在十楼，这是十二楼。"

沈默这才想起来，自己进入电梯一直在胡思乱想，随便按了一下也没看楼层。

"对不起对不起。"沈默红着脸道歉，赶紧转身走回电梯。

电梯门缓缓合上的空当，言辰一直皱眉盯着她，沈默不停按着数字键，觉得尴尬得要死。

"言总？那是谁呀？"方若雨抱着一叠文件走过来，刚好看见沈默纤巧的背影。

她是言辰的秘书，工作能力强，很受言辰的重视，再加上是个美人坯子，就有些恃宠而骄，敌视一切出现在言辰身边的女人。

"不认识。"言辰走向会议室，"资料都准备齐了吧，我们马上开会，今天把企划案修改出来。"

"好的，言总，可是薛总不同意这个方案，我们还要继续下去吗？"方若雨小心翼翼地问。

"嗯，这个方案虽然前期投资大，可是对敬一的长远发展有很大的促进，我会直接呈报给董事会，让他们来决议。"

方若雨用崇敬的目光看着言辰："言总，您放心，我们团队一定支持您，陪您走到底。"

第二章　沈默选择不再沉默

沈默来到十楼人事部时，徐经理已经给她安排好了工位。

"你先在这里将就一下，薛总说等下个月会给你安排一间独立的办公室。"徐经理带着她来到工位，笑着解释道。

沈默点点头："谢谢徐经理，这里已经很好了。"

"嗯，那你先熟悉一下，我去忙了。"徐经理说完，转身走回自己办公室。

沈默对面坐着一个女孩，等徐经理走了，她才站起来，怯生生朝沈默伸出手："你好，我叫林倩倩，是人事部的实习员工。"

沈默握住她的手，微笑着说："你好，我叫沈默，今天第一天上班，请多多指教。"

林倩倩羞涩一笑："别客气，大家互相帮助。"

这时有个戴眼镜的微胖男人走过来，把一叠文件摔在林倩倩面前："林倩倩，你故意整我是不是？昨天叫你把这些东西整理完再走，你怎么搞的？害我刚才被徐经理骂！"

林倩倩缩着肩膀，小声辩解道："吴主任，我昨天整理到十二点，实在是熬不住了才回家的，而且我给您发了微信，您也是同意了的啊！"

吴主任愣了下："你什么时候给我发的微信，我怎么不知道？我也没同意，你别在这里胡说八道。"

林倩倩快要哭出来了："我真给您发过微信，不信您现在拿出手机看看。"

吴主任瞪圆眼睛："你还敢狡辩？"

"这些工作本来就不是我的，我自己那部分已经完成了。吴主任，我拜托你，下次能不能……"

沈默一直在旁边听着，皱紧了眉头，她的手攥成了拳头，有点按捺不住自己的情绪。

只听吴主任怒道:"林倩倩,你是公司的实习生,领导安排你做什么你就得做什么,你还敢说这些工作不是你的?我这个主任你来当好不好?"

"我……我不是这个意思。"林倩倩红着眼圈,求助似的看向其他同事。

所有人都埋头在自己的工位上,没有一个人肯站出来帮林倩倩说句话。

徐经理听到这边的吵闹声,从办公室走出来呵斥道:"什么事这么吵?要吵回家吵,这是办公室,不是菜市场!"

吴主任恶人先告状地说道:"徐经理,我分配给林倩倩的活儿,她昨天没做完不说,今天说她两句,她居然还敢狡辩。"

林倩倩摇着手辩解道:"不是的,徐经理,不是这样的。我没有,我真的没有啊。"

她家境贫寒,可是学习成绩优异,后来考上了外地的重点大学。父母为了支持她上学去借了外债,她却为了跟男朋友祝贺待在同一所学校,而选择了本市一所普通大学。

两人毕业后,祝贺通过关系进入敬一集团,林倩倩为了追随他,通过自己的实力考入了敬一集团实习,所以为了男朋友也为了前途,她很珍惜在这里工作的机会。

徐经理走过来,看着林倩倩桌上那堆凌乱的文件夹:"怎么这么乱,工作做不好,个人空间也整理不好,不想干就滚蛋,敬一不缺实习生!"

林倩倩的泪水滚滚落下,可她不敢哭出声,哽咽着再次辩解道:"徐经理,真的不是我的错,我真的没有狡辩啊……"

徐经理厌恶地看她一眼,转身往自己办公室走去,然后头也不回地说:"吴主任,给她办离职手续。"

吴主任洋洋得意地回答:"好的,徐经理。"

"慢着!"一直沉默的沈默选择不再沉默,她一声断喝,办公室全体人员朝她看过来。

徐经理诧异地回头望着沈默："沈助理，你想说什么？"

大家心照不宣地想，听说薛总的生活助理怀孕回家待产了，难不成这位就是公司新为薛总招聘的生活助理？

沈默走到林倩倩身边，指了指桌上堆着的文件夹说："徐经理，这些文件夹是刚才吴主任摔在林倩倩工位上的，不是林倩倩自己弄乱的，所以您说她整理不好个人空间是不对的。"

徐经理脸上有点挂不住，瞪着吴主任问道："吴主任，是这样吗？"

"这个，这个……"

吴主任还没来得及说话，沈默朝他伸出手说道："吴主任，林倩倩说她昨天晚上临下班前发过微信告知您，您说她没有，是真是假，把您的手机拿出来一看不就知道了？"

吴主任脸色惨白，昨天晚上他在夜总会某个小姐的怀里喝醉了，醉眼蒙眬下确实收到过好几条微信，他记得有一条是老婆发过来让他回家路上给儿子买奶粉的，他发过去一个OK的表情，难不成是自己看错了？

徐经理听沈默这么说，冷声道："吴主任，林倩倩虽然是实习生，可是你也不能污蔑人家，你把你的手机拿出来，给大家看看。"

吴主任只好拿出手机，双手颤抖着调出微信，递给徐经理。

沈默问林倩倩："你的微信名字和头像是什么？"

林倩倩走到徐经理身边，指着手机给她看："就是这个，阿贺的小天使……"

坐着的同事们低低地发出笑声，林倩倩的脸更红了。

徐经理点击林倩倩的头像，看到上面确实有她昨晚的留言，下面吴主任回复了一个OK的表情。

她冷哼一声，把手机拍在桌子上："吴主任，你能解释一下吗？"

"我，我我我……"吴主任满心怨怼，可此刻被抓个正着，也知道狡辩没用了。

所有人的眼睛齐刷刷盯着吴主任，办公室的气氛沉闷，林倩倩心里忐忑不安，现在误会澄清了，她是可以留下来了，可是以后只怕吴主任更要找她的麻烦了。

徐经理心里挺烦的，这个沈默，刚来就给自己找麻烦，要不是因为她现在是薛总的生活助理，她真想把她和林倩倩一块儿赶出去。

可是眼下这情况僵着也不行，她回头问林倩倩："林倩倩，你有什么想说的？要不让吴主任给你道个歉，这件事就这么算了？"

林倩倩忙不迭地摇头："不用不用，是我的错，我太笨了，吴主任交代的工作我没有按时完成，我昨晚应该给他打电话的，这样他就不会误以为我没有跟他报备了。"

徐经理暗暗吁出一口气："既然当事人都不计较了，那就这样吧。吴主任，把你的东西收拾走，以后自己的工作自己完成，不要强压给下属。"

吴主任怨恨地瞪了沈默一眼，低声回答道："知道了，徐经理，林倩倩，对不起啊，我不该错怪你。"

林倩倩一脸惶恐："没事没事，是我不好。"

徐经理回到自己办公室，吴主任把林倩倩工位上的文件夹收拾好，重新抱走。

一切回归平静，大家开始继续自己的工作，沈默也坐下来打开电脑，听见林倩倩小声说："沈默，谢谢你呀。"

沈默摇头，"不用客气"。

想一想她又道："不过你刚才应该让吴主任给你正式道歉的，这样太便宜他了。"

林倩倩的眼睛哭得有点肿，看着挺可怜的样子，她说："没关系，我只是个实习生，怎么敢让堂堂主任给我道歉。我怕以后他给我小鞋穿。"

"实习生怎么了？他吴主任也是从实习生过来的呀！"沈默觉得林倩倩的想法难以理解，"大家都是在公司工作，还分什么三六九等？"

林倩倩看着她，甜笑道："总之今天谢谢你，你这个朋友我交定了。"

"行，那不如我们加个微信吧？"沈默拿出手机，调出微信二维码递到林倩倩面前，"你扫我吧。"

"好的。"

林倩倩扫了二维码，沈默把手机拿回来，点击她的资料看着说："阿贺的小天使，阿贺是谁？"

"是我的男朋友，他叫祝贺。"提到男朋友，林倩倩一脸甜蜜。

"祝贺，这名字真有意思。"沈默收起手机，拿出薛山给她的电话号码，打算打给他的前助理。

林倩倩一说自己的男朋友就停不下来："他是我见过最优秀的男孩子，现在在公司企划部工作。不过公司不允许同事之间谈恋爱，所以沈默，这是个秘密，你可不要外传哦。"

沈默打着哈哈说道："知道知道，放心吧，我嘴很严的。"

"嗯嗯，今天真是谢谢你，一会儿午休时我请你吃饭。"

说完后两个人各自开始工作，沈默给薛总的前助理打了电话，可是对方的电话一直都是无人接听的状态。

她只好给她发了一则短信，然后打开搜索引擎，输入"总经理生活助理"，打算查一下，这个生活助理具体都要负责什么工作。

一查之下，沈默傻眼了。

"领导生活助理，会开车，能辅导孩子作业及家务。要求：1.针对家庭成员体质进行合理营养膳食搭配，安排厨师准备三餐。2.负责领导及家庭出行安排、协调。3.负责领导着装搭配、衣服整理、家庭物品整理。4.协调及管理保姆、厨师的日常工作。5.完成领导交办的其他事务……"

沈默暗暗咋舌，这份工作看来不是那么好干的，这简直是要德智体美劳全面发展了，还要当司机、辅导员、营养师、策划师、服装造型师……

这简直太不可思议了！

沈默摸着下巴，给自己打气："沈默，你能行的，拿出当年挑灯夜读考研的刻苦劲头，争取这个月交出一份满意的答卷，给薛总，也给自己。"

沈默一边在网上查资料，一边用笔在纸上做着记录，时间过得很快，不知不觉到了中午。

看看屏幕下方的时间跳到十二点，沈默抬起头看看四周，见大家都没有站起来下班的意思。

她小声问林倩倩："十二点不是到了午休时间吗？为什么大家都坐着不动？"

林倩倩看向吴主任的位子，小声回道："嘘……大家都看着吴主任呢，他不下班，大家都不敢下班的。"

沈默皱了下眉，站起来大声道："倩倩，你不是说要请我吃饭吗？餐厅在哪儿，你带我去吧？"

闻言所有人都看向沈默，吴主任一张胖脸皱着，把键盘一推，拿起椅背上的外套走出办公室。

他这一走，办公室里的同事都活跃起来，陆续有人出去，还有几个年轻人来到沈默这里做自我介绍。

"沈助理你好，我是小徐。"

"沈助理，你早上可真勇敢。"

"是呀沈助理，我们平常都不敢违抗吴主任的，他这个人最是心胸狭窄了。"

"嘘，你小声点。"

沈默友好地跟大家打招呼，然后挽着林倩倩的胳膊走出办公室。

两人走进电梯，林倩倩担心地说："沈默，我觉得你今天帮我,以后有可能会被吴主任记恨的,我害了你了。"

沈默豪爽地笑道:"不会的,我又不归他管,我直属薛总领导,而且就算他记恨我我也不怕,我行得正站得直,怕这种小人做什么。倒是你,我觉得你的性格太弱了,拜托,现在可是男女平等的时代,你这样会被那些男人欺负死的。"

林倩倩笑着说:"我从小就胆小,我妈说是属羊的,嘿嘿。"

两人说说笑笑来到一楼餐厅,林倩倩跟沈默介绍说:"敬一是大公司,所以员工福利这块儿做得很好。你可以在这边买餐票吃饭,师傅都是大厨,做菜很干净也很好吃。中午这顿我请你,算是对你的答谢。"

"行!"沈默爽快地答应,"你请我吃饭,我请你喝饮料。"

"好啊,你先去找位子坐。"林倩倩拿出手机,去餐台那边扫码买餐票。

沈默找了个靠窗的位子坐下,又拿出餐巾纸把桌面擦干净,然后拿出手机想着再给薛总的前助理打个电话,一边等着林倩倩过来。

刚拨完号把手机放在耳边,就听有人问道:"你就是薛总新招聘的生活助理?"

沈默抬头,看见一个美艳的女郎站在跟前,长卷发垂在肩头,衬托着白皙的面孔,五官很立体,柳眉下一双大眼睛正瞪着自己,带着几分挑衅的意味。

看着那很不友善的眼神,沈默原本打算给这位美女打一百分的,当下只给了她七十分,她淡笑着说:"是啊,我叫沈默,请问您是?"

方若雨扬一扬下巴,露出修长美丽的脖颈:"我是言总的秘书方若雨。"

不知怎么,方若雨那自傲的模样让沈默想起了公园里的长颈鹿,她忍着笑问:"哦……方秘书你好,请问有何指教?"

方若雨见沈默脸上挂着讥讽的笑容,再想想电梯口言辰恋恋不舍盯着她背影的模样,怒从心头起地说道:"请你以后离言总远一点!"

"啊?"沈默莫名其妙看着她,"方秘书,我不明白你在说什么。"

方若雨柳眉倒竖地说道:"少装蒜,我告诉你,公司里对言总有意思的女同事多了去了,你别以为你是薛总的生活助理就可以……"

这时沈默听到手机里传来一个温柔的女声:"喂?请问找谁?"

沈默皱着眉,朝方若雨挥手:"请安静一点,我要接电话。"

方若雨叉着腰说道:"沈默,你太自以为是了!"

沈默懒得理她,一边跟对方解释着一边往外走:"您好,我是薛总新招聘的生活秘书,是他给我您的电话的。"

"哦哦,您好,薛总已经给我打过电话了,是这样的……"

方若雨气得花容失色,瞪着沈默的背影,气愤地说道:"太嚣张了,真是太嚣张了!"

林倩倩端着餐盘在那儿站着,见方若雨转身看过来,赶紧恭敬地打招呼:"方秘书,你也来餐厅吃饭呀!"

方若雨正有气没处撒,恨恨地瞪了林倩倩一眼,走到她跟前喝道:"走开!"

林倩倩赶紧闪身站在一旁,给方若雨让开道路。

沈默打完电话回来,看见林倩倩托着脸,盯着面前的两个餐盘发呆。

她笑着坐下来说:"你怎么不吃?"

"等你呀。"

沈默拿起筷子,看着饭菜说:"哇,看起来不错哦,你怎么知道我喜欢吃辣椒圈?"

沈默夹着菜送进嘴里,很开心地说:"真的很好吃呢,大公司就是大公司,伙食都比一般公司的好。"

林倩倩却没动筷,一脸担忧地望着她,说:"沈默,你怎么刚进公司就得罪了方若雨？你知不知道她可是我们这种小人物得罪不起的。"

"嗯？我也是刚刚才知道她是谁的，我好像没跟她打过交道啊！"

林倩倩苦着脸说道："那你好好想想，是不是进公司的时候哪里冲撞了她？我跟你说，她可是公司坐第三把交椅的人物，得罪了她，会让你吃不了兜着走的。"

沈默一边大快朵颐一边笑着说："兜着走就兜着走呗，我确实没有得罪她，也许这中间有什么误会，如果有必要的话，下次再见澄清一下不就好了？"

"啧啧，你还不知道吧，方秘书可是言副总的贴身秘书，你想想，薛总是公司老大，言副总就是老二，那言副总的贴身秘书，不就是公司老三咯。"林倩倩掰着指头，"你可真行，刚进公司头一天，就得罪了两位大领导。"

沈默满不在乎地说："哦，你赶紧吃饭吧，一会儿吃完了还得赶紧回去工作，我问老师要了笔记，一会儿我得好好整理一下。"

"啊？什么老师？什么笔记啊？"

林倩倩见沈默这副样子，心想这姑娘也不知是天生乐观还是因为身后有强硬的后台。

不过当事人都是事不关己的样子，她也就放下心来，跟沈默边吃边聊起来。

吃过午饭，两个人回到十楼办公室，其他同事还没有回来，倒是吴主任已经坐在自己的位子上了。

林倩倩看见他，胆怯地猫着腰，从他身后走过去。

沈默摇摇头，也坐回工位上，在微信上跟林倩倩对话。

"你怎么这么怕吴主任呀？好像上学的时候看见班主任一样。"

林倩倩发了一个恐怖的表情。

"我就是很怕他呀，得罪了他我会被赶出公司的，这份工作对我真的很重要。"

"好吧，我还是觉得，工作固然重要，可是我们还是要有自己的底限，并且尊严是不容他们随意践踏的。"

林倩倩又发了个无奈耸肩的表情。

沈默笑了下放下手机，然后把薛总前助理刚才发给她的备忘录下载到电脑上，认真地阅读着。

薛山的前助理姓张，已经三十五岁了，因为怀的是第一个孩子再加上是高龄产妇，所以就特别小心，家人极力反对她再工作，所以无奈之下，她只好选择辞职在家待产。

张助理的笔记做得很详尽，有关于薛山的生活习惯和个人喜好的，也有关于他家庭情况的，譬如他太太的生日是哪天，喜欢什么珠宝首饰和什么风格的衣服，儿子现在什么学校就读、性格如何、都参加了什么兴趣小组之类，有些需要牢记的重点还特意着重标记了一下。

薛山的太太姓石，职业是大学教授，沈默看到她的生日就是下周，便在手机日历上做了个提醒。

桌上的电话响了，沈默拿起来接听，是薛山打来的。

"小沈，现在陪我出去一趟，去机场接一位很重要的客人。"

沈默恭敬地回答："好的，薛总，那我需要到您办公室接您吗？"

"不用，你直接下楼即可，司机已经把车开到楼下了。"

"明白，薛总。"挂了电话，沈默把程序退出来，然后关闭电脑。

林倩倩搁在桌上的手机不停地振动，想必正跟男朋友聊得火热，她见沈默站起来，笑着问："薛总叫你？"

"嗯，说要去机场接一位重要客人。"

"哦，路上小心。对了，你要不要跟吴主任报备一声？"林倩倩好意提醒。

沈默心想，我就是临时在人事科占个工位，又不归吴主任管，应该不用跟他报备吧？

不过也就是一句话的事，说说又有何妨，再说上午自己维护林倩倩让他在大家面前丢脸，主动跟他说话，也是个冰释前嫌的机会。

于是她点点头，走到吴主任跟前，"吴主任，我出去一趟，薛总让我跟他一起去机场接个客人"。

吴主任转过身，堆着一脸假笑道："哦，知道了，你去吧，路上注意安全。"

沈默倒是没想到他会给自己好脸，笑着回答道："好的，谢谢吴主任。"

沈默跟林倩倩摆摆手，走出办公室。

这边吴主任却站起来，摸了摸下巴走到林倩倩身后，突然问道："倩倩，在干什么呢？"

林倩倩后背僵挺，颤声回答："我……我在做表格呢，吴主任。"

吴主任的手搁在她肩上，弯下腰脸颊贴近林倩倩的耳朵说道："我看看，是不是我上午传给你的那个邮件？"

林倩倩吓得全身汗毛直竖，推开椅子站起来，逃也似的后退到角落饮水机处，"吴主任，您别这样，上午我不是有意让您难堪的"。

吴主任笑着说："嗯，我明白，这件事怪我，我昨天晚上喝多了，所以你的微信消息没看清，你别紧张。"

"吴主任，您……您以后有什么工作可以交给我，我一定在下班时间内完成，不会再拖到半夜的。"

吴主任很满意地点点头说道："别跟这个沈默走得太近，像她这种人，在这样的大公司是混不了几天的。"

"啊？哦哦，我记住了。"林倩倩愣了一下，忙不迭地点头，"您能不能……我还要坐下来工作。"

吴主任呵呵笑着，悠闲地往前踱步，又来到沈默的工位上。

他一边自言自语一边坐下来操作电脑："我的电脑刚才突然死机了，我得赶紧给徐经理发个文档，就先用一下这台。"

林倩倩坐回自己位置上，吴主任犀利的目光紧盯着她，林倩倩害怕地低下头去。

在沈默的电脑上浏览够了，吴主任站起来，刚回到自己的位子上坐下，同事们就陆陆续续地回来了。

林倩倩绞着双手，她很矛盾，她觉得吴主任肯定在沈默的电脑上没干好事，可是想想刚才他对自己的举动，她该不该把这件事告诉沈默呢？

第三章　世界上只有两种人

沈默出了公司大厅，刚站在路边，一辆银灰色商务车停在她身边。

沈默弯下腰，自半开的车窗里看见薛山坐在后面，她很自觉的拉开前面副驾驶的车门，坐了进去。

司机是位四十岁出头的中年男子，人很瘦削，冲沈默点了点头。

沈默报以微笑，侧身看向后面的薛山道："薛总，我们去机场接什么人？需要特别注意些什么吗？"

"是位日本客户，名叫工藤俊新，他是公司的大客户，今天一定要把他招待好。"

沈默赶紧打开手机，翻看着张助理的笔记，看看有没有如何招待客户的攻略。

薛山笑着问："你在看什么？"

"哦，是这样的。我中午联系到张助理了，她发给我她的备忘录，里面有她做助理时的一些心得和经验，我想看看有没有这方面的资料。"

"不用翻了，我现在说一下公司接待外宾的流程。"薛山很耐心。

沈默赶紧打开手机便笺，说道："薛总，您说慢点，让我记一下。"

薛山盯着她，眼神里带着笑意，直到沈默抬起头诧异地看着他，他才开口说道："一般情况下，酒店会由我的秘书提前为外宾预订，接到人后，会带他们到公司走一趟，沈默，你知道这是为了什么吗？"

沈默思忖一下，回答道："是为了让他们亲身了解一下我们的企业规模，感受我们的工作氛围和企业文化。"

薛山满意地点头道："很好。接下来，晚上我们会为外宾准备一个小型宴会，一般情况下，公司的高层都会参加，你会作为我的女伴陪同出席，适当的时候，你得替我挡酒，你酒量如何？"

沈默脸一红说："上大学的时候不懂事，经常跟宿舍姐妹们聚会，倒是能喝一点，不过后来改邪归正决定考研了，就把玩的心收了，这些年都没再喝过酒。"

是喝过的，只不过沈默不好意思说出来。

在确定一起开公司的闺蜜和她男朋友卷了五十万跑了那次，沈默报案后从派出所出来，难过地喝了整晚也哭了整晚，只不过这件事她跟谁都没说过。

薛山听她这话笑了："那今天晚上让我看看你的实力。"

"啊？"沈默缩了下肩膀，"薛总，我怎么觉得有点怕。"

"怕什么？喝酒想要不醉，也要讲究技巧。晚上看我眼色行事。"

沈默想问，要怎么看呀？是打暗号，还是某种特定的语言，可是她不敢再问下去，也不好意思问下去。

想了一会儿，沈默小心翼翼地问："还有什么需要注意的吗？"

"你不用这么紧张。"顿了一下，薛山又道，"接待这件事，说简单也很简单，因为世界上其实只有两种人，男人和女人。"

沈默不明白他是什么意思，可薛山说完这话，却低头看着手里的iPad，这很明显就是不想再多说了。

静默了几秒，沈默说："知道了，薛总，我是第一次投入工作，如果有做得不到位的地方还请您多指正，我会努力改进的。"

"嗯，很虚心，是个好苗子。"

沈默转过身坐好，把刚才薛山说的几个要点都记录了下来，然后保存，最后还附上那句："这世界上只有两种人，男人和女人。"然后她在这句后面打了好几个问号。

半小时后他们到达机场，司机赵师傅下车，替薛山打开后车门。

薛山下了车，整理了一下西服，示意沈默跟着他，两人一前一后走进机场大厅。

此时乘客们已经下车，远远便看见一个五短身材的中年男人朝这边走来。

薛山跟工藤是老相识了，看见他大步迎上去，笑着伸出手道："工藤君，好久不见了！"

工藤俊新满面笑容，握紧薛山的手用力摇头，说着半生不熟的普通话道："是呀，上次东京一别，一晃五年了。"

他的视线很快被薛山身后的沈默吸引："这位美女是谁？"

沈默礼节性地微笑，跟工藤握手，用日语问候道："工藤先生您好，我叫沈默，是薛总的助理，欢迎来到中国。"

薛山路上没有问沈默是否会日语，因为他知道工藤曾在北京居住多年，现在听到沈默竟然会说一口流利的日语，也颇有些惊讶。

"能够在贵国的土地上听到我们的母语，真是让我分外亲切。"工藤握着沈默的手，双眼直直地盯着她，拇指还在她的虎口上摩挲着。

沈默觉得很不自在，她做了个"请"的手势，顺势抽出手："工藤先生，车在外面等着。薛总，是否先请工藤先生到公司坐坐？"

薛山很满意沈默目前的表现，微微颔首说："工藤君，是先回酒店休息还是先去公司参观一下？"

工藤笑眯眯地看着沈默道："我既然来到中国，一切就悉听沈小姐安排。说起来我也五年没参观过贵公司了,去看一下也好。"

三人上了车,一路寒暄,薛山多是说些场面话,并没有提这次合作的事情。

而工藤的兴趣一直围绕在沈默身上,问她多大了,父母在哪里,有没有男朋友,在薛山身边多久了等等。

沈默微笑着一一回答,工藤听到她说今天是她第一天上班,冲她竖起大拇指。

"薛先生,你真是幸运,能找到这么好的助理,唉,可惜我来晚了,要不然我就要把沈小姐挖走。"

薛山笑着挑眉道:"你能挖哪儿去?难不成让沈助理去日本工作?"

"没什么不可以呀?"工藤一摊手,"只要沈小姐愿意,我可以帮你办工作签证,公司还可以帮你找公寓,沈小姐很优秀,在我们日本,是找不到这聪明又勤勉的年轻人的。"

沈默谦虚地说:"工藤先生过奖了。"

工藤坐直身子,靠近沈默的椅背,两手搭在上面,凑近了问:"怎么样?沈小姐考虑一下?"

薛山的眼睛里闪过厌恶之色,他轻咳一声,笑着问:"工藤君,这次怎么一个人来,你的团队呢?"

工藤转头,笑着说:"我跟恭先生是老相识了,不需要做那些面子功夫,公司的事我一个人就能做决定,带着团队来没意义。沈小姐,考虑一下我的建议?"

沈默有些不胜其烦,可这是公司的重要客户,再加上这是她第一次投入本职工作,她也不敢把真实的想法表露出来。

"工藤先生,参观完了公司,您可以先到酒店休息一下,或者公司可以派车载您到景点观光浏览。您上次来是五年前吧,北京这五年日新月异变化很大的,您有没有特别想去的地方?"

薛山接着道:"是的,北京这几年变化很大,工藤君,我记得你以前在北京居住时,很爱到三里屯泡吧,怎么样,一会儿让沈助理陪你去逛逛？"

沈默诧异地看向薛山，薛山却并未看她，而是面带微笑看着工藤。

工藤听了点头说好："沈小姐，可否赏脸让我请你去酒吧坐坐？"

沈默心念一转，说道："当然可以，不过不是现在，等到工藤先生跟我们公司的合约签订之后，我个人请您去三里屯玩个痛快，如何？"

工藤表情一滞，薛山则赞许地点点头，两人相视，哈哈笑起来。

沈默真是对自己佩服得五体投地，手心被汗水浸湿，她暗暗对自己说："沈默呀沈默，我真想给你点个赞！"

回到敬一大厦，公司高层已经得到通知，他们站在一楼大厅列队欢迎工藤俊新。

薛山很得意地说："怎么样，工藤君？我们敬一对您，可是最高级别的待遇了。"

工藤挨个儿跟高层们握手，始终是笑眯眯的表情，当他看到言辰身边的方若雨时，眼中闪过一丝惊艳，"这位小姐是……"

方若雨向前一步，落落大方地跟工藤握手，说道："工藤先生您好，我是言副总的秘书，我叫方若雨。"

"哦哦，好好好！"工藤肆无忌惮地打量方若雨，转身又对薛山说："薛先生，你们公司请的都是美女呀。"

薛山笑着回答："我们中国人杰地灵，各个省份都出美女，北京更是各地美女的聚集地。"

"哈哈，那薛先生的意思就是，敬一集团是北京这座城市所有美女的聚集地了？"

薛山朗声大笑，高管们也跟着笑起来，除了言辰脸上的浅笑有点与众不同，场面倒也算是热烈。

不过工藤的注意力肯定不在言辰身上，而薛山余光瞥到言辰的表情,眼神中闪过的冷冽稍纵即逝。

工藤说话时一直握着方若雨的手,方若雨似乎没有丝毫介意,微微弓着身,用空着的手做了个请的姿势:"工藤先生,请进电梯。"

薛山见状说道:"那下面就由言副总和方秘书陪同工藤君参观公司?我还有点公事要处理。"

工藤看向薛山身边的沈默,薛山会意:"沈助理,你今天的任务就是陪好工藤先生。"

沈默愣住,她着实不想,可是也只能听令,只得微笑着点点头:"好的,薛总。"

于是高管们目送工藤进入电梯,沈默和方若雨一左一右站在他身旁,工藤看看这个,又看看那个,一脸的心满意足。

等到电梯门关闭,薛山脸上的笑容消失,冷声对身后的高管们说:"大家都回去工作吧。"

说完,薛山走进总经理专用电梯,高管们恭敬地站在外面目送他。

等到电梯门关上,薛山取下电梯里备着的免洗消毒液喷在手上,一边搓洗一边极其厌恶地道:"老色狼!"

回到顶层办公室,薛山刚坐下,桌上的电话就响了。

薛山沉着脸拿起话筒,"喂?"

"薛总,我是人事部徐媛。"

薛山沉声道:"徐经理有什么事?"

徐经理沉默半秒:"薛总,我有些事想向您汇报,是关于沈默沈助理的,您现在有空吗?"

薛山愣了下,这沈默进公司还不到十二个小时,进入人事部才一上午的工夫,肯定不会是做了什么惊天的"好事"吧?

薛山笑了下,应该是来告黑状的,看来这姑娘挺受人瞩目。

"我现在有空,你直接上来吧。"

"好的,薛总。"

27

薛山挂了电话，两手交叉搁在桌面上，拇指互相轻叩，他有点好奇，沈默做了什么事，居然能让徐媛亲自上来告状。

片刻后，门外响起敲门声，薛山后靠着椅背，说："进来。"

徐经理进来关上门，手里拿着一个文件夹，她走到办公桌前，似乎在斟酌如何开口。

薛山皱了下眉，问道："徐经理？"

"薛总，是这样的。"徐经理双手把文件夹放在桌面上，"刚才吴主任跟我汇报了一件事，说这是从沈助理的电脑里下载的文档，您看一下。"

薛山拿起文件夹，翻开封面，里面夹着两三张A4纸，内容不多，都是有关于他个人和他的家庭情况的。

薛山随意翻看着，他想起去机场的车上，沈默很认真地用手机记录着他所教授的接待外宾流程的情形，再想一想沈默说今天联系到了张助理，大致也明白了这文档她是用来做什么的。

薛山抿着唇不说话，而是直直地看着徐经理。

见薛山面无表情，徐经理心里一下就没底了。

原本吴主任拿着这份文件找她时，她还想着要在薛山面前邀功，毕竟这上面记录着薛山一家的生活习惯和兴趣爱好，也算是隐私。沈默就这么大咧咧地在公用电脑上查看，离开时也不知道删除或者是关闭，这在职场上就是做事不收尾和工作态度不认真的表现。

当然，她当时也问了吴主任，他怎么会去用沈默工位上的电脑。

吴主任的回答是，他的电脑突然死机了，而当时只有沈默的电脑是空闲的，结果他坐下来一看，电脑根本就没关，只是待机状态，薛总和他家人的资料就那么打开着显示在屏幕上，这太危险了，要是这份文件给别有用心的人看到，用来对付薛总可怎么办？

徐经理本来就对上午沈默为林倩倩出头的事耿耿于怀，再加上她也有点想巴结吴主任。所以在吴主任的撺掇下,她也没多想,便拿着文件来找薛山告状了。

可此刻看着薛山的表情,她突然觉得,自己这步是不是走错了?

薛山问:"徐经理,你没有给沈助理安排单独的工位吗?"

徐经理连忙回答:"有的,薛总吩咐后就给她安排了属于自己的工位。"

"那我就不明白了,既然工位是沈默一个人的,那电脑也就是她个人专用的,为什么吴主任会去打开沈默的电脑?"

"这……"徐经理后背开始直冒冷汗,紧张地回答道,"吴主任当时急着出一份文件,而他的电脑死机了,他应该是看沈默的电脑空着,就想着把自己的文件给打印出来。"

"应该?"薛山两根手指把文件夹往前一推,"这么说,这一切都只是你的揣测喽?"

徐经理不知道怎么接话了。

薛山盯着低垂着头的徐经理,思忖了一下,口气和缓了许多,"沈助理今天刚进公司,关于文件保密制度的严格执行可能还不清楚,你给她一本集团规章制度手册,让她好好学习一下,尤其是文件保密制度。"

薛山这话里的意思,不就是这件事就这么算了吗?

徐经理觉得自己给撞得灰头土脸,赶紧恭敬地回答:"知道了,薛总。"

"沈默这方面,我会跟她交代一下的。至于吴主任嘛……"薛山微皱眉头,手指轻叩桌面。

徐经理不敢再说话,两手交握在身前,静静等着薛山发话。

过了好一会儿,薛山才说:"对了,我记得每个部门不是都有一台专网专线的备用电脑吗?就是为了防止员工的电脑或网络坏掉时无法打印传输紧急文件,怎么,你们人事部没有吗?"

徐经理一愣,她真想扇自己几巴掌,备用电脑在角落里放了两三年了，根本就没使用过，她早把这茬给忘了。

"哦，备用电脑也坏掉了，信息管理部取走了，还没修好呢。"

薛山一拍桌子说道："信息管理部是怎么做事的？"

徐经理大惊，她把责任推到信息部头上，万一薛山追究起来，她岂不是又得罪了信息部经理？

她赶紧道："薛总您消消气，这件事我也有错，一会儿回去我让他们去信息部问一下，可能已经修好了，我们部门没来得及去取。"

"好，你去问问看，如果是因为他们的失误耽误了工作，你回头要汇报给我。"

徐经理可不敢再告谁的状了，忙不迭地点头，"好的，薛总，那我回去工作了。"

薛山点点头，"嗯，你去吧。"

等到徐经理走出去关上门，薛山长出一口气。

这件事沈默确实有不对的地方，可那只能算是经验缺失的无心过错，再说这姑娘天真烂漫没有防人之心，应该也没想着会有人在她离开电脑后使阴招。

让他烦恼的是吴主任这个人，这个吴主任，是薛山的太太石梅的远房亲戚，当初软磨硬泡非要到公司来上班。

薛山无奈之下，就安排他进人事部做个闲职，结果他整日庸庸碌碌不说，还老是仗势欺人。

薛山早想把他给开除了，可一直没有合适的机会。

硬要赶他走也不是不行，可是一想到回家要面对太太石梅的指责和碎碎念，薛山就觉得头大。

吴主任不是好人，想必是沈默得罪了他他才会背地里使坏，如果现在开了沈默，不是正中吴主任下怀？

况且从今天的表现来看，沈默认真好学，工作态度端正，虽然有点幼稚天真，却也是个可造之材。

现在公司各个层面都不像表面那样风平浪静，高管层也是勾心斗角步步为营，薛山想把沈默培养成自己的亲信良驹。

另外，薛山还有点小心思。

吴主任一击不中，日后肯定还会给沈默下绊子，如果沈默连这样的小人物都对付不了的话，那她也不配得到堂堂薛总的青眼相看了。

第四章　我不是你想的那种人

徐经理回到人事部，吴主任满面笑容迎上来："怎么样？薛总怎么说？"

徐经理没好气地回道："吴主任，这个月的人事考核你都下发了吗？昨天应聘的CHO人员资料有没有整理好发我邮箱？"

吴主任愣了下，看徐经理脸色不对，试探着问："挨骂了？不能吧。"

徐经理没说话，打开自己办公室的门走进去，狠狠地把门摔上，差点没把吴主任的鼻子撞歪。

吴主任摸着鼻子转身，见所有人的目光都聚集在他身上，没好气地说："看什么看，不用工作了？"

大家赶紧低下头，吴主任回到自己工位上坐下，摔摔打打骂骂咧咧："我还不信了，一个小丫头片子，我治不了她？不对呀，薛山为什么这么护着她，难不成让薛山给潜……"

他话没说完，警惕地四下看看，感觉到背后冒冷气，下意识一回头。

看见办公室门口站着的人，他赶紧站起来，恭敬地道："言副总，方秘书，你们来视察工作了？"

言辰没搭理他，背着双手将视线移开。

方若雨瞥了他一眼，跟工藤介绍道："这里就是我们的人事部，主要负责公司劳动人事管理制度的建立、实施和修订，还会根据公司的发展战略和经营计划制订人力资源计划，办理……"

工藤皱着眉："方秘书，您能不能说得简单一点？"

沈默接话道："就是招人和开除人的部门，还给员工上保险、发奖金，办理劳动关系。"

"哦……"工藤做恍然大悟状，"沈助理这么一说，我就明白了，我们日本的公司也有的，也有的。"

言辰的眼中闪过笑意，方若雨转头瞪了沈默一眼。

徐经理透过玻璃看见言副总站在办公室门口，赶紧打开门走出来。

"言副总，您来视察工作呀？"

言辰摇头，冷声道："带工藤先生参观一下公司。"

工藤对三十七八岁的女性没有兴趣，只是礼貌地点点头，看向办公室里的各个工位。

看到林倩倩，他眼睛一亮，就要走过去。

言辰冷声道："工藤先生应该也累了，不如到我办公室休息一下？方秘书？"

方若雨跟随言辰多年，已经很有默契。

她往前迈了一步，有意无意阻住工藤的去路，右手微抬："工藤先生，我们到言副总的办公室坐坐吧？先生喜欢喝茶还是喝咖啡？"

日本的茶文化跟中国一样源远流长，一听这话，工藤来了兴趣，他又看了林倩倩一眼，这才转身跟着方若雨往外走。

"还是喝茶吧，我最喜欢喝茶了，方秘书会不会茶道？"

"曾经学过一点。"

工藤很开心地说："方秘书不但人长得美，各方面的知识也很渊博呢。"

言辰背着双手跟在后面，沈默犹豫了一下，紧跟两步小声问："言副总，工藤先生去您的办公室，我还需不需要跟着去呀？"

言辰皱着眉瞥她，沈默大眼睛忽闪忽闪地直盯着他，微微侧着头的模样天真可爱。

有那么一瞬间,让言辰想起小时候母亲养的那只小白猫,那是他儿时记忆里唯一让他感到温暖的东西。

他心念动了下,冷声道:"可以不用跟着,但要注意听电话,下班不要走,在办公室里等着。"

"好的,言副总,多谢言副总,言副总您慢走。"沈默一听心花怒放,开心得有点忘形,絮絮叨叨地说着,一抬头,言辰已经走出好远了。

脚步轻快地回到办公室门口,沈默推门走进去,然后关上门坐回到自己工位上打开电脑。

对面的林倩倩一直勾着头,明明听见她回来了,却不跟她打招呼。

沈默心下奇怪,轻轻敲敲隔断的玻璃:"倩倩?"

"啊?"林倩倩抬头,跟她目光对视,又赶紧低下头去。

"你是不是很忙?"沈默笑着问。

"嗯嗯,是的。"林倩倩的声音更小,还有点颤抖。

沈默笑着说:"哦,那等你忙完了我们再聊天,我先看资料。"

林倩倩咬着唇,欲言又止地看向沈默,沈默却已经将注意力集中在张助理的备忘录上,一边阅读一边拿笔做着记录。

刚看不到半小时,沈默就听到搁在抽屉里的手机嗡嗡振动,她拿出来,看到是个座机号码。

"喂?"

"沈助理吗?现在到我办公室来一下。"

听出是薛山的声音,沈默忙道:"好的,薛总,我马上上去。"

挂了电话,沈默正打算关掉电脑,手机屏幕又亮了。

沈默点开,是一则微信消息,发信人:阿贺的小天使。

"搞什么名堂?"沈默笑着看向林倩倩,林倩倩却低着头,一副认真工作的样子。

沈默挠挠头,点开消息查看。

33

"沈默,把你的电脑设置一下开机密码,还有,刚才浏览的文件看完后自己存到网盘里,浏览记录和桌面文件记得要删除。"

"啊?"

沈默人虽天真,脑子却很聪明,她瞬间捕捉到了疑点,狠狠瞪向吴主任的后背。

"是不是吴主任偷看我电脑了?"

"你就别问了,我什么都不能跟你说,总之你自己小心。"

沈默发了一个愤怒的表情。

"行,我知道了,谢谢你。"

她发完信息,又重新坐下来,直接把搁在桌面上的备忘录删除,然后给电脑设置了开机密码,这才站起来,关机离位。

走到吴主任身后,她特意大声说:"吴主任,薛总让我去他办公室一趟,您有没有什么要交代的?"

吴主任一愣,转身狐疑地看着沈默,"我要交代什么?"

沈默大眼睛一眨:"就是说呀,您有没有需要向薛总汇报的工作,我一并帮你交上去?"

吴主任腮帮子上的肉抖了两下:"不用不用,你上去吧,多谢你了。"

"不客气,这是我应该做的!"沈默说完,大摇大摆地走出办公室。

进了电梯,沈默拧着眉,她想不通吴主任偷看自己的电脑做什么,她今天第一天入职,算算最多在电脑前坐了不到三个小时,她能在上面留下点什么让吴主任作为把柄呀?

而且明明就是吴主任有错在先,他欺负林倩倩,自己只不过是看不过去帮林倩倩出头而已,为什么吴主任不先检讨自己的错误,却要把矛头指向她呢?

来到总经理办公室门口,沈默敲了两下门,听到薛山的声音:"进来。"

沈默走进去关上门,走到办公桌前站定,"薛总,您有什么吩咐?"

薛山把面前的文件夹丢给她,"你看看这个。"

沈默拿起来翻看,纳闷地说:"这是张助理传给我的备忘录呀,我没有打印过,怎么会在您这儿?"

然后她眼睛一亮:"哦,我明白了!"

薛山似笑非笑,抱着双臂看定她:"你明白什么了?"

沈默皱紧眉头,一瞬间她真的很想把上午吴主任诬陷林倩倩,自己帮她出头的事说出来,这样薛总就应该明白,吴主任为什么要陷害她了。

可是她转念又一想,狗咬了你,难不成你还得扑上去咬狗一口?行,就算你咬了解恨了,哪怕把狗咬死了,可那不得弄得自己满嘴又脏又臭吗?

她舒了口气,对薛山说:"没,没什么。薛总,这件事是我的错,我把张助理的备忘录传到电脑上阅读,离开的时候忘了把文件删除。对不起,我泄露了您和您家人的隐私。我以后一定不会再犯这种错误了。"

薛山盯着她,眼前的女孩眉眼低垂,可是唇角明明就是不服输的倔强,她是怎么想的呢?为什么不愿意把真相和盘托出?

有意思,真有意思。

薛山坐直身子,朝对面的椅子扬了扬下巴:"你先坐吧。"

沈默拉开椅子坐在薛山对面,两手紧张地搁在腿上交握着。

"今天第一天上班,做得还习惯吗?"薛山温和地问。

沈默愣了下,想了想才回答:"还可以,同事们都很友善,餐厅的饭很好吃。"

"哦?呵呵……"薛山微笑,看着沈默。

沈默有点不好意思:"薛总,您别见怪,我是个好吃嘴儿。"

"是吗?那你以后跟我出差,会有很多机会吃遍各地美食的。"

沈默听薛山的口气,并没有责怪自己犯错的意思,一颗心彻底放下来,更加觉得幸运女神是不是开始眷顾自己了,既找到了如此高薪的工作，还遇到一位这么宽容温和的老板。

"薛总，我能问您个问题吗？"

"嗯，你问。"

沈默想一想，问道："您跟工藤先生以前就认识吗？他一直都是这么……"

"好色"这个词，沈默当着薛山的面有点说不出口。

薛山笑着说："日本男人是这样的，那方面的开放已经是他们根深蒂固的习惯，这只是文化差异的不同，其实工藤并无恶意。"

是这样吗？沈默一想到工藤肆无忌惮打量自己的眼神就觉得恶心，这分明就是好色嘛，怎么能说并无恶意呢？

可是薛总都这么说了，沈默也不敢当面反驳。

看沈默表情有异，薛山又道："工藤是我们的大客户，这个Case对公司很重要，我们对他不能有一点怠慢。"

那是不是为了达到签约的目的，女职员就算出卖色相也可以？

"可是薛总……"

薛山打断沈默的话："沈助理，如何做到既让客户满意又能保护好自己，这也是你需要学习的一门学问。"

桌上的座机响了，薛山拿起话筒接听，是他的秘书程昊打来的。

"薛总，晚宴时间差不多了，现在要出发吗？"

薛山看看腕表："可以。"

程昊回答："那好，我通知各位高管。"

薛山放下话筒，站起身对沈默说："我们出发吧，以后像这种琐碎的事情，都得你来做，你多跟程昊学习一下。"

沈默跟在薛山后面，恭敬地回答："好的，薛总。"

敬一集团是一家混合型控股公司，母公司是以生产制造精密仪器为主的高科技公司，旗下还有其他子公司，主要项目有酒店、房地产、生物医药、环保材料等等。

今晚招待工藤俊新的晚宴，就设在敬一下属的敬怡假日酒店内。

薛山和沈默到达的时候,各位高管已经到了,言辰和方若雨陪同工藤,正坐在沙发上聊天。

看到薛山进来,大家都站了起来,薛山快步走向工藤,跟他握手,歉意地道:"对不起了工藤君,刚才开了个临时会议,所以晚到了,让您久等了,待会儿我自罚三杯。"

工藤笑着说:"没事没事,我跟方秘书聊天很愉快,她下午一直在给我表演茶道。"

"是吗?"薛山的目光掠过言辰,赞许地看了方若雨一眼,"看我说得没错吧,我们敬一集团,聚集了全北京的美女,有才又有貌。"

工藤满意地点头:"对对,薛先生说得没错,哈哈哈……"

大家都跟着笑了起来,薛山两句话便把气氛带动起来,豪华餐厅里显得十分热闹。

入席时,薛山给沈默使了个眼色,示意她坐到工藤身边。

沈默只好拉开椅子,礼貌地请工藤就座。

左边是清丽可人的沈默,右边是娇俏妩媚的方若雨,工藤看看这个又看看那个,显得既开心又得意。

菜肴上桌,酒过三巡后气氛更加热烈,方若雨镇定自若地应付着工藤,举起酒杯只是浅酌一下,趁工藤不注意就倒进了手边的茶杯里,偶尔还会偷梁换柱,把酒换成白水。

沈默却是实打实的一杯接一杯,工藤以各种理由劝她酒,再加上她还要替薛山挡酒,不一会儿脸便喝得通红。

人虽然醉了,可是意识还在,这是她第一天上班,又接待对公司来说这么重要的客户,沈默一遍遍跟自己说:"沈默,你要撑住,你可不能掉链子,你不能丢人,坚持,一定要坚持!"

薛山看出沈默在强撑着,也有心替她解围,冲高管们使个眼色,让他们轮流给工藤敬酒。

趁着这个空当,沈默站起来,借口去洗手间,其实她是想把喝下去的酒给吐出来，好让自己快点清醒。

　　站在洗手间的镜子前，沈默使劲抠着自己的喉咙，可因为喝了一肚子酒没吃菜，什么都吐不出来。

　　她难受极了，扶着盥洗台摇晃着身子，就听身边有人冷嗤道："喝不了就别喝那么多，这么想表现，干脆直接投怀送抱好了！"

　　沈默抬起头，看见方若雨站在那儿，酒精的作用使她脸颊绯红，更衬得一张脸艳若桃花。

　　沈默迷蒙着眼睛，指着她呵呵笑："方秘书，你长得真好看。"

　　方若雨一愣，把毛巾摔在台面上："你有病啊？"

　　"欸……"沈默摇晃着身子站直，"长得好看还不让人夸，美女的心态是不是有毛病啊？"

　　方若雨气得瞪圆了眼睛，叉着腰道："沈默，你少装疯卖傻。知道我长得好看就离言总远点，我告诉你们，他是我的，你们谁也抢不走！"

　　"言……言副总？"沈默的手在空中无意识地挥了挥，跌跌撞撞往外走，"那个男的啊？方秘书你不知道吧，他很烂的，给我我都不要！"

　　"我不许你这么说言总！"方若雨气急败坏跟了上去，沈默已经推开门走出去了。

　　沈默转身，一边后退一边说："你别跟着我啊，我真的对他没兴趣，中午在餐厅的时候我就想跟你说哎……"

　　感觉到后背撞到什么东西，沈默转身，看见一张冷冰冰的脸。

　　她醉眼迷离呵呵傻笑，为了看清楚特意后退了一步，然后指着那人说道："渣……渣男，是你呀！"

　　言辰目光冷戾："她怎么成这样了？"

　　方若雨眼珠一转，走过来扶住沈默："不知道呀，刚才在房间时看着还挺正常的，可能在走廊里吹了风，酒劲儿就上来了。沈默，我都叫你等我一下我扶着你了，你跑那么快做什么？"

　　沈默想推开方若雨："你走开，我才不要跟你抢这个渣男，渣男……"

方若雨大惊,捂住沈默的嘴:"沈默,你别乱说话,一会儿进去了再得罪工藤先生就不好了。"

言辰道:"工藤先生已经醉倒了,薛总让程昊送他去楼上房间休息了,酒宴已经散了。"

"啊?那她怎么办呀?"

言辰皱眉,看着逐渐瘫软下去的沈默:"找找她手机,看有没有亲戚朋友什么的,给他们打电话接她回去,我先回去了。"

言辰说完,转身就走。

方若雨原本打算在言辰面前表现一下,哪知道成了这样。她气恼地松开沈默,任由她滑到地面上。

地板上很凉,沈默给激了一下,稍许清醒了些,两手扶着墙慢慢站起来。

"回家,我要回家……"她喊着,酒意上涌,过往受的那些委屈浮上心头,就觉得鼻子酸酸的,眼圈开始发红。

方若雨恨死了,想想自己可是集团公司言副总的得力助手,敬一上下的人谁不知道啊,现在跟这个疯女人站在一块儿,岂不是让人笑掉大牙。

算了,反正言副总走了,我也不管了!

这么一想,方若雨甩手往电梯走去,留下沈默一个人呆呆站在那儿抠墙。

"爸爸妈妈,我好想你们呀……"沈默面对着墙,小声碎碎念着,眼泪跟断了线的珠子一样往下落。

有个好心的清洁大妈走过来,问:"姑娘,你没事儿吧?你一个人站在这儿哭什么呀?"

不问还好,一问之下沈默转过身,咧开嘴大哭起来:"哇……我想回家,我想我爸爸妈妈。"

清洁大妈吓了一跳,把清洁用具放进卫生间,出来牵着她的手:"好了好了别哭了,你家在哪儿呀?"

"我家在山东，呜呜……"

"啊？那我没法子送你回去。算了，我先把你送到大厅吧，然后再给你叫辆车。"

大妈哄着沈默进电梯，一路来到一楼大厅，拉着她坐在沙发上，就去服务台要杯水给她喝。

沈默哭了一阵子，酒意有些消散，摇摇晃晃站起来就往外走。

言辰开着车从地下停车场出来，看见路边有个女孩明明晃得厉害，还非要踮脚踩在马路牙子上走直线，有几回险些跌倒，把呼啸而过的汽车吓得鸣笛大骂。

认出那是沈默，他将车速放慢，皱着眉拿出手机给方若雨打电话："喂，你在哪儿呢？"

"啊？言总，我在出租车上呢，我正打算送沈默回家，您有什么吩咐吗？"

言辰眉头皱得更紧，冷声道："没事。"

说完他挂了电话，将手机扔在仪表台上，很厌烦地看着前方那个发酒疯的姑娘，最终还是叹了口气，将车子停在路边。

下了车，言辰快走几步，跟上沈默后抓住她的胳膊："沈助理？"

沈默回头，看见是他，厌恶地甩开手："'渣男'，你想干什么？"

"你家在哪儿，我送你回去！"

"不用了！我知道你没安好心！"

言辰抚额，叉着腰站在那儿，见沈默摇摇晃晃越走越远，心一横转身回到车里，发动车子加速开过去。

"哦耶！'渣男'被我吓跑了！"沈默振臂欢呼。

言辰又好气又好笑，倒车镜里看见她站立不稳，身子直直倒向马路中间，吓得赶紧刹车。

等到下车奔到她身边，看见她坐在马路牙子上抱着膝盖，脑袋一点一点地居然打起瞌睡来。

"沈助理？沈助理？你醒醒，你不能在这儿睡。"

沈默厌烦地挥手："别来烦我！'渣男'你走开！我不是你想

的那种人!"

言辰只好把她拉起来,然后打横抱起,走到车边又放下,打开后车门,将她整个人塞了进去。

坐回到驾驶座上,言辰气喘吁吁,转身看着躺在后座上的沈默:"怎么这么沉?"

沈默咕哝着:"坏蛋,你不是说你喜欢肉肉的女孩吗?"

言辰瞪圆眼睛,直想开口骂人,可又一想,我跟个醉鬼一般见识干吗?

闻闻这满车厢的酒味儿,言辰将车窗打开一半,一边发动车子一边问:"沈助理,你家在哪儿?"

"我不告诉你,我说了,我不是你想的那种人!"

"那行,再把你扔到路边就是了。"

"你敢!你是哪家出租车公司的,你敢把我扔下,我就投诉你!"

言辰叹口气:"姑娘,你想去哪儿呀?我这打着表呢,耽误的时间可都算钱呢。"

"天通苑五区26号楼三楼。"这回答得倒是顺溜。

天通苑?那边房租倒是便宜,可是住的人员很杂。

可这些跟他言副总都没关系,他现在想的就是赶紧把这个包袱甩掉,到了幸福里把她扔在路边,她总能凭着记忆回家吧?

哪知道刚开出一个路口,言辰就觉得有什么东西冲他脑后吹气,转头一看,沈默的脸卡在两个座位之间,一只手搭在他肩上,正嘟着嘴直勾勾盯着他。

"你想干吗?"饶是平日里冷漠沉稳的言副总,也惊得一身冷汗,他转过身,稳稳神握紧方向盘。

"你停车。"

"你酒醒了?能自己回家了?"

"你快停车!"

"沈助理,你喝醉了,一个人回家很危险的。"

"你快点停车!"

"到了你家附近我会停的,你先坐好,这样不安全。"

"渣男,我叫你停车!"沈默吼叫着就去抓他头发。

"沈默!你别太过分!"

"呕……"

第五章　就一直装不知道好了

沈默是渴醒的,她头痛欲裂,捂着脑袋慢慢坐起身。看到床头柜上放着一杯水,她抓起来咕咚咕咚喝了个干净。意识渐渐回笼,她环顾四周,咦,这不是她那个简陋的小屋啊!墙上贴着昂贵的壁纸,壁灯的样式很有格调,空气中有隐约的芳香,整个房间看起来有种低调的奢华。

"啊!"沈默意识到了什么,手一松杯子掉在地上,却没有清脆的碎裂声。

她低头,看见厚厚的地毯,而自己赤脚站在那儿,垂到脚踝的,是一条白色的袍子。她这才想起来往自己身上看,一拉浴袍的衣领,里面什么也没穿。

她直瞪着空气,片刻后抓狂地尖叫起来。

可叫了半天,并没有如她想象那样,氤氲着蒸汽的浴室门打开,一个穿着同款浴袍的男子走出来,头发湿漉漉的,结实的胸膛半露,然后冲她邪魅一笑:"亲爱的你醒了,你昨晚走错房间了,我是某某集团的霸道总裁。"

她收声,捂着嘴巴,眼珠滴溜溜乱转了一会儿,然后开始翻找。沙发上被子底下衣柜里找了个遍,哪儿都没有她的衣服,定定神坐回床边拿起话筒,按照上面的提示按下"1",很快就有人接听了。

"喂?您好,这里是服务台,请问有什么可以帮您?"

"那个……我……"

"哦，您是418房间的顾客吧？您稍等，您的衣服已经干洗好了，我马上让人送上去。"

"好的好的，谢谢你了。"

沈默挂了电话，捂着狂跳的心，这一切到底是怎么回事呀？最后的记忆好像是站在酒店卫生间里，自己一抬头，看见方若雨站在身边。

然后……然后？就没有然后了。

不多时，外面响起敲门声，沈默透过猫眼往外瞧，看见是个五十多岁穿制服的阿姨。

沈默打开门让人家进来，阿姨很礼貌地把叠得整整齐齐的衣服放在床上。

"女士，这是您的衣服，您还有什么需要吗？"

"那个……你知不知道，昨天晚上是谁送我来的？"

阿姨回答："是位年轻的先生，您喝醉了，吐了他一身，他给您开了房后扶您进来就离开了。"

"那……谁给我换的衣服呀？"

"我啊，那位先生给了我小费，让我帮你换衣服然后拿去干洗，因为您不但吐了他一身，还吐了自己一身。"

"那他有没有说……他是谁呀？"

"没说，我看着他拿您的身份证帮您开的房间，然后他就离开了。"

"哦哦，谢谢你呀。"

阿姨关上门离开，沈默坐在床上发呆："年轻的先生，到底会是谁呢？"

沈默换好衣服，取了房卡来到一楼服务台退房。

服务员好心地提醒道："小姐，您订的是2888元的豪华大床房，早上会赠送精美早餐一份的。现在还不到六点钟，早餐八点会送到您房间，您确定要现在退房吗？"

2888？沈默心想，看来年轻的先生是位多金的成功人士啊，竟然为了她一个素不相识的女孩花这么多钱！咳，这人也真是的，好歹留下个电话号码让她表示一下感激之情也好啊。

"早餐都有什么呀？"沈默问。

服务员回答："有海鲜粥、皮蛋瘦肉粥，还有各种广式点心，如果您不喜欢中餐的话，还有西餐，牛排意面，玉米浓汤……"

"别说了别说了。"沈默昨天晚上被工藤灌酒，根本什么也没吃，就中午在餐厅吃的那点东西，昨天晚上也全给吐完了，此刻被服务员这么一说，感觉到肚子咕咕直叫。

"那我不退了……"

沈默话没说完，电梯叮的响了，然后便是女人在怒骂："你这个'渣男'，昨天晚上骗老娘上床的时候可不是这么说的！"

电梯里走出来一男一女，女的浓妆艳抹穿着暴露，男的灰头土脸大腹便便。

沈默看着两人走出酒店，脑子里突然也叮了一声，"渣……'渣男'！"

似乎想起了什么，沈默皱眉苦思，昨天晚上好像自己重复最多的两个字就是"渣男"，比她这辈子说的都多。

"'渣男'，你别碰我，我不是你想的那种人！"

"哦耶，我把'渣男'赶跑了！"

"别来烦我，'渣男'你走开！"

"啊！"沈默惨叫一声，把正打算将房卡还给她的服务员吓了一跳。

"退房，赶紧给我退房，快快快！"

她的紧张感染了服务员，服务员结结巴巴："好……好的小姐，我我我，我现在就给您退房。您的2000块押金昨晚上是扫码支付的，您看是原路返还还是退给您现金？"

"返还返还！麻烦你快点。"

服务员操作电脑，然后对沈默说："小姐，已经原路返还了，您需不需要确认一下?"

服务员说着话,就要把显示器转到沈默的方向。

"不用了,那我是不是可以走了?"

"是的小姐,感激您的入住,欢迎下次……"

"光临"两个字还没说出口,沈默已经逃跑似的奔出酒店。

深秋的天气,天亮得晚,这才不到六点钟,街上人烟稀少,出租车更少。

于是环卫工人就看见这样一幕,一个身材苗条的姑娘穿着职业套装把高跟鞋抱在怀里,披头散发在马路上飞奔,速度相当惊人。

气喘吁吁地跑到街心公园,沈默坐在长椅上,早早出来晨练的大爷大妈经过,都会奇怪地看她一眼。

听到不远处的太极拳音乐声,沈默捂着胸口,感觉心脏快要跳出来了。

怎么这么背,头一天上班就喝醉,最要命的是,居然会吐了言辰一身!

沈默敲着脑袋,苦思冥想昨天晚上怎么会跟言辰在一起的,可是那些片段支离破碎,唯一有印象的就是"渣男"这个词。

这回丢脸丢大了,今天上班怎么办?看见言辰是该装没事人一样恭敬地打招呼,还是干脆灰溜溜地躲起来?

包里的手机响了,把她吓了一跳,拿出来一看,是六点整的闹钟。

再看看屏幕,通话记录显示居然有十八个未接来电,微信上也有若干个未读信息。

点开来一看,全是米拉打过来的,微信上要求视频通话的也是她。

米拉是沈默上大学时在某个BBS上认识的网友,两人性格相仿志趣相投,后来谈得多了,就成了好朋友。

虽然没有在现实中见过面,可是经常视频聊天,对彼此已经很熟悉了。

上个月米拉跟沈默说，她过一阵子会到北京出差，沈默很开心，就跟她相约到时候一定要见一面。

最近沈默忙着投简历找工作没跟米拉联系，难不成她已经到北京了？

这样想着，沈默顾不得时间还早，直接给米拉回拨过去。

"沈默！"米拉的声音很清醒，尖厉地吓了沈默一跳。

她急忙让手机远离耳朵："哎哟，大早上就这么中气十足，你到北京了？"

米拉很生气地吼："你昨天晚上干吗了？给你打电话一直不接，我还以为你出了意外，要不是黄粱拦着，我差点报警！"

沈默听到好友为自己担心，心里暖洋洋的，她笑嘻嘻地问："看来你真到北京了？老实交代，你到底是来看黄粱的，还是来看我的？"

黄粱是米拉的男朋友，现在在北京一家公司任部门督导，跟米拉异地恋三年，两人聚少离多。

米拉有点不好意思："你少胡说，我当然是来看你的。"

回过味儿来又假装严厉："你少转移话题，老实交代，你昨天晚上跟谁在一起，干吗不接我电话？"

"这个……"

沈默心想，米拉总说，她谈过很多次恋爱，见过的男人比沈默吃的米都多，不如把昨晚的事告诉她问问她的意见，今天在公司看到言辰，她到底该怎么办。

于是她就简短地把昨天晚上的事讲了一遍，米拉一边听一边笑，听到刚才沈默从酒店里逃出来的情形，直接笑喷了。

"哈哈哈，你跑什么呀！你告诉我，那个言副总又没在你跟前，你为什么要跑？"

此刻回味，沈默也是莫名其妙："我也不知道呀，我为什么要跑？"

"你真是蠢到家了。我问你,你害怕什么呢?反正你喝醉了什么也不知道,那就一直装不知道好了。等今天在公司见到这个男人,你就装得跟昨天一样,该怎么对他就怎么对他。"

"那他要是直接找我呢?问我有没有想起昨天的事来怎么办?"

"你就接着装断片,不认账。就说你早上在房间里醒来,服务员把衣服给你送过来的时候,你问他们,他们什么也不知道,然后你就退房离开了。"

沈默犹豫着:"啊?这样好吗?人家毕竟救了我,我总得表示一下感谢吧?"

"你想怎么感谢?在公司看见他直接冲上去问,言副总,昨天晚上是不是你帮我开的房?我谢谢你呀,我喝醉了你也没对我怎么样。"

沈默无语,米拉说得对,言辰要是想要感谢,他昨天晚上就应该留下张名片或者是一个电话号码,可是他什么也没做,这就说明他根本没打算让沈默有所表示。

嗯,看来当作一切没有发生,是上策。

"那行,我就这么办。你现在在哪儿?我去找你吃早餐呀?"被米拉一开导,沈默的心情一下子好了。

"这个……不太方便。"米拉扭捏地说。

沈默一想,也对呀,米拉到北京来,肯定首先去找黄粱了,两人小别胜新婚,昨天晚上自然是如胶似漆干柴烈火。

"对不起对不起,我一大早打电话,打扰你们休息了。"沈默这样说着,话里却没多大的诚意。

"去你的,不跟你说了,你赶紧回家换身衣服上班去,晚上我给你打电话,你要请我吃饭。"

沈默笑着说:"好的,晚上不见不散。"

挂了电话,沈默站在路边等了半天才拦到一辆出租车,等回到家时,已经七点半了。

她匆匆地洗澡换衣服,然后给自己准备简单的早餐,再坐地铁到公司时，刚好踩着九点的时间打卡上班。

来到十楼人事部，沈默看见同事们已经整整齐齐坐在那儿办公了，门口的吴主任犀利地瞪着猫腰进来的她，沈默冲着他抱歉地一笑，这才走到自己工位上坐下。

跟对面的林倩倩打过招呼，沈默打开电脑，搁在包里的手机响了。

她早上忘了把手机调成振动，刺耳的提示声引得所有人朝她行注目礼。

她赶紧跟大家道歉，把手机调成静音，打开一看，是一条微信添加好友的通知，申请好友的备注是：程昊。

沈默点击通过，程昊迅速发了一条信息。

"沈助理，是薛总让我加你的，这是今天薛总的行程安排，我发给你看一下。"

"好的，谢谢程秘书。"

程昊不再废话，直接发过来一个文档，沈默打开，手机屏幕上的小字让她看得很费力。

她很自然地想把文档传到电脑上查看，然后就想到了昨天吴主任告她黑状的事，不由恨恨地瞪向吴主任坐的方向。

哪知道吴主任此刻也正回过头来瞪着她，四目相对都是一愣，沈默突然冲着吴主任嫣然一笑。

女孩的笑容明媚动人，眼睛亮得像是能洞察一切，吴主任一愣，脸色刷地白了，见鬼般地赶紧转回头。

沈默开心得冒泡，她不觉得自己这行为挺幼稚的，反而觉得吓着吴主任一回，这一局自己赢了。

把文档传到电脑上，沈默认真地阅读和记录着："九点半，薛总跟高层开会；十点，带工藤先生参观工厂；十一点，陪工藤先生到酒店吃饭休息；下午两点，跟工藤先生签约……"

总之今天一天还是陪着工藤那个老色鬼，沈默不由得叫苦，中午不会又要陪酒吧。

正这么想着，她的手机屏幕亮了，一看来电，是薛山打来的，让她去他办公室。

沈默照旧走到吴主任跟前，恭敬地说："吴主任，薛总让我去他办公室一趟。"

刚才沈默那一笑，笑得吴主任心里发毛，不知怎么，他感觉从沈默的笑容里读出好多内容来。

比如，我已经知道你的诡计了，你给我走着瞧！

再比如，我已经跟薛总说了你骚扰林倩倩的事，你等着吧，薛总说了，一定要把你赶出公司！

吴主任不敢跟沈默对视，盯着电脑屏幕道："去吧去吧，以后你去见薛总不用跟我打报告，你又不归我管。"

沈默浅笑着说："那还是要的，您也是我的领导嘛，尊重领导和听从领导的安排，是我们普通员工的首要准则……"然后不等吴主任回答，走出人事部关上门。

总经理办公室里，薛山正看着企划部拟定的协议书，他拿笔在上面圈改着，听到外面的敲门声，说道："进来。"

沈默推门进来，走到办公桌前站定："薛总您找我？"

薛山抬头看着她："怎么样，昨天晚上没事吧？"

沈默语塞。

"嗯？是不是喝醉了？"

沈默赶紧摇头："没有没有，哪儿能呢，我酒量很好的。"

"那就好。"薛山低下头继续看协议书，"程昊刚才把我今天的行程发给你了吧？"

"是的，薛总。"

"哦，那个行程作废。刚才企划部送过来的协议书有点问题，一会儿高管会开完后，我要组织企划部开一次会，争取在下午工藤参观完工厂后把协议条款定下来。所以今天的行程由你代表我参加，我就不去了。"

"啊？"沈默的心往上提，不会这么背吧！

她小心翼翼地问:"那今天由谁招待工藤先生?"

"言副总和方秘书,昨天晚上工藤先生对你和方秘书赞不绝口,今天还是由你们陪同,一定要做到让他满意,至少是在公司跟他签订协议之前。"

这潜台词不就是:今天一天,工藤要把你沈默搓扁揉圆你都得受着。

沈默倒不怕工藤把她怎么样,这么多人陪着,众目睽睽之下他也最多就是想入非非一番,要说美艳绝伦,方若雨的身材可比她沈默好多了。

沈默怕的是怎么面对言辰,她可没有米拉那样的心理素质,可以坚定地给自己洗脑——昨天晚上什么都没发生。

没听到沈默的回答,薛山又抬起头,皱着眉问:"有什么问题吗?"

沈默赶紧说:"没有没有。"

"嗯,那就好。"薛山又把视线放在协议书上,"一会儿你去找程昊,他会把以前张助理用的平板电脑给你,以后你要查看什么文档,就在平板电脑上,不要再用你工位上那台。"

沈默汗颜,点点头说:"好的,薛总,我记住了。"

"嗯,你出去吧。"

"好的,薛总。"沈默转身,走出总经理办公室,关上门。

秘书室就在总经理隔壁,沈默没直接进去,她站在那儿出神,想象着言辰看见自己时会是什么样的情形。

"沈默,你知不知道你昨天晚上什么熊样,你吐了我一身!"

要不就是:"沈默,2888,把房钱还我!"

又或者:"沈默,敢叫我渣男,哼哼,我是没有权力开了你,可是我能叫你生不如死!"

"沈助理?沈助理?沈默!"

幽远的某处好像传来男人呼唤自己名字的声音,坏了,这么快就找上门来了!

沈默跟爹毛的猫一样跳起来，"对不起，我错了……"

吓得程昊后退一步，"沈助理，你站在我办公室门口发什么呆？我叫你你怎么不应声？你说什么，对不起……"

沈默回神，尴尬地摇手，"没有没有，我什么也没说。程秘书，薛总让我找你要张助理的平板电脑"。

程昊把手里的平板电脑递过去，一脸狐疑地问："你真没事吧？"

"嗯嗯，我没事。"沈默接过平板，按亮屏幕，"这不用密码解锁吧？"

"不用的，离职的员工把平板交上来，信息管理部都会格式化的。"

"哦哦，明白了，那我走了，多谢程秘书。"

沈默说完，转身朝电梯走去。

程昊站在那儿，若有所思盯着沈默的背影，直到她走进电梯转身按键，这才关上自己办公室的门。

回到自己的工位上，沈默把电脑里自己浏览的资料彻底删除，然后再把手机里的东西全部传输到平板电脑上。

刚做好这一切，桌上的座机响了，她拿起来接听。

"是沈助理吗？"

听到里面的声音，沈默吓得手一抖。

"是……是的，我是沈默，言副总您有什么事？"

"你现在到我办公室来。"

"啊？去您办公室啊？"

"怎么？你现在很忙？"

"欸，不是不是，言副总，您的办公室在几楼呀？"

沈默确实是不知道言辰的办公室在哪儿，昨天她跟着言辰方若雨陪工藤参观公司，并没有参观过言辰的办公室。

"八楼。啪！"

听到话筒里挂断的声音，沈默撇撇嘴："渣男！说到底还是个

51

渣男!"

"咦,你在说谁?"林倩倩好奇地抬起头。

"我说我昨天晚上遇到的一个男人。"沈默一边收拾桌上的东西一边回答。

林倩倩笑着说:"你要出去吗?中午回不回来?"

"不一定,有什么事吗?"

"我昨天在网上看中一条裙子,想约你一块儿去实体店试穿,顺便帮我看看好不好看?"

林倩倩一脸期待,祝贺的生日快到了,她想穿着那条裙子把自己当生日礼物献给祝贺。

沈默抱歉地说:"对不起啊倩倩,薛总让我去陪那个日本客户参观工厂,中午不一定回来,要不我们约下次吧。"

"嗯,行,明天也可以的,不着急。"林倩倩爽快地答应。

沈默把电脑关机,然后站起来将平板电脑塞进包里,跟林倩倩摆了摆手。

走到吴主任背后特意咳嗽了一声,吴主任的腰一下子挺直了,沈默忍着笑,拉开门走了出去。

沈默坐电梯来到八楼,站在言辰的办公室门口,手举起又放下,举起又放下。

突然身后有人冷笑:"知道自己昨天晚上丢人丢大了?这会儿是不是没见脸言副总了?"

沈默转身,看见方若雨一脸嘲讽地看着她。

"看什么看,醉鬼!让到一边去。"方若雨的肩膀撞了沈默一下,把她撞了一个趔趄。

然后她敲门,不等里面回答,方若雨推门走了进去。

言辰抬起头,皱眉看着方若雨,后者笑靥如花:"言总,好巧沈助理也要进来,我这还没敲门呢,她就把门给推开了。"

"你……"沈默瞪圆了眼睛,她是头一回看见这样撒谎不打草稿的人,何况还生得这么美,这不就是传说中的美女蛇吗?

言辰的视线落在沈默身上,沈默下意识地低下头,她是想起昨晚的事觉得尴尬,可在方若雨眼里,她是因为刚才没听到指令闯进副总办公室,这会儿心里害怕了。

方若雨很得意,等着言辰发脾气骂沈默。

哪知道言辰的视线只落在她身上一秒,随即把桌上的文件夹一合说:"沈助理,薛总刚才打电话说,让你今天全权代表他陪同工藤先生参观工厂?"

"嗯,是的,言副总。"沈默小声回答。

"那我们出发吧,先去酒店接工藤先生。"言辰站直身,从办公桌后走出来,看着方若雨冷声道,"方秘书,你不需要准备一下吗?"

方若雨直觉言辰今天对她的态度有点不一样,她愣了下,又不想让沈默感觉她跟言辰只是上下级的关系,便娇媚地笑着道:"言总,我早就准备好了,就等着您说出发呢。"

"嗯,那走吧。"言辰听了大步往外走,方若雨狠狠瞪了沈默一眼,沈默低着头,跟在他俩身后。

司机已经在楼下等着,还是开着昨天那辆奔驰商务车,明明后面两排三个人可以坐下的,可方若雨拉开后面的车门请言辰上车,然后对沈默说:"沈助理,你去坐前面。"

沈默看见坐在那儿的言辰正低头看平板电脑,根本就没听到她们俩的对话。

她毫无心机地冲方若雨一笑:"好的,方秘书。"

方若雨没想到沈默这么好说话,再联想昨天晚上沈默喝醉的蠢样儿,就觉得自己是不是太把这丫头当盘菜了?这不就是个傻妞儿吗?

"算你识相!"方若雨小声说了句,扶着车门就准备上车。

沈默突然笑着问言辰:"言副总,方秘书说让我坐前面,我也不太明白为什么,那今天我是不是就一直坐前面?招呼工藤先生和跟他介绍我们工厂概况的事儿,就交给方秘书了吗?"

53

方若雨上车的动作进行到一半，顿时僵在那儿，刚才还笑得美美的脸有刹那的惊慌，随即她转头瞪着沈默："沈助理，你怎么这么说？好像我在言总跟前邀功似的。既然今天薛总说了让你代表他招待工藤先生，那肯定是以你为主导了。"

"哦哦，原来是这样啊，我还以为方秘书让我坐副驾驶带路呢？我还纳闷呢，敬怡酒店方秘书和言副总应该比我熟悉得多，怎么还需要我带路呢？"

言辰目光深沉地看着沈默，沈默说话间偶尔跟他对视，就感觉那犀利又冰冷的眼神极有深意。

2888呀！吐了我一身呀！还敢叫我渣男啊！

她咬着唇，突然就觉得坐在前面也不错，最起码不用这么近距离地面对言辰。

这时言辰开口了："沈默也坐后面，都快点上车。"然后他就又低下头，开始看平板了。

方若雨恨恨地瞪了沈默一眼上车，坐在言辰坐的那排三人座位上，离言辰距离很近，坐定后还挑衅地看向沈默。

沈默觉得好笑，这人得多不自信，才能把每个女人都当成自己的假想敌啊。

她坐在靠窗的单人座位上，也拿出平板查看起工厂的资料来。

很快抵达敬怡假日酒店，三人下了车，一起来到工藤住的十六楼。

刚走出电梯，一个推着清洁车的阿姨看见沈默，很惊喜地拉住她："姑娘，你没事吧？昨天晚上我把你送到大厅休息，一转眼你就不见了，可把我担心坏了。"

眼前的阿姨似曾相识，沈默皱眉回忆着。

见她一脸迷惘，阿姨又说："你忘了，昨天晚上你喝醉了，在三楼餐厅走廊里，抠着墙哭，我问你怎么了，你说你想回家，我又问你在家哪儿呀，你说你家在山东……"

阿姨这么一说，沈默算是把那些零碎的片段给串了起来，从站在卫生间盥洗台前傻乎乎说方若雨真好看开始,一直到走廊里自己撞到言辰,之后的一切细节翻江倒海地全涌了出来。

沈默很尴尬,方若雨很惊慌。

沈默尴尬的是人家言辰好心搭救她,她不仅骂了人家一晚上,还吐了他一身。

方若雨惊慌的是,昨天晚上她把沈默丢下后离去,出租车上接到言辰的电话跟他撒谎说自己在送沈默回家的路上。现在阿姨这么一说,她顿时明白了,后来是保洁阿姨把沈默带到一楼大厅,应该是沈默稍微清醒后自己打车回家的。

言辰背着双手站在那儿,看到两位的表情,心里跟明镜儿似的。

沈默自然也想起方若雨把自己丢在这里的情形,她心头冷笑,果然是条美女蛇。

"姑娘,你没事吧?今天好些了没?"阿姨关切地说。

沈默很感激:"我没事的,阿姨,昨天真是谢谢您了。"

"那就好那就好,你不知道,我儿子也远在上海工作,我一看见你昨天那样儿啊,就想起我儿子来……"

阿姨絮叨个没完,言辰皱起了眉,方若雨说:"沈默!"

沈默笑着对阿姨说:"阿姨,我们是来工作的,我先去忙了,等有空儿我来找您玩儿。阿姨您贵姓?要不我写封表扬信给你们领导,让他给您加工资。"

阿姨赶忙摆摆手说:"我姓孙,你叫我孙阿姨就可以了。你不用给我写什么表扬信,你快点去忙吧,我也得去干活儿了。"

"那我走了。"沈默说完朝工藤的房间走去,阿姨还站在原地冲她的背影挥手。

方若雨假装关心地说:"沈默,没想到你还挺有亲和力,能跟这种下等人打成一片。"

沈默听了这话站住,皱着眉正色道:"都是靠自己的能力吃饭,分什么三六九等。方秘书觉得自己比这阿姨高贵吗?人家至少有颗善良的心。"

"你……"给沈默一通抢白，方若雨涨红了脸，看看身后的言辰又不便发作，只得强把这口气忍下来。

言辰抿了下唇，不耐烦地道："抓紧时间，你们是来工作的，不是来打嘴仗的。"

第六章　频繁骚扰职场男青年

敲开工藤俊新的门，他一副宿醉未醒的样子，看见沈默和方若雨生龙活虎，感叹道："还是年轻好啊。"

寒暄一阵后，四人出发前往开发区的工厂，一路上沈默给工藤介绍着工厂的概况，工藤认真地听着，不时点点头，偶尔提一两个问题，沈默也对答如流。

车子停在厂区内，方若雨似乎感觉这一路上没有表现，殷勤地招呼工藤下车。

言辰跟沈默走在后面，他没想到短短时间沈默就能把这些资料记得这么详细周全，而且还把枯燥的数字和关于精密仪器的专业用语转换成了通俗的语言，让工藤这个日本人听得明明白白。

沈默却已经紧张得后背湿透了，要知道薛山突然袭击说让她代表自己陪工藤参观工厂，而她却什么都没准备。

在车上时她给程昊发微信让他传过来工厂的资料，好在她当年考研时练就了死记硬背的基本功，再加上文字方面她还算有天赋，这才没有再次出丑。

是的，再次出丑，昨天晚上已经够丢人了，今天要是在工作上再有闪失，她觉得自己就要无地自容了。

感到言辰的目光投射到自己身上，沈默一阵心虚。

"言副总，我是不是说错什么了？"

言辰皱眉问："为什么这么说？"

"那您为什么老看着我？"

言辰眼神一闪，抿着唇没有说话。

前面的方若雨见两人在后面似有交流，笑着冲沈默招手，"沈助理，工藤先生有问题要问你。"

沈默冷笑了下，快步走过去："是吗？方秘书在公司多年，应该对公司所有下属企业了如指掌吧，工藤先生的问题您不能回答吗？还是想特意考考我？"

方若雨笑容僵住，沈默就笑眯眯地看着她，工藤看着两位美女，他实在是弄不懂中国女人的社交方式。

言辰走过来，"工藤先生累了吧，我们去厂长办公室看看，顺便休息一下。"

"好的好的。"

几个回合下来，方若雨知道自己是轻敌了，可是她也不能当着言辰的面恼羞成怒，看来想要跟沈默过招，还得想想新的策略。

所以接下来的时间里，方若雨换了和蔼的态度，而沈默这人就是这样，人不犯我我不犯人，方若雨想要表演一派祥和，她也乐得配合。

可是她怎么也想不明白，自己才进公司第二天，怎么就无端成了方若雨所谓的情敌了呢？

参观完工厂，厂长竭力邀请他们在厂区食堂吃饭，言辰问工藤的意见，工藤欣然同意，他说昨天晚上大鱼大肉吃多了还喝了很多酒，今天正好可以尝一尝中国工厂的工作餐。

吃过午饭，言辰提出送工藤回酒店休息，昨天晚上一顿大酒喝得工藤萎靡不振，有想去三里屯的心却没了去三里屯的身，思考了一番便也答应了，等下午签约完成后，晚上叫上薛总再一同出去庆祝。

回到酒店，工藤回自己房间休息。

言辰三人坐在一楼大厅的待客沙发上休息，沈默问他："言副总，那接下来我们做什么？"

"可以回公司，也可以自由活动，下午两点签约，你提前问一下薛总，需不需要你准备什么。"

"知道了，言副总，那我可以走了吗？"

言辰点点头："可以。"

沈默很开心："言副总再见，方秘书再见。"

看着沈默快步走出酒店，言辰似乎一直盯着她的背影，方若雨撇撇嘴："言总，那我们呢？"

言辰转头看着她，语调冰冷："昨天确实是你把沈默送回家的吗？"

方若雨愣住，她强笑着问："言总，您这话什么意思啊？"

"那刚才那个阿姨是怎么回事？她说她把沈默带到大厅是你送她之前还是之后的事？"

方若雨低下头，再抬头时一脸的委屈："言总，我真的不是故意的。你走后我就去了趟卫生间，出来就不见沈默了，我找了她好一会儿也没找到，哪知道那位阿姨把她送到大厅了呀。"

"给你打电话的时候，你为什么要说谎？"

方若雨美目盈盈，甚至泛着泪光："言总，我跟随您这么多年，您交代的哪件事我不是办得利利索索的。可是就昨天晚上这一件小事我没有办好，我把沈默给弄丢了，我这不是……怕您骂我吗？"

言辰没再说话，将视线转向落地窗外，他看见马路对面沈默拎着一箱东西在等红绿灯。

绿灯亮起，她朝这边跑过来，很快又回到酒店。

言辰诧异地转身看着她，沈默来到服务台把那箱东西放好，笑着交代了几句什么，这才又走出酒店。

方若雨也觉得奇怪："言总，沈默是不是给工藤先生送礼呀？昨天晚上工藤先生不是一直拉着她的手说，要带她回日本，让她去他公司工作，还要给她安排食宿给她办工作签证吗？"

方若雨人长得漂亮，工作能力强，是言辰的左右手，可她的性格一直不被言辰所喜欢。

她孤傲清高，总爱以己度人，认为只要比她稍微强一点或者表现好一点的职场女性，要么是借手段上位，要不就是别有用心。

言辰心里很反感，目光冰冷地看着方若雨，嘲讽道："你可以去服务台问一下。"

没想到方若雨真就站起来了："好。"

不一会儿她回来坐下，很不屑地道："沈默真会做人，她居然给那位保洁阿姨买了一箱牛奶。"

言辰挑挑眉，原来她这么急着离开，是出去买牛奶了？

"言总，你说她是怎么想的呀？一个保洁阿姨，跟她说那么多做什么呀？"

言辰站起身，"走吧，我们回公司"。

"啊？我咖啡还没喝完呢。"

"那你留下喝，我在车里等你。"言辰说着话头也不回地走了。

方若雨赶紧拿起包去追："言总，你等下我呀。"

两人上了商务车，方若雨本还想坐在言辰身边，见他冷若冰霜的样子，只好坐在跟他一排的单人座位上。

司机赵师傅问言辰："言副总，是回公司吗？"

"回公司。"

赵师傅平稳地往前开，经过一个路口时，他看见沈默站在地铁站入口，正在打电话。

"咦，那不是沈助理吗？言副总，要不要捎沈助理一段？"

言辰还没说话，方若雨咕哝道："这里不能停车吧。"

言辰开口道："找个能停的地方，方秘书，你给沈默打电话，问她是不是回公司，如果是的话，就让她上车。"

"可是我不知道她电话呀。"方若雨装作很无奈地说。

"我知道。"赵师傅找了个地方停下，然后拿出手机，"昨天我们互加了微信。"

"真会做人！"方若雨小声说。

挂了电话，赵师傅笑着说："沈助理也回公司，她马上就过来。"

言辰"嗯"了一声，低下头继续看平板电脑。

不多时车门拉开，沈默笑着上了车："我以为你们已经回公司了呢。言副总，方秘书，赵师傅，谢谢你们等我啊。"

言辰不置可否，方若雨瞥着沈默："沈默，你刚才是不是又回酒店了？你干什么去了？"

"噢，没什么，我落了东西，回去找一下，结果没找到。"

"是吗？"方若雨嘲讽地道。

言辰抬眼看向她，目光中意味不明，很快，又把视线转移到平板电脑上面。

沈默没理方若雨，"嗯"了一声拿出手机。

她盘算着今晚可能不能请米拉和黄梁吃饭了，听刚才言辰话里的意思，下午工藤签约后，薛总很有可能还要庆贺一下签约成功。

那看来今晚她是不能脱身了，跟米拉的约会岂不是要泡汤了？

米拉那一点就着的小暴脾气，她最讨厌人家言而无信，何况沈默答应了要请她吃饭的。

这不，刚刚把信息发过去，米拉的电话就打过来了。

沈默接下接听键放在耳边，压低声音装作很温柔："亲爱的，实在对不起呀。"

"对不起个屁，我大老远从深圳跑到北京来见你一面，你居然放我鸽子！沈默，你有没有点良心！"

"啧啧啧，米春花，你说这话好意思吗？你明明是来找黄梁的好不好？"

"谁说的？友谊第一，男人第二，我说来见你就是来见你的，我不管，今天晚上我一定要看见你！"

"拜托，我今天才第二天上班，晚上还得陪客户吃饭，确实走不开呀，亲爱的，算我求你了……"

"嗯，那这样吧，我有个条件，只要你答应，我今晚就放过你！"

"什么条件？"沈默突然觉得不妙，可是现在已经赶鸭子上架，不答应也不行了。

米拉笑得很得意："现在还不能告诉你，反正我要在北京待十天，等我这两天忙完了工作再找你，这几天给你充分的猜测时间。"

说完不待沈默回答，米拉就挂了电话。

沈默看着手机发呆，她怎么有种被下套的感觉呢？

方若雨凑过来，假笑着问："沈默，你叫人家亲爱的，是不是你男朋友？"

沈默把手机放进包里，拿出平板电脑，笑了下说："你猜。"

"喊！"方若雨讨了个没趣，重新坐回去。

靠窗坐的言辰，微微弯唇，脸上闪过一丝笑意。

三人回到公司，已经是一点半了，离正式签约的时间还有半个小时。

言辰和方若雨在八楼下电梯回自己办公室，沈默心想，要不要去找薛总汇报一下上午的工作呢？

她决定先回办公室给薛山打个电话，如果他现在正在午休，上去打扰总是不太好。

回到人事部办公室，吴主任照旧坐在自己座位上看电脑。

沈默很奇怪，这吴主任每天中午都不用吃饭吗？大家都在午休的时候他就趴在那儿工作，就是为了让徐经理看见他有多兢兢业业？

看见沈默回来，林倩倩高兴地朝她招手，然后指指手机。

沈默会意，坐下来拿出手机打开微信，林倩倩立即传过来一张照片。

沈默点开，看见背景是商场专柜，林倩倩身穿一件浅粉色连衣裙，站在那儿对着镜头浅笑。

"怎么样，怎么样？这裙子好看吗？你说你中午没空，我就自己去试了下，让售货员帮我拍的。"

沈默仔细端详，那条裙子的样式挺独特的，看做工和剪裁就不是便宜货，肩膀和腰际用的是蕾丝料子，胸口和下身则是亮丝面料。

林倩倩穿在身上，浅粉色显得她皮肤愈加白皙，腰部的蕾丝恰到好处，既有少女的娇俏又不失性感。

沈默由衷地点头。

"好看，太好看了。这裙子不便宜吧？"

"嗯，9880。"

沈默咂舌。

"这么贵，网上要多少钱呀？"

"便宜五百块钱，9380。"

"9380！那也很贵呀，好看是好看，可是日常通勤穿不了吧？你确定要买吗？这也太贵了。"

林倩倩抬头看向沈默，小脸红扑扑的，然后她回答。

"祝贺的生日快到了，我想买这套裙子穿着给他过生日，然后把自己献给他。"

"啊……"

沈默不知道说什么好了，为一个男人花一个半月的工资买条裙子，还说什么，要把自己当礼物献给他。

沈默觉得自己理解不了，她虽然没谈过恋爱，可是也经常听米拉说起自己的恋爱观。

米拉灌输给她的是大女人思想，这年头男女平等，恋爱里不存在地位悬殊。我掏心掏肝对你，你就得肝脑涂地回报我。

虽然说，沈默不大苟同米拉的极端思想吧，可也觉得林倩倩爱得太卑微了，为什么要把自己献给他呢？还要花一万块钱买条裙子取悦他。

如果女孩子要买裙子的话，不是应该男朋友出钱给她买吗？

"那个，倩倩，你花一万块钱买条裙子，你这两个月怎么生活呀？"

林倩倩甜甜一笑。

"没关系的，我们俩打算一块儿租房子住，到时候我可以买菜做饭吃，而且中午吃公司，挺便宜的。"

"哦，是这样啊。"

沈默无语了，她也明白恋爱的事如人饮水冷暖自知，她这个外人不好插嘴说什么。

"等我们把房子收拾好，我请你去做客。你要是也觉得这裙子好看，我就在网上买了。"

"好的好的，买吧买吧。"

沈默还能说什么呢？

林倩倩很开心。

"沈默，谢谢你呀。"

沈默把手机放下，冲她眨眨眼，然后拿起座机，给薛山打电话。

"嗯？你怎么还在公司？你不是应该去酒店接工藤先生到公司来签约吗？"薛山听到沈默的声音很意外。

沈默愣住："没有人告诉我得去接工藤先生啊？"

薛山很生气："沈默，那你告诉我，下午的签约是在公司进行，如果你不安排人去接工藤先生，难道让他自己坐出租车来公司？这份合同对公司有多重要我说过很多次了，你怎么能犯这种低级错误？"

薛山不等沈默回答，"啪"地挂了电话，沈默愣了一秒，然后抓起包往办公室外冲。

她一边往电梯口飞奔，一边拿出手机给赵师傅拨电话，电梯停在十二楼，沈默啪啪按键，电梯纹丝不动。

她急了，直接推开消防通道的门走楼梯，那边赵师傅接了电话，"沈助理？"

"赵师傅,您在哪儿呀?要快,咱们得到敬怡酒店接工藤先生来公司签约,耽误了签约时间可不得了啊。"

赵师傅莫名其妙:"咦?我就在酒店门口呀,言副总已经吩咐方秘书来接工藤先生了,怎么沈助理您不知道吗?"

"啊?是这样!"沈默抓着楼梯扶手,努力把气喘匀了,"哦哦,那就好,谁去接都一样,那你们接到工藤先生就回来吧,路上注意安全。"

"好的,沈助理,那我挂了。"

挂了电话,沈默皱紧眉头,言辰什么意思啊!明知道下午还要去接工藤而且时间紧迫,为什么还让赵师傅把他们拉回公司?

而且在车上一起那么久的时间,他都没知会沈默一声,这也太不地道了吧。

对了!沈默眼睛一亮,难不成是昨天自己一直喊他"渣男"他怀恨在心,这是在打击报复?

他不告诉沈默,派自己的秘书去接工藤。既在薛总面前邀了功,还能让薛总治沈默一个工作不尽心的罪责。

这不就一箭双雕吗?言辰呀言辰,你堂堂七尺男儿,还是副总,居然这么小肚鸡肠!怪不得他身边那个美女蛇秘书也那么坏,根本就是蛇鼠一窝!

想一想早上还在为自己吐了他一身而内疚,可现在这点内疚之情荡然无存了。

沈默站直身子,目露凶光。

该!渣男,早知道你这么坏,就应该趁着喝醉把你的车也刮花!

看看表还差十五分钟签约,沈默又转回去搭电梯来到一楼,等着工藤先生到公司,就陪他去总经理办公室。

约莫站了五分钟,那辆奔驰商务车停在门口,车门打开,方若雨先下车,然后转身很恭敬地去扶工藤。

工藤中午休息了一会儿,想必宿醉的难受劲儿缓过来了,一双小眼睛滴溜溜盯着方若雨的胸口。

因为他身高比方若雨低半头,所以下车时微弓身子的方若雨,一片春光被工藤尽收眼底。

沈默心里直犯恶心,她再讨厌方若雨,可大家同是女性,作为同胞就不能袖手旁观。

沈默走上前,直接把方若雨半边身子给挡住了:"工藤先生,不好意思啊,我因为突然有公务没能去酒店接您,真是太对不起了。"

工藤只好把视线收回来:"没关系没关系,薛总说晚上请我吃家宴,到时候沈助理多陪我喝几杯就好。"

"家宴?"

方若雨以为沈默想邀功,恨恨瞪她一眼,既而得意地笑着说:"怎么沈助理不知道吗?薛总签约后,会在家里招待工藤先生,薛总的夫人亲自下厨,会让工藤先生尝尝地地道道的中国家常菜。"

言辰此时也下了车,背着双手站在那儿,沈默下午没去接工藤他就觉得奇怪,这会儿又听沈默话里的意思,她好像根本就不知道薛山晚上的安排似的。

他皱了下眉,难不成薛山不信任这个新来的生活助理?又或者,这是对沈默的一项测试?

不过这些都不关他的事,他只是略一思忖便放在一边。

"工藤先生,时间差不多了,我们上去吧。"言辰做了个请的姿势,对工藤俊新说。

大会议室也位于公司顶层,跟薛山的办公室隔了两个房间。

一行人上楼后,薛山已经和法务部以及企划部的高管们等在那儿了。

看见工藤,薛山很热情地上前跟他握手,寒暄了几句后,正式开始签约流程。

因为之前的条件都已经谈好了,所以整个过程非常顺利,不多时便结束了。

大家合影拍照后，薛山邀请工藤到他办公室坐坐，工藤却说他要去言辰那边，看方若雨表演茶道。

薛山欣然同意，同时还别有深意地看了沈默一眼。

沈默知道一会儿自己一通批评是挨定了的，就一直低着头站在一边。

看着电梯合上，薛山转身往自己办公室走，"沈助理跟我进来一下"。

沈默答了一声"好"，灰溜溜跟在他身后。

薛山坐下，看着两手交握在身前垂头丧气的沈默，冷声问："昨天你的表现我很满意，今天怎么就掉链子了呢？你们把工藤先生送到酒店休息，你就应该想到下午还有回公司签约的问题呀？怎么能把工藤先生一个人留下，你就没想过他下午怎么来公司吗？"

沈默觉得这件事自己确实有错，她虽然没有这方面的经验，可是鼻子底下有张嘴，不懂为什么不问呢？

仔细想一想，还是自己的问题。第一呢，因为昨天晚上跟言辰那件事闹得她今天一天心神恍惚；第二呢，在车上只顾着跟米拉打电话了，她根本就没有时间总结一下今天的工作。

"对不起，今天这件事确实是我的错，我以后不会再犯这样的错误了。"

见沈默态度诚恳，薛山也不好再说什么，他的手敲着座椅的扶手："其实也是我疏忽了，这些年习惯了张助理把事情安排得井井有条，我忘了你是新手了。"

沈默心下感动："薛总您别这么说，是我的错，我没有什么经验，那我就应该多问的，可是我今天思想开小差了，要是我多问一句，就不会把工藤先生一个人留在酒店了。"

"嗯，这次签约还算圆满，再加上工藤先生对你的招待也算满意，这件事就算了，以后你多注意。你学东西挺快的，积累经验也不是一天两天的事，相信假以时日，你会是个优秀的助理。"

沈默朝薛山鞠了一躬："谢谢薛总，我以后一定努力。"

"晚上接工藤先生去我家吃饭，这事你知道吧？到时候你跟程昊一起，程昊知道我家的地址。"

沈默问："薛总，晚上还要喝酒吗？"

薛山笑了："是家宴，喝酒就随意些，没关系的，你不想喝就让程昊替你，他挺能喝的。"

"那……言副总和其他高管也要去吗？"

薛山看着沈默，似乎是在揣摩沈默特意问起言辰是什么意思。

"工藤挺喜欢方秘书的，言副总的秘书出席，言副总肯定也会出席，怎么，有什么问题吗？"

沈默忙道："哦，没有没有。"

"嗯，没事你出去吧，下班时记得找程昊，你们接上工藤先生，一块儿去我家。"

"知道了，薛总。"

沈默走出办公室，薛山抬起头，目光深邃地看着紧闭的门。

其实他没有告诉沈默应该在酒店等工藤是故意为之，一来是想测试一下沈默的应变能力；二来他也想知道，最近在公司风头正盛的言副总，跟公司的重要客户独处时，会不会发表什么惊人的言论。

好在这两道测试题的答卷他都挺满意的，沈默处理危机困境的心理素质还算可以，司机赵师傅也把车上言辰跟工藤交谈的内容详细汇报给了薛山。

此刻的薛总，有一种江山尽在他掌握的自豪感，他往后靠在椅背上，得意地笑了起来。

下午四点半，沈默开始给程昊发信息。

"程秘书，晚上薛总邀请工藤先生去家宴，您没忘吧，我们几点出发？"

程昊没回复，沈默又发。

"程秘书，如果您忙的话，需不需要我打电话给司机要车？"

又过了一会儿。

"程秘书，那我现在给赵师傅打电话了，工藤先生现在在言副总办公室，您看是我过去请还是您过去？"

又等了十分钟，程昊还是没有回复，沈默等不了了，伸手去拿话筒，打算往司机班打电话。

手刚伸过去，座机就响了，她拿起来接听："喂？"

那边传来程昊忍着怒意的声音："沈助理，您一会儿一条信息轰炸是什么意思啊？我正在做会议记录，你知不知道，你这样频繁地骚扰我，很影响我工作效率的！"

"啊？骚扰？还频繁？"沈默瞠目结舌。

"我看到信息就会给你回复的，我的时间安排也是有计划的，耽误不了晚上送工藤先生到薛总家，请你不要再给我发信息了。"

说完不等沈默回话，程昊便挂了电话。

沈默看着话筒，一愣一愣的，这叫什么事儿呀？

中午挨了一通批评，她这也是想把工作提前做好呀。就是因为怕影响程昊，她才没有打电话，而是改成用微信发信息的。

再说了，如果第一条信息程昊就回复的话，哪还有第二条第N条呢？这怎么就上纲上线成了骚扰他程大秘书了？

沈默觉得挺委屈，再加上下午挨批的事，整个人都感觉不好了。

她把平板电脑拿出来，打开记事簿，新建一个文档，标题是《我在敬一的第二天》。

然后就把今天发生的事记录下来，写到言辰摆她一道，程昊说她频繁骚扰他一个职场男青年时，用词极犀利，笔触极狠辣！

写完了之后又读了一遍，沈默觉得心情好多了，她把文档设置密码，然后收起平板。

看看时间四点五十五，拿起话筒再次给程昊打电话。

"程秘书您好，我是沈助理，现在离下班时间还有五分钟，我们是否需要准备一下？送工藤先生去薛总家？"

这会儿换程昊一愣一愣的，听着沈默如新闻播报员般假笑又客套的语调，他不知是该哭还是该笑。

程昊咳嗽两声："我刚才已经给司机班打过电话了，车应该到楼下了，要不沈助理跑一趟言副总办公室？问问看……"

程昊还没说完，沈默很顺溜地回答："好的，没问题，我现在就去言副总那边，麻烦程秘书尽快下楼等着我们。"

"啪！"

沈默摔下话筒，两手放在胸口，掌心向下压了压，缓缓吐出一口气来。

不就是装嘛？表面装客套装虚伪，谁还不会呢？

沈默起身，把东西收拾进包里，然后跟林倩倩打声招呼，走出人事部。

来到八楼言辰的办公室门口，隔着门便能听见里面方若雨的娇笑声。

沈默撇撇嘴敲门，里面传来言辰深沉的声音："请进。"

沈默推门进去，看见言辰坐在办公桌后面看文件，而工藤和方若雨则坐在落地窗下的茶道桌旁，方若雨微欠着身子给工藤倒茶，胸口的衬衫扣子松了两粒，能看见一片雪白。

工藤的眼睛正盯着那里，口水都快要流出来了。

沈默突然就醒悟了，自己中午还想着替方若雨遮掩春光，原来她是故意为之呀。

沈默呀沈默，你真是蠢透了！

第七章　给你配个男朋友

见沈默愣在那儿没说话，言辰放下文件看着她问："沈助理，有什么事吗？"

沈默回神道："言副总，我来接工藤先生去薛总家赴宴，车已经备好了。"

那边的工藤扭过身,热情地接话道:"沈助理来了,过来尝尝方秘书泡的茶?"

沈默淡笑:"多谢工藤先生,有机会再尝吧,我来接您去薛总家里。"

"好的好的。"工藤站起身,又贪婪地盯着方若雨的领口,"方秘书不一起吗?"

方若雨娇笑道:"工藤先生,言副总吩咐过了,在您离开中国之前,我会为您提供贴身服务。"

转而她又挑衅似的瞪着沈默,沈默真想给她个大白眼,现在工藤跟公司的合同已经签订了,她为什么还要不遗余力地出卖色相?

"程秘书已经派好了车,言副总和方秘书一起吧,等家宴结束后,再让赵师傅送你们回家。"

言辰放下文件走出办公桌,方若雨很自然地走到门口的衣架前取下西服为他穿上,然后还轻轻拍打了两下,替他整一整衣领,那模样宛若恭送丈夫出门的妻子。

沈默心头冷笑,拉开门做了个请的手势,"工藤先生,请吧"。

薛山的家位于城北望京的富人区,那里别墅林立风景绝佳。

到了薛山家门口时,路边已经停了好几辆车,一行人下了车,司机赵师傅将车子开走。

走进古铜色的铁艺大门,远远便看见灯火灿烂的门口站着一位中年妇人。

言辰率先上前,跟大家做着介绍:"这位是薛总的太太,石梅女士。"

石梅四十岁上下,身穿浅灰色开司米毛衣,下身是一条黑色阔腿裤。

石梅的长相属于大众型,头发在脑后绾着,鼻梁上架着副金丝边眼镜,整个人显得知性端庄。

"薛太太，这位是工藤先生，这位是沈默沈助理。"

"你们好，我叫石梅。"石梅落落大方地跟工藤握手，转向沈默时，特意多看了她两眼，然后跟她碰了下指尖就收回了手。

"大家请进来吧，工藤先生请。"石梅微微侧身，请大家进入客厅。

方若雨跟石梅很熟的样子，上前亲热地挽住石梅的胳膊："薛太，好久没见您，您皮肤又好了，您快告诉我，用的什么护肤品啊？"

石梅笑着说："我这张老脸喽，哪像你们这些小年轻，哪有用什么高级的护肤品，平常就是涂点润肤霜而已。"

方若雨夸张地瞪大眼睛："真的？就抹点润肤霜？哎呀，薛太您的皮肤底子真是太好了。哪像我们这种底子差的女人，每天上班还得抹厚厚的一层，经年累月下来，皮肤差得要死，一卸妆根本就不能看。"

石梅道："瞧你说的，哪有那么夸张，你现在正值青春靓丽，哪个男人看见不心动呀？"

方若雨长叹一声道："哎，再青春靓丽有什么用，也就这几年，不像您，腹有诗书气自华，我们这种庸俗女子可比不了呢。"

沈默和程昊跟在工藤身后，听到后面方若雨和石梅的话，心想这两天接触下来，没发现方若雨有什么特殊的业务能力，倒是利用自己的外貌达到目的和溜须拍马的功力让人惊叹不已。

她不由看向一旁的言辰，是不是所有的老板都喜欢这样的下属呢？那么她自己会不会以后也变成这副模样？

言辰面无表情地走着，感觉到沈默的视线，转头跟她对视，眼神讳莫如深。

沈默赶紧别过头快步往前，眼神里尽是厌恶之色，言辰翘起嘴角，不以为意地笑了。

石梅请大家坐在会客沙发上，让保姆端来茶水，跟工藤寒暄着。

工藤对熟女没什么兴趣,就显得客气而冷淡,好在有方若雨不时地插科打诨,气氛才没有那么冷淡。

又坐了一会儿,石梅看看挂钟,埋怨道:"这都几点了,老薛怎么还不回来?"

程昊站起身回答:"快下班时薛总临时有个会,可能会晚回来一会儿。"

石梅微皱眉头:"真是的,都快下班了还开什么会呀?他可以不吃饭不顾家,可是那些员工不得回家陪老婆孩子?"

方若雨笑着说:"薛太您可千万别埋怨薛总,要是没有他的兢兢业业,我们这么大个公司这么多员工怎么吃得上饭呢?"

石梅抿嘴笑了:"瞧你这话说的,好像离了他大家就都吃不上饭一样。"

"那可不是嘛,薛总是我们公司的顶梁柱,公司上上下下所有员工都唯他马首是瞻,也正是因为有他这样的好领导,我们才能在舒适优越的环境下工作,哪怕加班加到再晚,也毫无怨言的。"

"你这丫头,嘴就是甜。"石梅摆摆手,开心地笑了,"算了,不等他了,我去看看厨房准备得怎么样了,好了大家就入席,咱们边吃边等他。"

方若雨站起身,快步走过去挽住石梅的胳膊:"我陪您一块儿去。"

"这怎么行,你可是客人,哪好让客人下厨房?"

方若雨故做顽皮地眨眨眼:"我一直想跟薛太学学怎样做个贤妻良母,您可一定要给我这个机会,我将来能不能嫁个好人家,就全靠您了!"

"哎哟,你这话说的,怎么一下子就把终身大事托付到我头上了,我不应下来都觉得不好意思了。"

石梅很开心地笑了,跟方若雨手挽着手往厨房走去。

穿过走廊,石梅往客厅的方向看了一眼,假装不经意地问方若雨:"那位沈助理,怎么没见过?是新人吗?"

方若雨装作很吃惊的样子："怎么，薛太您不知道吗？薛总身边的张助理回家待产，可能生完孩子就不回来了。所以薛总吩咐人事部帮他再培养一位生活助理，这位沈助理就是新招聘来的，算上今天，才进公司两天。"

石梅皱紧眉头："才两天？这就带到家里来了？"

方若雨假装愣住："她是薛总的生活助理，理应招待工藤先生呀？今天晚上您请工藤先生家宴，她自然要跟来的。"

"我怎么没看见她招呼工藤先生，一直都是你在跟工藤先生说话。"石梅的脸色沉了沉。

"沈助理以前没有做过这方面的工作，所以没有经验，再加上今天头一次到您家里来，看见您难免紧张，这也正常嘛。"

石梅问："哦？那她以前是做什么的？"

"听说是研究生毕业，学人力资源管理的，具体是什么我也不知道，薛太要是想知道，我帮您打听打听？"

"研究生毕业来应聘生活助理？还是学人力资源管理的，这跟照顾领导的饮食起居根本就不沾边呀。"

石梅感觉到自己说多了，赶忙装作不经意地摆摆手，"算了，你们公司的事儿，我管得多了老薛又要生气了"。

"是是是，您跟薛总一个主外一个主内，真是这世上最让我羡慕的夫妻了。您看您把家里里里外外布置得井井有条的，我看着就觉得好幸福呢。"

两个人走进厨房，有些菜肴已经码放整齐，凉菜也已经搭配好，等薛山回来就可以开席了。

石梅上前指指这个点点那个，评价一下菜的成色和切的形状，又让厨师给她拨出一点尝尝味道，这样一来菜肴算是经过了她的手，也就变成她亲自下厨为客人准备的了。

石梅让厨房开始配凉菜，好了之后先上桌，嘱咐了几句之后走出厨房，方若雨笑吟吟地又上前挽住她胳膊。

"说起来这位沈助理挺善良的，昨天晚上公司请工藤先生在敬怡酒店晚宴，沈助理多喝了几杯不舒服，就在卫生间门口坐了一会儿，结果一个保洁阿姨看见她难受就上来关心了两句。想不到这沈助理也是有心，今天中午我们带工藤先生参观完工厂送他回酒店休息，沈助理还特意买了箱牛奶送给那位保洁阿姨呢。我觉得吧，沈助理在家里一定是个孝敬父母的好女孩，光看她对一个保洁阿姨这么用心就知道了。对了薛太，我听说薛总也是个孝子，父母在老家每个月都派人送回去好多营养品和礼物是不是？"

薛山是农村家庭出身，家里还有两个弟弟一个妹妹，父母省吃俭用供他上的大学，所以他在功成名就后，一直就想把父母接到家里来。

可是石梅是书香门第的大小姐，看不起薛山父母的穷酸样儿，每次薛山提出要接父母到城里住，石梅都以各种理由拒绝。

这也是他们两人多年来的心病，每年都会因为这件事吵几回架。

方若雨在敬一多年，这点事她怎么打听不出来？她就是想要误导石梅，薛山看重沈默不仅仅是因为她年轻漂亮，更因为沈默会做人，最重要的一点，她对老人很孝顺。

可这在石梅看来，一个年轻女孩都能做到对素不相识的老人如此友好，而她石梅却连自己的公公婆婆都容不下，这不是在打她的脸吗？

石梅听了这话，脸色更沉了，她冷声道："她给保洁阿姨送牛奶，还特意告诉你们一声啊？"

"是呀，我和言副总送工藤先生上楼休息，她等都等不及要走，我就问她干什么去，她说去给昨天晚上帮她的保洁阿姨买箱牛奶表示感激。当时言副总听了也很感动，可是我却觉得挺别扭的。毕竟我们的主要任务是招待好工藤先生啊，而且她就算是想要给保洁阿姨送牛奶，也完全可以不用在工作时间去，休息时间去买也可以呀！我就觉得吧，她有点……"

说到这儿，方若雨假装发现自己失言，轻轻在自己嘴巴上打了一下："哎哟，我的话太多了，也不知怎么，我一看见薛太就觉得很亲近，老是想什么话都跟您说。薛太，我说这么多您别介意，我真的没有别的意思，就是把您当成亲姐姐一样说说心事。"

石梅笑眯眯地拍拍她的手背："怎么会呢，我知道你是一心为了公司好，放心吧，这些事你跟我说了，我放在心上就是，不会告诉你们薛总的。"

方若雨一脸感激地说道："那就好那就好，我真怕薛总误会，他现在挺看重沈助理的，万一中间有点什么，好像是我在背后说沈助理的坏话一样。"

说着话两人走回客厅，看见薛山已经回来了，坐在那儿正跟工藤高声谈笑着。

方若雨放开石梅的手，跟在她身后走过去。

石梅嗔怪地看着薛山，"怎么才回来，害客人等你半天。"

薛山爽朗地笑，"不是说了让你们先吃不用等我吗？都准备好了没？让客人入席吧"。

薛山说着话站起身来，大家也跟着站起来。

石梅引着大家往餐厅走，余光看见沈默跟薛山并肩，正小声说着什么，薛山一脸的笑容，不住地点着头。

石梅眼中闪过一丝厌恶，随即把这种情绪压下了，又换了一副客套的笑脸。

那一闪即逝的表情并不是没人看见，言辰尽收眼底。

他紧抿着唇看向方若雨，而方若雨正一脸的得意，看见言辰看自己，赶紧低下头去。

晚宴的气氛很热烈，现在方若雨是工藤眼中的红人，他跟方若雨一杯接一杯地喝酒，沈默倒是乐得清闲。

一圈敬酒的流程走完，沈默坐下来安心吃菜，她并不知道，石梅的目光数次落在她身上，要是能射出飞刀的话，她全身早已被扎了几十个透明窟窿。

晚宴结束时，已经快九点了，薛山夫妇将一行人送到门口，

75

嘱咐他们把工藤安全送到酒店,然后看着车子开走,这才转身回去。

上了车,半醉的工藤紧紧拉着方若雨的小手,用日语碎碎念着什么,方若雨听不懂,沈默听得却是直乐。

言辰朝她投去带着疑问的目光,沈默假装看不见。

到了酒店门口,程昊下车扶着工藤,见他实在走不动了,只得把他背起来送到楼上房间。

沈默一路扶着,也跟了上去。

把工藤安顿好,程昊和沈默出了房间搭电梯,程昊用手背擦着额头上的汗水,沈默抽了一张纸巾递给他。

程昊愣了一下,接过来擦汗,不好意思地说:"沈助理,下午的事我想跟你道个歉,那份会议记录薛总要得很急,我得在下班前整理好,结果你一直不停地发信息,所以我才……"

沈默摆摆手:"放心,我明白的。"

"哦,你明白就好。"

见沈默的态度如此冷淡,程昊也不好再说什么,两个人默默站着,直到电梯叮的一声开了门。

奔驰商务车还等在门口,言辰和方若雨已经坐在车里等着了。

方若雨见两人上来,埋怨道:"怎么这么慢?"

沈默这一晚上挺累的,也懒得搭理她,她包里的手机在振动,拿出来一看,是米拉的电话。

电话里,米拉斩钉截铁地命令:"你火速过来,我在三里屯酒吧,给你发定位。"

沈默皱眉,"不要吧,这都九点了,我得回家睡觉,明天还得上班呢。"

"我去,才九点好不好,夜生活刚刚开始。我不是说了要答应我一个条件吗,我的条件就是,快点过来参加我的联谊会。"

"什么?什么鬼联谊会?你跟谁在一起?"

"还有谁,肯定是黄梁呀!我准备给你办一个联谊会,给你配个男朋友，这样等我离开北京回深圳以后，就不用老操你的心了。快点过来小丫头，给你半小时，不然我明天杀到你公司去！"

"啊？不要吧……"沈默还没来得及反抗，那边已经挂了电话。

然后手机提示音传来，微信上米拉已经发过来一个定位。

一车人都在静静地听着沈默打电话，此刻方若雨怪腔怪调地问："沈助理，还有下一场呀？您的夜生活够丰富的呀？"

沈默没理她，直接对赵师傅说："赵师傅，您找个地方就近停下车吧，我要下车。"

赵师傅好心地问："沈助理你要去哪儿呀？要不我送你吧。"

"不用了，您也早点下班回家吧，我下去打车就行了。"

方若雨又开了口："赵师傅，人家是不想让咱知道她上哪儿，你又何必多问呢？说不定去会情人呢。"

沈默一转头，瞪着方若雨厉声道："我会谁是我自己的事，跟你有半毛钱关系吗？一天到晚阴阳怪气的，我就不明白了，方秘书你长得这么漂亮，为什么还这么自卑，用这种另类的方式博关注博眼球，你不觉得累吗？"

一席话说完，车厢里静默一片，好半天方若雨才抖着手指着沈默，"沈默，你别以为你做了薛总的生活助理就了不起了！我告诉你，你好日子快到头了！"

沈默嘲讽地看着方若雨，丢给她一个"呵呵"，然后转过头看向车窗外。

方若雨气得脸通红，求助般地看向言辰，见他戴着耳机正低头摆弄平板电脑，一副置身事外的模样。

而程昊现在跟沈默一样，都是薛山身边的人，她自然不可能去寻找帮助。

寻思下来，只有自己生闷气的份儿，攥着拳头死死盯着沈默的后背，心里怨念丛生。

沈默，你等着吧，往后在公司的日子我不会让你好过！

现在已经不是你跟我抢言总的问题了,我要把你赶出敬一!

沈默可不管这些,她看到前面的公车站牌,对赵师傅说:"赵师傅这里停下就好,我在这儿下车。"

"哦,好好好。"

车子停下,沈默跟各位告别,方若雨把脸扭到一边不去理她。

沈默不以为意地一笑,下车拉上车门,然后又站在路边招了辆出租车。

到了三里屯酒吧街,沈默拿出手机看米拉发过来的定位,挨个儿找着CC酒吧。

远远便看见有个身材高挑留着利落短发的丽人站在那儿冲她招手,沈默跑过去,看见米拉大笑着朝她张开怀抱。

沈默并没有上前抱住她,而是摸着下巴后退一步,上上下下地打量着米拉。

"喂,你怎么这么高?"

"喊,你为什么这么矮?"

沈默翻个白眼:"我严重怀疑你给我发过来的照片修图了!"

米拉很妖娆地挺胸翘臀,一根手指戳着自己脸颊,然后嘟着嘴:"怎么,难道我没有照片上美?"

沈默笑着摇头:"不不不,你是故意把照片弄丑的!为了不让我自卑?也不像呀,你不应该是那么善良的人哪?!"

"哈哈哈……"米拉大笑,冲过来一下搂住沈默的脖子,空着的手在她脸上使劲揉捏,"哈哈哈,沈小默,我终于见着活的了!"

"疼疼疼!"沈默虽然嚷着疼,却并没有躲开,反而揽住米拉的纤腰,"米春花,你手下留情,别给我毁容了!我可还没嫁人呢!"

"放心吧,你的终身大事姐姐我包了。我再一次严重警告你,不许叫我米春花!你再叫我跟你绝交!"

"说你疯还真疯,刚见面就要跟我绝交,要不然我回去得了,心一下被你伤得透透的。"

沈默笑着转身，被米拉缠紧了脖子："姑娘，今天你是逃不出我的魔爪了，哈哈哈……"

就这样以被挟持的姿势走进酒吧，沈默笑着说："米春花，你放开我好不好，我都快窒息了啊。"

"你再叫我米春花，我一捶打昏你！"

沈默缩了缩脖子，假装害怕的样子："好好好，我错了。"

她站定，一本正经朝米拉伸出手，"米拉同学你好，我来做一下自我介绍，我叫沈默，初次见面，请多多关照"。

"我呸。"米拉朝她手上打了一下，然后牵住她的手，"走！我介绍黄粱给你认识。"

从大学时代到现在，沈默跟米拉在网上认识差不多五六年了，虽然没有真正现实中见过，但她们对对方的一切了如指掌。

所以这次见面并没有丝毫的陌生感，倒像是许久未见的老友团聚般熟悉而惬意。

酒吧里灯光昏暗，音响声震耳欲聋，沈默好久没出来玩过，觉得有点不适应。

"这里太吵了！"

米拉转头瞪她一眼："土包子，要的就是这个气氛！你是多久没出来嗨了？"

沈默撇撇嘴："可能我老了。"

"我去，一会儿看见小帅哥，可千万别这么说，会把人家吓跑的。"

沈默"啊"了一声："你还真要把我卖出去呀？"

"说你土你就是土，现在这社会你挑人家人家挑你，你怎么知道今天晚上不是你买他，非得他买你呢？"

"好吧。"沈默无语，看见米拉突然兴奋地冲着角落一个台子处招手。

可是那边太过昏暗，她看不清楚。

等到走得近了，才看见有两个男人坐在那儿，其中一个面对

79

着她们,三十六七岁的年纪,相貌堂堂,透着股成熟稳重的大叔范儿。

知道那就是米拉的男友黄粱,沈默朝他报以微笑。

这时黄粱碰了碰背对着她俩的男人,示意给他介绍的女伴来了,那男人转过身,沈默顿时石化。

米拉完全沉浸在当媒婆的刺激中,没有留意到沈默的表情变化,拉着她过去后,看见沈默跟那个男人大眼瞪小眼,沈默更是一脸的嫌弃。

"怎么了?沈小默,你干吗这种表情?"

沈默指着程昊:"你说要跟我联谊的,就是他呀?"

米拉双手摊开对着程昊,开始了一长串的介绍。

"我来介绍一下,他叫程昊,今年30岁,现在在一家大集团公司工作,名副其实的金领阶层,高大威猛帅气多金,最重要是性格温柔可甜可咸。既能当大狼狗给你体贴呵护又能当小奶狗让你发散多余的母爱。这可是联谊会上的不二人选!"

程昊哭笑不得,要不是这里头灯光昏暗,大家准能看见他一张脸已经红到了脖子根。

"别……快别说了。"

沈默眨巴着大眼睛问道:"程秘书,没发现你还有这么多的优点呢?那你在公司时给自己什么定位,是大狼狗呢,还是小奶狗?"

程昊无语,求助似的看向黄粱。

黄粱笑着问:"你们认识呀?"

"哼!"沈默昂起高傲的头颅。

程昊忙道:"认识,认识,她就是我们薛总新招的生活助理。"

"哦?"米拉和黄粱对视一眼,异口同声又意味深长地"哦"了一声。

米拉拉着沈默坐下:"那太好了,缘分,缘分呀!北京这么大,你们俩都能碰到一块儿,不联谊太可惜了!"

沈默直想敲米拉的头："米拉同学，能不能不要联谊联谊的，听着别扭，你再这么说我就走了！"

米拉赶紧挽住她的胳膊，瞪着程昊："不许走，程昊，你说你是不是得罪我们家沈小默了，要不然她怎么用这种眼神看你？"

程昊高举双手做投降状："是是是，我得罪了沈助理，我错了，沈助理，我再一次向你致以诚挚的道歉。"

米拉就势倒了杯酒塞到沈默手里，程昊赶紧举起自己面前这杯："沈默，下午的事我真是无心的，请你原谅我吧？"

说罢他举起杯子一饮而尽，沈默向来是个爽快的人，看见程昊这样，也喝光了自己的酒，很豪气地说："行了，这件事翻篇儿了，我也有错，咱们既往不咎！"

米拉啪啪鼓掌，黄梁微笑着给大家续杯，气氛开始变得热烈起来。

沈默和米拉这么多年头一次见面，有聊不完的话题，两个人叽叽呱呱说个不停，两位男士渐渐就变成了服务和陪衬。

不知不觉几打啤酒下肚，沈默便放下了刚坐下时对程昊的防备，拉着米拉大倒苦水，讲起了自己上班这两天的经历来。

说起方若雨的行径，沈默觉得不可理解："我就不明白，我怎么莫名其妙就成了她的情敌呢？要知道我跟言副总从我进公司就没有交集，我连话都没跟他说过，方若雨到底哪里来的飞醋吃呢？"

米拉笑嘻嘻地问："那你们这个言副总喜欢她吗？"

沈默翻个白眼："我怎么知道，喜不喜欢她跟我也没关系呀，我知道自己不喜欢她就行了。"

沈默想一想又问程昊："程昊，你在公司时间长，你一定知道吧，方若雨和言辰是不是一对？"

程昊笑了下说："言副总这个人很冷淡的，外面是传闻他经常换女朋友，但是他从来不在公司乱搞男女关系，他应该是对方秘书没兴趣的。不过全公司的人都知道，方秘书对言副总有意思，她是绝对不让公司除她之外的女职员接近言副总的。"

沈默摊摊手："那可怎么办，以后工作中难免有接触，难不成我去订制个T恤，上面印上'我不喜欢言辰，方若雨你放心！'然后每次去见言辰的时候，就套在身上？"

沈默的话把大家都逗乐了，程昊望着她，眼前的女孩小脸喝得红红的，一双大眼睛闪着光，如藏着星辰大海，一颦一笑都那么真实，不像公司里的那些女职员那样虚假又做作。

黄梁突然凑近了他，小声问："怎么样，是不是对她有兴趣？"

程昊脸一僵，赶紧摇头："那哪能呢，公司规定了同事之间不能谈恋爱，何况我们俩现在都是薛总身边的人。"

"哟，小老弟……"黄梁意味深长地拍了拍程昊的肩膀。

这边沈默又跟米拉说起薛山的那句话：这世界上只有两种人，男人和女人。

她说她一直想不明白薛山特意跟她说这句话是什么意思，米拉朝她瞥了一眼，不屑地问："他是什么时候跟你说的？"

"就让我去接待那个日本客户之前呀？"

米拉敲了敲沈默的脑门，一脸的恨铁不成钢："你这研究生真是白上了！"

沈默吃痛，捂着脑门气道："疼！你把我打傻了。"

"我不用打，你也是傻的！"米拉又去拧她脸蛋，"你们这老总的意思很明白，那日本人是个老色鬼，所以为了能够成功签约，你们这些女职员适当地出卖色相也是可行的。"

"为什么呀？女职员就没有尊严了？女职员长得好看是罪过吗？"

米拉不以为然："这有什么呀，职场上女性原本就处于劣势，就算做得地位再高再优秀，在男人眼里也是不值一提的，这是中国千百年来男尊女卑的传统思想决定的。那些男人把女人当成可以利用的工具已经是渗透到骨子里的陋习，不管地位高低，不论一个月能挣多少钱，在他们眼里，女人从来就是自己的附属品，她们就应该牺牲自己被男人利用，让他们达到自己的某种目的。"

黄梁此时摇摇头："你这个观点我不敢苟同。我见过很多优秀的职业女性，她们是公司的一把手，手底下也领导着好多男性职员，这些男性职员都很尊重她们……"

米拉打断他："你看到的只是表面现象好不好？我问你，如果你的领导是位女性，每天衣着光鲜对你的工作指手画脚，你会不会腹诽，践什么？不就是个女人嘛，老子把你按在床上的时候，不是照样搞得你嗷嗷叫！"

沈默伸手一下捂住米拉的嘴，"米拉，你太敢讲了！"

米拉哈哈笑着打开她的手，"这有什么呀，他们男人不是要讲男女平等吗？怎么讲荤话就只是男人的专利，女人讲出来就是不守妇道道德败坏？"

黄梁的眼中闪过一丝冷意，随即他对着米拉温柔地笑："小丫头，不跟你一般见识！"

米拉就势拉住他的胳膊，脸放在他肩上，嘟起红唇对着他的耳朵吹气，因为喝多了酒的关系，笑得媚眼含春："我知道，你现在心里肯定也在想，敢反驳我的话让我没面子，晚上回家看我怎么收拾你！不过，我喜欢，哈哈……"

黄梁一愣，笑着推开她，"你喝醉了"。

程昊张口结舌，好半天才说："要不要这么生猛啊？"

米拉显然是醉了，她站起来摇晃着，竖起一根手指搁在唇边："嘘，小声点，其实我一点也不生猛的。沈小默，我跟你说……"

什么也都没说呢，米拉身子软软地就往后倒。

黄梁眼疾手快上前抱住她，米拉搂住他的脖子，娇笑道："哥哥，别离开我，一个人睡觉冷死了，我又冷又怕，你快点抱住我。"

黄梁对沈默和程昊说："她喝醉了，我先带她回去。"

沈默站起来帮米拉拿包："我们也走吧，已经很晚了。"

黄梁扶着米拉，沈默和程昊跟在身后，结了账之后离开了

83

酒吧。

看着黄梁和米拉上了出租车,沈默长出一口气,她在想,米拉表面的豁达和外向,到底是不是真的呢?

最后她那句"我又冷又怕",让沈默的心里挺不是滋味。

第八章　爸爸妈妈要来北京

两个人聊了三年后,某一天夜里米拉喝醉了回到家上网,跟沈默讲了自己的故事。

她出生在贫困的农村,小学和中学全靠支教老师无偿教她课业,她学习很刻苦,后来考上了县里的重点高中,可是家里拿不出钱来给她交学费。

她拿着录取通知书大哭,是支教老师找到她,给她交了头一年的学费,才让她能够到县里上高中。

后来她半工半读,在饭店里打工,吃着饭店里的剩菜剩饭,穿着饭店老板女儿给她的破衣服,忍受着同学们的冷嘲热讽,考上了大学并拿到了全额奖学金。

这么多年来她一个人努力奋斗,后来被大学保送国外读书,并在那里学习了设计专业,回国后成为了一名优秀的服装设计师。

她设计的服装多次获得国际大奖,一套样板图可以卖很多钱,现在的她可谓是风光无限。

可是夜深人静回到家时,她还是当年那个拿着录取通知书坐在土坡上痛哭的小女孩,还是那样无助和孤独。

骨子里的自卑永远抹不掉,正因为自卑,才总想把自己包装得高调孤傲。

她总是打扮得靓丽时尚,从头到脚都是名牌奢侈品,有许多人在她背后指指点点,说她年纪轻轻就这么有钱,一定是被人包养。

她从不解释，也不屑于解释，她用更加张狂的行为给世人一个回答，把自己的愤怒发泄到一张张设计图上。

还记得那时沈默听完米拉的讲述，好久好久都没有说话。

她出生在一个幸福的家庭里，父母很恩爱，她就像温室里的小花一样没经过风雨。所以她不知道，该怎么安慰米拉。

那一夜她就那么默默陪米拉坐着，看着QQ上她的头像亮了一夜，直到天色微亮，才看到她发过来的一句话：睡觉了，沈小默，今晚谢谢你。

沈默看着出租车消失在街角，想起那些过往，默默地出神。

程昊也陪她站在那儿，静静地看着她，灯光下女孩的眼神迷离，竟有种梦幻般的神采。

不知道此刻她在想些什么，如果问的话，她愿不愿意告诉自己？

程昊突然就想，这一刻如果能静止多好，周遭的一切都在流动着，只有他们两个停留在这里，任时光变迁沧海桑田，他觉得，自己愿意永远这样看着她，怎么都不会厌倦。

沈默转过身："程秘书，我先走了，你路上小心点。"

程昊突然有种不舍的感觉："沈助理，太晚了，我送你回去吧。"

"不用了，我坐出租车很方便的。"

看着沈默拦了辆出租车绝尘而去，陈昊呆呆站了好一会儿，才转身离开。

沈默到家后洗漱完躺在床上，给米拉打了好几个电话都没人接听。

她想给黄梁打电话问下米拉的情况，这才想起来，她根本就没有黄梁的电话号码。

想了想，沈默给米拉的微信上留了好几条讯息，大多是一些以后少喝酒，注意身体之类的话。

看看时间已经十一点了，沈默把手机放在枕头底下关了灯，

85

准备睡觉。

突然听到微信上要求视频通话的提示声，沈默只好又打开灯坐起来，然后点开手机，按下接听。

屏幕上先出现了一个地中海发型的脑壳，然后沈默听到母亲在一旁呵斥："喂，你到底会不会用呀！你手机都怼到脑壳上了，你让默默看你的秃顶呀！"

然后手机摆正，沈默看到父亲那张圆圆的脸，他正嫌弃地冲着一边斜眼："谁说我是秃顶，我这是知识分子的发型好不好！你个老太婆懂什么！"

"爸！"沈默开心地叫了一声。

屏幕上又凑过来一张脸，是沈默的母亲，她扶了扶老花镜，显得有点激动："默默呀，我是妈妈，你能看见我吗？"

沈默"嗯"了一声，声音禁不住哽咽，这是被骗走五十万以来，自己第一次跟父母视频通话。

之前她一个人沉浸在难受中好久，每周父母发过来要视频通话的请求，她都按成语音通话，因为她不想让父母看见自己那张苦瓜脸，也因为她觉得无法面对父母。

"妈妈，爸爸，我想你们了。"虽然努力不让自己哭出来，可是沈默还是没忍住，说着话小嘴一撇，就要哭出声。

"哎哟哟，这都多大的姑娘了，还跟小孩子似的。"沈爸撇撇嘴，一脸的嘲笑，"沈默同学，你就这样领导你公司的员工呀？你这也不像个领导的样子嘛！"

沈妈推了沈爸一下："去你的，默默在咱们面前能跟在员工面前一样吗？对吧，默默？"

看着母亲讨好的笑，沈默吸了吸鼻子："你们怎么这么晚还没睡？"

"这不是你妈说想你了吗？而且晚上你妈做了你最爱吃的馄饨，我看电视实在是饿了，就又做了一碗，我想着，我的小默默在北京肯定吃不到妈妈包的馄饨吧，不行，我得跟她视频一下，让她瞧瞧。"

说罢沈爸转过身,从背后端出一个碗来,碗里是几个肥白的馄饨,上面漂着几朵油花,再配上翠绿的葱叶和红椒丝,看起来相当的诱人。

"爸!不带你这样的,就这样虐待你女儿?我可是你亲生的!"沈默咽了咽口水,大声控诉。

"哈哈哈!"沈爸笑得前仰后合,拿起瓷勺舀了一大勺,先把汤给吸了个干净,装作意犹未尽的样子咂咂嘴,"好吃好吃……"

"妈!你快帮我打我爸两下,快点啊!"沈默气得跳脚,沈爸却吃得津津有味,一边吃还一边摇头晃脑。

沈妈笑着把沈爸推开:"一边吃去,天天没个正形,你再欺负默默,今晚上让你睡地板。"

"对,让我爸睡地板!"沈默恶狠狠地点头。

沈爸从镜头中消失,就听见他在一边吸溜着,然后还小声咕哝:"好吃好吃真好吃,我家默默吃不着……"

"妈!"沈默冲着屏幕里的妈妈撒娇。

沈妈笑着站起来,拿着手机走进卧室:"好了好了,不让你看见你爸那个讨厌鬼了。"

"嗯。"沈默笑着点点头,"还是妈妈对我最好。"

"乖女儿,在北京过得怎么样?工作还顺利吗?什么时候回家呀?有没有找男朋友?对了,下个月中秋节了,到时候你回不回来?要是有男朋友,把男朋友也带回来让我们瞧瞧呀!哦,我忘了告诉你,我和你爸……"

沈妈一长串的疑问加反问,差点没把沈默弄晕,她赶紧打断她:"妈,你问这么多问题,到底想让我回答哪个啊?"

"啊?"沈妈笑眯眯的,"我问了很多吗?咳,瞧我,一看见我宝贝闺女,这话就止不住。好了好了,我不说了,你来说。"

"啊?我说什么呀?"

沈妈一摊手,一脸的得意:"看吧,这不还是得我问吗?默默呀，你公司开得怎么样？员工听不听话？"

沈默空着的手捏着睡衣的衣角，想着要不要把自己不再开公司的事告诉妈妈，最终还是点点头："嗯，挺好的。员工也挺听我话的。"

"嗯嗯，那就好。我跟你说，你要对大家好一点知道不？都是在外打工的孩子，你们要互相照顾。这人哪，不管到什么时候，都得将心比心。人家真心实意给你打工，你可不能亏待人家。"

是这样吗？我倒是掏心掏肺对人家了，可是没人跟我将心比心呀，我把丁佳雯视作亲姐妹，让她管理公司的财务，结果她还不是跟她那个渣男友卷钱跑了吗？

见女儿不说话，沈妈担心地问："默默，你怎么不出声，是不是很累了？"

沈爸的圆脑袋又伸了过来："这能怪谁？是你非要给她取名叫默默的，那她可不就习惯性地默默无语吗？默默呀，告诉爸爸，你想妈妈多一些，还是想爸爸多一些，爸妈去北京看你好不好呀？"

沈默听了大惊："啊？你们要来北京？什么时候？"

沈妈瞪了沈爸一眼："我刚不是要跟你说吗？我和你爸今年正式退休了，我们报了个旅行团，打算来个全国游，到时候旅行团到北京的时候，我们去看你，好不好呀？"

父母要是来了北京，那自己公司倒闭的事不就穿帮了？最重要的是，到时候他们问那五十万，自己要怎么回答？

沈默暗暗叫苦，就看见沈爸笑着说："孩子她妈，默默好像不大欢迎我们的样子呀。"

"别胡说，默默应该是太忙了，怕招待不好咱们。"沈妈说完又看着屏幕，宽慰道，"默默别担心，我们是跟团去的，旅行团给我们安排食宿，到时候呀，你只要抽个空儿陪爸妈出来吃个饭就好了。"

沈爸连连点头："对对，默默我跟你说，这次跟我们一起旅行的，都是爸爸单位的老伙计，我可跟他们都说了，我女儿在北京开公司呢！他们听了可羡慕呢，到时候，你就跟领导视察似的，中午跟我们碰个面，喝杯酒露个脸就行了！"

沈默不知道说什么好，沈妈见她脸色不大好，就拍了沈爸一下："行了，别烦女儿了，都这么晚了，快让她睡觉吧。"

沈爸看一眼挂钟："哎哟，怎么这么晚了。那行，默默你早点睡啊，等爸妈到了北京，就给你打电话。"

"爸爸妈妈，我……"沈默还没说出口，屏幕已经被沈爸切断，她望着那黑屏的手机，心里好像打翻了五味瓶似的。

接下来的几天里，沈默一直都很忐忑，她真害怕某天正在上班时接到父母的电话："默默呀，我们已经到北京了，你到车站来接我们吧。"

要真到了那时候，她该怎么跟父母交代公司的事？唉，看来撒谎这事也不是谁都能干的，还是得赶紧找个机会，跟他们说出真相的好。

这天早上上班坐在地铁里，沈默又开始寻思这件事，包里的手机响了，她拿出来，看到是米拉打来的。

"喂？"

那头的米拉笑嘻嘻地问："死丫头，明知道我在北京也不约我？你天天就这么忙吗？"

沈默说："我在微信上给你留言了呀？你没看见吗？你说到这边是为了参加服装大赛的事，我想着你应该挺忙的，所以就在微信上跟你说，有空给我打电话一块儿吃饭，可是你一直没回我，我还以为你很忙啊。"

米拉"啊"了一声："是啊，我没看见，嘿嘿，见谅见谅。"

沈默半开玩笑地说："哼，一点都不重视我，要不然看见我的微信就会第一时间回我了。"

米拉赔着不是，赶紧说道："是我最近事情太多了，可能当时看见想着回，结果被其他事情给耽误了，结果一开始忙，就又忘了。我的错，我的错……"

沈默有气无力地说："哦。那有空就约一下吧，要是没空，就算了。"

"臭丫头！你怎么了？怎么听起来魂不守舍的？"

沈默就把父母想来北京旅行的事情跟米拉讲了，米拉听完问："你是怕他们知道你公司倒闭五十万被骗的事？"

沈默"嗯"了一声："我不怕他们知道公司倒闭，我怕他们知道五十万打水漂了心里难受，那可是他俩存了一辈子的钱，本来打算要给我买房子的，是我毕业后执意要创业，他们被我缠得没办法才拿出来给我的，他们那么支持我开公司，结果我现在弄成这样……"

米拉半天没说话，沈默说起这些心里就难受，咬了咬牙道："不说了，到时候再看吧，实在不行，我就说实话。"

"喂！我现在卡上还有三十万，北京这一单结束后，我能进账十万，到时候我再管黄粱借十万，先给你凑够五十万你还给你爸妈可好？他们要问起来，你就说觉得开公司很辛苦，就把公司原价转卖了，找了现在的工作。"

沈默半天不知道说什么好："米拉……"

"去去去，少给我肉麻哈，就这么愉快地决定了，我挂了，我现在在厕所，黄粱在外面敲门了。"

说毕米拉便挂了电话，沈默听着手机里传来的嘟嘟声，心里头暖暖的，她又想起昨天晚上妈妈说的话："做人哪，应该将心比心。"

是吧，并不是所有人都像丁佳雯和她那个骗子男友那样的，我还有米拉这样的朋友啊，她愿意为我沈默两肋插刀，哪怕做了这么多年的网友，昨天晚上才是头一回见面。

来到公司，沈默的心情已经雨过天晴，打完卡走进人事部办公室，吴主任笑眯眯地冲她点点头。

沈默莫名其妙，赶紧报以微笑："吴主任早上好。"

"好好好，沈助理早上好。"

沈默坐到工位上，小声问林倩倩："吴主任这是怎么了？今天这么开心？"

"今天是发工资的日子，也是一个月里吴主任唯一可以看见卡上数字变大的日子，你看着吧，中午他就不会老老实实坐在工位上不下楼了，肯定要去楼下餐厅吃顿大餐。"

沈默好奇地问："为什么呀？他平常不在公司餐厅吃吗？"

林倩倩摇摇头，笑着说："吴主任的老婆管他很严的，发了工资要如数上交，听说每个月只给他卡上留三百块钱，上班不准在公司吃饭，每天带着便当，中午到休息室里用微波炉热一下。"

"三百块？那怎么够，他要是开车上下班，油钱也不够吧？"

林倩倩眨眨眼："油钱和菜钱奶粉钱可以手机付，老婆回去要查账的，如果月底发现有额外花销，就从下个月的零花钱里扣出来。"

"啊！"沈默简直惊讶不已，这么一比，她觉得自己的爸爸太幸福了。

沈爸是机关里的小干部，一辈子过得随遇而安，他跟沈妈两个人财务独立，家里有一个共同的账号，每个月发了工资就把自己应缴的家用自动存上，两个人从来没有因为钱的事红过脸。

沈默自小看惯了沈爸沈妈恩爱有加的模样，以为全天下的父母都是这样子过来的，现在听林倩倩这么一说，看向吴主任的眼神就带了几分怜悯。

"太可怜了……真是太可怜了！"沈默摇摇头，"一个月三百块钱！这活着还有什么意思啊！"

林倩倩扑哧笑了："还有句话你忘了？可怜之人必有可恨之处。"

沈默一想也对，不由得笑了。

两个人结束谈话，林倩倩开始工作。沈默正想着继续研究张助理的备忘录，手机就响了，一看是薛山打来的，让她到他办公室去。

沈默应了一声,就来到顶层薛山的办公室。

敲门后,听到里面说"进来",沈默才推门进去。

薛山的办公桌上摊着一张大大的地图,一旁是好几摞文件夹。

沈默走到办公桌前站定,"薛总您找我?"

薛山没抬头,继续在地图上看着:"工藤先生跟咱们签约完成后去上海见了朋友,他今天给我打电话说,他在上海的行程结束了,打算再回北京来对我们表示一下谢意。我已经让程秘书帮他订了机票,我是想着,既然工藤先生要走了,咱们还是得最后尽一下地主之谊。我这两天在忙房产公司的事没有时间,所以下午的节目你看着安排一下,我会让程秘书跟你配合的,对了,如果有必要的话,可以叫上言副总和方秘书。"

沈默应了一声:"知道了,薛总。"

薛山抬起头,想了想说:"嗯,还是要叫上言副总,毕竟他是公司的高管,这样也显得咱们重视工藤先生,你下楼给言副总打个电话。"

"好的,薛总。"

沈默说完,就那么站在那儿,薛山没说让她出去,她也不敢动。

外面响起敲门声,薛山沉声道:"进来。"

程昊又抱了一大摞文件夹进来,看见沈默,略微点点头。

沈默走上前说:"拿这么多资料,我来帮你吧。"

"不用不用,谢谢沈助理。"程昊身子微斜,挡住了沈默伸过来的手。

他这人一向把工作和生活分得很清楚,回家后也想了,自己那天晚上对沈默的想法,也许只是因为多喝了几杯。

既然公司规定了同事之间不能谈恋爱,而他又很珍视这份工作,他打算把儿女私情放下,只把沈默当成一个普通的同事。

沈默在男女问题上一向大条,她没察觉出程昊对她有好感,自然也不知道此刻程昊是在刻意跟她保持距离,见他不需要自己帮助,便退到了一边。

薛山抬了下头,对程昊说:"资料都在这里了?监测局的报告送过来没?"

"还没,要不我再催一下?"

薛山摆摆手:"嗯,你赶紧给他们打电话。"

余光看见沈默,薛山奇怪地问:"咦,你怎么还在这儿?"

"啊?"沈默一愣,"我可以走了吗?"

薛山有点不耐烦,"走吧走吧"。

"好的,薛总,我出去了。"沈默转身跟程昊走出总经理办公室。

沈默没跟程昊打招呼,直接往电梯走去,程昊看着她的背影,心里多少有点失落。

他还是没忍住,开口叫住她:"沈助理?"

沈默驻足,转过身:"程秘书有什么事?"

"嗯,下午去送工藤先生的时候,我通知你。"程昊憋了半天,说出这么一句来。

沈默点点头,客套地说:"好的,多谢你了。"

"沈助理?"见沈默转回身,程昊又叫她。

沈默这下有点生气了,"程秘书,你有话直说行吗?"

"……也没什么事,就是想问你,那天晚上你几点到家的?路上没出什么事吧?"

沈默微微侧头盯着他的眼睛:"到家十点半,路上很安全,多谢程秘书关心。"

电梯门开了,沈默一脚踏进去。

沈默无所谓的态度更让程昊觉得胸口堵堵的,他脱口而出:"晚上你有没有时间?一起吃饭好吗?我是说……叫上米拉和黄粱。"

沈默伸手去按楼层键,随口回答道:"好啊,你约他们俩吧,

93

我都可以。"

程昊听了很高兴地点点头:"好的,就这么说定了。"

沈默没回答,电梯门缓缓合上,程昊看着液晶数字变小,这才转身回到自己办公室。

电梯里的沈默没工夫考虑程昊为什么要请她吃饭,而是在想一会儿怎么跟言辰打电话。

不知怎么,只要一说到跟言辰有关的事,沈默心里就有点说不清道不明的小情绪。

沈默想一想,把这种小情绪形成的原因归咎于那天晚上发生的事。

毕竟那晚她喝高了吐了言辰一身,而且言辰还花了2888元订了豪华大床房给她沈默醒酒,再加上干洗西服的钱和给洗衣阿姨小费的钱,算算怎么也得小四千吧。

可是言辰见了沈默只字未提,沈默也不好直接把钱甩在他脸上,最主要的是,沈默兜里没钱英雄气短……

所以她就老觉得自己亏欠言辰点什么,以至于看见他时,总有点理不直气不壮的意味。

沈默长叹一声,看着电梯门缓缓打开,打算回到工位上就硬着头皮给言辰打电话。

哪知道刚踏出电梯,就看见方若雨正拉开人事部办公室的门。

听到身后的脚步声,方若雨回头,看见是沈默,先是很鄙夷地哼了一声才道:"正好,言副总找你!"

"啊?言副总有什么吩咐?"

方若雨抱着胳膊站在那儿,扬一扬下巴:"刚才程秘书给言副总打电话,说薛总今天没空招待工藤先生,问言副总有什么安排。言副总就说,沈助理不是全权代表薛总吗?那让沈助理做主好了。"

"让我做主?"沈默手腕一拐,指尖指着自己的鼻子。

言辰呀言辰,你堂堂敬一集团的副总经理,接待外宾不也是你的事儿吗？你让我一个总经理的生活助理做主？我做得了主吗？我就算想做主，我也得做过有经验才能做主呀！

你这手也做得太绝了吧！你要是觉得我那天晚上欠了你的情还有钱，你直说呀！我还钱就是了！你何必在工作上难为我这个新手！让我出丑你就能把钱要回来吗？是不是觉得这钱要不回来了，所以才让我出丑你心里就能舒服点儿了？

"渣男"！名副其实的"渣男"！

方若雨笑得狡诈，点点头说："是的，言副总是这么说的，不信你可以去八楼问问他。"

其实言辰的原话是，让方若雨打电话让沈默去他办公室，大家商量一下今天如何安排工藤的行程。

方若雨感觉这两天言辰对她的态度都很冷淡，所以为了故意表现跟同事间的亲近，才说自己亲自下去请沈助理过来。

结果到了沈默这边，言辰的商量，就变成了方若雨嘴里的让沈默全权做主。

沈默咬牙切齿道："行！我去言副总办公室跟他说！"

说罢沈默也不搭电梯了，直接往消防通道走去，砰的一声打开门，也不等方若雨，踩着高跟鞋就下楼了。

方若雨得意地笑了，她一点都不担心，因为言辰说的就是让沈默下楼去他办公室，她没传达错呀。

她就不信了，沈默进了言辰办公室，总不能指着言辰的鼻子质问："言副总，是你让方秘书告诉我，让我安排今天工藤的行程的？我一个新人没有一点经验，我怎么安排？"

所以这是死无对证的事儿，一想到刚才沈默气得脸红脖子粗的模样，方若雨就觉得心情大好，这几天在沈默身上吃的亏，她顿时觉得全都找补回来了。

方若雨按下电梯下行键，看着此刻电梯还在五楼，她一点也不着急，甚至开心地哼起歌来。

吴主任去卫生间回来，看见方若雨，点头哈腰地打招呼："方秘书好,您到我们这儿来找人哪?找谁,要不要我帮您叫?"

吴主任的裙带身份,全公司上下除了沈默这个新人不知道,几乎所有人都知道。

方若雨念在他是石梅的亲戚,就忍受着他打量自己时那猥琐的目光,假笑着道:"我来找沈助理,不劳驾吴主任了,我已经找过她了。"

"哦……找沈助理呀。"吴主任夸张"哦"了一声:"找到了,好好好。方秘书什么时候有空儿,到我们十楼休息室来坐坐?我这儿有从国外买的猫屎咖啡,我请您喝咖啡。"

全公司上上下下都知道吴主任每个月只有三百块零花钱的事,所以他有个外号叫"吴三百"。

方若雨撇撇嘴,心说就凭你这吴三百,还从国外买的猫屎咖啡,我看是真的猫屎咖啡吧!请我喝,你当你是谁?

"谢谢吴主任了,不好意思啊,我不爱喝咖啡,那玩意儿喝多了对皮肤不好。"

叮——电梯门开了,方若雨扭着腰肢走进去,伸手按下八楼,看都不再看吴主任一眼。

来到八楼言辰办公室的门口,方若雨心情有点小雀跃,她期待着打开门看见这样的场景。

沈默低着头站在办公桌前,要么一脸委屈眼含泪水,要么怒容满面目光不屑。

而言辰呢,应该是用冷漠而严肃的眼神盯着沈默,还有可能在语重心长地教训她:"沈助理,你怎么能这样呢?虽然你是薛总的生活助理,可论职位我比你高,我给你分派工作不应该吗?你凭什么不按照我说的去做?"

方若雨几乎欢呼起来,她敲了两下门,不等里面说"进来",就推门走了进去。

看到眼前的一幕,方若雨傻眼了。

沈默两手撑着桌面身子微低,而言辰的平板电脑正放在桌子中间两个人都能看到的位置，言辰则微微往前探身，手指还搁在平板电脑上。

这情形一看就是两个人隔着办公桌共用一台平板电脑在浏览着什么，看样子讨论得还挺开心挺热烈。

此刻两个人四只眼睛齐刷刷看向门口的方若雨，言辰收回手坐直身子，微皱着眉头问："方秘书怎么不敲门？"

方若雨赶紧转换表情，由惊愕变成委屈："我敲了呀，言副总是不是没听见？"

言辰依旧很严肃，"就算你敲了，在我没有说进来之前，你就这么擅自闯进来吗？"

"我……"方若雨哑口无言，她感觉沈默投向自己的目光肯定是充满了胜利者的微笑和嘲弄的，她这会儿后悔死了，自己真是得意得忘了形，太轻敌了，太轻敌了！

言辰并没有继续让方若雨下不来台："方秘书，我和沈助理商量了一些景点，你过来看一下。"

方若雨松了口气，转身关上门走过去，她故意不看沈默，看向桌上的平板电脑，网页上显示的是外国人最喜欢游览的北京名胜古迹。

方若雨刚被批评了，此刻也不敢冒失，微笑着对言辰说："言副总和沈助理不是都讨论半天了吗，你们做主就好。"

言辰又责备地看了她一眼，转而问沈默："你说的几个地方，例如颐和园故宫之类的，工藤应该都不会喜欢，因为薛总说过，工藤多年前曾在北京住过一段时间，想必这些地方他都参观过了。所以咱们要找的是新鲜的有趣的景点，既适合他这个年纪游玩的，又不会太大众化的地方。虽然说合约已经签订成功了，但是我们也不能掉以轻心，因为合约毕竟是人签订的，而一个人的心思时刻都在改变，所以这些变数是无法估计的，我们还是得招待好工藤，尽量做到让他满意而归。"

方若雨听了皱着眉头："既要新鲜有趣，又要适合他这个年纪，工藤也有五十岁了吧，北京的景点他又不喜欢，那他最喜欢什么？"

沈默眼睛一亮，"我知道！"

言辰和方若雨看向她，问："什么？"

"女人！工藤最喜欢美女啊！"

言辰忍不住笑了，方若雨则不屑地撇嘴："喊！难道你想搬张凳子陪着工藤到前门大街坐着看美女，直到他航班到点的那一刻？"

沈默摇摇头，对言辰说："我有个好朋友是深圳很有名的服装设计师，她这阵子刚好出差来北京，我听她说过，她这次是带着自己设计的服装参加比赛的，好像是说比赛就在今天。言副总，如果我能搞到模特比赛现场的门票，我们就带工藤先生去看服装秀吧？他在日本应该也没机会看到中国美女在T台上表演吧，再加上还是近距离地观看，我想他应该会满意的。"

言辰盯着沈默，眼睛里带着赞许，然后说道："这个主意倒是不错，可据我所知，服装大赛一般都是对内的，是专业人士参加的，他们能让我们这样的外人进去吗？"

沈默想了想说："应该没问题，要不我打个电话问问我朋友？如果能够弄到门票的话，一是满足了工藤观赏美女的爱好，二也能彰显出咱们对他的重视，毕竟这样的门票是有钱也买不到的啊。"

言辰说："那好，你先给你朋友打电话吧。"

沈默点点头，拿出手机走到门口打电话。

方若雨观察到言辰对沈默欣赏的目光，满肚子的醋意，忍不住咕哝道："能行吗？工藤会喜欢看模特表演吗？人家可是日本人，在日本什么样的美女看不到啊？"

言辰抿了抿唇没说话。

尝试一下也不是不好，最起码沈默肯挖空心思地想办法想对策，而不是像方若雨这样一味地只是埋怨拖后腿，没有一点建设性的意见和建议。

想到这儿,言辰的脸色沉了沉:"方秘书,你最近的状态好像不太对,是不是工作太累了?你的年假还没休吧,要不要等工藤走了之后,放个大假?"

老板提出给自己的亲信放假,要不是亲信完成了让老板极满意的大任务,要不就是这个大任务亲信完成得让老板很不满意。

方若雨自知自己最近没做什么让言辰很满意的事情,当下便惶恐地问:"言总,是不是我做错了什么让你不满意了?"

言辰只是讳莫如深地看了她一眼,然后就把视线又放回到平板电脑上了。

这下方若雨更慌了,她脑袋里百转千回地想,究竟是哪句话说错了让言辰不高兴要放她大假呢?

这时门口打电话的沈默声音突然变大:"真的?那太好了!几点开始?好的好的,我现在就过去拿票。亲爱的,我真是爱死你了……"

叮——

方若雨看着沈默收起手机高兴地走回来,脑子里拉响警铃,肯定是因为她!沈默!

想想沈默进敬一的第一天,言辰盯着她进电梯的背影收不回目光的样子,这说明了什么?这说明什么!

这说明了……言辰看上沈默了,而方若雨这两天又总是针对沈默,言辰的身份决定了他不能直接出面护住她,所以言辰为了保护沈默,才决定放方若雨大假。

她哪里知道,言辰那天盯着沈默的背影看,是在寻思:咦,这不是在楼梯间里骂我是渣男的女孩吗?原来她就是薛山新招的生活助理啊?

想明白了这层,方若雨的脸垮了下来,似乎听到了自己的心落在地上摔成碎片的声音。

可是沈默和言辰都没工夫注意她的表情变化,看着沈默走过来一脸笑容的模样,言辰也被她感染了,笑着问:"怎么样?"

"搞定!我朋友说,她手里刚好还有五张票,比赛十点半开始,十二点半结束,如果我们现在过去拿票的话应该来得及。十二点半结束后,还有个内部餐会,她跟主办单位知会一声,我们也可以参加。"

说到这儿,沈默眨眨眼睛:"她还说,今天邀请的还有世界名模呢,餐会的时候她们也会出席,可以让工藤先生跟她们合影呢。"

能跟世界名模合影该是多荣耀的一件事啊,想想身高不足一七零的工藤站在身高最低一八零的模特身边揽着人家细腰合影的样子,沈默就觉得好笑。

她跟言辰说着话,想象着那样的画面,不由得笑了起来。

言辰盯着面前的女孩,眉眼弯弯笑起来的模样,爽朗而率真,尤其是那双眼睛,虽然眯起来却那么亮,好像是夜空中最亮的星星顽皮地隐藏在了云朵之中。

"言副总?怎么样,您如果同意的话,我们就兵分两路出发了,我先去我朋友那儿拿票,您和方秘书去接工藤先生如何?"

沈默有点小兴奋,也忘了用请示的口气,直接就自己拿起主意来。

言辰倒是不以为意,方若雨却冷声道:"沈默,你这是什么口气,你是在命令言副总吗?"

沈默愣了下,这才发现自己失言,赶紧道歉:"对不起,对不起,言副总,我是开心过头了。"

"嗯,理解,你去吧,我现在给司机班打电话,让他们给你派车,你下楼去门口等着。"

"好的,我现在就下楼。"沈默也不耽误,应了一声转身走出办公室。

看着沈默走出去,言辰拿起电话给司机班打电话,方若雨一直在一旁默默站着。

等到他打完电话，抬头看见方若雨，皱着眉问："方秘书还不去准备，站在这儿干吗？"

"言总，您说让我放大假的事，不是认真的吧？我没有做错什么吧？"方若雨忐忑地问。

言辰站起身，现在已经九点四十五分了，再赶到敬怡酒店接工藤，然后再跟沈默会合，时间挺紧的，可方若雨还在这儿担心些有的没的。

言辰走到衣架边取下西服，沉声道："现在最要紧的是什么事？方秘书不清楚吗？你这几天总是不在状态，我不知道你出了什么事，我也不关心。但是你如果在工作中出了差错，那就不是你一个人的事了，你明白吗？我让你放大假是为了你好，这跟你有没有做错事没关系。更是为了让你放松心情后回来重新投入工作，以防你将来做错！"

一席话说得方若雨红了脸，她低下头说："对不起言总，我错了。"

第九章　现在的"渣男"这么多

米拉这次到北京来参赛，是带着团队来的，他们租来当临时工作室的家庭公寓离敬一集团和敬怡酒店都挺远的。

所以沈默这一路马不停蹄，拿到票后没跟米拉说两句话便又上车往敬怡酒店赶，到达的时候刚好看见言辰和方若雨下车。

沈默跟赵师傅打了声招呼，下了车跑过去，言辰看到她着急的样子，浅笑着道："不用着急，晚一点也没关系。"

沈默愣了下，这是头一回听见言辰这么温和地说话，这人要是温柔起来，还怪让人……

让人什么？沈默没想出个形容词来，不过很快脑子里就有另一个想法冒出来。

坏了,言副总这么温声细语地跟我说话,方秘书不得喝一坛子陈醋呀?

三人往酒店里走,沈默偷眼瞧瞧方若雨,见她低垂着头没说话,好像根本就没听见似的。

沈默好奇地想,奇了怪了,方秘书居然没怼自己,莫不是受什么刺激了?

言辰走在两人身后,看见沈默不时偷看方若雨两眼,忍不住翘起唇角,强迫自己不笑出声来。

工藤知道他们要带自己去看模特比赛,高兴极了,一路上赞不绝口,说薛山真是懂他的心思,还特意给他安排这样的节目。

沈默笑笑没说话,虽然票是她找的,主意也是她出的,不过她无意邀功,而且还很开心,毕竟这是第一次单独完成薛总交办的任务,照目前来看,自己完成得还不错。

他们到达比赛会场的时候,贵宾席上已经坐满了人,包括各大网站、纸媒的记者,还有一些自媒体的知名主播,沈默甚至还看到好几位大牌明星和模特儿。

整个现场可谓是星光熠熠,差不多可以跟电影首映式媲美了。

米拉给他们安排的位子很靠前,视角也绝佳,整个过程工藤不时地拿手机录像拍照,听到沈默说一会儿还有餐会,可以跟模特儿合影,他就更加兴奋了。

沈默一直没见着米拉,想来她应该在后台忙活,直到差不多比赛快结束时,有模特儿穿着礼服出来,主持人在一旁介绍道:"这是深圳Aromatic时装公司设计师米拉小姐的作品,米拉小姐是国内新晋服装设计师里的领军人物,她的设计多次在国内外获得大奖……"

沈默一个劲儿地鼓掌,还骄傲地跟身边的工藤和言辰说:"这就是我朋友,听到了没,她叫米拉,那就是她设计的服装,看吧,是不是很好看!"

工藤盯着T台上摇曳妙曼的模特儿,完全没在听,一个人喃喃道:"美女,真是美女。"

言辰则像看孩子似的看着沈默,随口说道:"是吗?她可真能干。"

沈默使劲点头:"嗯嗯,是的,言副总,她可能干了,回头我介绍你们认识。"

言辰笑着说:"好的。"

比赛结束后,评审并未立刻给出获奖名单,而是说在餐会后宣布,所有客人移步到隔壁大厅,那里已经摆满了各式自助佳肴。

工藤意不在吃在美女也,沈默三人也只好陪在他身边,拿着手机替他跟各色美女模特们合影。

"沈小默!"听到身后米拉的声音,沈默转过身。

米拉穿着八厘米高的高跟鞋,上身一件白色真丝衬衫,下身是一条浅灰色包臀窄裙,全身上下除了衬衫领子外系的一条彩虹色丝巾外无其他点缀。

可偏偏就是这么简单的穿搭,却让人觉得她知性而优雅,尤其是那条裙子恰到好处地将她的曲线勾勒得完美无瑕,带着含蓄的性感。

沈默夸张地伸长双臂亲切地说道:"米设计师,你今天好漂亮!"

米拉也抱住她,在她背上轻拍,小声在她耳边问:"十二点钟方向,那小日本身边站的帅哥是谁?"

沈默不用回头,也知道她说的是言辰,不由得腹诽:他帅吗?当你知道了他的真面目,你就不会觉得他帅了。

沈默偷偷在她腰上掐了一把,低声道:"不许胡闹,那是我们言副总。"

说完两个人分开,沈默牵着她的手,走过去做介绍。

工藤的眼睛像焊在米拉身上一样,问道:"米拉小姐,您也是模特出身吧?您不论是气质还是身材,比T台上的模特可不差分毫。"

米拉在外人面前，完全是成熟能干的职业女性形象，她浅笑着跟工藤碰了一下杯回答道："工藤先生过奖了，我从学校出来就一直在做服装设计师，并没有做过模特。"

"真的？我不信……"工藤惊讶地瞪大了眼睛，那模样让沈默忍不住好笑。

又跟其他人寒暄了几句，有人叫米拉过去，米拉跟沈默打过招呼，便离开了。

工藤的视线追随着她的身影，直到她消失在人群里。

餐会接近尾声时，主办方宣布了名次，米拉的设计在本次比赛中荣获二等奖。

沈默真替她开心，可是见到一堆人围在她身边，也不便上前祝贺，心想着反正晚上程昊组了局，到时候再借花献佛也是好的。

看看时间差不多了，沈默提醒工藤该去机场了，工藤正跟一位模特儿合影，听了点点头，把最后一张名片派发出去才罢休。

沈默给米拉发了个短信告知他们离开了，然后他们直接去了机场。

整个上午打从公司出来，方若雨都很沉默，沈默虽然觉得奇怪，不过也不会主动去问她，反倒觉得，这一路没有方若雨的聒噪，耳根清净了许多，就连言辰的脸，也没那么讨厌了。

三人将工藤送到机场，时间刚刚好，看着工藤通过安检进入通道，沈默长长出了口气，可算是走了……

言辰似笑非笑看着沈默说："沈助理这次任务完成得不错，回去得让薛总给你记一功。"

沈默忙道："不敢不敢，这不是我一个人的功劳，言副总和方秘书也很辛苦。"

三人转身往外走，沈默余光瞥见一个熟悉的身影。

那人就在离他们不远处的柱子旁站着，站在他对面的，是个四十岁左右的女人，波浪长卷发，红色羊绒大衣，侧面看起来妆容精致。

沈默以为自己看错了，放慢脚步瞪大了眼睛，可等到她确认自己看到的就是黄梁时，又有些气馁，她宁愿自己是看错了。

因为此刻黄梁跟那女人手牵着手，女人还踮脚在他脸颊上印下一吻，那情形分明是难舍难分的情侣，正在依依不舍地告别。

女人身边立着个旅行箱，看样式和花色应该是女用的，那么就是黄梁来送这女人搭飞机的？

"怎么，碰到熟人了？要不要上去打个招呼？"言辰察觉沈默神色有异，顺着她的视线看过去。

女人看向电子显示屏，微笑着指了指，黄梁也笑了，跟女人十指相扣，一手拉住箱子，肩并肩往前走去。

沈默一直盯着他俩，嘴上敷衍着："没，没谁。"

"哦。"言辰也没再问什么，笑了笑说，"那我们走吧，我的车还在敬怡酒店，让赵师傅先送我们过去，然后我开车回公司。"

"好的，言副总。"沈默收回目光，跟在言辰和方若雨后面，走出了机场大厅。

回去的路上不光方若雨沉默，沈默也一直沉默着。

黄梁送机的女人是谁？他们又是什么关系？如果是同事关系，会这么亲昵吗？

可如果不是同事关系，那就是黄梁的情人？

沈默又觉得不大像，看黄梁的年纪也三十六七岁了，沈默以前曾经问过米拉，她为什么找个比自己大这么多的男朋友呢？

当时米拉开玩笑说自己有恋父情结，至于两个人是怎么认识的，又是如何开始异地恋的，沈默没再问，米拉也就没再提。

那么有没有可能，这女人是黄梁的老婆？黄梁这个老贼欺骗了米拉的感情，让米拉在不知不觉中做了小三？

想到这儿，沈默攥紧了拳头，要是黄梁在跟前站着，她会忍不住朝他脸上来一拳。

可是气归气，现在该怎么办呢？要不要告诉米拉自己今天所看到的？如果告诉她，她肯定会很伤心的，而且以她那火暴脾气，会不会把黄梁打得满地找牙?

不对不对,米拉再生猛,毕竟是个女人,说不定她去找黄梁算账,反倒会被黄梁打。

沈默一想到米拉满脸泪水鼻青脸肿的模样,心就揪着痛,忍不住又苦着脸哀叹起来。

言辰一直低着头看平板电脑,余光看见并排坐在单人座位上的沈默一个人在那儿挤眉弄眼唉声叹气的,有点好笑又有点好奇。

他取下耳机,打算问问沈默是怎么了,再看一眼后面坐着一直不说话的方若雨,心想还是算了吧。

就这么一路回到敬怡酒店,车里的氛围安静而古怪。

言辰拉开车门下车,顿了一顿看着沈默道:"沈助理,我听薛总说你懂日语?"

"啊?"沈默惊讶地抬头,反应了一会儿才道,"嗯,我大学的时候选修课学的是日语。"

"那正好,工藤先生这个Case薛总交给我做了,相关文件里有些日文需要翻译,你能帮我一下吗?"

沈默不明所以:"欸,可以啊,等我们回公司……"

"文件就在我车里,薛总要得挺急的,要不你坐我的车回公司吧,路上先大概看一下?"

沈默看向方若雨,她真怕方若雨突然跃起把她活活撕了,可是后者却依旧低着头一副事不关己的模样。

太奇怪了,真是太奇怪了。方若雨很诡异,言辰也很诡异,这两人到底想干吗?

"沈助理?"不待沈默多想,言辰又开了口。

沈默只好道:"那好吧。"

然后她拿着包下了车,跟赵师傅打声招呼,转身拉上车门。

车子缓缓往前开,一直低着头的方若雨抬起头来,她拿出手机,找到一个号码拨了过去。

响了两声之后那边接通了,方若雨恭敬又不失亲热地说:"薛太，是我呀，我是若雨呀。"

石梅愣了下才应道："哦，小方呀，有什么事吗？"

方若雨道："我听说您喜欢听歌剧，我朋友送我两张票，是名剧《哈姆雷特》，我这个人也没什么艺术细胞，就想着借花献佛送给您，演出是明天晚上的，您看您有时间吗？"

石梅犹豫了一会儿，"有是有，可是我一个人去看，也没意思呀，老薛一看那个就打瞌睡，我让他去他也不会陪我的"。

方若雨装作很惊喜的样子，"那要不我陪您去？我其实是听不懂，如果您愿意教我的话，我是很愿意学的"。

石梅也笑了，"那好啊，我一直都想重温这部歌剧的，既然这样，我们俩一起去看吧"。

"行，就这么定了，明天下班我去接您？"

石梅回答："好的，小方，到时候我等着你。"

挂了电话，方若雨美目微眯，恨恨地咬着牙心想："沈默，你少得意，我早晚要把你赶出敬一！"

酒店门口，沈默看着言辰问："言副总，什么文件这么急呀？不能等回公司再说？"

沈默此刻满脑袋都是黄粱的事到底要不要告诉米拉，根本就没心思做什么翻译，所以口气也不大好。

言辰笑了下说："你在这儿等着，我先把车开过来。"

说完他不等沈默回答，转身走了。

沈默看着他的背影碎碎念道："什么人哪，我又不是你的助理，你凭什么指挥我？"

说归说，还是得乖乖等着，不一会儿言辰把车开过来，打开副驾驶车门，说道："上车。"

沈默只好弯腰坐进去，系好安全带刚关上车门，言辰就把一个文件袋递了过来："你先看看，有没有难度。"

沈默依言打开，取出里面三四页A4纸，大概看了一下，这应该是份说明书，中文夹杂日文，其实找个普通的翻译软件就能译个差不离儿。

沈默皱了下眉道:"言副总,公司不是有专门的翻译部吗?为什么要找我做这些?"

"嗯?"言辰瞥她一眼,"你不是薛总的生活助理吗?这是薛总交办的任务,我再分派给你,很正常吧?"

沈默无言以对,只得道:"那好吧,我明天交给你可以吗?"

"行。"

沈默不再说话,把文件又放进袋子里,然后装进自己包里。

车子平稳地往前开,沈默看着车窗外,言辰时不时瞥她一眼,开口问道:"刚才在机场,我看你一直盯着黄梁看,你认识他?"

沈默听了转过头,瞪大了眼睛问:"言副总,你也认识黄梁?"

言辰回答:"算认识吧,在酒会上见过几次。"

沈默忙问:"那你知不知道,跟他站一起那个女人是他什么人,是他太太吗?"

言辰愣住,用审视的目光看着沈默,沈默心里"哎呀"一声,知道他是误会了。

她赶紧解释道:"不是的,言副总,我跟黄梁不是你想象的那种关系。"

言辰失笑道:"我想象?哪种关系?"

沈默语塞,摆摆手道:"请您先回答我的问题好不好?"

"据我所知,黄梁还是单身。"

沈默大大松了口气,这在言辰看来更加可疑了:"沈助理?你跟黄梁真的?"

"不是我!"沈默脱口而出,"是我的一个朋友。"

言辰意味深长"哦"了一声。

沈默气不过,现在的人跟人讲故事的时候都爱说,我的一个朋友曾经如何如何,其实大家心知肚明,那个朋友就是他自己。

所以此刻,言辰就是这么想的吧。

可是沈默不想辩解什么,没想到言辰接着说了句:"我相信你。"

沈默很惊讶地看向他:"啊?"

"嗯。"言辰弯了下唇,接着道,"不过我觉得还是应该提醒你这位朋友小心,看黄梁跟那个女人的动作,两个人的关系应该不普通。"

什么叫"应该提醒你这位朋友小心"呀,他这潜台词不还是,你肯定就是那位朋友吗?

沈默翻了个白眼:"言副总,真的不是我,我跟黄梁没关系的。"

"我知道呀,我说我相信你啊。"

这还真是说不清了,沈默抚额,想了想还是转移话题吧。

"对了,言副总,那天晚上的事,我一直没找到机会跟你道谢。"

"那天晚上?"言辰微微皱眉,似乎是想不起来是哪天晚上了。

过了好一会儿,他又"哦……"了一声,"想起来了。"

沈默觉得这人挺能装的,心想装吧,我也会装。

"要不我把房间钱还给您吧?一直欠着您的,我也觉得不好意思。"

沈默就这么一说,她以为言辰这种年轻有钱的先生,一定会断然拒绝说不用了不用了,因为这是他们的绅士风度嘛!

哪知道言辰居然说:"好,我一直也想找机会把这些给你。"

"给我什么?"沈默不解道。

言辰打开手刹边的杂物盒,拿出几张票据递给沈默:"喏,你看看,一笔笔都在这儿呢。"

沈默打开一张张看着,开房间的发票、干洗费的收条,甚至给洗衣阿姨的小费他也让人打了个收据。

沈默彻底傻眼了:"这……这是什么呀!"

言辰却是一脸坦然:"我这个人做事喜欢井井有条,这是那天晚上花在你身上所有的钱。哦对了,干洗费是衬衫的,我那套西服已经废了,那是意大利手工订制的,十八万一套。"

"啊?"

"嗯?"言辰转头看了沈默一眼,又转回视线看向前方,眼里闪过一丝狡黠,"有什么问题吗?"

沈默彻底呆住了,好半天才把嘴巴合上,结结巴巴地说:"没……没问题。那个言副总,您的手工订制西服,不会也有发票吧?"

言辰皱了下眉,用很不满的口气道:"沈助理这是不相信我?是觉得我穿不起十八万的西服,还是觉得我在讹诈你?"

"不不不……"沈默双手在身前乱摇,"我不是这个意思。只是我现在没有这么多钱啊。十八万哪……"

沈默一张张看着那些单据,加起来小四千,再加上十八万,嗯,说不定他那意大利订制西服还是让人空运过来的,他这还没提运费呢!

"据我所知,沈助理的年薪是六十万,这区区十八万,不,加上那些杂七杂八的费用,也就十九万多,应该可以付得起吧。"

沈默真想掐死他,又或者捂住他的嘴巴,可是她不能,吃人嘴短,拿人手软。

何况人家那晚确实救了她,如果不是言辰把她"收容"到豪华大床房,她有可能睡在街边的冬青树丛里,更有可能被不法男青年拣尸一样捡回家,拍下裸照发到网上,然后再被无休无止地敲诈……

沈默刻意把后果想得很严重很恐怖,因为她觉得这样自己还起钱来,才没有那么肉疼!

虽然说这人情债太奢侈了,居然昂贵到十九万,可那还是人情呀,是人情,那不就得还吗?

"那个言副总,我的年薪我是有大用处的,我不能一下子还给你这么多钱,我能分期还吗?"

"分期?"言辰挑下眉,"你当我是花呗啊?"

沈默无语，她原本打算，如果父母真来北京的话，就按米拉说的那样，先用她的钱还给父母，然后再慢慢把工资存下来到年底一并还给米拉。

现在看来不行了，凭空多出十九万的债务，那只能先把米拉的债放一放了。

"行！你不是花呗，我三个月后还你十九万成吗？要不我给你打个欠条？"沈默咬咬牙，掷地有声地说。

言辰无声地笑，笑得眼睛都眯起来了，他指指仪表台下面的抽屉："你把那个门拉开，里面有便笺纸，你随便写个欠条就行了，反正我也知道，你不是那种欠债不还的人！"

我呸！你知道个屁！沈默心里骂骂咧咧地打开，拿出便笺纸，取下上面别着的水笔，龙飞凤舞地写了张欠条。

她狠狠把那张纸撕下来，送到言辰面前说道："言副总看看，可还满意？"

言辰接过欠条，还很认真地看了一遍，然后用一只手折起来，郑重地放进西服口袋里，"行，我好好收着，三个月后的今天你拿十九万还我，到时候我把欠条还给你。记得，三个月。"

"嗯！"沈默咬着牙，重新把水笔别在便笺本上，扔进抽屉里，然后啪地合上，"我记住了！"

那一字一顿的口气，让言辰几乎笑出声来，再看看女孩气鼓鼓的脸颊，他真想伸手戳一戳她的腮帮子。

言辰轻咳一声，故意很严肃地道："明天早上，记得把翻译好的文件送到我办公室。记住，电子版一份，打印版一份。"

"记住了！"还是一样的口气，一样的狠劲儿。

到了公司楼下，沈默也不看言辰，一手握住门把手冰冷冷地说："谢谢言副总送我回来，我先上楼了。"

说完不待言辰回答，打开车门下了车。

看到女孩砰地关上车门，言辰终于忍不住笑出了声。

他把欠条拿出来，看到上面写着："我沈默，今欠言副总十九万元整，约定三个月后偿还，如有违约，言副总可诉诸法律。沈默，2021年×月×日。"

"字写得不错。"言辰自言自语着，又把欠条折好，小心收进口袋里。

沈默站在电梯口，一边疯狂按着上行键，一边碎碎念着："还年轻多金，还绅士风度，我去他的！渣男，彻头彻尾的渣男！"

叮——电梯到了，沈默进去，按完楼层正打算按关门，就听见有人在外面喊："麻烦等一下。"

沈默停手，看见一个年轻男子快步走进来，随口问道："几楼？"

那男人看她一眼："十四楼，谢谢。"

沈默按下十四，然后靠着轿厢壁站定。

电梯缓缓上行，男人握在手里的手机响了，是微信上要求视频通话的提示。

男子转个身面对沈默，这样视频里的人就只能看到他背景里的轿厢壁而不会让沈默也入镜了。

"喂？菲菲呀。"男人把手机举在面前，笑得很温柔。

沈默听见手机里传来女孩的声音："你还没下班？我还等着你过来接我呢！"

"不好意思呀，今天晚上可能要加班，宝贝，我明天来接你成不？"

那边女孩很不情愿："你天天说加班，你就这么忙吗？"

"那可不，我可是公司的骨干。"

"喊！那好吧，我就饶你一次，不过你明天一定要来接我，我看上了一套裙子，你帮我去参谋参谋？"

"好的，宝贝，没问题，明天下班我给你打电话。"

男子笑容可掬地哄着女孩，然后结束视频。

还没把手机收起来，微信上要求视频的提示音又响了。

于是他又换成那副笑脸，再次把手机举在面前。

"燕儿？你下班了？"

沈默听到这回换了个女孩，声音比刚才那个要清脆些，"是呀，亲爱的，你不是说晚上去吃日本菜吗？你什么时候来接我呢？"

"嗯，现在四点半，我现在回公司打卡，六点去接你好不好呀？"

"好的，你要记得哟，我六点下楼等你。"

"好的，啵……亲一个。"

"啵……"对面的女孩回吻一下，体贴地说："好了，我不耽误你工作了，拜拜！"

男子再次关掉视频，这次不收起手机了，而是拿在手里，感觉到沈默在盯着他看，他有点不满："这位小姐你看我做什么？"

沈默笑了下："没事啊，我就是挺奇怪的，这电梯里还能收到信号？"

"哦，原来你是好奇这个啊。"男子笑着解释，"你是来找人的？我们敬一集团所有的电梯里都加装有信号扩大器，这样就算是搭乘电梯的时候，也不会接不到重要的电话了。"

"原来是这样啊。"沈默点点头，"谢谢你帮我科普。"

男子上下打量她，眼神很不老实："不客气，你来找谁？我是业务部的，在公司好多年了，公司上下的员工我都认识的……"

男子的话还没说完，手机又响了，他再次举起来，露齿微笑："喂，美美呀？"

叮——十楼到了。

沈默踏出电梯，听到男子还在跟电话那头的美女说："今天晚上，不行呀，我今天晚上要开会，可能要很晚。是是，我是快生日了，没想到你还记得……"

渣男！沈默恨恨地想，为什么现在的渣男这么多！从言辰到黄梁，再到这个无名氏，现在的男人都是怎么了？难道这世界上的好男人都死绝了吗？

回到办公室，沈默把包放在一边，她心里憋着气，动作就有点大。

林倩倩抬起头，奇怪地看着她："沈默，你怎么了？"

"啊？我没事啊。"沈默朝她笑了下。

林倩倩笑眯眯地道："沈默，我买的裙子今天到了，你说我是晚上回家试穿给祝贺看呢，还是到他生日那天再穿，到时候给他个惊喜？"

"当然是他生日那天穿了，你今天晚上试给他看，到时候还有什么惊喜？"沈默回答得很不走心。

林倩倩却没察觉，还很认真地想了想，然后说："嗯，你说得对，就是我有点忍不住，你知道自己喜欢的东西第一时间跟心爱的人分享才是最快乐的事，我还要忍三天，我真有点忍不住。"

"你说什么三天？"沈默瞪大了眼睛。

"今天，明天，后天，那不就是三天吗？"林倩倩掰着手指，笑着道，"后天是祝贺的生日呀。"

"啊？"沈默立刻想起那个电梯里的男人来。

林倩倩看她表情有异，赶紧问道："怎么了，沈默？"

"没……没事没事。"沈默摇手，站起身来，"我把工藤送走了，我得上去跟薛总汇报工作，一会儿下来再跟你说。"

林倩倩莫名其妙地看着沈默，看着她快步走出办公室，然后关上门。

她咕哝着："她这是怎么了？怎么慌里慌张的？"

站在电梯里，沈默拍拍胸口，心想：怎么会这么巧？那男的不会就是林倩倩的男朋友吧？这世界到底是怎么了？为什么好姑娘总是会碰到渣男？

沈默觉得她的小心脏快要受不了了，比起十九万的债务，现在要不要告诉米拉和林倩倩她俩的男友劈腿这两件事，更让沈默头痛。

在薛山办公室，沈默站在办公桌前，看着薛山放下话筒，一

114

脸笑容地看着自己，赶紧也报以微笑。

薛山说道："刚才是言副总给我打的电话，说了今天你的表现，嗯，我很满意。"

沈默松了口气，谦虚道："多谢薛总夸奖，这是我应该做的。"

"嗯，你上手挺快的，聪明好学，还有责任心，脑子也活，相信假以时日，就会成为公司的栋梁。"

这一通高帽戴得沈默晕晕乎乎的，她只好不停地点头，然后说道："我是个新手，还有很多不足，我以后会认真学习的。"

"我知道，我很看好你。对了，下个月一号是我太太的生日，想必你知道吧？"薛山靠着椅背，笑着说。

"是的，薛总，张助理的备忘录上记录的有您家人的生日和喜好，我也全都记下来了。"

"那就好，你提前帮我准备礼物，我最近挺忙的。集团下属的房地产公司新开发的一个楼盘出了点问题，需要我找相关领导人从中协调一下，可能没有空理这些家务事。"

沈默说："好的，薛总，您太太生日的事，您尽管放心。对了，我感觉晚上您陪太太吃顿饭的时间还是要腾出来的吧，到时候我订好酒店提前告诉您？"

薛山很满意："好的，对了，我太太不喜欢那种奢华的调调儿，她喜欢浪漫温馨的氛围，知名的大酒店就算了，最好是找有特色有情调的小馆子，没办法，女人嘛……"

沈默表示理解："我明白，薛总请放心。"

"嗯，没什么事了，你出去吧。"

出了薛山的办公室，转身关上门，沈默就看见程昊打开自己办公室的门走出来。

"沈助理？"

遭遇了黄梁和电梯男事件，沈默今天对年轻男性有点反感，她皱了下眉，问："干吗？"

程昊感觉沈默的态度很冷淡，愣了下问："你没事吧？挨批了?"

"没有啊,你有什么事吗?"

程昊一副讪讪的样子说道:"晚上吃饭的事,我已经跟黄梁打过电话了,你呢?有没有跟米拉打电话?"

沈默就觉得奇了怪了,是你组的局,我为什么要跟米拉打电话啊?要通知也应该是你通知啊!

"没打。"

程昊语塞,"那好吧,我来打"。

沈默"嗯"了一声,朝电梯走去。

"沈默?"

"又干吗呀?程秘书,你说话能不能不磨磨叽叽的,一次性说完不好吗?"

这态度让程昊的心沉到了谷底,一瞬间他很想放弃今晚的约会。

沈默看到程昊的脸色变了,也感觉到自己的态度太过生硬了,赶紧说:"对不起啊,程昊,我不是针对你,就是今天遇到几件事让我挺心烦的。这样吧,我下去给米拉打电话。下班的时候我们再联系。"

沈默这么一说,程昊又笑了,瞬间心里暖暖的:"好,你才来几天,工作上如果有不明白的地方,尽管问我,我好歹也在薛总身边待了好几年了。"

"嗯,我记住了,谢谢你。"

沈默走进电梯,程昊看着电梯门关上,这才微笑着回到自己办公室。

电梯回到十楼,沈默走出来并没有回办公室,她走到楼梯间里拿出电话,犹豫着怎么跟米拉说。

到底要不要告诉她下午在机场看到黄梁的事儿呢?如果不说,那米拉就会一直被骗,可自己心里会很难受;如果说了,米拉现在就会很伤心,那看到她难受,自己会更难受。

正两难呢，手机就响了，看到是米拉的号码，沈默按下接听，将手机放在耳边。

"沈小默，程昊说晚上要请我们吃饭啊，嘿嘿，我就说他对你有意思嘛。"米拉的声音听起来很愉快。

沈默抿了下唇："别瞎说，我们只是同事关系。"

"现在是同事，以后说不定就……"

"去你的，不可能的事儿！程昊不是我的菜。"

米拉哈哈大笑："你的菜？你知道你的菜长啥样儿吗？那会不会是你们家言副总那样的？"

说到言辰，沈默眼前就浮出那张欠条："呸呸呸，才不是！言辰更不是我的菜，他是我的冤家债主！"

"什么？这么严重，赶紧说来听听，我最喜欢听八卦了。"

沈默嘿嘿一笑，故作神秘地道："你猜！"

"我不猜！晚上你一定要告诉我，不然我决饶不了你。不说了，晚上见面再说。"

"喂喂，米拉，米春花！"沈默终于鼓足勇气想告诉米拉机场的事，可是米拉已经挂断电话了。

她叹口气，只好收起手机，回到办公室。

心不在焉地坐到下班，林倩倩看着沈默无精打采地坐在那儿，敲敲隔断玻璃："沈默，下班了，你怎么还不走啊？"

"啊？哦哦。"沈默把平板电脑收进包里，背上包站起来，跟林倩倩一起走出办公室。

搭电梯来到一楼大厅，沈默并没有看见程昊，她拿出手机正要打给他，看到微信上他发过来的信息，"我在街口拐角处等你"。

沈默皱眉，她不喜欢这样，本来跟程昊就没什么，只是同事之间正常的交往，可是给他这么一弄，好像就真跟谈恋爱一样了。

她决定一定要找机会跟程昊说清楚，自己对他没那个意思，也请他端正自己的想法。

117

跟林倩倩告别，沈默一个人往前走，拐过街角，看见一辆银灰色的雅阁停在路边，程昊就站在那儿，看见她，很开心地招手。

沈默走过去，程昊殷勤地拉开车门让她坐进去，一只手还体贴地搁在她头顶。

而与此同时，十字路口那辆直行的宝马760里，言辰刚好看到这一幕。

"沈助理，你喜欢吃日本菜吗？东四北大街的学府胡同里有家店叫和风美馔……"

沈默打断他，客套地说："我都可以的，程秘书不用刻意迁就我。说起来我还得请你吃饭，你今天不是说，以后我有任何问题都可以请教你吗？那以后你就是我的老师了。要不这样吧，今天晚上这顿算我请，我正好当着黄粱和米拉的面拜你为师。"

程昊脸上的笑容僵住，好半天才生硬地说："也不用那么客气，同事之间互相帮助是应该的。"

沈默点点头，笑着道："嗯，我也这么觉得，我刚参加工作就能遇到你这么好的同事，真是挺幸运的。"

程昊僵硬地"嗯"了一声，讪笑着道："好，以后我们都在薛总身边，一定要通力合作。"

沈默半开玩笑地说："那先叫你一声程老师，程老师好。"

程昊发动车子不再说话，于是一路上的气氛都很尴尬。

沈默表面平静，内心慌张，她拿出手机，在微信上向米拉讨教。

"救命呀，我刚才拒绝了程昊，现在我俩坐在一辆车上，气氛尴尬死了。"

米拉发过来一个惊讶的表情。

"哈哈，他向你表白了？"

"那倒没有，只是他的做派让我很不喜欢，所以我直接就跟他说明了，我们只是同事关系。"

米拉竖个大拇指。

"行,沈小默,你够狠的。"

"米大娘,现在不是夸我的时候,快告诉我如何化解当下的尴尬呀?我该说点什么啊?"

"说什么?你想说什么啊?口气太软他觉得你是同情他,口气太冷他觉得你是嫌弃他。这个时候说什么都是错。你们走到哪儿了?"

沈默发了个定位给米拉。

"大概就这一块儿,不过正在移动中。"

"等着,我们就在两条街外,我飞奔过去解救你。"

"哎呀,那真是太感谢你了,你就是我的再生……"

后面的字还没发出去,程昊的电话就响了,看得出程昊也是松了口气,戴上蓝牙耳机接起电话。

"喂?师哥?我们现在在东三环外呢,你们在哪儿?"

听得出是黄梁打过来的电话,沈默暗暗佩服,米拉的效率真够高的。

黄梁不知说了什么,程昊点点头道:"好的,我知道那个地方,离我们十几分钟的路程,我们现在就过去。"

挂断电话,程昊对沈默说:"我师哥说他和米拉就在附近的商场,还说附近有家小馆子挺好吃的,要不我们去尝尝?"

沈默赶紧笑着道:"好啊,我最喜欢吃家常菜了,比日本菜好吃多了。"

"那行。"程昊掉了个头,不到五分钟,就开到了那个地方。

这小馆子果然够小,居然在商厦林立的背街胡同中,程昊把车停在路边,然后带着沈默,又用手机看着黄梁发来的定位,拐了好几个弯才找到。

那是座小院子,推开古色古香的木门,里头亭台楼阁一应俱全,古典韵味十足。

走在长亭间,能看到池塘里有锦鲤嬉戏,还有些客人坐在长亭的木椅上投喂锦鲤,有些则坐在池塘边一边下棋一边品茶。

一间木屋的窗子打开，米拉探出头来，冲着沈默招手："这里，这里……"

走到长亭尽头，又步上几级台阶，沈默和程昊进入大厅，大厅中间就是厨房，里面有个长相英俊的年轻人正在做菜，看见两人礼貌地点点头。

沈默好奇极了，她快步走进包房，问米拉："北京还有这么好的地方，我以前怎么不知道？"

米拉不屑地看着她："你知道什么呀？天天两点一线的生活，你想想，自从你考研以来，有过正常的社交吗？"

沈默倒是很认真地想了下，然后摇摇头："说的也是。"

黄梁坐在四方桌边，手里拿着茶盏，微笑着道："过来坐吧，我们已经点过菜了，很快就能上来。"

沈默和程昊过去坐下，米拉坐在沈默身边，一脸坏笑地看看沈默，又看看程昊。

沈默唯恐她说出什么话来，直冲她瞪眼睛。

程昊则一直低着头，看起来兴致不高的样子。

黄梁保持微笑，对着沈默开口："我下午在机场的时候，看见有个女孩挺像你的。沈默，你是不是也在机场？"

沈默吓了一跳，她还在犹豫那事儿要不要跟米拉讲呢，没想到黄梁倒先提出来了。

她看向米拉，见她也正盯着自己，只得点点头："嗯，我跟公司副总和他的秘书去送一位日本客户上飞机。"

米拉就挽住黄梁的胳膊，亲昵地把脸贴在他肩上："黄督导，那你去机场做什么呀？为什么看见我家沈小默也不打招呼？"

"哦，我是去送我们公司老总的，吴珍妮，我跟你提过的。"黄梁宠溺地看着米拉，"当时的情况有点……尴尬，所以我没上去跟沈默打招呼。"

"哦……"米拉说得意味深长，对沈默眨眨眼，"他那个老总是个成熟女性，跟黄梁年纪差不多，听说还是个美籍华人，做派十分西化。对了沈小默,你下午有没有看见他俩脸贴脸地告别?那女的是不是还牵着黄梁的手依依不舍的样子?"

全中呀!沈默见米拉侃侃而谈没有一点生气的模样,悬着的心总算是放下了。

她赶紧点点头:"是的是的,当时我认出是黄哥,吓了一跳,我还以为他……"

"以为他给我戴绿帽?"米拉瞪了黄梁一眼,"他敢!不过吴珍妮确实对我家老黄想入非非,据说多次邀请老黄跟她回她美国的家坐坐,是吧老黄?"

黄梁讪笑,开玩笑地说:"没办法,谁叫我魅力大呢!"

"去你的!我告诉你这是最后一次呀,以后你的这儿这儿这儿还有这儿……"米拉说着话,用手指指指黄梁的嘴唇、脸颊、胸口和双手,"这些都是我的,我不允许别的女人碰,你那个美女老板吴珍妮也不行,你最好给我记住。"

黄梁抓住她的手,一脸深情地回答:"知道了知道了,小丫头!"

看着两人腻歪的样子,沈默夸张地打了个哆嗦:"你俩够了吧,让我和程老师都看够了。"

黄梁挑挑眉问:"程老师?师弟,这才一天没见,你就成老师了?"

程昊笑得尴尬,拿起杯子喝口水,自我解嘲地道:"没关系,做不成好朋友,只好做老师喽。"

他这句话逗得大家哈哈大笑,也化解了跟沈默之间的尴尬。

沈默本来还怕两人以后不好相处,听到程昊这么说,便举起茶杯:"程老师,我有时候说话冲动不过脑子,要是有冲撞您的地方请千万原谅,我以茶代酒,敬您一杯。"

程昊跟她碰了一下,然后一饮而尽:"别您您的,以后你还叫我程昊,我还叫你沈默就好,我不是那么小心眼的人,相处久了你就知道了。"

121

"嗯嗯，我现在就知道了。"沈默点点头，由衷地说道。

虚掩的门被推开，刚才做菜那位帅哥端着个托盘进来上菜："不好意思啊，让几位久等了。"

沈默听他口音不像北京人，再看看色香味俱全的佳肴，心中一动，就有了个想法。

帅哥把两凉两热放在桌上，礼貌地道："还有两个热菜一个汤，一会儿就上，你们先吃着，请问现在要上主食吗？"

黄梁笑着道："等一下吧，多谢尚老板。"

帅哥微微欠身："应该的，你们慢用。"

说罢，他退了出去，黄梁拿起筷子说："沈默，程昊，快尝尝菜的味道。"

黄梁让着对面的两位，自己先夹了一块糖醋排骨，放在米拉面前的碟子里："你的最爱，赶紧吃吧。"

米拉笑靥如花："谢谢亲爱的……"

沈默看着米拉幸福的样子，想想临来前把黄梁定义为渣男，就有点抱歉。

她吃了口菜，对米拉说："你什么时候走？有没有考虑过到北京发展，毕竟你俩一直这样聚少离多也不是办法。"

"明天就走了。"米拉冲着黄梁甜甜一笑，又嫌弃地瞪着沈默，"我俩的事你不用操心，你赶紧给你自己找个归宿才是正经事。对了，你爸妈啥时候来？那个事你不用担心，到时候给我打电话就成。"

沈默知道她说的是什么，感激地摸摸她的手背："谢谢你呀，亲爱的。"

米拉叫了一声："好肉麻。"

沈默哈哈笑起来："要不明天我们去送你吧？"

"用不着，现在交通这么发达，北京飞深圳也就看场电影的时间，我想来就来了，不用你搞得这么悲壮。"

"喊！"沈默夹了筷青菜放进她碗里，"悲壮什么，我明明就是舍不得你。"

米拉把青菜吃了，笑眯眯地道："你不用舍不得我，我有个大计划，要是能实现，到时候咱俩就能长相厮守了。"

沈默眼睛一亮："什么大计划，你真要来北京发展了？"

米拉瞥一眼身边微笑看着她的黄粱："秘密。"

黄粱那副胸有成竹的模样，又用宠溺的眼神看着米拉，让沈默想到一句话：她在闹，他在笑。

她就想，如果米拉真的能到北京来工作的话该多好呀，那样她俩就能经常见面了，而她跟黄粱，也能修成正果了。

她真希望米拉往后余生的记忆里，那个坐在土坡上拿着录取通知书痛哭的小女孩能够被另一幅画面所代替，就是黄粱拿着结婚戒指半跪在米拉面前，向她求婚的场景。

不大一会儿，尚老板又将两个菜和一碗汤端了上来，大家各自点了主食后，他一一记下。

"觉得味道如何？"尚老板笑着问大家。

沈默点点头："好吃，有家的味道。对了，你这里包场吗？"

"包场……是什么意思？"

黄粱笑着解释道："尚老板是香港人，他喜欢做菜，就辞了香港金领的工作到北京来开了'我家小馆'，所以我们有些方言俚语他是听不懂的。"

沈默也笑了："原来您是香港人呀？"

尚老板回答："系嘅。"（是的。）

米拉抢着说："靓仔，你好英俊，我哋可不可以做朋友？"（帅哥，你好英俊，我们可不可以做朋友？）

尚老板看着黄粱，也笑了："唔行，你男朋友喺你身边呀。"（不行，你男朋友在你身边呀。）

米拉朝沈默一指："呢女孩点样？佢可冇男朋友哦。"（那个女孩怎么样？她可没有男朋友哦。）

尚老板摸摸下巴，上下打量着沈默："好系好，就系唔知人家愿唔肯。"（好是好，就是不知道人家愿不愿意。）

程昊多次跟着薛山到香港出差，粤语多少能听懂些，在座的除了沈默一头雾水，都哈哈笑起来。

沈默看看这个又看看那个问道："你们叽里咕噜的在说什么呀？"

尚老板看着她，笑得温润如玉："我们在夸你漂亮，你朋友说，你没有男朋友，问我愿不愿意跟你交往。"

"啊？"沈默的脸腾地红了，她拳头捶在米拉手臂上，"米拉！"

大家又笑了，米拉忍着笑说："好了好了不闹了，你刚才问尚老板能不能包场是什么意思？沈小默，你莫不是想包下尚老板的小馆做些不可描述的事情？"

"去你的！是我们总经理，他夫人下个月生日，他让我帮他订一个有情调的地方，不浮华不俗气的，说要为他夫人庆祝生日，我觉得尚老板这里就挺好的。"

程昊听了点点头："嗯，我也觉得这里挺合适的，薛太太一定会喜欢这里。"

"哇，想不到敬一集团的薛总经理这么浪漫……黄督导，你什么时候也为我过一个有情调的生日呗？"

米拉两手交叉托着下巴，眼睛里往外冒星星，一脸花痴地看着黄梁。

黄梁爱怜地摸摸她的头发，说："行，明年你过生日，我给你包个飞机，上面放一飞机蓝玫瑰，然后专程飞到深圳去接你。"

米拉一下把黄梁的手打开，"你在迪拜开油店？还是你家里有矿？"

"哈哈哈……"大家又笑了起来。

四个人边吃边聊，一直到晚上九点多，最后客人走得差不多了，尚老板拿出他自己酿的果酒给大家品尝，把菜都移到了院子里的凉亭里，大家喝着酒说着话，这个晚上过得惬意而美好。

临走时，沈默跟尚老板互换了名片，又敲定了下个月薛太生日的时间,好让尚老板早做准备。

米拉又喝醉了,站在车前晃着手袋唱歌,黄梁把她弄到车里,跟程昊交代了一声便离开了。

于是又剩下沈默跟程昊独处,气氛再次变得尴尬。

"上车吧,我送你回家。"程昊打开车门,"这么晚了,你一个女孩子也不安全。"

"那好吧,谢谢你了。"沈默也没推辞。

上车系好安全带,听到沈默说她住在天通苑那边,程昊皱了下眉才发动车子,"那边据说有点乱的,而且你上下班也不方便呀,离公司这么远"。

"没办法,房租便宜呀。"沈默摊摊手。

程昊也没再说什么,到了巷口,车子进不去,沈默让他停下车。

"程老师,再见,今晚过得很愉快。"

"嗯,我也是。你小心点,注意安全。"

沈默点点头,打开车门下了车。

她看到程昊掉头,才转身往巷子里走,小巷里的灯光昏暗,她正准备拿出手机照亮,却感觉到身后有两道强光,将面前的路面照得清清楚楚。

转回头她才看见,原来程昊掉头,只是为了把车头灯对准小巷深处。

沈默心里涌起暖流,虽然灯打过来她看不清程昊,却还是朝着那个方向使劲摇手,然后踩着那光亮,往前走去。

回到家后,沈默换了睡衣洗漱,然后坐在床边从包里拿出手机,摸到里面装的文件夹,一拍脑袋,想起来还欠着言辰一份翻译文件,赶紧拿出来,坐到书桌前打开电脑,看看表已经十一点半了,不由得怨上心头。

自己明明是薛山的直属下级,为什么要额外为言辰服务?这个渣男,肯定是在报复,骗她写下十九万的欠条还不够,就因为自己骂了他句"渣男",他才要给她找这些额外的工作。

看着吧,这样小肚鸡肠的人,以后说不定要怎么折磨她呢!

沈默攥着拳头想,嗯!下次他再让她做这些莫名其妙的工作,她一定要当面拒绝,实在不行,就算闹到薛总那里,她也要争取自己应有的权利!

翻译完文件,已经十二点半了,沈默实在是太困了,匆匆检查了一遍,把电子版发到了言辰的邮箱,然后来不及关电脑,便倒在床上睡着了。

感觉才没睡多大一会儿,沈默就被电话吵醒了,她闭着眼睛在被窝里摸索,摸到手机一看,屏幕上的来电显示是:薛总。

沈默腾地坐起来,顿时睡意全无,"薛总?"

薛山的声音听起来挺着急:"沈助理,你现在去我家帮我拿一套衣服送到大兴机场,要快,最好七点半之前赶到,我要去接一位重要的领导。"

"哦哦。"沈默一边答应着一边下床,也不敢多问什么。

那边薛山已经挂了电话,沈默还拿着手机站在那儿,愣了几秒,才敲敲自己的脑袋,看看表快六点了。

她赶紧给司机赵师傅打电话,让他开公司的车过来接她,然后挂了电话飞奔进卫生间开始洗漱。

算算时间挺紧的,赵师傅要跑到公司开车,然后再过来接她,接着去薛山家拿西服,说不定还得搭配一下,再送到大兴机场,怎么着也得两个小时。

这么一算,沈默更不敢耽误了,把头发草草一扎,换了套运动装穿上运动鞋,然后拿着包出了门。她打算往前走一段,这样就能在路上碰到赵师傅,也就能节约些时间了。

沈默跟赵师傅碰头的时候,已经六点十五分了,急急忙忙上了车往薛山家驶去。

赵师傅看着沈默坐在那儿擦汗,不好意思地道:"对不起呀沈助理,接到你的电话我就赶紧从家里出发往公司赶了。"

"没关系,我就是想着我多走两步路咱俩中间差短点,这样节约点时间。"沈默笑着回答。

赵师傅点点头:"您应该走了挺远吧?瞧瞧这一头的汗。"

"哦,我上学的时候是班里的短跑冠军,这点距离不算什么的。"沈默把纸巾团起来握在手里,又从包里拿出一瓶水喝了两口,"对了,也不知道薛太太起床没,这样过去是不是会打扰到她?"

赵师傅摇头,他也不知道薛太太现在起床没,毕竟他只负责公司用车这块儿。不过他在公司干了七八年了,多少知道些薛山家里的事,听说薛太这人脾气挺大的,以前薛山用过的好几任秘书,因为是女的都被薛太太找各种理由给开了,是后来才换了现在的程昊程秘书。

可是这些话也不好当着沈默的面讲,赵师傅只好笑笑:"我也不清楚,我只负责公司用车。"

言下之意,薛山家里的事情不要问我。

沈默了然,"嗯"了一声说:"没事,我也就是随口一问。"

很快到了薛山家,沈默下了车,看见大门紧闭,想来薛太太石梅还没有起床。

硬着头皮,沈默按下了门铃,里面接得倒是挺快,视频上出现了一个头发花白的老年人,他问道:"找谁?"

沈默凑上前说道:"您好,我是薛总的生活助理,我叫沈默,薛总让我来家里给他拿一套西服。"

那老人扶扶老花镜盯着沈默好一会儿,却没开门,而是说道:"你等一下。"接着视频便被掐了。

看着黑掉的屏幕,再看看时间,沈默很着急,她又按了几下门铃。

这回视频里出现的是石梅的脸,紧皱眉头很不耐烦的样子,问道:"这一大早的,到底有什么事?"

沈默耐着性子回答:"薛太太您好,我是沈默,薛总的生活助理,前几天我们见过的,您在家里为工藤先生举行家宴,我也来了的。"

石梅听了这话,脸色并没有好转,只说了句:"那你进来吧。"

第十章　怎么敢这样对我说话

大门的电子锁响了一下,沈默试着推了下小门,见被推开了一条缝,赶紧走了进去。

客厅里,石梅披散着头发披着件毛衣外套站在那儿,看见沈默进来,冷声问:"你说老薛叫你来干吗?"

沈默恭敬地回答:"薛总让我回来给他拿套西服。"

"做什么用?"

"他说要赶去大兴机场接一位领导,让我直接把西服送过去。"

"那他现在在哪儿?"

沈默愣住:"我不知道,我是在家里接的电话,薛总只吩咐我回来给他拿西服,别的我没敢多问。"

"你这生活助理做得真称职,你的老板昨天晚上在哪儿做了什么你都不知道?他让你回来帮他拿西服你就拿了?"

沈默皱眉,她不明白石梅话里的意思,她只是个打工的,当然是老板让干吗就干吗了。

薛山没告诉她昨天晚上他在哪儿过夜,她自然也没有问的权利,石梅是他老婆,她要是想知道,为什么不自己去问薛山?

沈默看看腕表,也不想跟她纠缠:"薛太太,您能不能先帮薛总配一套西服让我送过去?其他的事等薛总回来再问好吗?"

石梅瞪着沈默,声音陡然提高:"你敢教我怎么做?"

沈默垂手站在那儿,低声说道:"我不敢。"

于是两个人就这么僵持着,沈默这一大早上忙忙叨叨的到现在早餐也没吃,心里也有气。

心想管他呢，要是耽误了薛总的事情，到时候他问责，那自己就把在他家里石梅刁难她的事说出来，反正有赵师傅给她作证呢。

她可没想过，人家赵师傅在敬一工作了七八年，全指着这份工资养家糊口呢，凭什么为了她一个新来的生活助理得罪总经理太太呢？

石梅见沈默低垂着头站在那儿，一副不卑不亢的样子，再想想那晚方若雨跟她说的话，心里更生厌恶。

不过她也知道薛山的事情耽误不得，便哼了一声道："你跟我来吧。"

"好的，薛太太。"

沈默跟在石梅身后，上到二楼，走到走廊尽头那间房门口，石梅推开门："这是老薛的衣帽间，你进去帮他搭吧。"

沈默点点头，推开门走进去，偌大的房间里靠两侧墙的是深褐色的实木衣柜，从衬衫到西服再到裤子，排列得整整齐齐。

中间过道里是带镭射灯的玻璃台面，里面放着各种颜色图案的领带，另一个柜子里是领带夹和袖扣，再往里走，那个柜子里是各种高级手表。

我的妈呀，这衣帽间比我租的套房还大！

沈默咂咂嘴，余光看见石梅抱着胳膊站在门口，正用不屑的眼神盯着她。

沈默咳嗽一声，开始挑衣服，既然薛山说是要见重要领导，那就应该穿得庄重一点，挑深色系总是没错的。

她拿出一套深咖色西服，然后又挑出条深咖色配白格的格子领带，对比了一下感觉还不错，看到一边挂得有衣袋，便把西服小心翼翼装进衣袋里。

抱着袋子走到门口，她对石梅说："薛太，我挑好了。"

"嗯。"石梅听了转身往外走，沈默用空着的手关上衣帽间的门，跟在她身后。

"我听说你以前是学人力资源管理的？怎么会想到到老薛身边做生活助理？"

沈默笑了下说："算是机缘巧合吧。"

石梅挑着眉，瞥了下沈默："那可真够巧的。张助理刚怀孕，就能找到你这么优秀的生活助理，也不知你这机缘是跟老薛呢，还是跟张助理？"

沈默没说话，她感觉石梅对她有成见，再加上她急着要去给薛山送西服，也没心思跟石梅解释。

她的沉默在石梅看来就是默认，两个人走到客厅，石梅转过身问道："你怎么不说话？"

沈默垂首道："我不知道薛太太想让我说什么，我应聘进公司来，公司安排我做什么我就做什么，我只是尽自己的本分工作而已。我现在急着给薛总送西服，如果薛太太对我这个人有什么误解，或者对于我能不能胜任生活助理这个职位有疑问的话，不如等薛总回来问他吧。"

说完沈默给石梅鞠了一躬："薛太太，我先走了。"

"你这个……"石梅愣在那儿，反应过来后，看见沈默已经快步走出大门口。

石梅气得攥紧了拳头，"太不像话了，太不像话了，这用的是什么人嘛！她怎么敢这样对我说话！"

外面沈默已经上了车，把西服小心摊在后座上。

赵师傅发动车子，忐忑地问："怎么样，时间来得及吗？"

沈默看了一下表回道："六点四十五了，赵师傅你开快点，应该差不多吧。"

"嗯嗯，我抄近路，这个点应该还不会堵车，咱们争取快点到。那个，沈助理，薛太太没说什么吧？"

"嗯？"沈默看着赵师傅的后脑勺，"赵师傅您这话什么意思？"

"没什么，没什么。"赵师傅讪笑着，"就是大家都说薛太太不太好相处，她脾气挺大的。"

沈默看着窗外，笑了下回答："可说呢，确实是脾气挺大的呢。"

此时的薛山也正坐在车里，一路往大兴机场疾驰。

昨天晚上跟业务总监开了一晚上的会，薛山焦头烂额，总算是在凌晨时分把新的预案做好，赶着要拿去给政府领导审批。

早上五点半给领导的秘书打电话，得悉他今天要到国外参加一个为期十天的项目交流会，飞机八点起飞，他这才马不停蹄地往机场赶。

刚想趁着路上这点空当儿眯一会儿，薛山闭上眼睛，口袋里的手机就响了。

拿出来一看，是家里的号码，薛山皱着眉按下接听："喂？"

石梅的声音传来，带着几分指责："你在哪里？"

薛山眉头皱得更紧："在往机场的路上，有什么事吗？"

"是你让你那个生活助理到家里来给你拿西装的？"

薛山感到莫名其妙："对呀？怎么了？"

石梅顿了顿，忍着怒气道："你又不是不知道我睡眠不好，每天晚上非到四点多才能睡着，这才合上眼睛，她就不停地按门铃，都把人吵死了。"

"哦，这事儿怪我。我昨天晚上开了一晚上的会，身上烟味太大，一会儿去机场见赵书记，所以让她帮我拿套西服。她刚接手工作，难免不熟悉，回头我说说她。"

石梅还不罢休，继续说道："你为什么不让程昊帮你拿？非要弄这么个人干什么呀，看着碍眼！"

薛山抿了抿唇，他明白石梅是什么意思，这女人年纪一大，就有危机感，老觉得这些年轻的小姑娘全是来跟她抢老公的。

在程昊之前他也曾经用过几个年轻漂亮的秘书，其实也是为了带出去提高公司好感度，后来石梅知道了就是不同意，软磨硬泡的，让他把那几任秘书都辞了。

现在看到薛山又招来了沈默，石梅这是又开始如法炮制了。

薛山耐心地解释着："这几天弄楼盘的事，程秘书跟着我也很辛苦，我昨天晚上就放了他的假，哪承想八点多钟业务总监给我打电话，说他们团队遇到点小困难，需要找我请示，这不是一弄就弄到早上了吗，我也不好再把程秘书叫起来啊。再说人家程秘书只是我的秘书，沈默才是我的生活助理，她刚上任，不得多锻炼多学习吗？"

石梅并不买账，生气道："反正我不管，她搅得我睡不好觉那就是她不对。"

薛山哄着她："好好好，她不对，一会儿见着她我就批评她，这总行了吧？"

"你叫她以后注意点，少到家里来！"

"你这话说的，她是我的生活助理，怎么可能不到家里来？这样吧，回头我让她给你赔礼道歉总成了吧？"

石梅说："不成，我不喜欢她，你把她换了！"

"我的姑奶奶哟，那你告诉我你喜欢谁？以前张助理刚上任的时候，你不是也说你不喜欢她吗？后来磨合下来，你们不是也挺聊得来吗？"

石梅语塞，她总不能说，那是因为后来自己给张助理介绍了对象把她招安了吧。

薛山接着道："好了，不闹了，我这边忙得一个头两个大，好太太，你就体谅我一下吧。对了，下个月的生日你想要什么？想到了在微信上告诉我。"

听到薛山提自己的生日，石梅开心了些："想不到结婚二十多年了，你还记得我的生日。"

"那当然，这是每年的必考题嘛。老婆的生日和结婚纪念日，我一个都不敢忘的。好了老婆，现在才七点，你再睡一会儿，晚上回去我给你赔礼道歉。"

"哼，这还差不多。"

挂了电话，薛山疲惫地捏捏眉心。

虽然相处没几天,薛山也看出来了,沈默这个姑娘,人是不错,学东西也快,可就是有一点不太好,性子直,脾气也挺倔,对于自己认定正确的事就挺固执的。

薛山能想象出来早上的情形,那肯定是石梅无理取闹在先,沈默也不会直接跟她呛,顶多就是不说话而已。

薛山身子后靠闭上眼睛,两手搁在腿上,拇指轻叩。

作为一名生活助理,怎么可能不跟领导的家属有交集?可是就石梅那个性子,沈默早晚会跟她起冲突的,难不成真的像石梅说的,把沈默给换了?

找棵好苗子培养不容易,沈默责任心强做事认真,脑子也灵活,薛山认定了她就是棵好苗子,他想培养沈默,让她成为自己的左膀右臂。最主要的是,现在公司高层,明里和气一团,实则派系林立。一旦董事会有异动,他身边如果没有几个用得上的心腹的话,那就是孤掌难鸣,他这个总经理的位子也将会朝不保夕。

沈默这方面没有问题,可是怎么去哄石梅呢?薛山长叹一声,只觉得哄老婆这个任务,要比谈下来几个亿的生意还艰巨困难得多。

车子停了下来,司机转过身提醒道:"薛总,机场到了。"

薛山睁开眼,隔着窗户就看见候机大厅的门口,沈默一身运动服背着双肩背包,一只胳膊伸得长长的,手里钩着一个衣袋,正翘首看着路上。

想来那衣袋里应该是西服,她怕抱皱了,所以就那么一直举着。

薛山心里涌出几分感动,拉开车门下了车,叫了声:"沈助理。"

沈默看见薛山,眼睛一亮,急忙跑过来也叫了声:"薛总。"

薛山微笑着接过衣袋,问道:"你早就来了?"

"没有没有,我和赵师傅也是刚到。"

薛山爽朗地笑着说:"嗯,还没吃早饭吧。你们等一会儿,等我找赵书记签完字，我请你们去吃早饭。"

沈默忙道："不用不用。"

"行，我先上车换衣服。"

沈默点点头，看着薛山上车，然后帮他拉上车门。

站在车边上，沈默松了口气，自己到这儿时七点二十五，还早了五分钟，这次的任务，也算是圆满完成了。

可是想想石梅那张脸，沈默的好心情一扫而光，就算薛总满意，薛太太不满意，枕边风一吹，后果可想而知。

正踌躇呢，就听见车里薛山叫她："沈助理？"

"哎，我在。"沈默贴着车门。

"你没有给我拿衬衫吗？"

"啊？"沈默傻眼了，薛山跟她说的是带套西服，根本就没说衬衫的事儿啊。

再想想，刚才好像看见薛山身上穿的是件酒红色的衬衫，这怎么能跟深咖色的西服搭配！

沈默也不能说，您交代了让我给你拿西服，没提衬衫的事呀？

她急中生智："对不起啊，您稍等一会儿，我马上就回来。"

薛山拉开车门，看见沈默正往候机大厅跑去，微笑着摇摇头。

过了十分钟左右，沈默跑了回来，手里拿着一个袋子，来不及擦额头上的汗水，她把袋子递给薛山，"不好意思，薛总，是我的失误，我刚才在免税店里买了件白衬衫，不是什么名牌，您先将就着穿一下。"

薛山接过来一看，正是自己的尺码，他笑着说："这事儿也怪我，我没跟你说清楚。"

"不是的，是我想得不够周到。您赶紧换衣服吧。"

沈默帮薛山关上车门，从包里拿出纸巾擦着汗水。

好久都没这么运动过了，沈默觉得小腿肚子直打颤，其实还是因为心情紧张，刚刚接手这份工作，总是想面面俱到，却往往事与愿违。

想到这儿，沈默就有点气馁，原本以为今天的任务完成得很完美，没想到却是这样一个结果。

薛山换好了衣服，拉开门下车，他整理了下领带，笑着问沈默："怎么样？"

沈默苦笑："很精神，很帅。薛总，都怪我……"

薛山宽慰道："没关系，你已经做得很好了。你在车里休息一会儿，等我见完赵书记，就请你去吃早餐，另外，我还有话对你说。"

听到最后一句话，沈默的心又提了起来，有话对我说？不会是薛太太告了我的状，薛总打算把我开了吧？

心情沉重地坐在车里，沈默明明很累，却无法让脑子静下来。

一个早上紧张地过来，又跑得满头大汗，刚才站在候机大厅门口被冷风吹了差不多十来分钟，此刻松懈下来，再吹着车里的暖风，就觉得脑袋昏昏沉沉的，有点像感冒。

过了有半个小时，薛山回来了，沈默赶忙拉开车门就要起身。

薛山摆摆手说："你坐下休息吧。"

他又吩咐司机道："小张，你去那辆车上跟赵师傅说，让他开车跟在咱们后面，找个茶楼，我请你们吃早餐。"

司机应了一声，下车去前面奔驰商务车里找赵师傅。

沈默低下头，两手抓着座椅的把手，心想反正就这样了，伸头缩头都是一刀，如果薛山觉得自己工作没做好的话，那自己也不能辩解什么，毕竟是她没想周全，搭西装的时候就应该要挑件衬衫。这么简单的事，自己应该想到的呀！

薛山微笑着说："刚才赵书记已经签字了，公司这个预案算是通过了，沈助理，这次任务你完成得很圆满。"

沈默抬起头，诧异地看着薛山："薛总，我……"

薛山摆摆手，接着道："我知道，如果不是因为我太太，你肯定会考虑得很周到的。我太太这个人呢，她脾气不太好，平时在家里她跟我说话也那样的。"

言下之意，这不就是替薛太向沈默道歉吗？

沈默心头暖暖的："薛总，我明白的，我也有错，我早上脾气急了些，跟薛太说话口气不太好，找个机会我跟她当面道歉。"

"这事儿不怪你，你不用道歉。也怪我，我没把家里的情况跟你说清楚，虽然你看了张助理给你的备忘录，但是一个家庭嘛，总有些细枝末节的事情是无法记录的。就比如我太太一向睡眠不好，总是到凌晨才能睡着，一晚上也就差不多能睡两三个小时吧，所以她起床气比较重。我想这些张助理的备忘录里应该没有记录吧？"

不等沈默回答，薛山接着道："不过从今天这件事里，也能说明一些问题，你觉得呢？"

沈默想了想，点点头道："是的，我还是对工作不够细致耐心，我应该多从侧面了解一下您家人的情况，而不是只教条地看张助理的备忘录。其实这些事我完全可以主动一些的，应该跟您沟通，或者跟薛太本人沟通，又或者早上您打电话的时候，我多问两句，就不会有今天的误会发生了。"

薛山很满意："嗯，你明白就好。沈助理，说心里话，虽然你在我身边时间不长，我却觉得你是个可造之材。以后你有什么不明白的地方，尽管问我或者问程秘书，我是很愿意做你的导师的，相信假以时日，你会成为我的得力助手。"

薛山的话让沈默很激动，被骗五十万的时候，她觉得老天爷对她太不公平了，为什么她刚刚出来创业就遭遇这样的事情。此刻面对着薛山，她又觉得自己很幸福，刚刚参加工作就进入这么优秀的企业，还能在这么好的老板身边学习。

知遇之恩油然而生，沈默甚至想，以后一定要唯薛总马首是瞻，好好表现，不辜负薛总的期望。

薛山看着沈默，眼神里带着宽慰和期许。

沈默脸红红地说道："薛总，多谢您的……阿嚏！"

沈默打了个喷嚏，赶紧捂着嘴巴："不好意思，薛总，真是太不好意思了。"

薛山笑着道:"是不是刚才跑出了汗又吹了冷风,感冒了?"

"没事的,我没事,一会儿回公司喝杯热茶就好了。"

这时司机小张上了车,对薛山道:"薛总,跟赵师傅说过了。"

薛山点点头:"嗯,走吧,先找家茶楼吃早餐。"

小张发动车子,薛山又对沈默说:"一会儿吃完了早餐,叫赵师傅送你回去,今天给你放一天假,路上买点药,回去吃下就睡觉,发发汗感冒好得快点。"

沈默很感动:"薛总,我真的没事。"

薛山佯装严肃地道:"什么没事,听我的话!我儿子也是一个人在国外读书,要是我知道我儿子生病了还强撑着,我也会心疼的。"

沈默只好点头:"好的,薛总,那我回去休息,要是有什么事的话,您就给我打电话……"

这话刚说完,沈默一拍脑门:"哎呀不行,我还得去公司。"

"怎么?"

沈默回答:"言副总昨天让我帮他翻译的文件,今天还让我把一份纸质的交给他,这个任务我还没有完成呢。"

薛山的眼神闪了下,浅笑着问:"言副总怎么会给你分派任务?他要你帮他翻译什么文件?"

"昨天送完工藤先生,言副总说您把那个Case交给他做了,里面有份日文说明书需要翻译,他听说我懂日文,昨天就让我带回家做了,说好的今天早上到公司把纸质的交给他。"

薛山表情有刹那的阴沉,随即又温和地说:"那这样,吃完早餐你去公司,把文件打印好送到他办公室,然后让赵师傅送你回家休息。"

沈默更不好意思了:"不用了,我送完文件,自己坐地铁回家就好。"

薛山笑了笑,也没再勉强。

小张把车开到薛山常去的那家茶楼，薛山带着沈默三人吃了顿丰盛的早餐，然后又回到公司。

　　沈默没有打卡，搭电梯回到十楼人事部，大家看见她背着双肩包一身运动装的模样，都很惊讶。

　　林倩倩小声问道："你这是要干吗去？"

　　沈默叹气道："别提了，奔波了一早上……阿嚏！"

　　"呀，你感冒了？我这有感冒药，要不你先冲一杯喝了？"林倩倩关切地道。

　　沈默笑着说："不用了，我打完这份文件送给言副总，就能回家休息了。"

　　林倩倩听了很羡慕："哇，今天周五呢，那你今天休息，再加上周末两天，你就可以休三天了，好幸福。"

　　沈默耸耸肩说道："这可是我拼了老命换来的啊！"

　　打印完了文件，沈默跟林倩倩打声招呼，便走出人事部。

　　坐在门口的吴主任见沈默出去，伸了个懒腰站起来接水，阴阳怪气地道："沈助理真是有手段，这才几天呀，就成薛总跟前的红人了，上班时间想来就来，想走就走！咱们怎么没这种待遇啊？"

　　林倩倩咬着唇，她想替沈默辩解，可是她人微言轻，也没这个胆子。

　　见同事们交头接耳地小声议论着，她心里挺不是滋味的，她想周一的时候，得提醒一下沈默，以后要低调些，毕竟这里人多嘴杂，吴主任又是薛太的亲戚，这话要是传到薛太的耳朵里，就不好了。

　　沈默来到八楼言辰的办公室门口，刚想敲门，方若雨从秘书室走出来，看见沈默这身打扮，她皱眉问："你就穿成这样来上班了？员工守则里头一条就是不能穿便装进出公司，你不知道吗？"

　　沈默没理她，直接敲门。

　　方若雨很恼火："沈默，我跟你说话呢！"

"我听到了。"

"听到了你干吗不理我，做人的基本礼貌你不懂吗？你妈没教你吗？"

沈默一听这话就来了气，她根本没听见里面言辰说"进来"两个字，转过身瞪着方若雨，大声呵斥道："我妈教没教好我关你什么事？你妈教好你就得了！那请问方秘书，你妈教好你了吗？她有没有教你遇到任何事不要随意地下定论？因为你不了解前因后果！她有没有教你有时候眼睛看到的都不一定是真实的，何况是你那绿豆大小的脑仁儿里臆想出来的！她有没有教你……"

听到有人在笑，沈默转头，看见言辰正盯着她，两人视线相对，言辰立刻收敛了笑容，换成严肃的面孔，"沈助理，你在我办公室门口大呼小叫的做什么？"

沈默的脸一下子红了，她垂下头，小声道歉："对不起，言副总。"

方若雨看见了靠山，跺着脚撒娇似的："言总……"

言辰摆了摆手道："你先去忙吧。"

说完言辰侧身，让沈默进来，然后看都不看方若雨一眼，便关上了门。

方若雨站在那儿愣了半晌，最后恨声道："沈默，走着瞧，我一笔一笔都给你记着呢！"

走进办公室，沈默换了一副乖乖的面孔，站在办公桌前，双手把翻译好的文件放下说道："言副总，这是您要的文件。"

言辰并没有看文件，而是打量着沈默的穿着，然后问她："你早上去薛总家里了？"

沈默下意识点头，回过神抬头看着言辰问："您怎么知道？"

"公司虽然大，可是也就那么点事儿，任何风吹草动都瞒不过我的眼睛，更何况我的脑仁儿比绿豆要大得多。"

沈默的脸再次变红，小声咕哝着："言副总，对不起，我那句话不是针对您的。"

言辰笑着道:"我知道,不过我想问一下,沈助理翻译完文件之后,有没有仔细检查过?"

沈默很诧异地说:"检查了呀。"

言辰把文件推到沈默面前,指着其中的两处说道:"这里,这里,你再看一看。"

沈默把文件掉个头,仔细读着,发觉有两处不是翻译错了,而是自己翻成中文的时候,因为是用拼音的关系,把字给打错了。

想想昨天晚上熬夜到十二点半困得眼睛都睁不开的情形,沈默心里有点委屈,可她还是抱歉道:"对不起啊言副总,这是我的错。要不我现在下楼改一下,再给您送上来,阿嚏!"

沈默捂着嘴巴:"对不起对不起……"

"感冒了?怎么这么不小心?"

沈默解释道:"早上太赶了,穿得又少,没想到天气变化这么快。"

"嗯,那你赶紧回去休息吧。"言辰摆摆手。

"那这文件怎么办?"

言辰说:"昨天晚上我收到了你的电子版,一会儿我自己修改一下打印出来,你走吧。"

沈默愣了下,想想原本这也不是自己的活儿,就也没再客套:"那好吧,言副总再见。"

言辰不再看她,滑动鼠标看向电脑。

沈默转身走出去带上门,言辰这时抬起头,盯着紧闭的门,轻笑了一下,随即拿起手机,开始操作起来。

沈默出了言辰的办公室,直接下楼,出公司搭地铁,坐在地铁上昏昏沉沉的差点坐过站。

到了家换了衣服洗了个热水澡,这才想起来忘记买药了。

她拿起手机打算在网上找家药店,这时微信上有人要求视频对话。

点开一看,是米拉,她的背景是机场大厅,看见沈默的脸咧开嘴笑了,再看她那副病恹恹的样子,又皱起眉头:"沈小默,你怎么了?"

沈默的头发湿漉漉地披在肩上,一脸倦容,拿出纸巾一边擦鼻涕一边说:"别提了,跑了一早上,还被老板娘臭骂一顿,应该是感冒了。"

"谁敢骂你,告诉我,我去给你讨个公道!"米拉夸张地攥起小拳头。

沈默笑了:"去你的吧,打工赚钱,挨骂不是很正常?不过我们薛总已经安抚了我受伤的幼小心灵。嘿嘿,我觉得这顿骂挨得还是挺值的。"

米拉翻个白眼:"说你好傻好天真,你还真是,你怎么就不想想,会不会是老板和老板娘商量好了,一个红脸一个白脸,打你一巴掌再给你颗甜枣,让你死心塌地地卖命呢?"

沈默皱着眉:"不会吧。薛总不是那样的人,而且早上的事挺随机的,不可能是商量好的。米大娘,你也太小看我的智商了,我人虽然笨点,可看人的本事还是有的。"

"我呸,随你个头啊。算了我不跟你说了,我就是告诉你一声,我一会儿就飞回深圳了,你一个人在北京要好好的,照顾好你自己。还有啊,那钱的事儿,你要用随时说话,我分分钟转给你,黄粱那十万我也说好了,就是你一句话的事。"

虽然知道跟米拉不用来虚的,可沈默还是很感动,她隔空给她一个吻:"我真的好爱你哟。"

"滚!别把你的感冒传染给我!"米拉一脸的嫌弃,"你吃点药,多盖两床被子赶紧睡觉,发发汗就好了。"

"咦,你跟我们薛总说的一样一样的。"沈默眨眨眼。

米拉瞪着眼睛道:"你别告诉我,你爱上你们薛总了,你瞅你那花痴样儿!我告诉你啊,你要是敢给人当小三,我就跑回北京打死你。"

"去你的,我才没那爱好,我但凡有给人当小三的念头,不用等你打死我，我先打死我自己你信不？"

米拉重重点头："信！你去拿药，吃给我看，就现在。"

"我还没当小三呢，我干吗要吃药自尽啊我？"

"你是真傻了？我叫你吃感冒药啊。"

沈默呵呵傻笑："啊呀，我路上忘了买了，我正准备喊外卖呢，你就给我打电话了。"

"那你别买了，我现在给你买，你赶紧先上床捂着，一会儿药送来了你吃完了赶紧睡觉。就这样，我挂了。"

"米拉，米大娘，我自己……"沈默还没说完，米拉就切断了视频。

看着黑掉的屏幕，沈默碎碎念："米大娘，我买点感冒药的钱，还是有的啊。"

不过既然米拉说帮她买了，沈默也就倒在床上盖好被子，乖乖闭上眼睛，等着送药上门。

哪知道刚躺下没两分钟，外面就有人敲门。

沈默半坐起来："是谁？"

"您好，您的外卖。"

"这么快！"

沈默趿着拖鞋下床，打开门看见黄制服，"请问您是沈女士吗？这是您的外卖。"

沈默接过打开袋子，看到里面是感冒药和感冒冲剂，冲人家说了声"谢谢"，然后关上门。

她走到饮水机边接水，自言自语道："现在外卖的速度这么快了？米大娘才下单没多久，这药就送上门了？"

吃了药，沈默把厚羽绒服拿出来盖在被子上，没办法，她只有这一床被子，想再加两床发汗那是不可能的，可是米大娘的话又不敢不听，就用羽绒服充个数吧。

舒舒服服地躺下，沈默闭上眼睛，刚刚觉得有点睡意，又有人敲门了。

沈默揉了揉鼻子，皱着眉头问："是谁？"

"您好，外卖……"

沈默只好披上衣服下床，再次打开门，又是一样的对白，关上门后打开袋子，又是一袋子感冒药。

沈默呆呆看着这两袋子药，算算时间，这一袋应该是米拉订的，那上一袋，会是谁订的呢？

沈默思来想去，脑袋里叮的一声。

莫不是——薛总？想到这儿，沈默不由得心潮澎湃，薛总对待下属真的是太体贴了，知道她早上为了公事感冒，还特意帮她买了药。

不对不对，薛总应该是没有这个时间的，而且薛总会用美团吗？那会是谁呢？难不成，是薛总交代了程昊，让程昊帮着买的？

不管是谁买的药，沈默都觉得心里暖暖的，她上了床盖好被子，想想以后自己能够在敬一这个大家庭里工作，该是多么幸福的一件事啊。

第十一章　你谈过几次恋爱

一转眼，沈默入职已经快一个月了，她原本脑子就聪明，再加上人勤快有责任心，所以不论是薛山还是人事部的其他同事，对她都是赞誉有加。

沈默也渐渐习惯了敬一的工作节奏，对于薛山交办给她的任务，她总能游刃有余地完成。

这天一大早，沈默元气满满地来到公司，打卡后来到人事部办公室，看见吴主任就笑着跟他打招呼。

吴主任用很奇怪的眼神看了沈默一眼，点点头，脸上闪过一丝冷笑。

沈默不明就里，她觉得自己应该是看错了，坐下来把包挂在

143

椅背上,一抬头看见林倩倩无精打采的模样,就敲敲隔断的玻璃问:"倩倩,你怎么了?怎么最近总是很疲倦的样子?"

林倩倩听到沈默的问话,眼圈立刻就红了,她左右看看,生怕被吴主任注意到,忙说:"没,没什么。"

见她这样回答,沈默也不好多问,心想着中午去餐厅吃饭时再问她吧,于是就小声安慰道:"你要是有什么不开心的事,中午咱们吃饭的时候跟我说说,有事不要闷在心里,就算我帮不了你什么,但是起码也能帮你分担一下啊!"

林倩倩感激地点头:"好的,谢谢你啊,沈默。"

沈默笑着道:"没事,好好工作吧。"

中午吃饭时,沈默和林倩倩坐在餐厅的角落里,林倩倩有一下没一下搅着餐盘里的米饭,一副食不下咽的模样。

沈默劝道:"你心里有事也别拿粮食出气呀,乖乖吃饭,告诉我,到底是怎么了?"

林倩倩抬起头,苦着脸说:"你还记得吗,上次我买了条裙子为我男朋友祝贺过生日?"

沈默想到电梯里遇到的那个渣男祝贺,心里长叹一声,脸上却保持着微笑:"记得呀,怎么?他不喜欢吗?"

林倩倩低下头,眼泪落在餐盘里,沈默拿起桌上的纸巾递过去说:"快别哭了,到底出什么事了?那条裙子怎么了啊?"

"就是裙子惹的祸。"林倩倩抽出纸巾擦眼泪,嘟哝着说:"我问他漂亮吗?他搂着我说很漂亮。然后他就……"

沈默眨着大眼睛,纳闷地问:"就怎样?"

林倩倩含羞带怯地瞥着沈默,沈默一愣,顿时明白了林倩倩的意思。

她的脸腾地红了,也不好意思再问下去。

可林倩倩显然是没拿她当外人,接着说道:"他猴急猴急的,我就推他说让他慢点,为了给他过生日我才买了这条裙子,可贵着呢,别给扯坏了。他随口问多少钱,我就说了价格。然后他就恼了……"

沈默目瞪口呆地问道："啊？为什么啊？"

"他说我花一个半月的工资买条裙子，脑袋让门给夹了，还说我们俩都是实习生，本来工资就不高，现在搬到一块儿住，吃喝拉撒都要钱，我居然不经他同意就买了这么贵的裙子，太败家了！"

"凭什么呀，那又不是花的他的钱，你自己赚的钱自己爱怎么花就怎么花，为什么要跟他报备？"

林倩倩点点头，然后又摇摇头说道："我当时也很生气，就是这么说的，他说我不会过日子不懂节俭，当时摔门就走了。可是吧，我冷静下来想了想，他说的也有道理，那裙子那么贵，通勤穿又不合适，我穿的机会实在太少，这样一比较，性价比不高，这钱花得确实有点冲动。"

沈默简直无语，她拿着叉子狠狠捣着盘子里的米饭说道："既然你都想通了，还哭个什么劲儿？"

"他自从那天生日跟我吵过架后，就很少回我们租住的套房了，在公司里我不好去找他，打电话发微信他又不回，我……挺担心他的。"

沈默直想掀桌子骂人，做女朋友的她见得多了，做得像林倩倩这么窝囊的，她倒是头一回见。

正想说点什么呢，便看见祝贺跟着两个女孩子有说有笑地走进餐厅，各自取了餐盘去点餐，祝贺还很殷勤地把自己的餐卡塞给服务员付账。

沈默暗骂，真行呀，这边你女朋友担心你，你那边左拥右抱的好不热闹。

心里愤愤着，又怕林倩倩看见了更难过，就劝道："下班时你就在公司附近的路口堵着他，撒娇道个歉不就好了，两人都住在一块儿了，能有什么隔夜仇？再说你买这条裙子也是为了给他过生日，而且你还愿意花一个半月的工资让他开心。换成是我，我根本就不会生气,反而会很感动。"

林倩倩叹口气说:"其实他这样我也理解,我们两家都是工薪阶层出身,做北漂就算再难,也不好意思问老家的父母要一分钱。他节俭也是为了我们这个小家好,我不该跟他生气的。"

"你既然这样想,那晚上跟他道个歉,哄哄他,男孩子最喜欢被女孩子哄了。"

林倩倩抬起头问:"真的吗?"

沈默"嗯"了一声:"真的真的,不信你晚上试试。"

"你怎么知道的?对了沈默,我还没听你说过呢,你谈过几次恋爱呀?"

"我……"沈默无语,"这不是正说你呢,怎么又说起我来了?"

"我看你挺有经验的样子,我还以为你是恋爱专家呢。"

"我……我那是从电视剧里看的。"

沈默说着话,就看见祝贺和那两个女孩端着餐盘朝这边走过来,他的视线一直停留在其中一个女孩的脸上,那女孩圆脸盘大眼睛,穿着最新款的香奈儿小香风粗花呢套装,笑起来很甜。

林倩倩发觉沈默的视线越过她看向她身后,便也转过头去,一看之下,顿时愣住了,然后她迅速转过头,低下头盯着盘子里的饭菜,好像做贼一样。

祝贺根本就没正眼瞧林倩倩,带着两个女孩走到靠窗的位置坐下,放下餐盘后还很体贴地用纸巾帮两个女孩擦了擦桌面。

沈默收回视线,看到林倩倩的模样,心中长叹一声,问道:"他就是祝贺呀?"

林倩倩点点头:"嗯。"

沈默不解地问:"那你为什么要这样?好像偷了人家东西似的。"

"祝贺说过,在公司时我们要装作不认识,不然别人会怀疑我们的,你知道公司规定了同事之间不能谈恋爱的。我们都是实习生，能到敬一来实习的机会很难得，如果被主管发现了，会被辞退的。"

沈默觉得很好笑，说道："可是你们是同事，装作不认识不是更明显吗？都在一幢大楼里工作，抬头不见低头见的，打个招呼不会显得那么刻意吧。"

"啊？是这样吗？"林倩倩一脸的无辜加天真，一直以来她都对祝贺唯命是从，他说的任何话她都照做，也没有怀疑过。此刻听沈默这么一说，她有点犹豫了。

沈默真想敲敲她的脑袋，谈恋爱谈得蠢成这样，也是天上少有地下无双了。

那祝贺摆明了没安好心，沈默这么单纯的人都能看出来，他对那穿香奈儿圆脸盘的姑娘有点想法，怎么林倩倩还愿意这样被他骗呢？

沈默心想，不行，这件事回头一定要跟米拉讨论一下，以米大娘犀利的见解和理性的思维，一定能剖析得透彻淋漓。

沈默忍不住就问："倩倩，我看祝贺对那两个女孩子挺周到的，他对同事都这么好，对你这个女朋友，应该更细心体贴吧？"

林倩倩满足地笑了："他除了节俭点，其他都挺好的，不过这也可以理解，我们现在多省点，以后攒了钱才能结婚生孩子组成一个小家庭呀。"

沈默很诧异地问道："啊？你都想得这么远了？倩倩，你不是还不到二十四岁吗？你这么早就打算结婚生孩子了？"

林倩倩理所当然地道："再过两个月我就二十四了啊，这个年纪结婚应该很正常吧。再说了，找个男朋友谈恋爱不就是为了结婚吗？不以结婚为目的的恋爱都是耍流氓，我觉得这话说得对极了！"

沈默心想，你是这么想的，可是人家祝贺可不一定这么想。

她没再说话，低下头专心吃饭。

祝贺那边传来咯咯的笑声，林倩倩看了一眼，再次低下头。

沈默余光看见,"香奈儿"正把盘子里的肥肉都挑到祝贺的盘子里,她挑一条祝贺往嘴里塞一条,另一个姑娘就咯咯笑着。

沈默暗暗摇头,她感觉林倩倩的恋情前途一片渺茫。

看着林倩倩味同嚼蜡,沈默真想说点什么,可她也知道清官难断家务事这个道理。

想了想,她劝道:"别难过了,两个人既然在一起,就得互相理解,晚上回去你跟他道个歉,把事情说开了不就好了吗?"

林倩倩点点头:"嗯,我也是这么想的。"

两个人都不再说话,低下头吃饭。

程昊处理文件下来得晚,买完了饭端着餐盘找位子,看见沈默,便笑着走了过来。

"沈默,你旁边的位子有人吗?"

沈默抬起头,看见是程昊,就笑着说:"没有呀,程老师请坐。"

林倩倩本就没心思吃饭,此刻看见薛总的贴身秘书跟沈默搭话,便端着餐盘站起来说道:"沈默,我吃好了,你们慢慢吃,我先上楼去了。"

"啊?你这不是还没……"

不等沈默说完,林倩倩已经转身离去。

程昊笑了,沈默没好气地道:"你这高管就不要到餐厅来吃饭嘛,你看你一来,我们这些普通员工都不好意思坐下了。"

"咦,咱俩可都是薛总身边的人,你要是这么说的话,你自己不是也不能在餐厅吃饭?"

"喊!我跟你可不一样,我现在在人事部,不像你,就跟薛总隔着一面墙。"

程昊笑笑,想了想问:"后天应该就是薛太太的生日了吧,你准备好了吗?"

一说到薛太,沈默就想起那天早上到薛山家里拿西服的事,她叹口气:"准备是准备好了,就是不知道薛太太如果知道是我帮薛总准备的,会不会生气。她好像不太喜欢我的样子。"

程昊见她微微侧头的模样甚是可爱,笑着道:"其实你也不用想太多,你是为薛总工作的,又不是为薛太工作。"

沈默点点头:"嗯,我知道,可是以后工作中难免要跟她接触,所以我想跟你讨教一下,你跟在薛总身边多年,应该挺了解薛太的吧?比如她喜欢什么,是什么样的性格,生活中有什么特别的爱好,我只有了解了这些,才好投其所好啊。这样吧,晚上我请你吃饭?"

沈默一脸认真,程昊心中暗叹:"你根本就是再努力也是无用功,因为薛太不喜欢你的点,并不在于你做了什么,而在于你的年纪和长相。"可是这些话又不能直接说出来。

"吃饭可以。不过我还是想劝你一句,有些时候吧,我们就算拼尽全力也不一定能得到想要的结果,与其纠结倒不如放开手,尽量享受过程,只要你努力过了,对自己问心无愧就好了。"

听了程昊的话,沈默笑眯眯地盯着他说:"程老师就是程老师,说出来的话真有内涵。"

程昊愣了下说:"沈助理就不要开我的玩笑了吧。"

吃过午饭,大家回到各自的岗位,沈默坐在那儿刷着微信,有一搭没一搭地跟米拉聊天,看得出来米拉很忙,沈默发过去的话她半天都没有回复。

时钟刚过两点半,薛山打电话过来,让沈默到他办公室去。

沈默答应着,立刻就站了起来。

办公室里,程昊也在。

薛山见沈默进来,开门见山道:"今天是每个月例行开董事会的日子,一会儿各位股东会过来开会,你和程昊准备一下,顺便也让程秘书教教你。"

沈默说:"好的,薛总。"

然后她转身,乖巧地对程昊道:"程老师,今天就拜托你了。"

"嗯,没什么事了,你们出去吧。"

沈默跟着程昊来到他办公室，程昊给她分派任务，哪些文件需要影印多少份还要装订好，某个股东喜欢喝什么茶，某个股东喜欢坐在哪个位子上。

沈默拿着手机一一记下，然后开始工作，半个小时后，股东们开始陆续来到会议室。

程昊朝沈默使了个眼色，两个人退出来站在门口迎接，看见言辰也来了，沈默愣了下。

她低声问程昊："董事会副总也会参加吗？"

程昊看到言辰也挺意外，他说："原则上董事会只有总经理和股东才能参加，如果总经理需要某位高管参加的话，是要征得股东们同意的。当然了，除非股东们同意高管参加董事会，这个不需要总经理同意。"

言辰也看见了沈默，冲她微微点了下头，沈默赶紧报以微笑。

股东到齐后，薛山急匆匆走进会议室，看见言辰也是一愣，然后他皱紧眉头，脸色变得阴沉。

程昊和沈默站在门口，看到了薛山的表情，沈默不知为何，竟有点替言辰捏把汗。

薛山跟各位股东打招呼说："不好意思各位，刚才接了个电话，来晚了，来晚了。"

股东们笑着点头，都表示理解。

薛山坐下来，朝程昊看了一眼说道："我们开始吧。"

程昊走进会议室做会议记录，沈默便关上了会议室的门，站在外面候着。

会议室的隔音很好，沈默听不到里面谈话的内容，只是看到薛山发言后各位股东也开始陆续发言。

最后言辰站起来说了些什么，还走到投影器跟前，把U盘插进去，然后开始讲解PPT。

股东们听得很很认真，有些还频频点头。

而薛山则显得很生气的样子，甚至将手里的文件摔在了桌子上。

整个会议时间不长,一个小时就结束了,薛山和言辰起身送股东们离开后,薛山脸上的笑容收敛,冷声对言辰道:"言副总,你到我办公室来一趟。"

两个人一前一后离开会议室,沈默走进去帮程昊收拾残局。

"出了什么事?我看薛总好像在生言副总的气啊。"沈默问道。

程昊笑了下说:"上次言副总提交的一个Case被薛总驳回了,他就直接去找了董事会各位成员,让他们看了他的方案,据说大家都很赞赏。所以这次开会,是股东们让言副总上来开的,根本就没通知薛总。"

"啊?那言副总不是越级了吗?"

程昊点点头:"是的。言副总当初是薛总一手提拔上来的,这两年他有些冒进。"

两个人在这边说着话,就听见薛山的办公室里传出咆哮声。

"我不管你怎么解释,我当初已经否决了你这个方案,你为什么还要直接去找股东?言辰,你现在翅膀硬了是不是?"

言辰一直是低声讲话,沈默和程昊听不到。

然后薛山又说:"好!既然股东们通过了你的方案,我也没什么好说的。言辰,如果实施下来有一丁点的差池,或者达不到你预期的效果,我都会跟董事会上报!"

紧接着言辰走出办公室,径直朝电梯走去。

看到言辰上了电梯,沈默和程昊走过来。

薛山站在门口,看见程昊,冷声道:"你把会议记录整理一下,一会儿给我送过来。"

程昊赶紧回答:"好的,薛总。"

砰的一声,薛山关上了门。

沈默从来没见薛山发这么大火,一时有些无措:"那我干什么呀?"

程昊笑着说:"应该是没你什么事了,这也快下班了,你下去

151

休息一下吧。万一有事我给你打电话。"

沈默有点担心:"薛总没让我走,我走了能行吗?"

"没事,有我呢。"

沈默绽开笑容:"那谢谢程老师,我先下去了,记得晚上我请你吃饭。"

程昊点点头:"好的,沈默同学。"

沈默搭电梯回到十楼人事部,看见坐在门口的吴主任,她想起那天林倩倩说的话,有点想笑,哪知道她还没笑出来,吴主任突然转头,看见她笑眯眯地说:"沈助理回来了?今天挺忙的?"

沈默愣了下,总觉得吴主任这笑容有点阴森,然后回答道:"是啊,帮着程秘书准备董事会的事,刚刚开完会。"

"哦,那一定累坏了。"

沈默礼貌地道:"还好。"

"哦……"吴主任意味深长地"哦"了一声,转过身继续看着电脑。

沈默觉得莫名其妙,正打算走回工位上坐下,就听见两个从外面走进来的同事一边走一边议论着。

"咱们刚才看见的就是薛太吧,我没看错吧?"

"嗯嗯,就是薛太,你忘了,去年的年会她来过的,啧啧啧,看起来好有气质啊,端庄优雅。"

"那可不,听说薛太是大学教授,出身书香门第,怎么可能没气质呢。"

"哎,话说薛太怎么会来公司?"

"是呀,薛太很少到公司来的。"

"喂喂,你们看,薛太还带着个年轻人,这人是谁呀?"

"听说薛总的儿子在国外念书,是不是他儿子回来了?所以薛太带着儿子来,找薛总一块吃午饭?"

"不会吧。这人看着得二十五六的样子,薛总的儿子才十五岁呀?"

152

吴主任皱着眉头，转过身突然断喝："不用工作了？瞎议论什么，薛太也是你们能议论的？当这里是菜市场吗？"

两个同事赶紧闭上了嘴巴，灰溜溜地回到工位上坐下了。

沈默皱着眉，她也在纳闷，薛太这个时候到公司来干吗？

她完全没注意到吴主任正看着她，一副等着看笑话的表情。

第十二章　上演一出无间道

薛山正坐在办公室里生闷气，就听见敲门声，他以为是程昊把会议记录整理好了，冷声说道："进来。"

石梅推门进来，笑着道："怎么这种口气，谁惹你生气了？"

薛山看见是石梅来了，愣了下站起来走出办公桌，问道："你怎么来了？这个时候来，是家里出了什么事？"

那个年轻人站在门口，手里拿着个文件袋，石梅没叫他进门，他就那么干站着。

石梅朝他朝朝手："你也进来吧。"

那年轻人走进来，朝薛山鞠了一躬："薛总好。"

薛山莫名其妙，看着石梅问："太太，你这是唱的哪出？"

石梅没理他，对那年轻人说："来，做一下自我介绍。"

年轻人站得笔直，清了清嗓子道："薛总您好，我叫韩睿，今年二十五岁，是石教授的学生。我现在是在读研究生，学的是公共关系学。我还选修了营养师和心理咨询师，并已经拿到国家认可的二级证书……"

"慢着慢着。"薛山打断他，一头雾水地问石梅："太太，到底怎么回事？"

石梅微扬下巴道："这是我给你新找的生活助理。"

一听这话，薛山的脸垮了下来，可是当着韩睿的面，他也不好发作。

153

他坐到沙发上,翘着腿漫不经心地说道:"我已经有一位生活助理了,不需要第二个。"

石梅也坐下,转头对韩睿说:"小韩,你先出去等一下。"

"好的,石教授。"韩睿走到薛山面前,恭敬地把手里的文件夹放在茶几上,"薛总,这是我的简历,您可以先看看。"

然后他转身,走出办公室带上了门。

韩睿一出去,薛山绷着脸质问:"你搞什么?你凭什么让我换生活助理?"

石梅脸上堆着笑说:"我这是从多方面考虑,第一,小韩是学公共关系学的,还有营养师证和心理咨询师证,这对你平常接待客户是有帮助的,沈默没有吧?第二,小韩是个男生,如果你们出差什么的,同性之间也方便些,我也比较放心;第三……算了,我直说吧,我就是不喜欢那个沈默,我觉得我跟她不对付,看见她就我心烦。所以我想你换掉她。"

薛山冷哼一声:"你说换掉就换掉,太太,我们这里是公司,我手下有一千多员工呢,我这不是过家家!"

石梅一点也没生气,依旧笑得温婉体贴,"老公,要不这样,你只要同意换掉沈默,我就答应你一个要求"。

薛山瞪着眼睛说道:"我对你没有什么要求,你赶紧回家,不要在这里无理取闹。我公司的事,不是你一个妇道人家说了算的!"

石梅起身坐到薛山身边,手搭在他腿上,笑盈盈地说:"我同意你把你父母接到家里来住,你觉得如何?"

薛山思想传统,又是家里的老大,他觉得长兄如父,照顾弟妹、孝敬父母是自己应尽的义务。

可就是因为石梅的阻挠,这些年来,弟妹们都不敢到北京来探望他,就算来了,也是在外面见面吃个饭,从来都不到他们家里去。而薛山想把父母接到北京来养老的心愿无法实现,这也是他这些年来的心结。

薛山用怀疑的眼神看着石梅:"你说真的?"

石梅点点头,郑重其事地道:"只要你把沈默从你身边调离,我就同意你把你父母接到北京来养老。"

薛山皱紧眉头问道:"你为什么这么讨厌沈默,就因为早上她到家里来替我拿西服?"

石梅抿着唇不说话,她不可能告诉薛山,上次方若雨约她去看完歌剧,两个人坐在咖啡馆里,方若雨简直把沈默说成了外表清纯骨子里妖冶如火的狐媚子。

方若雨还假装不经意地告诉石梅,沈默因为试用期没过现在在人事部办公。她算准了石梅回家就会给吴主任打电话,打听沈默的情况。

沈默头一天上班,为了维护林倩倩,跟吴主任对呛的事,全公司都传遍了,方若雨怎么可能不知道?她知道吴主任在石梅面前更不会说沈默什么好话。

就算石梅不信她方若雨,难道连自己的亲戚吴主任都不信吗?

见薛山一直盯着自己,石梅嗔怪地在他胳膊上打了一下说:"老公,你也知道这女人年纪一大,疑心病就重。你弄个年轻漂亮的小姑娘在自己身边,你叫我怎么放心得下?这男人跟女人可不一样,人都说男人四十一枝花,女人四十豆腐渣。你现在这朵花开得红红火火的,我呢?我光成渣渣给你做肥料了!你把沈默换了,把小韩留下,我心里也舒服了,回家不会跟你吵,你还能把父母接到北京来养老,这不是一举两得的事吗?"

这么多年,薛山因为出身的问题,总觉得自己在石梅面前矮半截,这是头一回听见石梅夸赞他,贬低她自己。薛山心里挺受用的,不由得笑出了声。

石梅见薛山笑了,抱着他的胳膊,眼巴巴瞧着他问:"到底行不行啊?"

薛山哼了一声:"人家小沈做得好好的,我凭什么把人家调走?再说了,我以什么理由?"

"你可是敬一集团的老大,你想开个人,还需要理由吗?再不行,你看谁不顺眼,把她调到那人身边,上演一出无间道!"

石梅这句话是无心的,也纯属开玩笑,薛山一听,却皱起了眉头。

石梅见薛山脸上又没了笑容,以为薛山是舍不得沈默,心里对沈默的怨恨又添了一重,这狐媚子可真有办法,这才几天呀,就把薛山给勾得恋恋不舍了。

看来软的不行,只有来硬的了,石梅板起脸就要发火,却听薛山说:"把简历留下,下午我看看,可以的话,让程秘书直接联系他。"

听见薛山松了口,石梅笑逐颜开:"真的?那你打算什么时候把沈默开掉?"

薛山身子后撤,皱眉看着石梅说:"差不多得了,你还真要插手公司的事?那这个总经理你来做可以不?"

石梅见好就收,夸张地在自己嘴巴上拍了一下说道:"瞧我这人,就是爱操心的命。行吧,我不管了,老公,你是不是也该下班了?要不咱俩出去约个会?"

"都老夫老妻了,还约个什么会!"薛山笑了,"行吧,那让小韩先回去?"

石梅挽着薛山的胳膊,拉着他站起来说:"走吧,出去的时候我跟他说。"

说着话两夫妻走到门口,石梅取下衣架上的西服,体贴地替薛山穿上。

而此时,程昊拿着整理好的会议记录来到门外,看见韩睿坐在门口的沙发上,皱起眉正在询问他是谁,办公室的门打开了,石梅挽着薛山的胳膊有说有笑地走出来,韩睿迎上去叫了声:"石教授,薛总。"

看到这情形,程昊还有什么不明白的。

薛山还没来得及开口,石梅先说话了:"程秘书,介绍一下,这是薛总新招的生活助理。小韩,这是程昊,薛总的秘书,你以后跟在薛总身边,有不懂的地方多向程秘书请教。"

韩睿应了一声"好的",又礼貌地对程昊说:"程秘书,以后我就叫您程哥吧,请您多多指教。"

石梅的行为虽然让薛山不太高兴,可是一想到父母可以接到北京的家里来了,而且他也想好了如何安置沈默,便也不再计较。

见程昊向他投来疑问的眼神,薛山打着哈哈说:"就让小韩先跟着你实习一阵子,看看情况再说,会议记录你就放在我办公桌上,我明天早上再看。"

程昊垂首回道:"好的,薛总。"

石梅笑盈盈地对韩睿说:"小韩,你跟我们一块儿下楼。回头程秘书会通知你什么时候上班。"

韩睿答应道:"好的,石教授。"

程昊目送薛山夫妻俩和程睿走入总经理专用电梯,等到电梯门合上,程昊收起笑容,回到自己办公室。

薛太这一招太狠了,她公然带着韩睿来找薛山,硬塞进来做薛山的生活助理。

安排好后,三个人又一块儿下楼,刚好趁着下班时间,明明就是做给员工们看的。

这样一来,大家肯定会对韩睿的身份议论纷纷。等过几天韩睿任职为薛山生活助理的通知一下,沈默等于是当众被打脸了。

沈助理上任当天就高调跟吴主任吵架,这才干了一个月就被替换了,明眼人一看就知道是怎么回事,到时候让沈默如何自处?薛太这是逼着沈默自己辞职啊。

把文件夹放在桌上,程昊想到沈默这丫头还傻乎乎地等着晚上吃饭时,向自己讨教如何讨好老板娘,现在可好,生活助理这位子还没坐热呢,老板娘就把凳子搬到别人的屁股底下了。

看样子薛总已经默认了,那么接下来沈默何去何从?薛总不会真把沈默给开了吧?

如果是这种结局的话，现在告诉沈默是不是太残忍了？

想到这儿，程昊又把手机放下了，眼前浮现出上午沈默微侧着头叫他"程老师"的可爱模样。

算了，程昊想，最后的结果还不知道，我也没必要做那个传达坏消息的人，如果可以的话，还是多做一会儿沈默同学的"程老师"吧。

沈默虽然也很好奇薛太到公司来干吗，不过这毕竟跟她没多大关系，所以她接到薛山的电话让她上楼时，也没有把这两件事联系到一起。

来到薛山办公室，沈默看到他很反常地没坐在办公桌后面，而是坐在会客沙发上。

看见沈默，薛山招呼道："沈助理，过来坐。"

沈默愣了下，走过去站在那儿说："我站着就好了，薛总有什么吩咐？"

薛山微皱眉头说："叫你坐下就坐下，我有事跟你说。"

沈默的心一沉，她想到石梅刚来，薛山就专门把她叫到办公室里来，不会是他顶不住老婆的压力，要把自己开了吧？

好不容易找到这份工作，那五十万也有了着落，沈默还想着上帝终于给自己开了一扇门，哪知道走进去才发现，原来是个没窗户的小黑屋。

沈默坐下来，很忐忑地看着薛山道："薛总，是不是因为上周我去您家里顶撞薛太的事？薛总，这件事我已经深刻地做过自我检讨了，我保证，以后不会再犯这样的错误了，我一定压制住我的脾气……"

薛山摆摆手道："沈助理，你不用紧张，我没打算开除你。"

"啊……"沈默松了口气，这才感觉到手心里全是汗水。

"不过我想给你调换个岗位。"

腾地一下，沈默的心又提了起来，这感觉真像坐过山车，忽上忽下忽高忽低。

沈默额头渗出细汗，紧张地问道："薛总，是不是我做得不够好？我知道我刚参加工作经验不足，可是我很用心地在学了。"

"沈默，你听我把话说完。"

沈默点点头，是吧，自己再努力，也抵不过老板娘一个厌恶的眼神，这世界就是这么不公平，可是你又有什么办法？自小被父母宠着长大，二十多年都是一帆风顺的，被骗走五十万时她只是觉得伤心，觉得自己错信了人。可是此刻她却有种深深的无力感，原来有些事不是你努力就能得到回报的，原来自己并不是这个世界的中心，只有在父母眼里你才是公主，而在别人的眼里，你可能连蝼蚁都不如。

沈默有些心灰意冷地道："薛总您说。"

薛山看出她的情绪，宽慰地笑了笑说："我有话直说，你也别见怪。我太太中午来了一趟，把她的一位学生带来了，说要给我当生活助理。"

见沈默低着头，薛山顿了一顿，口气更加温和地说道："他的简历我看了，客观地说，他确实比你更适合做我的生活助理。这不仅仅是从工作和生活方面考虑，最重要的还是性别，我太太也提醒我了，我这个年纪的糟老头子，把你这个如花似玉的大姑娘放在我身边，确实不合适。"

听到薛山开自己玩笑，沈默勉强笑了下。

薛山接着道："当然，这不是说你做得不够好，你在我身边这几天的表现我非常满意。我昨天不是也说了吗，我想把你培养成我的左膀右臂，这句话仍然有效。所以呢，我给你安排了一个更重要的职位……"

沈默抬起头，眼巴巴地看着薛山，她没有勇气问是什么职位，总不可能让她回去做CHO吧。

"我想安排你到言副总身边做生活助理，今天你也看到了，董事会新委派给言副总一个重要项目，未来的日子他会非常忙，所以他需要有个人照顾他的饮食起居。"

沈默抬起头，一脸蒙，她想问：让我给言辰做生活助理？且不说我想不想，言辰同不同意还是个未知数吧？

薛山继续语重心长地说："而且你们年纪差不多，年轻人嘛，沟通上也容易一些。言副总可是我们敬一集团这几年冉冉升起的一颗新星，是我们董事会重点培养的对象，他不论从业务能力还是人品性格上都没得说。我年纪大了，没有言副总脑子活，我希望你待在他身边，能够从他身上多学点更加现代更加适用于如今这个快节奏社会的经验，这也是为你以后的成长打基础，你只有像言副总那样优秀，我才能对你委以重任。"

"可是我……"

薛山摆摆手，沈默只好闭嘴。

"我明白你的顾虑，今天我太太公然把韩睿带到公司来，我就立刻把你换掉，这会让你下不来台。你放心吧，这方面我也考虑到了，你入职的时候人事部并没有发通告。只要你同意做言副总的生活助理，我会让人事部发一则通告，说明之前你只是暂时在我身边任职，理由是张助理辞职后我身边生活助理的位置空缺。你来公司应聘的就是言副总的生活助理，现在我的新助理上任，你理应回到原岗位。另外，通告下发之后，我会让人事部立刻给你转正，至于薪资方面你放心，还是按现在的年薪。"

薛山都说成这样了，沈默还有什么不同意的呢？哪怕心里再别扭，可堂堂敬一集团的一把手已经够给她面子了。

沈默只好道："我一切听从薛总的安排，可是，言副总他知道吗？他同意我做他的生活助理吗？"

薛山讳莫如深地笑了下说："这是公司给他安排的特殊福利，他没有理由不同意。另外呢，我把你放在他身边其实也有另一层意思，我希望你帮我看着他，他在工作中有任何反常的动向和情绪，你都可以随时跟我汇报。你放心，这并不是把你安排在他身边做我的眼线，言辰是我一手提拔的，他能有今天的成就我很欣慰，可是他毕竟太年轻，我是怕他稍有差池走错路。老实说，我儿子还小，我过几年干不动了，是有把公司交给言辰的打算的，所以现在我才要看紧他一点。沈默，我这么说，你能明白吗？"

这一通推心置腹的忽悠，说得沈默晕乎乎的，她的脑子很乱，心里觉得哪里不太对，可此刻也来不及细捋。

迎上薛山殷切又充满鼓励的目光，沈默点点头："我明白了，薛总，一切全听您的安排。"

薛山很满意地笑了，身子后靠在沙发里说道："沈助理，我是很看好你的，一定要加油啊。"

沈默回到人事部，坐在工位上，脑子里还是晕晕乎乎的。

林倩倩看她神色不对，敲敲隔断的玻璃，关心地问道："沈默，你怎么了？看你脸色不大对呀？"

"哦哦，我没事。"沈默敷衍着。

见沈默是不想多谈的意思，林倩倩也没有追问，低下头继续自己的工作。

沈默的手机振动，她拿出来，看到微信上有人发信息。

点开一看，是程昊发过来的。

"刚才看见你从薛总办公室里出来，没事吧？"

"也没什么事，就是薛总说，要给我调个岗，今天新来的那个男生，是薛太给他找的生活助理，薛太好像不太放心我跟在薛总身边。"

程昊半天没说话，过了好一会儿才回复过来。

"薛总打算调你到哪个部门？"

"说让我给言副总做生活助理。"

沈默回完这句话，等了十来秒见程昊没回复，便把手机搁在一边，打开平板电脑。

她心想，如果不做薛总的生活助理了，那张助理这份备忘录对她就没用了，那她要不要给那个新来的男生用？

可又觉得自己是不是太多管闲事了，他可是薛太太钦点的心腹，搁在薛总身边的，人家怎么可能需要这份备忘录呢？也许连

161

准备工作都不需要做吧。

这么想着,心里就有点失落和挫败感,她想不通到底是哪里得罪了薛太太,为什么她就是看自己不顺眼呢?

她手指点击着那份备忘录,屏幕上出现是否删除的提示,她犹豫了一下,终究还是放弃了。

手机又嗡嗡振动,她拿起来,看见程昊回复了。

"不好意思,刚才有点事处理。沈默,换个新的岗位未必是件坏事,新的挑战新的尝试,也许可以学到更多的东西呢。"

程昊这么一说,沈默心里多少好受了些。

"程老师,谢谢你的安慰。"

程昊发过来一个摸头的表情。

"以后我就不是你的老师了,沈默同学。"

"一日为师,终身为师,就算不是老师还可以做朋友啊。"

程昊回复微笑。

"那晚上的饭局还有没有呢?要不我请你?"

沈默笑了。

"有的有的,算是谢师宴,另外也祝贺我换了新岗位,如你所说,新的岗位新的尝试嘛。"

"嗯嗯,沈默同学,你能想得开,我很替你开心。"

沈默放下手机,还是决定保留这份备忘录,不管那个男生需不需要,托程昊转交给他就好,自己把自己手头的工作圆满地完结和转交,对自己也是一个交代。

转而她又想,以后给言辰做生活助理,那要不要弄个备忘录?虽然他们两人几次工作中有交流,可是老实说,她对他这个人一丁点都不了解。

不,也不能这么说,多少还是了解点的。

言辰,他的秘书对他痴情一片,而他不为所动,不过听说他也不是什么正人君子,传闻换女朋友像换衣服一样频繁。

沈默想起自己来面试时在楼梯间听到那个女孩对言辰的控诉,

不由又皱起了眉。

方若雨那样美艳动人,言辰不可能不为所动,也许他考虑的只是公司不允许办公室恋情,怕给他副总经理的位子带来负面影响,所以他才一直没对方若雨下手呢。

一想到要给一位玩弄女性的渣男做生活助理,说不定还要二十四小时面对他,沈默心里就觉得别扭极了。

可又有什么办法呢?现在人在屋檐下,你可能高高昂起你不屈的头颅吗?

除非辞职。辞职?那是不可能的,想都不能想的。

父母的五十万怎么办?重新找工作又有多难?一旦没了工作,下个月的房租都成问题。

是可以伸手问父母要钱,到时候父母肯定会劝她,让她回老家安安生生做一份研究员的工作,然后再按部就班找个人,谈谈恋爱,结婚生子。

沈默不想那样,只要一想到那如死水一般的生活,就觉得心也要跟着死了。

坚持吧沈默,坚持!虽然她也不太明白,自己到底想要坚持什么,又想要得到什么……

八楼,言辰从卫生间出来,看见自己隔壁的办公室大敞着门,后勤部的工作人员正在进进出出。

他皱着眉走过去,看见方若雨也从秘书室出来,便问道:"这是怎么回事?"

方若雨摇头:"不知道呀,言总,我还以为是您让后勤部过来收拾房间的。"

方若雨眼珠一转,忐忑地说:"言总,是不是我最近的工作您不满意,所以招了名实习秘书?言总,我有什么做得不对的地方,您可以告诉我让我改正啊,我都跟着您这么多年了,您不能……"

言辰一摆手说:"别胡思乱想,我根本就没招什么实习秘书,你给后勤部打个电话,问问看是怎么回事。"

方若雨赶紧点头说:"好的好的,我这就问。"

方若雨走进办公室打电话,过了一会儿又走出来,"言总,后勤部说,是薛总亲自吩咐的,让把您隔壁的办公室腾出来"。

言辰紧皱眉头,他知道董事会议上的举动让薛山很恼火,也知道薛山肯定会想办法对付他,可现在这是闹的哪一出?他是彻底看不明白了。

不明白就不明白吧,言辰一向对办公室政治不感兴趣。

他年轻有为,自视甚高,性情又有点冷傲,做事情有钻劲肯吃苦,不喜欢钩心斗角地玩弄权术,当年薛山看上他提拔他也是因为这些。

可是谁能想到,多年后言辰在敬一高管中成了出类拔萃的人物,身边也有一群志同道合的年轻人拥戴他,思想和理念就难免跟四十几岁的薛山产生冲突。

而言辰的个性使然,再加上觉得自己跟薛山关系亲密,认为薛山是了解他的,所以总是不会委婉或者私下向薛山提出自己的意见和举措。

一次两次薛山忍了,时间长了,便让薛山有种危机感,他感觉现在的言辰不像当年了,他现在翅膀硬了开始冒进,不听他这个老大哥的话,甚至开始威胁到他的地位了。

言辰初心不改,一心为了敬一考虑,可是薛山的心思,不知不觉就变了。

只是言辰并没有察觉,而他身边那些年轻人技术和执行力强劲,情商和心智方面到底不敌老江湖,所以从来没人提醒过言辰,这也是导致两人渐行渐远的直接原因。

方若雨担忧地说:"言总,怎么办呀?会不会是因为董事会上的事,薛总对您有意见,所以想……"

想怎样,她也说不出个所以然来,难不成是想安插一个人过来在言辰身边当间谍,把他的一举一动汇报给薛山?

可是上午才开完董事会,薛山现在就做这样的安排,这目的也太明显了吧?

言辰冷声道:"不管了,薛总想怎么安排就怎么安排吧,毕竟他是领导。"

说完他转身回到自己办公室里,方若雨看着他关上门,却不死心,她想到程昊,就打算辗转从程昊那里打探一下消息。

回到办公室,方若雨拿出手机给程昊发了个微信。

"程昊,薛总让后勤部的人腾出言副总隔壁的办公室,你知道是怎么回事吗?"

程昊过了半个钟头才回复。

"不清楚,应该是薛总亲自下的指示,没经过我这边。"

方若雨是整个集团公司公认的美女,再加上她又是言辰的秘书,所以全公司上下都会给她几分面子,当然,个别人除外,这个别人中,就有程昊。

程昊和方若雨是同期进公司的,原本方若雨是应聘做薛山的秘书的,可是薛山一看这美艳不可方物的姑娘,自知过不了石梅那关,所以就主动把她让给了言辰,自己选择了程昊。

从那时起,方若雨就觉得是自己把总经理秘书的位子让给程昊的,老想让程昊看见她就是一副感恩戴德的样子。

程昊呢,他觉得方若雨就是个花瓶,再加上方若雨平日里在公司目空一切高高在上的做派他也看不惯,所以除非工作关系,他是不屑于搭理她的。

所以此时方若雨发微信问他这件事,他又怎么可能说实话呢?

方若雨放下手机,气不打一处来,她觉得程昊肯定知道,就是不愿意告诉她。

哼,有什么了不起,想想当年这位子还是老娘让给你的。你以为你不告诉我我就没办法了吗?

收拾办公室肯定就是为了加人,到底加的谁,人事部肯定会先接到通知,那我直接问吴主任或者徐经理不就结了,他们肯定不敢不告诉我呀。

这么想着，方若雨又往人事部打了个电话，接电话的恰好是吴主任。

听到方若雨的声音，吴主任热情极了，问道："方秘书，您有什么事吗？"

方若雨故作亲昵地问："吴主任，薛总今天让后勤部收拾我们言副总隔壁的办公室来着，应该是想往我们这边安插什么人，人事部有没有接到通知呀？"

"安插什么人？不知道呀。"吴主任转转眼珠，献殷勤似的说，"不过我另外知道一个小道消息，方秘书想不想听？"

方若雨很讨厌吴主任的口气，她觉得隔着电话线都能感觉到他那猥琐的气息扑面而来："要是跟我们言副总无关，我就不听了，吴主任再见。"

"慢着慢着。"吴主任压低声音，"是关于薛总的生活助理的。"

薛总的生活助理？那不就是沈默吗？

方若雨立刻瞪大了眼睛，抓紧话筒问："那不就是沈默？她有什么小道消息？"

"今天薛太带来个年轻人，你听说了没？那可是薛给薛总找的新生活助理，听说薛太很讨厌沈默，想把她给开了呢。"

吴主任说得得意，方若雨听了更是心花怒放。

哈哈，看来自己的离间计奏效了！薛太今天亲自带人来公司见薛总，还说是给薛总新找的生活助理，那沈默不是马上就要滚蛋了？

太好了，简直太好了！

想想前些日子自己被沈默怼得说不出话的样子，要是能亲眼看见沈默夹着尾巴离开敬一那就太开心了。

方若雨差点笑出声来，可是吴主任下面的话，却让她整个人都不好了。

"对了，我听说薛总挺赏识沈默的，他会不会把沈默调到言副总身边做生活助理了？把那个年轻人留在自己身边？这样薛太也不会跟薛总闹别扭了,还能把沈默给留下……"

吴主任下面说的什么,方若雨一个字也听不进去了,她慢慢地放下话筒,对着空气发呆。

不会这样吧!不能这样啊!我费尽心机,花高价从黄牛那里买了两张歌剧票请薛太太看歌剧,就是为了把沈默这个臭丫头赶出敬一啊。

薛总不可能把沈默调到言总身边做生活助理的,这怎么可能呢?言总这么年轻,薛总把沈默调过来,不怕搞出绯闻吗?

此时她倒是忘了,自己每天打扮得花枝招展在言辰眼前晃,是多么渴望能跟言辰搞出点绯闻。

方若雨捂着胸口,就觉得心开始往下沉,她六神无主地四下看看,突然腾地站起来跑到门口,握着门把手就要走出去。

她想去跟言辰说:"言总,您不能把沈默留在身边,一定不能!我讨厌她,我讨厌死这个女人了!"

可是理智还在,她咬着牙,又安慰自己,应该不会的,毕竟现在只是吴主任的猜测,这人说话哪有谱儿呀,他可是公司上下公认的大白话,上下嘴唇一碰就能出段子,撒谎都不带眨眼睛的。

"叮……"电脑上提示有公司邮件,方若雨走过去坐下来,滑动鼠标点开邮件。

邮件是人事部的徐经理群发的,大致意思就是:之前因为薛山的生活助理张助理辞职,所以人事部临时安排沈默做薛山的生活助理,现在薛山招聘的生活助理韩睿到任,沈默调岗至言副总经理身边,做他的生活助理。

看着最下面那行字:"通告立即生效,沈默即日到言辰副总经理处报到。"

方若雨的视线渐渐模糊,她攥紧了拳头,尖尖的指甲掐进自己肉里。

她后悔死了,不该为了赶走沈默而去薛太跟前进逸言,她原以为自己的计划完美无缺,哪知道最后,却是搬起石头砸了自己的脚，不但没把沈默给赶出敬一，反倒让她离言辰更近了，近得几乎亲密无间了！

第十三章　言副总的另一副模样

公司跟高层相关的任命下达通告，一般只会将邮件发到中层及以上人员的邮箱里，所以普通员工和实习生并不知道这个消息。

沈默坐在工位上整理这些日子来跟着薛山工作的记录，徐经理打开办公室的门，叫她的名字。

沈默抬起头，徐经理说："你到我办公室来一下。"

沈默起身，把平板电脑放进包里，这才拿起手机走进徐经理办公室。

徐经理开门见山说："薛总找你谈过了吧？"

见沈默点点头，她接着说："薛总下午给我打电话，让我拟了一份通告，他看过之后，我已经下发到各个部门了，薛总还亲自让后勤部给你在言副总办公室隔壁准备了一间单独的办公室，你明天就到言副总那边报到。"

沈默低下头，心里五味杂陈，回道："知道了，徐经理。"

徐经理看着她，眼中带着羡慕嫉妒恨，她是公司的老员工，自然明白高管们那些明争暗斗，对薛太的为人也有一定的了解。

薛太太中午带着那男孩来公司，下午沈默就被换掉了，到底为什么徐经理很清楚，可照理不是应该直接开除吗？

却没想到薛总不但没有开除她，反而把她调到了言辰身边做眼线，薛总走的这一步是高招，可也是险招。

她实在是看不出来，沈默到底有什么特殊的地方，刚进公司就能被薛总如此信赖重用，薛总难道就不怕沈默反水，到时候没演好无间道，却叛变成了言辰的人吗？

徐经理口气有点酸："嗯，你知道就好，你们这些年轻人，要懂得珍惜眼前的机会，好好干，不管是跟着薛总还是跟着言副总，都是很有前途的。"

沈默"嗯"了一声："谢谢徐经理，那我出去了。"

沈默不冷不热的态度让徐经理有点恼火，可又不便发作，等到沈默出去，她重重摔了下桌上的文件夹，自言自语道："什么东西，当初要不是我看你长得还不错把你带到薛总面前，你现在还在外面投简历找工作呢！"

沈默可不知道徐经理给她记下了一笔，她走回工位坐下，心情相当不好。

虽然程昊说得很好，什么新的岗位新的尝试，可她到底是个小姑娘，被薛太太这样讨厌，现在又被薛山派到言辰身边做奸细，而以后要面对的言辰又是个花心男，还要日日面对方若雨的枪林弹雨……

一想到从明天开始，自己可能就没有安稳日子过了，沈默就有种心如死灰的感觉。

桌上的座机响了，她拿起来，有气无力地"喂"了一声。

那边传来言辰的声音，冷冷的没有一丝温度："沈助理，你到我办公室来一趟。"

沈默愣了下，该来的终究还是来了，她答应道："好的，言副总。"

然后她挂断电话，站起身来。

林倩倩见沈默整个下午都心事重重的，这会儿又准备出去，便好心地问："沈默，你没事吧？是不是被薛总骂了？没关系的，咱们打工的，被老板骂不是正常吗？别难过了，多想想开心的事。"

沈默"嗯"了一声："我知道，谢谢你啊，倩倩。"

林倩倩点点头，沈默冲她微笑了一下，然后走出人事部。

门刚刚关上，吴主任身子后仰，搓搓他那没剩多少的头发，嘲讽地道："倩倩，你就别瞎操心了，人家沈默可不像咱们，她可是攀高枝儿的料。这不，薛总身边刚待了几天，这又跑到言副总身边巴结去了。"

林倩倩本就胆小怕事，再加上她也不喜欢这样背地里议论别人，更何况还是沈默，便低下头没接话。

可是有其他好事的同事，都看向吴主任，有人好奇地问："吴主任，到底是怎么回事？您跟我们大家分享分享呗。"

吴主任得意地站起来，接了杯水，端着杯子喝了一口，然后在工位间踱步道："你们不是看见中午薛太带着个男生来公司吗？那可是薛太给薛总新找的生活助理。哎，你们说，要是沈默干得好没惹事儿的话，薛太会亲自出马，再给薛总找个生活助理吗？"

大家一听纷纷点头，小声议论起来。

"就是呀，这沈默才干几天呀，怎么就得罪了薛太呢？"

"你们看她来头一天那个劲儿，那不就是一副谁都瞧不上好胜的样子吗？"

"对对对，谁敢头一天来就跟领导吵架呀！她就不是个好惹的主儿。"

"这下好了，得罪薛太了，薛总身边待不住了吧。"

有人高声问吴主任："吴主任，您刚才说她又去巴结言副总，是什么意思呀？"

吴主任简直眉飞色舞，回答说："你们不知道啊，这阵子沈默不是跟着言副总跑了几个项目吗，这一来二去的，也不知道怎么就搭上言副总这条大船了。这边薛总刚把她从生活助理的职位上给弄下来，那边言副总就把她要去了。嘿嘿，你们说，两人都是年纪轻轻的，言副总要沈默过去做生活助理，这到底助理什么……这不是不言而喻吗？"

听吴主任越说越不上道，有些听不惯的员工低下头继续自己的工作，有一两个擅长溜须拍马的，趁着这个机会讨好地问吴主任："吴主任的意思，沈默跟言副总……"

吴主任奸诈一笑，微微点着头："我可什么都没说，我什么都没说，工作，工作！大家都赶紧工作！"

"嘿嘿，是是是，工作工作。"有人了然地接着话，还冲吴主任竖个大拇指。

吴主任得意地走回自己的工位处，一抬头，看见徐经理站在她办公室门口，正一脸严肃地瞪着他。

吴主任是石梅的亲戚，自然对徐经理是不害怕的，他冲徐经理一笑，然后坐了下来。

徐经理皱紧了眉头，只觉得这个人怎么越看越讨厌呢，薛太太怎么会把这样的亲戚弄到公司来，这一天天搅和的，到底是想公司好还是不好呀？

不行，一定要找个机会，把这吴主任赶出人事部，至于他再去祸害哪个部门，那就不是她徐经理要关心的事了。

沈默来到八楼，看到言副总的办公室隔壁已经空出来了，房间虽然不大，可是看起来窗明几净的。

她敲敲言辰办公室的门，里面传来言辰的声音："请进。"

沈默走进去关上门，看见言辰站在那儿，衬衫的袖子高高挽起，领带拉得松松的，领口的扣子也松开了两颗。

看见沈默进来，言辰朝她招招手："你过来看看，这是今天董事会通过的那个项目，接下来我们有很多的工作要做，你先熟悉一下。"

沈默愣在那儿，她看看桌上堆着的文件，又看向言辰。

他跟沈默前几回见到的西装革履的那个言副总有点不一样，印象中的言辰是道貌岸然的，跟人说话时眼神凌厉冰冷，没有丝毫感情。

那张脸虽然长得还算英俊，却总是阴沉刻板，有时候面对客户会笑，那笑意却是例行公事。

少有的几次他跟沈默说话温和些，她也觉得他那是有目的的。

第一，他可能不想沈默跟别人说出那天在楼梯间他给那个女孩二十万分手费的事；

171

第二，他手里有沈默十九万的欠条，他想把这十九万要回来。

所以沈默对言辰的印象就是：冷、孤傲、阴沉、虚伪，当然了，还得加上花心。

可是眼前的言辰呢，他好像丝毫都没介意沈默这个外人以后就要到他身边来了，也没有时间和心思去考虑薛山把她塞进来的目的。

他就只是一门心思扑在眼前的项目上，好像还干得热火朝天。

他此刻眼睛发亮，甚至透着一种愉悦，整个人不再那么孤冷，而是散发出一种感染人心的工作热情来。

看着领口处露出来的喉结，还有言辰结实的小臂，沈默有点懵："那个，言副总，我不明白……"

言辰微微笑了一下说："没有什么不明白的。既然薛总把你安排到我身边做生活助理，你愿意也好，不愿意也好，都得接受。当然了，除非你辞职。不过我记得你说过，你的年薪是有大用处的，沈默，你应该不会辞职吧？"

沈默无语，只能点头。

言辰接着说："既然这样，我们以后就是一个团队了，我希望你尽快融入这个团队，也能在我们的新项目中出一份力。"

沈默皱着眉问道："可是言副总，我只是您的生活助理呀，而且我的专业是人力资源管理，我不知道除了照顾您的生活日常，还能帮您做什么。"

言辰盯着她的眼睛反问道："你进入敬一，就是为了做人家的高级保姆，照顾他人的饮食起居？"

沈默毅然摇头："不是。"

"既然不是，为什么要这么快就给自己定位？所有的知识都是融会贯通的，知识是死的，人是活的，关键看学到的人怎么运用。当然了，如果你只想安稳地照顾我的饮食起居，我个人是没什么问题。不过说实话，我并不习惯有个人天天像保姆一样跟着我。所以你自己选择，是每天清闲地待在我身边，然后事无巨细地向薛总汇报呢,还是融入我们的团队,跟我们一起把这个项目做好,同时自己也可以吸收更多的知识,学到新的东西?"

一席话说得沈默脸红了,她根本没思考,重重点头:"言副总您说得对,是我太狭隘了。我愿意融入团队,跟着您学习。"

言辰也不废话,从桌上找出一份文件夹,交给沈默:"这是这个项目的最初策划案,你先看看,大概了解一下。"

沈默接过来,说:"好的,言副总。"

她站在那儿翻看起来,言辰又走回到办公桌后,坐下来接着查阅资料,过了好一会儿抬起头,看见沈默还在那儿站着。

他失笑,对沈默说:"沈默,你可以坐下来的,如果你觉得在我办公室里不自在,那就到你自己的办公室里也可以。在我这里你不用拘束。"

沈默赧然一笑:"知道了,言副总。可是徐经理说,我的办公室明天才能用。"

"哦,是这样。你可以打电话到后勤部,让他们帮你采购办公设备。今天就先在我这里熟悉文件吧。"

沈默点点头,走到沙发边坐下,认真地看着言辰交给她的文件。

办公室安静下来,只有沈默翻动纸张和言辰敲打键盘和滑动鼠标的声音,这气氛倒也和谐自然。

不过这份和谐没持续多久,就被人给打破了。

听到敲门声,两人同时抬头,言辰道:"请进。"

推门进来的是方若雨,她看见沈默竟然坐在会客沙发上,脸上的笑容立即僵住了。

言辰先开了口:"方秘书?"

方若雨狠狠瞪了沈默一眼,然后说:"言总,您叫我订的周杰伦演唱会的票真的超级难订,不过我刚刚已经联系上艺人公司的朋友把票订好了,是贵宾席,票价贵了点,不过离舞台很近,跟杰伦老师互动也方便一些。"

言辰不以为意:"知道了,谢谢你。还有别的事吗?"

"没有了。"方若雨转身要离开,想一想又站住,转过身看着沈默。

"言总,沈助理的任命已经正式下来了,那是不是以后这类的工作都交给她来做?"

沈默抬起头,她不明所以地看向言辰。

言辰还没说话,方若雨接着道:"毕竟我只是您的秘书,负责您工作上的事是我的职责所在,以前是因为您身边没有生活助理这个岗位,所以像给您女朋友送花买演唱会门票之类的工作我也做了。不过现在既然您有了生活助理,像这种生活琐事之类的事情,是不是应该交给生活助理来做?言总您也别误会,我没有别的意思,也并不是对您不敬。只不过既然薛总把这个人安插到您身边,咱们总得让人家在其位谋其政,这样她也好跟薛总交代是不是?"

言辰皱了下眉,没说同意也没说不同意。

沈默站起身来,把文件夹放在茶几上,笑着对方若雨说:"方秘书说得对,工作中就是得公私分明,在其位谋其政这句话也说得好,不过我想再加上一句,我个人认为一个人最大的失职就是把个人情绪带到工作中来。既然我们以后都在言副总身边,应该会有相当长相处的时间,希望我们能合作愉快。我这个人呢,是不会把个人情绪带到工作中来的,希望方秘书也是这样。听方秘书刚才话里的意思,言副总的私人事务您应该负责挺久的了,您放心吧,以后我是言副总的生活助理,这些工作理应由我来做的。不如现在我出去跟方秘书交接一下?言副总,您看可以吗?"

言辰点点头,面无表情地说:"可以。"

沈默走到门口拉开门说:"那走吧,方秘书,我们到您办公室去,时间也不早了,争取在下班前交接完。"

方若雨满心怨怼,恨死了沈默,可是她句句有理有据,她确实也拿她没办法。

两个人走进方若雨办公室，沈默保持公事公办的腔调，方若雨拿话激她，她也假装没有听到。

就这样磕磕绊绊地交接，时间不知不觉地过去，就到了下班时间。

方若雨一看表："下班了，剩下的明天再说吧。"

沈默也不催她："那行吧，反正我是新手，如果我做得有什么差池的话，言副总应该也不会怪罪到我头上，毕竟是两个人交接的事。"

"你……"

沈默根本就没理她，拉开门直接走了出去。

回到十楼的人事部，人差不多都走光了，沈默看见林倩倩还坐在工位上，就觉得很奇怪。

"不是下班了吗？你怎么还不走？晚上不是给祝贺过生日吗？"

林倩倩抬起头回道："我在等你。沈默，我对不起你。"

沈默觉得莫名其妙："什么事呀？"

"要不是因为我，你上班第一天就不会跟吴主任吵架。那吴主任也不会记恨你了，更不会去薛太太面前说你的坏话了，现在薛太太信了吴主任的话把你调走了，你不能做薛总的生活助理了。都怪我，全是我不好……"

林倩倩说得眼泪汪汪的，沈默赶紧从包里拿出纸巾递给她。

"倩倩，你别傻了，不是因为你，真的，是我自己得罪了薛太太，跟你没关系的。"

"真的？"林倩倩抬起泪眼。

"真的。是因为有天早上我去薛总家帮薛总拿西装，结果搅了薛太太睡觉，真的不关你的事，你别放在心上。"

林倩倩瞪大了眼睛问道："就因为搅了她睡觉就把她得罪了？她这脾气也太……"

"嘘……"在人事部办公室待了几天，沈默倒也长了个心眼儿，她食指竖在唇边示意林倩倩别再说下去。

林倩倩吐了吐舌头，又小声问："沈默，真是这样吗？你不是在安慰我吧？"

沈默觉得心累："真的真的，我安慰你干吗，今天是我在人事部的最后一天了，我明天就要去八楼跟着言副总了。换个岗位不是什么坏事，跟着言副总也能学到新东西呀，你就别为我担心了。"

林倩倩放心了些，点点头道："你不怪我就好了，可是以后我们见面的机会就少了，唉，好不容易交了你这个朋友。你不知道，因为我是实习生，同事们都看不起我，不太愿意搭理我的。"

沈默把自己的东西都收拾好，背上包走到林倩倩身边，搂着她的肩膀往外走："我觉得吧，大家不搭理你，不是因为你是实习生，而是因为你胆子太小了，跟人说话总是很小声，还不敢直视对方，你老是缩手缩脚的，谁好意思跟你说话呀？"

"是这样吗？"林倩倩一脸问号，"可是祝贺说，女孩在外面要矜持啊，而且女孩子也不用交际太广的，因为我们总要回归家庭，等将来结了婚，在家里相夫教子，这才是一个女子最好的归宿。"

沈默心想，这是什么男朋友啊！他怎么不把林倩倩拴在裤腰带上当宠物养着呢？

也真是奇了怪了，这样的话这傻姑娘居然也信！她真怀疑林倩倩生错了年代，要不就是智商需要重新充值。

可是这些毕竟不关她的事，她拍拍林倩倩的肩膀说："没关系的，我就是说点我自己的小想法，你自己开心就好。"

两个人走进电梯，林倩倩挽着沈默的胳膊说："以后就见不到你了……"

"我们中午可以在餐厅见面呀！对了，你今天可是说了，明天中午请我吃饭的，我可记着哟。"

林倩倩笑着点头："行，明天中午我请你吃饭，算是恭祝你换了个新岗位。"

"一言为定。"

电梯来到一楼，两个人说说笑笑走出来，出了公司门口，沈默看见程昊的车子停在那儿。

看见她出来，程昊下了车上前问道："沈默同学，晚上的谢师宴没忘吧？"

沈默笑着说："怎么可能会忘呢。"

"那上车吧，我选地方，你掏钱。"

沈默坐上副驾驶的位子说："没问题。"

八楼的办公室内，言辰还没有下班，他站在落地窗前打电话，刚好看到沈默笑盈盈地跟程昊说着话，坐进他车里的情形。

他皱了下眉，听到电话那头那个好听的女声在问："喂喂，阿辰，你怎么不说话了？周杰伦演唱会的门票买好了吗？"

言辰回神，回答道："买好了，贵宾座，离舞台挺近的。"

"哇，阿辰，我就知道你最有办法了，这么难买的票竟然都能买到，啵……爱你哟！太谢谢你了！我得赶紧跟乔治也说一声，他知道这消息估计也得高兴坏了。"

言辰的眼神没有丝毫波澜，淡淡道："嗯，那预祝你俩约会愉快。"

"说吧，我和乔治这次要怎么感谢你呢？要不然等演唱会结束我俩请客做东，到时你可一定要来哟！"

"感谢和请客就算了，还是早点跟你爸妈讲明你和乔治的关系，就别再撮合咱俩让外界误会了。"

女孩收敛了一点高兴的情绪，有些难为情地回答道："这个是应该的，不过像我们这种被外人看来外表光鲜的家庭，常常就会难为于父母之命不可违，你也多体谅一下我和乔治呗？再忍忍，找机会我会跟我爸妈讲明白的。"

相比刚才，言辰的口气多了一丝波澜："我说过，我向来对感情这件事没兴趣，要不是为了敬一集团跟你爸公司那边的合作项目能更好更顺利地进行，我还真就不想继续再演下去了，甚至当初你爸有意撮合我们的时候，我更不会假意答应。"

177

"这个我知道的，我们第一次见面，你就跟我坦白地讲清楚了，权当是为了工作合作嘛，当然也是顺便帮我和乔治应付一下我爸妈。算是相互帮帮忙啦，其实都忍这么久了，也不差再多忍几天啦，找机会我一定会说的。放心吧。"

"好，那你尽早。不说了，我要下班了。"

挂了电话，言辰把手机搁在办公桌上，坐下来靠着椅背，两手枕在头后看着天花板。

这位所谓新女友，其实是敬一集团的合作方之一，某上市公司老总的千金，两家公司最终达成的深度战略合作协议，也是当初言辰没日没夜忙了整整一个月才谈下来的。后来不知这位公司老总从哪里打听来的，言辰至今未婚单身，加上通过双方的这次合作，这位老总也确实见识到了言辰非凡的做事能力，年轻有为，才貌双全，有权又有钱，试问哪位做父母的不为之心动？

后来在一次宴请合作方的庆功宴上，这位老总便提出让言辰认真考虑一下自己女儿，与其尝试交往男女朋友的强烈建议，即使当时言辰心里再不情愿，但终究出于对双方未来顺利合作考虑，又碍于那么多人面前不能驳了这位老总的面子，也便在当场一口答应了下来。

后来两个年轻人见面，言辰便把整个前因后果，以及自己的真实想法，跟女孩坦白得一清二楚。女孩也完全理解，并且也表达了对这种安排毫无兴趣，言辰本想跟女孩商量，就这样见个面，便各自推托说不合适也就算了，可是女孩向他讲述了自己其实早就有一个深爱的男朋友，目前一直不敢让家里人知道的事实。综合以上各方面因素，两人这才最终达成了做不了恋人可以做个朋友，暂时假装恋爱关系，今后彼此互帮互助的约定。

想到这里，言辰不禁摇了摇头，他甚至觉得有点可笑，自己还真的算是为了工作，已经鞠躬尽瘁到倾其所有的地步。

这样的事情一次半次还好，但这些年来时有发生，也不知为何，总有合作方想要把女儿嫁给自己。言辰倒也不在乎外界如何瞎传自己，只是这样的事情让他一遍遍处理起来也是心力交瘁。一切都是为了工作，有时他也只能这般安慰自己。

或许，一个人未婚单身，年轻有为，才貌双全，有权有钱，也是错。或许自己真到了有必要好好考虑去爱上一个人，开始一段真正恋情的时候。

只是，爱对很多人来说是件再简单不过的事情，但在他的心里却是那么艰难，就好像身边有些人，总喜欢把爱啊爱的时常挂在嘴边，可是在言辰眼里，从小到大，自己的家庭和父母，以及让他看在眼里的那些种种过往，让他只能在自己心中早早就下好了这样一个定义："爱？这世上最不值钱的，应该就是爱了吧。"

第十四章 我的心事都写在脸上

我家小馆里，沈默和程昊面对面坐着。

沈默把平板电脑拿出来，放在程昊面前："喏，这个还给你吧，里面我用过的痕迹已经全部清除了。"

程昊放下茶杯问："这是做什么？"

"不是说公司有规定，换个岗位就要把平板电脑上交的吗？这个应该要交给薛总那位新的生活助理用吧？对了，里面有张助理的备忘录，可以帮助他尽快熟悉工作。还有啊，这周四是薛太的生日，薛总让我帮他安排替薛太庆祝生日，我不是订了这里嘛？我已经记录在平板里了，到时候你记得再提醒新同事一下。"

程昊笑笑正要说话，沈默接着说："哦对了还有，薛总让我帮着给薛太选礼物，我想珠宝首饰什么的，薛太应该已经有很多了，所以我的意见是给薛太送条丝巾，这样既别致又有品味，也不像珠宝那样俗气。当然了，这只是我个人的一点意见，你回头跟新助理提一下，他如果有别的建议，只要薛总能满意，那就更好了。"

程昊听她说完，浅笑着问道："说完了？"

沈默"嗯"了一声："说完了。"

"薛太那样对你，你还想着帮她选生日礼物？沈默，你不怪她吗？"

沈默笑了："我怪她有什么用？我又不能跑到她家跟她大吵一架以证清白。再说了，我是给薛总打工的，又不是给她，既然这是薛总给我安排的工作，我就要尽力做好，就算现在不在薛总身边了，我也不能给下一任留个尾巴。"

程昊用很欣赏的目光盯着沈默说："嗯，薛总没有看错人，沈默同学，你挺棒的。"

沈默笑得眉眼弯弯，连鼻子都皱起来："多谢程老师夸奖。"

面前的女孩娇俏可爱，程昊目光深邃地盯着她，心里生出些许遗憾，薛总和言副总现在身处两个阵营，沈默以后会站在哪边？那么她跟自己，是不是会渐行渐远呢？

程昊又把平板电脑推给她："这个你拿着，在言副总身边也要用的，新来的韩助理我会再帮他申请一个，你自己的资料自己保管好。"

沈默很开心："哎，我就说要是我再去申请个新的，又要弄半天重新下软件了。这下好了，不用重新捣鼓了。不过我把张助理的备忘录发你吧，你帮我发给韩助理。"

程昊点点头："行，你发我吧。沈默同学，你以后跟着言副总，我们见面的机会应该就会少了。"

沈默一边操作平板电脑，一边说："怎么会呢？我不是说了嘛，一日为师终身为师，就算以后我们不在一个部门，可是都还在敬一呀，就算上班见不着，下班也可以一起吃个饭喝喝茶什么的。程老师，我们现在不是朋友了吗？"

沈默微微侧头，眨着大眼睛，直看得程昊心里麻酥酥的："好吧，沈默同学，这可是你说的啊，那我以后有空就约你吃个饭喝喝茶，你可不许拒绝。"

"一言为定，要不要拉钩？"沈默伸出手来，刚勾起小手指，手机就响了。

她拿起来，看到微信上是米拉的视频通话请求，点下了接听。

屏幕里的米拉一身正装，看起来气色很好，看见沈默先来了个隔空飞吻。

"啵……沈小默同学，我不在你身边的时候，有没有好好吃饭睡觉？工作辛不辛苦，跟程大秘书相处得怎么样了？"

沈默小脸一红，赶紧瞪眼睛努嘴："米大娘，求你别胡说八道。"

"怎么了？我没说错呀，叫你参加联谊会的目的很明确，我不都说了嘛，就是为了撮合你和程昊呀。"

沈默大窘，脸都红到了脖子根，程昊咳嗽两声，算是给沈默解围。

米拉听到有男人的咳嗽声，朝自己嘴巴上拍了一下，假装小声实则很大声地说："哎呀，你在跟别人约会呀？对不起对不起，打扰你了，那我挂了啊。"

"咳……米拉小姐，我是程昊。"程昊只好站起身，走到沈默身边，冲着屏幕里的米拉招招手。

米拉装作很惊讶的样子，说道："哎哟，原来是程大秘书呀！程大秘书好，谢谢你呀，带着我们家沈小默出来约会……"

沈默的脸红得像熟透的番茄，赶紧打断她道："米拉！你能不能少说两句。"

"啊？我又说错了？不是约会不是约会，是吃饭，吃饭行了吧。"

程昊忍着笑说："是吃饭，也算约会，师徒情意那种，我去上个卫生间，你们俩闺蜜先聊。"

说完程昊转身离开，沈默算是松了口气。

她瞪着米拉，埋怨道："你瞧你，把人都给说走了。"

"怎么？人家就去上个卫生间，你就空虚寂寞冷了？"

"去你的!"

"哈哈,不逗你了,沈小默,告诉你个好消息,我马上就要去北京安家了!"

沈默瞪大了眼睛问:"你说真的?"

"嗯嗯,这次我带着团队去参赛的同时,也在北京做了下市场调研,回来报告给老总,她有意向在北京成立一个分公司,如果定下来的话,我就可以带着我的团队去北京了。"

"哎呀,那太好了,米大娘,你要是来了,我在北京就算有亲人了。呜呜,真是太好了,你一定要尽量争取啊!"

米拉哈哈大笑:"沈小默,算你有良心,不像某些人,有异性没人性的,我告诉你,我要真去了北京,我就要跟你合租,你得换地方住,你住那破地方太远了,五环外,上个班都快赶上万里长征了。"

"那还不是为了省钱吗?再说了,现在多少人亚健康,年纪轻轻的就三高,住得远点路上多走点路,权当锻炼身体了。"

"你还真能安慰你自己!反正等我去了,一切就得听我的知道不?谁叫我是你的大娘呢!"

沈默撇撇嘴:"说你胖你这还喘上了,还大娘,你为什么不想想,我叫你大娘是因为你长得显老呢?"

米拉瞪眼睛,做饿虎扑食状:"沈小默,看我去了怎么收拾你!"

"哈哈哈,打不着,打不着!"沈默开心得摇头晃脑,看见小屏里面程昊不知何时站在自己身后了,赶紧收起放肆的笑容。

米拉白了她一眼:"装!真会装!"

沈默冲她吐吐舌头,米拉选择无视她,对着程昊说:"程大秘书,要是刚才我们的谈话你都听见了的话,你就给我三缄其口,一个字都不许对黄梁说,知道不?"

程昊很听话地点点头:"放心,我半个字都不说。"

米拉很满意:"嗯,真是个暖男,不枉我把我家沈小默托付给你照顾。"

程昊哭笑不得，只好点头尴尬地笑，看见服务员端着托盘过来，便笑着道："你们聊，我先回去坐。"

沈默觉得很奇怪，米拉能来北京定居，不是应该第一时间告诉黄梁吗？

沈默张口想问，米拉却没给她机会："好了，我的事汇报完了，不耽误你们聊师徒情了，我挂了，替我跟程大秘书说声再见。"

说完不待沈默回答，米拉便干脆利落地挂断了。

看着黑掉的屏幕，沈默无语，米拉永远都是这么风风火火的，又永远都是这么坚定自若。

程昊夹了块排骨放在沈默的碟子里："别寻思了，赶紧吃饭。"

沈默笑："你知道我在寻思什么？"

"嗯，你在想，为什么米拉不让我告诉黄梁她要来北京的事。"

沈默苦恼地皱眉："是不是我的心事都写在脸上了？为什么我想什么你们总是一看就明白？"

"你们，还有谁？"

沈默没回答，可是脑海中不由自主浮现出下午办公室里言辰的脸。

他正用深沉的目光盯着她，问她是想安稳地在他身边做个高级保姆，还是想加入他的团队成为一分子时，沈默就觉得，她没有开口之前，言辰就已经知道答案了。

我有那么容易被人看透吗？沈默笑了，她在心里问自己。

程昊没听到沈默的回答，抬头看着她："沈默同学，你怎么又发呆？"

沈默回过神道："哦哦，没什么，吃饭吃饭。"

饭菜很可口，两个年轻人相谈甚欢，就这么吃着聊着，时间不知不觉地就过去了。

一直到两个人吃完，也没见尚老板过来，沈默去付账时，特意问了店员，店员说尚老板今天去见一位老友了。

沈默觉得奇怪，然后问："尚老板自己就开着餐馆，跟老友聚会，不是应该到店里来吗？"

店员笑笑说："尚老板的老友脾气很怪的，他喜欢清静，最讨厌人多的地方，以前来过店里几次，说是店里人太多太吵，后来就不大来了。"

沈默一听也笑了："还真是个怪人呢。"

回到座位上，沈默跟程昊说起这件事，然后笑着道："本来还想跟尚老板敲定一下薛太生日包场的事呢。"

程昊说："你就放心吧，我会交代新来的韩助理的，这件事我保证按你的本意完成得圆圆满满的。"

"嗯，如果我最后的工作能圆满地收尾，我就得再次感谢程老师，到时候再请你搓一顿。"

"那可说定了啊！"

两个人走出餐馆，程昊看看表说："九点了，要不我送你回去吧，你住得那么远，坐地铁回去，差不多十点了。"

沈默欠欠身说："那就多谢程老师了。"

送沈默到她家巷口，程昊依旧开着车灯为她照亮，直到沈默的身影消失，他才掉头离开。

回去的路上他在想，说来也奇怪，沈默调离了薛总的身边，他们两个人的关系反而近了些，那么，有没有机会往下发展呢？

一想到小姑娘那纯净的笑容，程昊忍不住笑了，听米拉话里的意思，她是很赞成他跟沈默在一起的，如果有她这个好闺蜜做助攻，自己应该是有希望的吧？

第二天，沈默来到公司后打卡上到八楼，看见后勤部的工作人员正往那间小办公室里搬桌椅，便去找方若雨继续昨天的交接工作。

敲了半天，方若雨的秘书室才打开门，看见沈默很不耐烦："沈助理有什么事？"

沈默礼貌地答:"我来继续昨天的交接工作。"

方若雨撇撇嘴:"那你进来吧,要快点,半小时后言副总要开会,我是要做会议记录的。"

说完她侧身让沈默进去,又小声咕哝着:"也不知道薛总塞进来个生活助理干吗,别人忙都要忙死掉了,某些人命怎么这么好,哪里清闲就往哪里钻。"

沈默笑笑没说话,继续跟方若雨交接,有些方若雨说得不清不楚的地方,沈默一一详细地询问,弄得方若雨很不耐烦。

半小时过去了,交接得也差不多了,沈默把记在平板电脑上的东西过了一遍,然后皱着眉头问:"方秘书,我记得你昨天跟言副总说,帮他订了两张演唱会的票,这个票在哪里呀?"

方若雨一脸嫌弃地说:"你真老土,现在演唱会的票都是在线订的,到时候拿着身份证去现场取就可以了。"

"那我拿谁的身份证去取?"

"你怎么这么笨,当然是言总的身份证,我又不去看,怎么可能是我的呢!"

沈默无语:"那好吧,多谢你了,我出去了。"

沈默今天没有回呛她,倒让方若雨觉得很奇怪,看着沈默走出办公室,方若雨心中警铃大作,难不成这丫头想了新的招数来对付自己?

其实只不过是昨天程昊给沈默上了课,告诉她职场上有些人就是喜欢通过打压别人来满足自己的虚荣心,遇到这样的人,没必要跟她回呛,无视才是最好的方法。

沈默走出方若雨的办公室,刚好言辰打开他自己办公室的门,看见沈默,便说道:"五分钟后开会,你也来参加。"

"哦,好的,言副总。"

沈默答应着,看看自己那间办公室家具已经放得差不多了,便走进去把包放下,然后简单打扫了一下。

陆陆续续看见有几个年轻人抱着文件夹走进言辰办公室,沈默心想，这应该就是言副总自己的团队吧。

没过一会儿，方若雨也拿着文件敲了敲门，然后进了言辰办公室，沈默正犹豫着要不要主动进去，方若雨又出来了，站在门口不情不愿地叫道："沈助理，言副总让你进来。"

"知道了。"沈默就拿起平板电脑，然后关上自己办公室的门，进了言辰办公室。

会客沙发上快坐满了，大概有七八个同事，都很年轻，男女都有，大家都是抱着平板电脑，面前的茶几上摆着文件。

言辰冲她招招手，跟大家说："介绍一下，这位是沈默，我的生活助理，以后她也会跟进这个项目。"

众人听了倒没什么讶异的表情，只有方若雨，恨恨地瞪了沈默一眼。

沈默只当没看见："大家好，我叫沈默，请多多关照。"

大家挨个儿跟她握手作自我介绍，除了方若雨，气氛倒也友好融洽。

"沈助理和方秘书先做一下记录，会议后你俩把记录整合起来，现在我们开会。"言辰也不废话，直接就切入了正题。

会议的气氛很热烈，大家畅所欲言地讨论着，沈默发现言辰这时候也不像平日里那样冷漠了，而是认真地倾听着大家的意见，很中肯地一一作答，说到畅快处，会会心地笑起来。

沈默就觉得，这样子的言副总，有点帅，而且还有点可爱。只是她不明白，为什么一个人投入工作时是一副模样，而跟人交流时，却总是那么冷冰冰的呢？

时间过得很快，不知不觉到了十一点半，言辰看看表，笑着对大家说："大家的讨论很热烈，中午休息一下，咱们下午继续。"

同事们都站起来，有的很随意地伸懒腰，有人还跟言辰开玩笑，"讨论得这么辛苦，嘴都干了，言副总中午不请大家吃工作餐吗？"

言辰也笑了："请大家吃工作餐是可以的，但是你们喜欢上班八个小时一直对着我这张脸吗？我可听说过一个段子，说是看着老板的脸吃饭会消化不良。"

大家哄笑起来，言辰笑着对沈默说："沈助理，你带大家去餐厅吃饭吧，先用你的餐卡，吃完了回来找我结账。"

"谢谢言副总！"

"言副总，可不可以多点饮料啊？我可是靠可乐续命的，一天两瓶不能少！"

"去你的，你也不怕把牙喝掉了！"

大家嬉笑着走出办公室，方若雨也收起平板电脑走出去，沈默想了想，转身问言辰："言副总你吃什么，要不要给你带上来一份？"

"不用了，我中午约了人。"言辰穿上西服，脸上又恢复了惯常的冷漠。

沈默心想，不会是出去会女朋友吧。

"那好吧，我们去吃饭了。"沈默说完，拉开门走出去。

来到餐厅，大家都已经开始点餐，看见沈默进来，挥手叫她过去结账，各人选好了餐端着餐盘找座位去了。

沈默这时看见林倩倩一个人坐在角落里，这才想起昨天两个人的约定。

她走过去坐在林倩倩对面，抱歉地说："倩倩，不好意思啊，上午一直在开会，忘了要跟你一起吃饭了。"

林倩倩抬起头："沈默……"

沈默看她眼睛又红又肿，关切地问道："倩倩，你这是怎么了？谁欺负你了？"

林倩倩眼泪汪汪地说："祝贺跟我分手了。"

"啊？怎么会这样？"

"昨天我听你的话，在路口堵他想跟他道歉来着，结果看见他上了赵婉儿的跑车就走了。我气不过，就给他打电话，他也不接，于是我给他发微信，告诉他如果他晚上不回来，我就跟公司所有人说我们谈恋爱的事。"

"谁是赵婉儿?"

"就是上次咱们在餐厅看到的那个,穿香奈儿的女孩,她家里很有钱的,听说她爸是城里的领导。"

林倩倩说到这儿,已经泣不成声,经过的同事都好奇地看着她。

沈默拿出纸巾给她擦眼泪,一边安慰道:"要不我们出去吃吧,这里大家都看着,你会被人议论的。"

林倩倩接过纸巾点点头:"沈默,你对我真好。"

沈默苦笑:"你先去门口等我,我跟他们交代一声。"

"嗯。"

于是沈默过去跟一块儿下来的同事们说了一声,让他们拿着她的餐卡随便刷,自己有点事要出去一下。

然后就跟等着她的林倩倩走出公司,两个人一边说话一边朝公司后面的小吃店走去。

原来祝贺被林倩倩威胁后生气了,当天晚上跑回去,把自己的东西收拾了一下,甩下话要跟林倩倩分手,还说你不是要去公司昭告天下嘛,你现在去呀,我们都已经分手了,我看你还能说什么。

林倩倩哭惨了,拉着祝贺哀求着,可是祝贺根本就不吃她那一套,最终还是离开了他们租住的房子。

沈默听了,也不知道该如何安慰她,只得拍拍她的手说:"你想开点,别伤心了,说不定离开他,你会遇到更好的呢?"

林倩倩呜咽着说道:"可是我们在一起那么多年了,从大学的时候就开始恋爱了,我是为了他才来北京的啊,他都见过我父母了,他还跟我父母保证,以后会好好对我的。"

沈默无语,却又实在不知道该说什么,就听着林倩倩絮絮叨叨讲起她跟祝贺恋爱时的一些琐事,以及祝贺曾经对她有多好多爱她。

她还说起祝贺的家事，说他的身世有多可怜多让人心疼。

从林倩倩的只言片语里，沈默也了解到，祝贺自小丧父，是母亲一个人把他养大的，他的母亲很宠他，一心望子成龙，所幸祝贺挺争气，考上了北京的大学，虽然不是什么名牌，不过在他们那个小镇也算是可炫耀的谈资了。

祝贺也很孝顺，甚至有点怕他母亲，他母亲指东他不敢往西，他母亲让他坐着他不敢站着。

听到这儿，沈默算是明白了，祝贺不就是个"妈宝男"吗？

再想想上次在餐厅里他对"香奈儿"献殷勤的样子，沈默便明白祝贺的心思了。赵婉儿的条件无疑比林倩倩要优越许多，祝贺如果能追上她的话，两个人一结婚，他至少可以少奋斗十年。

可惜这么简单的道理林倩倩却想不明白，现在祝贺明明是嫌贫爱富不要她了，她还在这里哭哭啼啼的做什么呢？

趁这个机会摆脱这种男人不好吗？这明明不叫失恋，叫止损好不好？

然而看着林倩倩难受的样子，沈默说不出口，只得不停地安慰着她。

两个人一边说着话一边往前走，沈默不经意抬头，看见对面咖啡厅靠窗的位子，面对面坐着两个人，男的正是言辰，而他对面坐着的是个年轻的女子，大波浪长卷发披在肩头，一袭红裙，正拿着一束玫瑰闻着，脸上洋溢着幸福的笑容。

沈默心想，这是不是就是订票一块儿看演唱会那位？长得虽然不算特别漂亮，可是看起来好有气质的样子，不得不说，言副总挑女友的眼光还真不错。

不料此时言辰也朝窗外瞥了一眼，刚好跟沈默目光相接，言辰冲着沈默微微笑了一下。

沈默脸上一红，挽着林倩倩快步离开。

看着沈默的身影转过街角消失了，言辰自己都没发觉，脸上的笑意渐深。

对面的安欣伸手在他面前晃了晃:"阿辰,你笑什么呢?"

言辰收敛笑容道:"没什么,刚才看见一个熟人。"

"你这表情不太对呀,像是有情况呀?"

"有什么情况,瞎说。"

"是不是瞎说,你自己心里最明白,我们女人的第六感可是很准的哟。"

见言辰只笑不语,安欣看着桌面上的花,继续笑着道:"谢谢你送的花,我很喜欢。"

言辰浅笑:"你喜欢就好。"

安欣低头,搅着杯子里的咖啡道:"不过,这应该是你最后一次送我花了,往后,你就彻底解脱了。"

言辰挑了下眉问道:"噢?如果我没理解错,这意思是,你跟乔治的事,你已经跟你爸妈摊牌了?"

"摊牌啦,那天咱俩通完电话后,我左思右想,感觉确实再这么一直拖下去也不是个事,所以干脆一不做二不休,借着昨天刚好是我爷爷七十大寿,我当着所有家人的面把乔治带了过去。这样一来,我爸妈再怎么瞧不上乔治,那也不得不答应了。"

言辰一脸的如释重负,然后不住地点头称赞道:"挺好,挺好。早就应该这么做了,真的。这对我们所有人来说都是好事。"

安欣抬头,看到言辰这副有点可爱的模样,笑容可掬地说:"怎么样?这下轻松了吧?"

言辰肯定地回答:"不是一般的轻松,是太轻松了。以后工作中再碰到你爸,我终于又可以毫无顾忌地畅所欲言了。"

安欣看着言辰的眼睛,真诚地说了一句:"阿辰,这次真的谢谢你。给你添麻烦了。"

"你太客气了,我也要谢谢你,没有这么一档子事,或许两家公司的合作也就不会这么顺利地进行。"言辰谦虚地说。

安欣喝了一口咖啡继续说:"阿辰,不用这么谦虚,你其实真的很优秀,你的事业能有今天的成就,都是你应得的。老实说,我们第一次见面的时候,我其实是被你吸引的,要不是有了乔治,我还真就有点想要跟你交往的冲动,只是没想到,你上来就给了我一个大大的坦白,你总说对感情没兴趣。不过我一直相信,是人都有感情,相信我,总有一天你终会被某个人某件事而打动的,到时候我倒要看看,你到底会爱上一个什么样的女孩。"

"什么样的女孩?或许到时候会让你失望吧。又或许这一天永远都不会到来。有些对我来说的过去,你不会懂的。"言辰若有所思地回答。

"那么我们就拭目以待喽?"安欣向着言辰举杯。

言辰无奈地歪了一下头,也拿起咖啡杯回敬,"拭目以待"。

不知不觉,就与安欣聊了许久,言辰微笑着目送安欣先行离开,同时示意服务生过来埋单,此刻桌面上的手机屏幕忽然亮起来,他拿起来看到号码,皱紧了眉头。

"喂?是辰辰吗?我是你阿姨呀。"那头传来一个苍老的声音,正是言辰的继母赵秀慧。

言辰冷声道:"我知道,阿姨您好,有什么事吗?"

"辰辰啊,周六你妹妹就从美国回来了,我们要去机场接她,你知道她从小就黏着你,你有没有时间回来,跟我们一块儿去接机呀?说起来咱们一家人好久没坐在一起吃饭了,不如趁这个机会……"

不等继母说完,言辰打断她:"不好意思,阿姨,这个周末我没空。"

"啊?接机不行,那吃饭呢?周六你休息,晚上吃饭总可以吧?"

言辰接过服务生递过来的账单看了下,拿出卡一并交给他去刷,然后站起身来:"我要去工作了,咱们回头再说。"

"喂喂,辰辰你听我说……"

继母的声音被言辰切断,他穿上西服,把手机装进口袋。

服务生迎上来:"先生您的卡。"

言辰接过放进钱包，服务生帮他拉开门，然后目送他大步朝外走去。

搭电梯来到八楼，言辰走出办公室，恰好看见沈默卷着袖口，手里拿着抹布，从她自己的办公室走出来。

沈默的视线一下子落在言辰的胸口上："言副总，您这是怎么弄的？"

突然被沈默这么一问，言辰自己也有些意外，他赶忙低头去看，衣服上多了一块明显的咖啡渍迹，至于什么时候洒上的，他竟全然不知。

"哦，没事，可能刚才喝咖啡不小心弄上的。"言辰淡淡地回答，拉开门走进办公室，然后关上了门。

他把西服脱掉挂在衣架上，解开衬衫袖扣，正打算到里面的休息间换件衬衫，外面传来敲门声。

"言副总？"那是沈默的声音。

言辰拉开门问："有事吗？"

沈默手里拿着个喷壶说："您把衬衫换下来，我去帮您处理一下吧，白衬衫沾咖啡渍，如果干了的话，很难清洗掉的。"

"不用这么麻烦，换下来扔掉算了。"言辰口气依旧平淡。

沈默愣住："啊？可您这衬衫不还是新的吗？"

言辰盯着她好一会儿："那我去里面换一件，你等一下。"

沈默愣愣的，她不明白言辰盯着她是什么意思，她不是他的生活助理吗？那领导的衬衫脏了，她帮他清理干净，应该很正常吧？

言辰从里面出来，换了件浅蓝色的衬衫，把白色衬衫交到沈默手中说："多谢沈助理。"

沈默接过衬衫往外走："不客气，这是我应该做的。"

她突然想到一件事，转过身就问："言副总，我听方秘书说，周六的演唱会是到现场取票，那天您准备好您和那位小姐的身份证，我提前帮您把票取回来，这样您就可以节约时间了。"

"嗯？哪位小姐？"言辰不解地问。

沈默看着他："就是刚才在咖啡馆里的那位小姐呀，您不是跟她一块儿看演唱会吗？"

言辰想了下，失笑道："哦，是跟一位小姐看演唱会，不过不是今天这位小姐。"

"啊？"沈默一脸蒙，半张着嘴瞪着言辰，她哪知道言辰这是在故意打趣逗她，只见言辰站在那儿看着自己，眼睛里带着几分笑意。

沈默回过神，红着脸低下头道："对不起，那我先出去了。"

"嗯，不过你不用说对不起。"言辰这是要将顽皮进行到底。

沈默不敢再接话，打开门走出去。自己这张嘴呀，怎么这么多话呢？人家言副总跟谁看演唱会，关你什么事呀？

可是话说回来，言副总也有点太花了吧，今天看见他送这位小姐玫瑰花，周六他又要带别的女孩去看演唱会？

沈默侧着头，回想起言辰工作时那副热忱温和的模样，一个人怎么会有如此极端的两面？看他对女同事的态度，他明明不像到处拈花惹草的人啊？

一声厉喝，把沈默的思绪拉了回来："沈默，那不是言总的衬衫吗？你抱着他的衬衫干什么！"

沈默抬头，看见方若雨盯着她抱在怀里的衬衫，眼睛几乎在喷火。

她故意笑得很无辜："言副总中午出去喝咖啡把衬衫弄脏了，我帮他清洗一下。"

方若雨走过来，伸手要去抢："那是言副总贴身的衣服，你有什么资格抱在怀里？"

沈默觉得方若雨这痴心也是够了，跟林倩倩比真是又一种反面教材。

她侧身躲过方若雨的手："方秘书，昨天不是你说的吗？你只负责言副总工作上的事务，我才是言副总的生活助理，这衬衫脏

193

了算是生活事务吧,这不得归我管吗?你既然这么爱洗,那你拿去洗就是了。"

她把衬衫送到方若雨面前,似笑非笑看着她,方若雨涨红着脸:"你……沈默,你好样的!"

说完她甩着手走回自己办公室,砰地关上了门。

沈默抬起手臂,比了个V字,嘴里还"耶"了一声,这才一手拿衬衫一手拿喷壶往卫生间走去。

言辰坐在办公桌后,隔着玻璃窗目睹了全过程,看到沈默那副模样,笑着摇摇头,重新将视线落在电脑屏幕上。

到了卫生间,沈默拿出手机搜索了一通百度:白衬衫沾上咖啡渍如何清洗?

答案五花八门,有说用酒精浸泡的,有说用柠檬汁加水搓揉的,还有说用白醋处理的,可是这些东西沈默手边都没有。

她干脆把衬衫胸口那一块放在水龙头底下,一边冲一边搓,结果咖啡渍是变淡了,却并没有完全消失。

这下可把沈大小姐给愁坏了,想着在新老板面前表现一下,自告奋勇地接了这个活儿,结果现在弄成这样。

她自小被父母宠着长大,十指不沾阳春水,来到北京后母亲专门在网上给她买了全自动洗衣机,平日里虽然小物件是沈默手洗的,可是像这种"重大事故现场",她可是头一回遇到。

她这会儿真恨自己,不应该在言副总跟前逞能,他那么有钱,衬衫说丢就丢呗,自己何必要多此一举说要帮他洗呢?

可是现在这活儿都接下了,该怎么办呢?

灵机一动,沈默找到妈妈的微信号,发过去视频通话的请求,可是响了半天对方都没接听。

沈默碎碎念着:"这老两口真的满世界旅行去了?放着我这亲生闺女就不管了?真行!"

放下手机,沈默继续搓衬衫,搓了半天也没一点作用,沈默彻底放弃了。

她看着自己搓得红红的双手，心想看来只有把衬衫送进洗衣店了，这可好，没表现好不说，还得搭上个干洗钱。

卫生间的门被推开，是上午一起在言辰办公室开会的一个女孩。

她走进来看见沈默，笑着打招呼："沈助理，马上要开会了，你怎么还在这儿？"

"啊？哦哦，我马上来。"

沈默只好洗了手，回到办公室把衬衫找个袋子装起来，打算下班送到干洗店去。

刚刚收拾好，就看见大家陆续往言辰办公室里进，沈默拿起自己的平板电脑，也跟了过去。

言辰正在办公桌边站着，看到沈默进来，视线落在她那双手上，不过也只停留了一秒，便移开了。

等到人都到齐了，会议接着上午继续开始，沈默一边听一边认真地做着记录，可她毕竟不是专业的，很明显赶不上方若雨的速度。

见她有点手忙脚乱的样子，方若雨唇边现出嘲讽的笑容，沈默哪有工夫注意这些，直到会议结束，她还有好多没有记下，心里就有点着急。

言辰环视一圈，做着最后的总结："大家都明白了吗？下一步我们要做的就是跟技术部门合作，争取把这个项目尽早开发到市场。"

同事们纷纷点头，有极个别的举手发言，言辰一一耐心地解答。

最后所有的问题都达成一致，言辰才宣布："那今天的会议到此为止。"

大家起身离席，议论着往外走，只有沈默一个人还坐在那儿，正疯狂地在平板电脑上敲击着。

方若雨有心让她出丑，大声道："沈助理，言总说会议结束了，你是不是还有什么意见和建议？"

"啊？我没有啊。"沈默下意识地回答，抬起头一脸蒙地看着大家。

所有人纷纷驻足，所有的视线落在沈默身上。

感觉到大家目光里的异样和探询，沈默的脸腾地红了。

"哦，是这样啊！"方若雨笑得阴险，"言总都说会开完了，大家也都准备离开，我看你还坐着，以为你比这些专家还专家，有跟大家相左的想法呢。"

沈默觉得自己本来就是新手，学得慢也不是什么丢人的事，她不明白方若雨这样小题大做有什么意义。

她站起来，笑着说："不好意思啊，我是第一天参加会议，有许多地方听不大明白，所以一直在用心地记录，太入神了，没听到言副总说下课，耽误大家的时间了，请多多原谅。"

她冲着大家鞠了一躬，尤其还把会议结束说成"下课"，惹得所有人都笑了起来。

方若雨长得漂亮，又是言辰的贴身秘书，在公司一向自视甚高，除了言辰能入她的眼，其他人在她看来全是社会的糟粕，所以她跟同事之间的关系并不好。

而相比之下，新来的沈助理好学又有亲和力，说话又这么幽默，大家自然而然就觉得她这人挺不错。

那个在卫生间里提醒沈默该开会的女孩说道："没事的，谁都是从头学起，我们也是从你这个阶段过来的，你以后要是有什么不明白的地方，下课了尽管问我们。"

她着重强调了"下课"两个字，还冲着沈默眨眨眼。

其他人也都笑着点头："是呀，沈助理，你以后有什么不明白的地方，尽管问我们。"

沈默一听这话，拿出手机来："要不大家加个好友？咱们建个群吧，以后工作和生活中的事，都可以在群里讨论。言副总，您说呢？"

言辰是个把工作和生活分得很开的人，正因为如此，他才没有把这个项目团队拉到一个微信群里，听了沈默的话，他不置可否："都可以的，你们觉得好就行。"

大家见言辰默许，就都围到沈默身边来加微信好友，一时间言辰办公室里前所未有地热闹。

年轻人的朝气总是很有感染力，何况言辰也才三十三岁，虽然性子冷淡，可是看着眼前这番景象，就觉得自己这个团队相处得这样和谐，对以后的工作开展也是大有好处的。

他微笑着站在一旁看着，视线落在沈默身上，突然就有点明白了，薛山为什么这样器重沈默，明明知道石梅不喜欢他把沈默继续留在公司，却还是硬把她塞在自己身边。

而方若雨此时完全被孤立了，她原意是想沈默出丑，可现在沈默俨然成了这个团队最受欢迎的人物，这脸被打得啪啪的，她就在那儿想，一会儿要是沈默拉她进群，她进还是不进呢？

却没想到大家互加好友后，沈默一一把人拉进群里，打过招呼后大家便离开了言辰办公室。

沈默转身，扫了方若雨一眼却没搭理她，而是笑着对言辰说："言副总，您的微信号多少，我拉您进群呀？"

言辰犹豫了一下，说道："就是我的手机号。"

"明白。"公司通信录上有言辰的工作号码，沈默早就记在手机上了，她把号码复制到微信里加好友，"言副总，您通过一下。"

言辰微微一笑，拿起桌上的手机，通过好友，然后被沈默拉进群里。

沈默满意地点点头："OK，言副总，那我去整理会议记录了。"

说完她转身走出办公室，仿佛方若雨是空气般的存在。

方若雨一张脸由青转白，又由白转青，攥着粉拳，要不是言辰在场，恐怕她撕了沈默的心都有。

言辰走回办公桌后坐下，略略抬眼："方秘书还有事吗？"

"没，没有了。"方若雨只得窝着火，走出去带上门。

回到自己办公室，方若雨狠狠把平板扔在桌上，拉开椅子刚坐下，就看见电脑上跳出一封新邮件提示。

她点开一看，是言梦发过来的："亲爱的若雨，我这周六就回国了，之后我会留在北京，咱们又可以愉快地玩耍了。对了，我哥哥怎么样？我不在的日子里，你有没有帮我好好照顾他呢？"

言梦是言辰同父异母的妹妹，今年二十三岁，虽然跟言辰不是一母所生，却从小就喜欢跟在言辰身后做他的小尾巴。

方若雨跟程昊对调，成了言辰的秘书，她起初是很不满意的，可渐渐被言辰的个人魅力所吸引并有了好感，后来开始笃定地认为，自己才是最适合言辰的女人，一心一意做着成为言太太的美梦。

那时言梦还没有出国做交换生，在北京上大二，经常到公司里来找言辰，方若雨为了追求言辰，便决定走迂回路线，她故意接近言梦，并投其所好跟她成了无所不谈的闺蜜。

她以为只要突破了言辰家人这层障碍，自己得到言辰的胜算就能大大增加。

这些年在言辰身边，看着他交过几任女朋友却都以失败告终，她更觉得言辰心里是有自己的，只不过碍于敬一不允许办公室恋情的制度，才总是跟自己保持若即若离的关系。

她也很享受这样的感觉，觉得这样暧昧着挺好，却没想到，沈默突然出现了。

于是沈默不知不觉就成了方若雨的情敌，又因为沈默性格直爽，两个人这样互怼了几次，方若雨一直占不了上风，积怨便更深了。

刚才被沈默气得不轻，此刻看到言梦说她就要回国了，方若雨眼珠一转，顿时计上心来。

她在电脑上登录微信，然后找到言梦的微信号。

"梦梦，我刚才收到你的邮件了，你回来真的是太好了！"

言梦回复得很快，发过来一个捧心的表情。

"嗯嗯,我周六就回去了,我妈妈跟哥哥说了,周六会过来接机,一想到又能见到哥哥,我开心死了。"

方若雨故作生气。

"臭丫头,天天惦记着你的哥哥,你就不想我吗?"

言梦给她一个撇嘴的表情。

"怎么会呢,不过我当然想我哥哥多一些,对了,我哥哥怎么样?这一年我微信上给他留信息,他从来都没回过,也不知道怎么这么忙。"

"呵,言总是挺忙的,毕竟他现在是敬一的骨干力量嘛,现在他的能力让总经理都感觉到了威胁,前几天两个人还因为一个项目在董事会上吵起来了呢。"

言梦很惊讶。

"啊?真的?我哥敢跟总经理吵架,他太牛了,不过这样子是不是不太好,毕竟总经理才是公司的老大呀。"

方若雨发了个摸头的表情。

"言总好像并不害怕,我看是薛总有点怯怯的意思,要不然他也不会派个奸细到言总身边了。"

"奸细?什么意思?"

方若雨又发一个嘘的表情。

"我告诉你,你可别出去乱说。言总上午在董事会跟薛总吵完架,下午任命书就发到中层以上高管的邮箱里了,他把自己身边的生活助理塞到了言总身边,美其名曰是为了照顾言总的生活和工作,其实就是为了派这个人在言总身边做卧底。"

言梦甩过来个愤怒的表情。

"什么?敢在我哥身边玩无间道,这人是谁?看我回去收拾他。"

方若雨满脸的得意,手指在键盘上敲得飞快。

"不是他,是她。叫沈默,我看你哥对她印象还挺好的,明明就是生活助理,开项目讨论会什么的都叫上她,梦梦,我觉得不对头呀。"

言梦迅速回复。

"你什么意思？什么叫不对头？"

"我在言总身边这么多年，从来没见他对哪个女孩子这么上心过，我觉得吧……"

方若雨敲过去意味深长的省略号，心里乐开了花，言梦那个小妖精回国，只要把她的战斗欲挑起来，她能搅个天翻地覆，到时候她和言梦一块儿对付沈默，就不信不能把她从言辰身边赶走。

言梦半天没说话，方若雨心里有点没底儿。

"梦梦，你怎么不说话了？是不是气糊涂了？我跟你说，我告诉你这些没别的意思啊，你要是回来看见你哥哥，可别说是我说的，要不然言总会骂死我的。"

过了一会儿言梦才回复。

"我没气糊涂，我在收拾东西，改签机票。我把机票改签到明天，我要赶紧回去，我倒要看看，谁敢打我哥的主意！我哥是我的！想当我嫂子，也得先过我的眼，我得先看看她配不配！"

方若雨开心地笑了。

"梦梦，你别冲动啊……"

"不说了，若雨姐，我去收拾行李了，等我回去见面再聊。"

方若雨靠在椅背上，满足地伸了个懒腰。沈默啊沈默，我叫你嚣张，我看你能嚣张到几时！

转眼到了下班时间，言辰一边打着电话一边从办公室出来，余光扫到沈默还坐在那儿用功。

他驻足，听到电话那头尚卫国说："帅哥，就在我饭馆见面不行吗？你要是觉得太吵，我给你安排个单间不就好了？我真不明白，为什么我们每次见面都要去别人家的店，你一个堂堂副总经理，照顾下我的生意不行吗？"

言辰笑了，又瞥了沈默一眼，径直走向电梯："那行吧，今天就饶你一次，在你饭馆见。你今天可不许再给我介绍什么张姓苏姓小姐了,你明知道我不喜欢这样。"

尚卫国笑着骂道:"这话你好意思说?你不喜欢我给你介绍的女孩,却自己偷偷换女朋友?"

"别人喜欢胡说也就算了,你现在怎么也越来越喜欢胡说了?那些是女朋友吗?你还不知道那都是为了工作被迫接受的逢场作戏?还换女朋友?我巴不得早结束早解脱呢。"

"开个玩笑啦,我说言副总,你急什么呀?谁让你是敬一公司有史以来最年轻的副总,又至今未婚,年轻有为,才貌双全,有权又有钱呢?自己惹得那些叔叔阿姨级客户垂涎,你怨谁?我这不也是在为你着想,想早点帮你找到真命天女,也好早点帮你化解尴尬嘛。"

"那我先谢谢你了,这就不用您老操心了。"

"哈哈哈……老友,有些事,该放下就要放下,你知不知道抗拒感情,情感障碍,这些是病,得治!"

言辰步入电梯,看着电梯门缓缓合上,然后调侃道:"这不就找你这个顶级心理师治呢嘛,不过我看你也是个庸医,给我治了这几年,也没治好。"

一只纤纤玉手伸在门缝中间:"麻烦等一下。"

言辰按下开门键,对电话里的尚卫国说:"我先挂了,一会儿见面再说。"

方若雨款款走进来,转身动作优雅地按了电梯楼层和关门键。

言辰把手机收起来,两手交握在身前站得笔直,没有一丝要跟她交谈的意思。

方若雨并不气馁,笑得温柔可人:"言总,下班是直接回家吗?我的车今天拿去保养了,您能不能捎我一段?"

"不顺路。"

方若雨愣了下,她觉得自从沈默来了之后,言辰对她的态度冷淡了许多。

"哦,言总今晚是要跟安小姐约会吗?只是捎我一段,我想就算安小姐知道了，也应该不会介意的吧。"

言辰淡淡道："不是跟她。"

方若雨听了心里很不舒服，她误以为言辰今晚还要去见什么别的女人，口气酸酸地道："言总，听说梦梦要回来了。梦梦知不知道您交友如此广泛啊？"

这话说得很露骨，而且很有挑拨和窥探的意味，言辰的口气有些不大好："方秘书，你做好自己的本职工作就行了，我其他的事还轮不到你来操心。"

"我……"方若雨满心委屈。

"这是为了您好啊"这句还没说出口，就听言辰接着道："上周我听说公关部经理休产假了，现在部门主管空缺，方秘书也跟着我好几年了，有没有想过升职？如果你愿意的话，我可以跟薛总推荐你，公关部经理毕竟算是高管阶层，而且你的气质也挺合适。"

"言总，是不是我哪里做得不够好？怎么沈默一来，什么事都变了？"

方若雨一肚子的委屈，不假思索地说出这句话来。

叮——电梯门开了。

言辰并未作停留，甚至看都没看她一眼，往外走的同时冷声道："方秘书考虑一下，我先走了。"

看着言辰走出大楼的背影，方若雨一个人站在电梯间里，快要哭出来了："言辰，我跟在你身边这么多年，我对你怎么样？你就一点感觉都没有吗？你太铁石心肠了！"

她迈出电梯，恨恨地往外走，而与此同时，另一架员工电梯也停在一楼，沈默一边捧着平板电脑看着一边走出来，手里还拎着装言辰白衬衫的袋子。

方若雨顿时火力全开："沈助理，刚下班呀？你拿着言副总的衬衫回家，是打算闻着他身上的味道睡觉吗？"

沈默抬起头，皱紧了眉头，她上下打量方若雨，甩下两个字：

"有病！"

方若雨柳眉倒竖，盯着沈默的背影："沈默，你给我等着，等言梦回来，有你的好果子吃！"

沈默出了公司，沿着人行道往地铁站走去，看见十字路口有辆车停在那儿等红绿灯，车里坐的正是言辰，他应该是戴着蓝牙耳机，正浅笑着在说话。

沈默看着他，越发地迷惑，她觉得言辰的私生活真是够乱的，他在外面交过几任女朋友都好，这毕竟不关她的事。可是他在公司里跟自己的秘书纠缠不清，还害得沈默被牵连，这就有点过分了。

虽然沈默也知道，一切全是方若雨自作多情，可毕竟事关自己，莫名其妙就成了方若雨假想的情敌，这以后抬头不见低头见的，方若雨天天找茬，自己又不是战斗机，总不能每回都怼回去吧，毕竟还是要注意同事关系的啊。

说来说去都怪言辰，太不自重了，如果不喜欢方若雨，为什么不跟她说清楚让她断了这念头呢？再不然，就把她从自己身边调开。米拉说得对，男人就是爱动物性思考，他们觉得被众多异性青睐是很有面子的事，是标榜自己本事的条件之一。

绿灯亮了，坐在车里的言辰莫名觉得耳根发热，他可不知道，马路牙子上有个姑娘，正看着他绝尘而去的背影奋力开骂。

言辰开车来到我家小馆，尚老板已经备好了酒菜，不过却不是在单间，而是在小院的四方凉亭里。

言辰走过去，紧了紧身上的风衣："你没事儿吧，这可是深秋，你叫我坐在这儿喝风呀？你可是答应我给个包间我才来的啊？既然没有包间，那我走了。"

尚老板笑着站起来："喂喂喂，你也不用这么现实吧，你也知道我这生意太好，刚才来了一对情侣，我就把最后的包间让给他们了，没办法，爱情至上嘛。"

他拉着言辰坐下，拿起青花瓷瓶里的酒晃晃："尝尝这酒，刚温好的，我自己酿的。"

言辰哼了一声，却把手盖在杯子上："我不喝酒，我一会儿还要开车回家。"

尚老板酒瓶倾斜，差点把酒洒在他手背上，埋怨道："你这人怎么这么不解风情呢？一会儿你不会找代驾吗？"

言辰没好气，却还是把手缩回来由着他倒酒："早知道你这么烦，中午我就不该给你打电话。"

"你打电话，就说明你有话想倾诉，亲爱的言副总，你现在唯一能倾吐心声的人，也就剩我一人了吧？"

言辰站起身，假装就要走。

尚老板赶紧拉住他，赔着笑脸道："行了行了，别矫情了，你也就在我面前这样。"

言辰自己也笑了，他坐下来，跟尚老板碰杯："知道了就别絮叨了，没见过高级心理师像你这么话多的。"

尚老板也坐下来，跟他碰个杯，然后把酒喝干："说说吧，今天赶紧把你的心结吐出来，窝在心里会生病的。"

言辰盯着酒杯上的花纹若有所思："其实也没什么事。"

"哦，那就喝酒吧。"尚老板把他手里的酒杯放在桌上，又给他续上。

言辰抬眸，不满道："你这心理医生也太不靠谱了，你也不问问患者到底有什么诉求？"

尚老板笑了："患者的诉求也得他愿意我才能问出来，对方都是不配合的状态，叫我诊治什么呢？"

言辰长叹一声，转头看着池塘，小池塘里打着灯，波光粼粼下有五色的锦鲤欢快地游弋，一点也不知人间疾苦。

"就是最近觉得，挺累的，突然就想让自己有些改变了。"

尚老板夹了口菜吃进嘴里，笑着问："之前那样不好吗？"

言辰瞪他，又把酒喝干，自己给自己倒上："明知故问。"

尚老板放下筷子，一脸的探究，"每件事情的变化都会有一个节点，我很好奇，言副总这么大的一块冰山能融化，从对情感排斥抗拒到想要打开心扉，是遭遇了什么节点呢？"

尚老板的话随风飘逝，言辰的眼前突然就浮现出中午沈默亮晶晶的眼睛，她说："啊，这衬衫还是新的呀，怎么能扔了呢……"

感觉到眼前有手在晃，言辰回神，皱眉把尚老板的手打开："干什么呢你？"

尚老板眨眨眼，很好奇地问："是什么样的女子，让我们言副总触动了心弦，同时也解开了这么多年都不愿去触碰感情的心结？"

言辰不看他，拿起筷子夹菜："没谁，我妹妹周六要回来了。"

"哦……"尚老板后靠在椅背上，了然地笑了，"就是你那个同父异母的妹妹？有严重的恋兄情结，从小把你当成自己的私有财产，做尽了荒唐事誓要把你身边所有女性都赶走那位？"

他双手击掌，夸张地道："我知道了，你是怕这位女友杀手回来后大杀四方，你身边的所有女生都难逃一死吧？为了不让自己双手沾满血腥，你决定夜观星象，尽早锁定你的命中注定……"

"行了吧你！你不用当心理师了，改行当编剧去写剧本算了。"言辰把一块黄瓜扔在尚老板盘子里。

尚老板笑着夹起来吃掉："其实你也不必烦恼，我觉得吧，你妹妹回来正好，也许你可以拿她当试金石，看看在她的搅和下，你身边哪位女孩能留下，说不定最后留下的那位，就是你的命中注定。"

言辰的眼前顿时浮现出方若雨的脸，他打了个激灵，拼命摇头："还是算了吧，说不定留下来那位是最有心机最会耍手段的，我不喜欢那样的女人。"

"也不一定吧，关键不还是看你吗？说不定你喜欢的清纯小妹刚好用无心机无手段的战术打败了所有参赛选手，最终获得胜利。"

言辰失笑："你怎么知道我喜欢清纯小妹？"

"这些年来，虽说那些往事让你对感情一直心生抗拒，不过算上你大四时谈过的那段，还有后来家人和合作方给你介绍牵线的那些，其实出现在你身边的女人也是不在少数的，她们几乎个个都是白领精英，阅历丰富经验充足，可是也没见你跟哪位真的动过心哪？哦，准确地说，大四时的那位初恋，你是动过心的，只是本想从她的身上找到温暖，却没想到她竟变相加重了你的病情。你这人吧，表面看似深沉冷漠，其实骨子里单纯热情，那些女人是真的没找着打开你心门的钥匙而已。说不定某位清纯小妹突然出现在你生命中，用她的率真直爽，就把你的心门打开了呢。"

言辰恨声道："你少在这儿拐着弯骂人，你直接说我是老牛想吃嫩草不就得了嘛？"

"哈哈哈……"尚老板朗声大笑，举起杯子，"喝酒喝酒，这话让你自己说出来，你觉不觉得很有治愈作用？有没有感觉心情好了那么一点点？"

"去你的，你没治愈我，倒是把我给骂了一通，我倒想问你，我是不是治愈你了一把。"

"喝酒喝酒，互相治愈，咱们互相治愈。"

言辰一口喝干，把酒杯重重顿在桌上："我看你就不是我老友，你整个一损友，见面就知道损我，以损我作为你人生的一大乐趣，你是不是很开心？"

两个人喝着聊着，时间不知不觉地过去，言辰喝到微醺，尚老板倒是自己把自己给灌醉了。

服务员帮言辰找来代驾，又扶着尚老板回小院后面的卧室休息。

等到代驾来了，言辰把车钥匙交给人家，坐进后排座位上。

他扯松领带，解开衬衫扣子，双眼迷离地看着车窗外的人流。

已经十点半了，可北京的街头依旧那么热闹，大厦林立霓虹闪烁，仿佛所有人都有个温暖的去处，除了他自己。

八岁那年父母离婚,母亲抛下他携着细软离开了这个家,曾经活泼外向的言辰开始变得寡言淡漠。

父亲工作很忙,没空关心一个孩子的心理健康问题,除了每天早上公式化的对话、给饭费和零用钱之外,父子二人再无其他交流。

年幼的言辰一度以为,母亲应该是不再爱他了,所以才选择离开;而曾经对他嘘寒问暖的父亲变得对他漠不关心,应该是在恨他吧,如果不是他的存在,父亲也可以像母亲那样远走高飞。

可是两年后,父亲却突如其来地再婚了,当他把那个丰腴的女人领回家,笑盈盈地对言辰说"这是赵阿姨,你以后要叫她妈妈"时,言辰狂暴大怒,摔烂了家里的东西后夺路而逃,可是小小年纪的他又能到哪儿去呢?

父亲半夜里把蜷缩在小区花坛里的言辰找回家痛打了一顿,使得言辰更恨赵秀慧这个继母。

而且他还发现,自从母亲走后,不苟言笑的父亲又开始笑了,在家里还会时不时地哼起歌来。

当时的他并不明白成年人生活的不易,只觉得自己的家被这个叫赵秀慧的女人霸占了,而她对自己的关心都是做给父亲看的。

十一岁那年,同父异母的妹妹言梦出生,刚上初一的他就选择了住校生活,从此就连寒暑假也不愿踏入家门一步。

他刻苦读书,一心想跟这个家脱离关系,最终也如愿以偿。

现在的他什么都有了,却总在夜深人静时觉得孤独,心上有一大块是空缺的,他不知道为什么会这样,也不知道如何去弥补。

成年后,他曾以为爱情能让自己感觉温暖和充实,他曾不信冷漠,也不信父母那场失败的婚姻。初恋那次,他打开过一次心门,他努力地去接纳爱,更努力地去付出爱,结果换来的却是又一次跟父母相同的失败,以及爱对他的伤害。那一刻起,他的那扇心门便永久地关闭了起来,命运给予他的,好似只有夜半依旧孤独的冷清,还有自己那对感情无休止的抗拒和不相信。

终有这么一天，当心门再次被敲响的一刻，突然不自觉地就又想起了这些不愿回首的往事，言辰捏捏眉心，长叹一声，慢慢闭上眼睛。

第十五章　言氏兄妹的家教很成问题

车子停下时他都没有察觉，是代驾师傅把他摇醒的，他说了声谢谢，下车后取回车钥匙，搭电梯回到自己公寓门口。

输入密码进门，鞋子都没换，言辰慢悠悠走到冰箱边上，打开门取出一瓶水，拧开盖子喝了一口。

感觉到风衣口袋里的手机振动，他拿出来，看到好几通未接电话，是父亲打来的。

皱着眉打回去，那边传来父亲苍老的声音："辰辰，你没事吧，怎么一直不接电话？"

"刚才在车上没听见，有什么事吗？"

父亲顿了顿，小心翼翼地道："中午你阿姨不是给你打过电话了，你妹妹周六回来，你跟我们一块儿去接机？咱们一家人好久没坐在一起吃饭了，晚上一块儿吃个饭团聚一下？"

"我跟阿姨说过了，我最近很忙，没有时间。"

"吃个饭的时间都没有吗？辰辰，你都多久没回家了？中秋节的时候你派人送过来个礼盒，亲戚们聚餐你也不出现，你天天都在忙些什么？"

言辰跌坐在沙发里，把水放在茶几上："爸，我很累，明天再说好不好？"

"辰辰，你别这样，我知道你还怨我，怨我当年跟你赵阿姨结婚的时候……"

言辰打断他："爸，我说过了，这件事都过去了，您别再提了成吗？我那时候年纪小不懂事，可我现在已经是个成年人了。"

"好好好不提了，辰辰，你妹妹很想你，她小时候很黏你的，你都忘了？自从你妹妹走后，我们就没见过面，这都一年多了。你好歹抽个空儿，我们一家人吃顿饭？你妹妹这次回来就该就业了，现在海归也不好找工作，说是给好些公司投了简历人家都……"

言辰突然冷笑，他坐直身子："我明白了，原来您给我打电话就是为了言梦的事。"

"不不不，你误会了，我只是想跟你说说家里的事而已。"

言辰厌烦道："我明白，您不用再多说了。言梦回来你叫她去公司找我，拿着她的简历，就这样。"

说完不待父亲再说什么，言辰便挂断了电话。

他仰面靠在沙发上，盯着天花板上的水晶吊灯，现出一丝嘲讽的笑，这就是所谓的家人，这就是口口声声说为了团聚而找他吃饭的家人。

微信上突然传来消息提示音，接二连三响个不停。

言辰皱眉拿起来，看见微信标志右上角的信息红字不断地增加着。

他点开来，原来是上午沈默拉他进的那个群，大家正在热火朝天地聊着什么。

胡歌女朋友：@悄咪咪同学，课后作业做完了吗？

我老婆在云端：就是呀，@悄咪咪同学，言副总开会的时候你奋笔耕耘，下课后有没有好好温习功课？

悄咪咪：来了来了，哎哟，你们还让不让人活了，早知道我不建这个群了，本来就为聊天解闷来的，现在你们全成我班主任了。

敬一第一帅：嘿嘿，你这就叫自投罗网，像你这种新手不知道把工作和生活区别对待的，活该被我们监督。

悄咪咪：这样啊，那我现在把这个群解散算了。

胡歌女朋友拍了拍悄咪咪：你敢！你要是把群解散了，我们就报告言校长，你是个不爱学习的坏同学。

我老婆在云端：对对对，你敢把群解散，我们以后就冷暴力处理你，工作上你有任何问题，不要来问我们。

悄咪咪：……我好怕呀。

敬一第一帅：悄咪咪同学，你有什么不懂的地方，以后可以问我，你不要理他们，他们都是坏家伙。

胡歌女朋友：对对对，他最好他最帅，悄咪咪你要小心了，他这是打着教学的幌子行泡妞之实。

悄咪咪：啊，也不用说得这么直白吧。

敬一第一帅：@胡歌女朋友，我招你惹你了，你别拆我台行吗？

我老婆在云端：哈哈哈，悄咪咪我告诉你，这家伙已经把全公司的适龄女青年全都泡遍了，你是他的新目标，你可要小心哦。

敬一第一帅：别听他们瞎扯，悄咪咪，你有什么问题？明天中午咱们餐厅见，你问我答怎么样？真的，我的专业水平NO.1，有时候言副总还得跟我请教呢。

胡歌女朋友：哈哈哈，不行了，我肚皮要笑破了。言副总你快来呀，我抓到一个撒谎精，要不你把他这个月工资扣了吧，然后平均派发给我们。

我老婆在云端：对对对，这人人品有问题，悄咪咪，你可千万别上他的当。你有问题就来问我吧，我懂的全告诉你，不懂的也全告诉你。

悄咪咪：啊？我晕了……

……

言辰弯了弯唇，点开群设置，手指滑向群消息免打扰，可是犹豫了一下，还是重新返回了。

然后他把手机调至静音，搁在茶几上，再一次仰面靠在那儿。

他想起尚卫国关于"纯情小妹"的话题，脑子里莫名其妙跳出沈默的脸。

这姑娘确实挺有意思的，一般到大公司的新人，不是被人排挤工作得战战兢兢，就是看人脸色到处巴结奉承老员工。

沈默却是个个案，刚进公司不但得到薛山的器重把她安插到自己身边做卧底，现在进入他的团队，竟然还成了最受欢迎的人，这亲和力也是没谁了。

可是薛山确定让沈默来演无间道可行吗？这姑娘看起来没什么心眼儿的样子，薛山就不怕自己把她给策反了？

言辰想到这儿，又想起下午在自己办公室里，方若雨眼巴巴等着沈默过去加她好友拉她进群，结果竟然被沈默给无视后那张好像吃了苍蝇的脸，不由笑出了声。

空旷的客厅里，他的笑声在回荡，言辰回神，有些惊讶地环视一圈。

自从搬进这套公寓，除了必要的家具，他几乎什么都没添置，整个公寓透着冰冷凄清的味道。

他从来不觉得这是自己的家，只不过是个暂时休憩的地方，可是家到底在哪里呢？什么样子，才算是一个完整的家呢？

也许尚卫国说得对，如果没人能够给你一个家，那么就自己给自己建一个吧，是不是是时候做一些改变了呢？

言辰站起来，脱掉风衣扔在沙发上，朝卧室走去，他换了家居服出来，走进卫生间。

卫生间里传来哗哗的水声，而茶几上的手机屏幕闪烁了好久，最终暗了下来。

第二天下午。

沈默到一楼前台取快递，正看见一个年轻女孩子拖着行李箱跟前台小姐吵架。

"你凭什么不让我上去，我都说了我来找我哥！"

前台小姐很耐心地解释："对不起小姐，你如果来找你哥，那你给他打电话让他下来接你就可以了啊。"

女孩子一拍台面："不行，我提前改签机票回来，就是为了给他个惊喜，你让我给他打电话下楼来接我，那还叫惊喜吗？惊喜惊喜！Surprise！你什么学历呀你，你没学过英文就回家再学几年！你等着，我叫我哥开除你！"

前台小姐脸上的笑容消失，可也不能跟她吵，冷冷地道："对不起，公司有制度，你不打电话让你所谓的哥来接你，我们是不能随便放你进去的。"

女孩子气得张牙舞爪，拖着行李就要往里走："我不管，反正我今天就要见到我哥！谁都甭想拦着我！"

前台小姐赶紧走出来："小姐，你再这样我就要叫保安了！"

女孩一下推开她："你起开，别用你的脏手碰我，你算什么东西！"

前台小姐穿着高跟鞋，又是往前冲的姿势，一下没站稳就朝后倒去，沈默眼疾手快，上前扶住她。

前台小姐吓得花容失色，赶紧抓住沈默的手臂："沈助理。"

沈默问："你没事吧？"

女孩也吓住了，她眼神怯怯的，嘴上却很强硬："你们都看见了，我可没推她，是她自己往后倒的。"

沈默皱眉说："你怎么能这样？有没有推她不是你说了算的，我看见了，公司里也有监控，就算闹到领导那去，也是你不对。你现在赶紧给她道歉。"

女孩一扬下巴道："我凭什么给她道歉？"

"她只是想做好自己的本职工作，你想找人可以，去填会客登记表，打电话让你找的人下来接你，人家好声好气跟你解释都不行，你居然还出手推人家，我现在就找保安。"

沈默说着话拿起前台上的座机话筒就要打电话，女孩扑上来喊道："你敢！我哥是这里的副总，你信不信我让他开除你！"

前台小姐一听，有点怕了，她拉着沈默的衣角小声说："沈助理，算了。"

"不行，她一定得跟你道歉。他哥是副总怎么了，就算他哥是薛总，她有错就是有错，我不相信堂堂副总会毫无底限地偏袒自己的家人。"

女孩抢过沈默手里的话筒，说道："我哥是言辰，你要是不想干，你就给保安打电话，你看我哥会不会把你开除了！"

沈默一听气笑了："你说你哥是谁？"

"言辰！怎么，没听说过？还是你聋了？"女孩洋洋得意。

前台小姐一听更怕了，她站在沈默身后，嗫嚅道："沈助理，还是算了，既然是来找言副总的，你带她上去就行了。"

沈默倔劲儿犯了，不想就这么放过她。

她上下打量着女孩，笑着问："你说你找言副总，你是他什么人？"

"喊，我看你不但耳朵聋，脑子也有问题吧。我哥我哥，我说了他是我哥！"

"哦，你是说你是言副总的妹妹？你有什么证据？"

女孩气得攥着拳道："你有病呀，他是我哥就是我哥，你想要什么证据！"

"那好吧，我给言副总打个电话，让他下来接你。"

女孩大叫："不行！我说了要给他个惊喜，我就是要上他办公室站在他面前才叫惊喜，不是让他下楼来接我，你到底明不明白呀！"

沈默笑眯眯地看着她道："我可以带你上去，不过我有个条件。"

女孩眨着大眼睛问："什么条件？"

"你跟她道歉，我就带你上去找言副总。"沈默指指前台小姐。

女孩看看她，又看看前台小姐，撇撇嘴道："哼！算了，我自己找人带我上去。"

她拿出手机拨了个电话，可是那边响了半天也没有人接听，女孩气鼓鼓地自言自语："干吗呢，居然敢不接我电话！"

收起手机，看着沈默正似笑非笑看着自己，她狠狠瞪了沈默一眼。

沈默叹口气，拿起自己的快递道："那行吧，你在这儿等着吧，我先上去了。"

说完她冲前台小姐点点头，朝电梯走去。

"慢着！"女孩叫住她，沈默笑着转身。

女孩看向前台小姐，不情不愿地说了句："对不起了。"

前台小姐一脸惶恐，双手在身前摇着："没事没事。"

女孩哼了一声，看着沈默问："这样可以了吧？"

沈默也笑了，走过去主动帮她拎起行李箱："走吧，我带你上去找言副总。"

两人进入电梯，沈默按下八楼和上行键，转头见女孩一直盯着自己，冲她友善地笑了笑。

女孩很直接地问："你是谁？你跟我哥什么关系？"

沈默抿抿唇，却还是好脾气地回答："我是言副总的生活助理，我叫沈默。"

女孩愣了下，随即意味深长地道："哦……你就是沈默啊。"

"怎么？你认识我？"

"哼，不认识！"女孩一偏头，一脸的不屑。

沈默笑了笑，心想这女孩真的是言副总的妹妹？看年纪应该也不小了，怎么跟十二三岁的小女孩似的，又任性又没家教。

不过再想想总是流连于花丛中的花心言副总，她又觉得理所当然。

啧啧，看来言副总的父母，在家教方面很成问题啊。

来到言辰办公室门口，沈默还没来得及敲门，女孩就推门奔了进去。

"哥！"她花蝴蝶一样扑到办公桌前，埋头于电脑的言辰抬起头，看见她，一脸的惊异。

"梦梦！你怎么来了？"言辰站起身，从办公桌后走出来。

言梦扑进他怀里，环住他的腰，把脸贴在他胸口，哽咽着道：

"哥，我好想你。都一年多了，我给你打电话你不接，发微信你不回，昨天晚上在机场我给你打了好几通电话你都不接，你到底想怎么样啊？"

言辰很无语，一抬头看见沈默拖着行李箱，站在门口正看着这一幕。

他后背一挺，轻轻推开言梦："你不是周六的飞机吗？怎么今天就回来了？"

言梦抹抹眼泪说："人家太想你了嘛，就把机票改签了，我家都没回就来找你了，就是为了给你一个惊喜。"

言梦两手比着V字，举在肩头晃了晃，歪着头冲言辰笑得妩媚又讨好："惊不惊喜？开不开心？"

沈默一直盯着言辰的脸，见他的表情从开始的惊讶到言梦扑进他怀里时的皱眉和嫌弃，再到此刻的僵硬，忍不住扑哧笑出了声。

言梦这会儿才想起，沈默也跟着进来了。

她转过身，用命令仆人的口气道："你把行李箱放下出去吧，这里没你什么事儿了。"

沈默一听这口气，顿时气上心来。

她把行李箱放好，看着言梦道："这位小姐，一码归一码，我是言副总的生活助理，可我不是你的用人，我送你上楼来找言副总，又帮你拿着行李箱，你一声谢谢总该有吧？"

言梦抬头，看见言辰盯着她微微皱眉，头都没回，不情不愿地说了句："谢谢啊。"

沈默冷笑一声，对言辰说："言副总我出去了。"

说完她转身要走出去，方若雨却走了进来，看见言梦，她惊喜地叫了声："梦梦！你这么快就回来了，不是要到周六吗？"

言梦看见方若雨很是开心，走过来握住她的手摇晃着说："我太想我哥了，就把机票给改签了。不对呀，昨天在微信上不是跟你说了吗？"

215

方若雨一愣，勉强笑着说："是吗，我怎么不记得？不说这个了，累不累，有没有回家？"

言梦根本就没多想，笑着说："还没有呢，我一下飞机就到公司来了，就为了给我哥一个惊喜。对了，我刚才一直给你打电话，你怎么不接啊？"

"啊？我去影印室影印文件了，没拿手机，你给我打电话了吗？"

言梦怨恨地瞪了沈默一眼："是呀，刚才我想上楼，某些人拦着不让我上来，我想让你下去接我的，结果你一直不接电话。"

沈默不置可否，带上门走了出去。

方若雨背对着门，并没看见沈默出去，亲热地跟言梦说："这样子啊，梦梦对不起啊。那不如这样吧，晚上下班我请你吃饭，算是给你接风洗尘。"

她说出这句话时，还有意无意瞥向言辰，言辰靠着办公桌站在那儿，抿着唇一直不作声。

言梦一听开心极了，走过去挽住言辰的胳膊："哥，晚上跟我们一块儿吃饭吧，我好久都没见你了，好多话要跟你说。"

言辰冷声道："行吧，我请你们吃，吃完饭送你回家。我现在给爸和阿姨打个电话，告诉他们你回来了。"

"啊，不要啊！"言梦扑上去把桌上的座机搂在怀里，"你现在打电话，我妈会让我马上回去的。"

"可是这里是公司，我还要工作。"言辰皱着眉。

言梦可怜巴巴地冲他眨眼睛，像是跟主人讨骨头的小狗："亲爱的哥哥，我就坐在这里，不吵你不行吗？"

"不行。"言辰回答得干脆利落。

方若雨拉着言梦，用哄孩子的口气说："梦梦，不如你去我办公室等着，我们别在这里妨碍言总工作，好吗？"

言梦委屈地看向言辰，见他面无表情的模样，只得点点头："那好吧，哥你好好工作，我去若雨姐办公室等你下班。"

方若雨挽着言梦的胳膊，温柔地跟言辰说："言总，我们出去了。"

说完方若雨带着言梦走出言辰办公室，经过沈默的办公室时，看见她正坐在那儿低头操作平板电脑，拉了下言梦，她冲里面努努嘴："梦梦你看，这就是我跟你说的沈默。"

言梦说："我知道，刚才就是她带我上楼来找我哥的。"

方若雨听到后面那句话，心一下子提了起来，沈默不会这么有手段吧，已经打探出言辰家里的情况了？

她是怎么知道言梦今天回来还会找到公司来的，她先一步下楼接言梦就是为了讨好她吧，哼，还说她没打言总的主意，这女人也太有心计了。

只听言梦接着说："若雨姐我觉得你说得太对了，这女人太讨厌了，刚才在楼下，她居然让我给前台小妹道歉，她算个什么东西呀！"

方若雨的心扑通又落了地，感觉到自己手心里濡湿的汗水，她偷偷在身后甩了甩，哦，原来是虚惊一场啊。

"怎么了？她为什么要你跟前台小姐道歉？你做什么了？"

"别提了，事情是这样的……"言梦吧啦吧啦开始讲，丝毫不顾忌被开着门的沈默听到。

两个人走进方若雨办公室，声音被关着的门掩住，沈默这才抬起头来。

她手肘撑在桌面上，托着下巴长叹一声，看来言副总的妹妹跟方秘书是一个战壕里的战友啊，要不然这个言梦跟自己头一回见面，怎么就知道自己的名字呢。

桌上的电话响了，沈默拿起来接听："喂？"

言辰的声音传过来："沈助理，你到我办公室里来一下。"

沈默敲了敲门，然后推门进去，看见言辰正伏案在写什么。

听见脚步声，言辰抬起头来，表情淡淡地说："昨天的会议记录整理好了吗？有没有什么不明白的地方？"

217

沈默愣了下,她想作为一名生活助理,应该不需要整理领导的会议记录吧,除非秘书不在身边,可昨天方若雨不是在吗?

而且刚才方若雨说去影印文件,应该就是影印的会议记录,怎么这会儿言辰还管她要呢?

她点点头又摇摇头:"会议记录已经整理好了,不明白的地方我也特别标注了一下。不过今天午餐时间,苗甜和黄亚旗跟我在一起吃饭,我不明白的地方都跟他们请教了,大概也都理解得差不多了。"

言辰的眼神里闪过一丝稍纵即逝的失落,他笑了笑,说:"嗯,那就好。那你待会儿把你整理好的会议记录给我一份。"

沈默答应着:"好的,言副总。"

顿了顿,她问道:"言副总,我是不是以后都得跟着您参加会议还要做会议记录?这个不是方秘书的工作吗?"

言辰抬眸,眸子里犀利冰冷的目光让沈默不由自主低下头去,他说道:"第一,我需要你们两个都记录,就是为了看看,记录中哪个人有没有疏漏的地方,相比较的同时,也能找出不足来互相弥补。第二,让你参加会议并做会议记录,就是为了给你学习的机会,要知道我们团队现在讨论的都是商业机密,更是以后敬一母公司发展重中之重的项目,一旦成功,或许可以令国内的AI技术跃上一个新的台阶。沈默,在这个日新月异的时代,你愿意满足现状止步不前吗?"

沈默红着脸,抬起头来道:"我不愿意,言副总,对不起,我又问了蠢问题。"

言辰道:"嗯,沈默,我们不妨开门见山地说。其实我很明白薛总把你派到我身边的意思,可是我之所以愿意把你留下来,你知道是为什么吗?"

沈默看着他摇摇头:"不知道。"

"之前接待工藤的时候,我感觉你虽然是新手,可是处理问题很得当,发现出了错却并不慌张而且还能沉着地及时补救,这一点让我很欣慰。另外你这个人很热忱善良，做事负责任又好学，所以虽然我知道薛总的目的，却还是把你留下了，就是希望将来可以把你培养出来，成为敬一的一名中坚分子。要知道中坚力量是一个公司发展必不可少的基石，我也希望你跟团队其他伙伴通力合作，争取早日把咱们这个项目给拿下。"

沈默听了很受鼓舞，相较薛山的防备，言辰更显大气，于是她频频点着头，说："我明白了，言副总，您放心，我一定不辜负您的厚望。"

"嗯。"

"那我出去把整理好的会议记录打印一份，给您送过来。"

沈默说完转身就要离开，却被言辰叫住："沈默……"

沈默又回身问："言副总，您还有什么吩咐吗？"

言辰思忖了一会儿，这才开口道："我妹妹……从小被我父亲和我阿姨惯坏了，挺不懂事的，今天的事，要是有什么对不起你的地方，请别见怪。"

阿姨？

沈默想起刚才他好像对言梦说："我给父亲和阿姨打电话，告诉他们你回来了。"

难不成言辰跟这个言梦不是一个母亲？不过沈默也就是随便想想，毕竟这也不关她的事。

她对言辰笑了笑道："没关系的，她年纪还小嘛，我不会跟她计较的。言副总，我先出去了。"

看着沈默走出办公室，言辰靠着椅背苦笑，言梦还小吗？她已经二十三岁了，只比沈默小三岁而已，可看她任性骄纵的样子，简直就跟未成年的小女孩一样。

一想到这个妹妹，言辰就觉得头痛，可是两个人毕竟是一个父亲，血缘关系在那儿摆着，他可以无视赵秀慧，却无法无视言梦的存在。

而这个妹妹简直就是把言辰当做私有财产，打从她会说话走路起，她就最喜欢黏在言辰身边，只要看见有别的女孩跟言辰多说一句话，她就会大哭大闹。

后来长大上了学，她有事没事总往言辰学校跑，说是去看住校的哥哥，其实就是防着言辰交女朋友。

言辰大一时，参加了学生会，后来又当上了学生会主席，再加上他人长得帅气质又高冷，很受女孩子的喜欢。

有大胆的姑娘给他写信或者送礼物，更有直接找他表白的女孩，言辰虽然没有接受，可也不好直接拒绝人家。

言梦也不知从哪里知道了这些事，就跑到学校女生宿舍，跟宿管阿姨说要找某某某，然后进到其中一个女孩的寝室，谎称是来探望自己的姐姐，问明了那女孩的床铺，就把准备好的死老鼠放在那女生的枕头底下。

结果女孩出去玩了回来，已经到了熄灯时间，匆匆洗漱上了床，只觉得床上臭臭的也没有多想，就这么枕着死老鼠睡了一夜。

直到第二天早上醒来整理床铺，女孩看见死老鼠吓得尖叫着坐在地上，然后直接就晕了。

后来被教导员送到医院，醒来后还落下了一点心理疾病。

宿管阿姨被学校叫去调查，说曾经有个陌生女孩进来过，查过监控后，很快就查到了言辰的头上。

言辰为此受了个小处分，学生会主席也被下了，当然，那些追求过他的女同学，从此对他敬而远之。

这件事发生后，言辰特意跑回家，发了好大一通脾气，可是言梦却振振有词，说哥哥是她一个人的，别的女人休想把他抢走。

言辰想到这些，烦躁得想抽烟，虽然他已经戒烟好久了。

他搓搓脸颊站起来，走到落地窗边透气，一想到以后言梦就留在北京了，他就觉得头痛。

再想想昨天晚上父亲的电话，摆明是想让他在敬一给言梦找个工作，可是言梦留在北京对他来说就是噩梦，要是再在同一家公司……

言辰头大如斗，跟外商谈几个亿的生意时都没觉得有如此大的压力。

而且看样子方若雨很明显是跟言梦在一条战线上的，如果再加上方若雨这个军师，那言辰是真的害怕自己招架不住了。

时间过得很快，转眼就快下班了。

五点二十的时候，言梦来到言辰的办公室说："哥，我和若雨姐商量好了，我们去吃泰国菜好不好？"

言辰皱眉道："你刚从国外回来，就这么想吃外国的菜肴吗？我倒是想带你们去吃些国内的家常小菜，虽然不算经典，却很有家庭氛围。"

言梦听了就笑着道："好啊，只要你喜欢，我怎么都可以的。"

这又是言梦的论调，每次她把言辰身边的女人赶走时，都是这样："哥，只要你喜欢，我怎样都可以的。"

可是过段时间，言辰总会听到如下的话：

"哥，我看你并不喜欢她啊！她丑死了，还喜欢跟其他的男生抛媚眼，你记不记得上次我们吃饭的时候……"

"哥，她上次送了件白色的T恤，你当时收到的时候不是皱了下眉吗？所以你肯定是不喜欢这件白T恤的吧？"

又或者是："哥，这女孩的裙子那么短，摆明了就是为了勾引别的男孩，她是拿你当备胎啊！"

所以后来言辰直接沉默了，索性对所有的女孩都拒绝，不是因为自己不喜欢，而是怕言梦再如法炮制，这样既伤害自己，更加伤害别人。

此刻听到言梦的话，言辰不禁想起那些日子来。

第十六章　你是不是喜欢上沈默了

可他毕竟不是当初的那个少年了，所以浅笑着道："我已经给我朋友打过电话了,他开了一家家常菜小饭馆,今晚我们就去那里吃。"

言梦愣了下,她觉得以前总是事事迁就她,对她百依百顺的那个哥哥不见了,现在他说的话敷衍的意味多一些。

她不由得又想起方若雨在办公室里说的话:"梦梦,你不知道,自从这个沈默来了之后,言总事事都听她的安排,我简直一点地位都没有。说起来打从你哥荣升副总之后我就一直跟着他做秘书,可是没想到,我现在的地位居然不如一个新来的生活助理。"

言梦虽然当时没说话,却把这话记在了心里,她更加觉得,这不到一个小时的接触,她的哥哥就变了,明明是在跟自己说话,眼神却情不自禁往沈默身上瞥,要说他俩没什么,谁能信呢?

于是当下她笑着问言辰:"哥,你这生活助理……我们吃饭的时候不会也跟着吧?"

言辰愣了下,随即回答:"她为什么要跟着?五点半她就下班了。"

言梦也笑了,松了口气的样子:"哦哦,我还以为你的生活助理要随时跟在你身边呢。"

方若雨早早收拾好了东西,来到言辰的办公室门口,看见门虚掩着,正要推门时刚好听到兄妹两人的对话,她心里很得意,知道下午自己给言梦洗脑成功了。

方若雨敲敲门:"言总,我下班了。"

言梦开心地上前挽住她的胳膊说:"若雨姐,我哥说带我们去吃家常菜,你喜欢吃不?"

方若雨看着言辰,很温柔地回答:"我都可以的,言总喜欢吃什么我就吃什么。"

言梦道:"若雨姐,我们俩不愧是闺蜜,你怎么能跟我想的一样呢?"

方若雨道:"傻丫头,我跟着言总这么多年,还能不知道他的口味?"

言梦笑着揽紧了方若雨,娇嗔道:"若雨姐,你要是能做我嫂子就好了,我觉得天底下的女人,跟我哥最配的就是你了。"

"梦梦你可别瞎说,这话要是传到公司那些适龄女青年的耳朵里,我恐怕要给五马分尸了。"

这话既彰显了言辰在公司里的地位,又让言梦觉得方若雨知书达理又贤惠。

言梦听到方若雨这样夸自己的哥哥,并且说话时对自己透露着恭敬跟谦卑,也很是高兴。

言辰微微皱眉,他关了电脑站起来道:"走吧。方秘书开自己的车,我带着言梦,到我家小馆会合。"

方若雨听了一愣,因为她原本的计划是三个人乘一辆车,然后她可以等言辰把言梦送回家后,自己假装喝醉,说不定今晚就有机会把言辰扑倒。

"言总,那家饭馆在哪儿呢?我如果找不到怎么办?"方若雨假装可怜巴巴地问。

言辰瞥她一眼,冷声道:"我微信上会给你发定位的。"

说完这话,他转头对言梦说:"梦梦,我们走吧。"

言辰大步朝外走去,言梦跟在他身后,根本就没有理会方若雨冲她使的眼色,高兴地跟她摆摆手:"若雨姐,一会儿饭馆见。"

没到我家小馆之前,言辰就给尚卫国打了电话,让他留个包间,他要请言梦和方若雨吃饭。

尚卫国听言辰讲过言梦为了他做过的那些荒唐事,他一直很好奇言梦到底是个什么样的女孩,挂了电话让服务员准备好包间,便来到饭馆门口等着。

远远看见言辰的车开过来,尚卫国笑着迎上去,主动帮后排的两位女士开车门:"欢迎光临,欢迎光临。"

言辰下了车,看尚卫国一脸坏笑,就知道他打的什么主意。

瞪了他一眼,言辰介绍道:"这是我妹妹言梦,这是我的秘书

223

方若雨。"

"这位是尚卫国先生,这家饭馆的主厨兼老板,也是我的好朋友。"

言梦对言辰的男性朋友一向很大方温和,她笑着跟尚卫国打招呼:"尚老板您好。"

方若雨听到"尚卫国"这个名字,就觉得不够时尚,她断定这人肯定是农村来的。

他跟言辰的关系说是好朋友,其实一看就能明白,他分明就是来巴结言辰的,要不然哪个饭馆老板会小跑着过来帮食客开车门呢?

一个农村人,怎么可能在寸土寸金的北京城开一家这样档次的饭馆。说不定言辰才是我家小馆幕后的大老板,而尚卫国,只是给言辰打工的。

尚卫国走到方若雨面前,很热情地朝她伸出手:"方秘书您好,我们言副总日理万机,一半的功劳都在您这位美女秘书身上吧。"

方若雨敷衍地笑了下,指尖碰了碰尚卫国的手指就缩回了手:"尚老板过奖。"

尚卫国的手还没来得及收回,他只好尴尬地蜷起手指,一转头看见言辰在笑,便也回敬了他一个白眼。

四人来到包间坐下,尚卫国亲自端茶倒水,服务得十分周到。

这样一来,方若雨更加肯定自己的推测了,她看向尚卫国的眼神就有点瞧不起的意味。

"四位点菜还是?"放下茶壶,尚卫国笑着问。

言辰摆摆手:"你看着办吧,上你最拿手的菜。"

"行,喝酒吗?"

言辰摇头:"不喝了吧,都是开着车来的。"

桌子底下方若雨戳了戳言梦的腿,笑着道:"言总,梦梦回来这么开心的事,应该喝两杯吧,大不了一会儿回去的时候找代

224

驾啊。"

"对啊对啊，哥，我们这么久没见面，我好想跟你碰个杯，咱们少喝点好不好？"言梦附和道。

言辰只好对尚卫国说："那上一壶你酿的果酒。"

"行，你们先坐，我去准备。"尚卫国礼貌地冲言梦和方若雨点点头，走出包间。

言梦好奇地打量四周，说道："哥，这里装修得真不错，很有古雅的风味，在北京能找到这样一座院子，还是闹中取静的地方，尚老板应该很有钱吧？"

言辰笑了："他啊，他是个穷鬼。"

"是吗？穷鬼怎么开得起这种档次的饭馆？现在这种居家风是最时尚的，比那些装修富丽堂皇的大饭店要吸引顾客得多，这么有特色的饭馆，要是花钱找网络美食博主来宣传一下，肯定能成为网红店。"

言辰轻描淡写道："尚卫国这人，是个没有大志向的人，他不喜欢弄什么网红店，他喜欢随心所欲的生活。"

方若雨听到这儿，又给尚卫国加了两个标签：不思进取，混吃等死。

不一会儿，尚卫国端着个托盘走进来，将两盘菜肴放在桌上，"两位美女尝尝味道如何，这是我最近新研发的菜品。"

言辰佯装不满："尚老板，你这是拿我们当小白鼠啊？"

"言副总，美女在这儿呢，给个面子成不？"

言辰笑着拿起筷子道："成，我们就给你当一回小白鼠。"

言梦夹菜尝了一口，冲尚卫国竖起大拇指："好吃！尚老板，我好久没吃过这么好吃的中餐了。"

"谢谢，言小姐喜欢就好。"

尚卫国话音刚落，口袋里的手机响了，他一边拿出手机，一边对三人道："不好意思，我接个电话。"

尚卫国走到外面接电话："沈小姐您好，现在有没有位子？有的有的,您几位?嗯嗯,好的,我叫人留靠窗的位子给你们。"

他收起手机,站在门口笑着对言辰说:"你说巧不巧,有两位新食客,也是你们公司的,订了桌子一会儿要过来吃饭。"

言辰听到他叫沈小姐,就问道:"是叫沈默吗?"

尚卫国"咦"了一声:"对呀,就是沈小姐,怎么你们认识?"

言辰还未回答,方若雨抢着问道:"你说两位,那另一个人是谁?"

"是一位程先生,我听沈小姐好像叫他程昊,他们二位最近常来我这里吃饭。沈小姐还订了周四的包场,说是要为你们公司总经理的太太庆祝生日。"

言辰的脸色沉了沉,方若雨却笑得很开心:"沈默和程昊,不会吧……"

言梦好奇地问:"若雨姐?程昊是谁?"

"程昊是我们公司薛总的贴身秘书,哟……这两人不会是在谈恋爱吧,要是真的,那可是违反了公司制度的。不过说起来这沈默也真有办法,这才进公司没几天,既赢得了薛总的青睐,没想到还俘获了程大秘书的心。"

言梦瞪大了眼睛,好奇地接着问:"哇,那如果有人举报的话,他们两个人会不会被开除?"

方若雨轻蔑一笑:"开除嘛……可能只会开除一个人,程大秘书毕竟跟了薛总多年,他是不可能被开除的,那就只有……"

她还没说完,言梦就急着抢答:"只有沈默被开除了。"

尚卫国在香港是很有名的心理咨询师,还研究过微表情,自打言梦和方若雨下车,他就看明白了这两人对言辰的态度以及她们俩互相利用的关系。

此刻看到两人一力排挤中伤沈默,不由皱起了眉头,带着问号的眼睛看向言辰。

言辰却没看他,盯着面前的菜发愣,也不知在想些什么。

尚卫国轻咳一声:"言副总?"

"嗯?"言辰抬头,一脸的茫然,"干什么?"

尚卫国笑着说:"不会我的菜把你给吃傻了吧,我可真没在菜里下毒啊。"

"别贫嘴!说重点。"言辰不耐烦地道。

尚卫国深深看他一眼,笑意更深:"你们这是什么鬼公司,还禁止员工谈恋爱吗?"

言辰冷声道:"这有什么不好理解的,员工谈恋爱影响工作效率,如果是不同部门的话,很有可能造成部门跟部门之间的机密泄露。还有,一旦恋爱失败,被分手方说不定会利用职务之便打击报复分手方,那就不仅仅是私人感情这么简单的事了,最后的结果就是导致公司受到损失……"

"得得得,我就问了一句,你回敬我一火车,行吧,你们公司的事我不打听了,我迎接客人去。"

尚卫国拿着托盘走出包间,顺便帮他们带上门。

言梦给言辰夹了菜,放在他面前的碟子里,见他还在发呆,就用筷子敲了下他的手背:"哥,你发什么呆啊?怎么不吃东西?"

方若雨的心里酸酸的,她觉得言辰是因为听到程昊很有可能在跟沈默谈恋爱,觉得失落才会发呆。

言辰摇摇头:"没事,我突然想到一件重要的事。"

"哦,是什么事啊?"

言辰夹起菜:"是公司的事,赶紧吃饭吧。"

不多时,外面有人敲门,尚卫国推门进来,拿着一只酒壶和几个杯子:"来,尝尝我亲自酿的果酒。"

言梦站起来接过酒壶:"尚老板好厉害,菜做得这么好吃,还会酿酒,您是不是专业美食家呀?"

尚卫国嘿嘿一笑:"不是,我就是喜欢做菜,我喜欢看到客人吃我做的菜一脸幸福的样子,那样我也会觉得很开心。"

方若雨看到言辰那样,心里憋着气,觉得尚卫国就是言辰手下打工的,就想把气撒在他身上,她讥讽道:"尚老板活得好诗意，北京这么快节奏的生活，尚老板这样随心所欲活着，不觉得有点不负责任吗？"

尚卫国看向她，轻笑着道："我对自己负责就好。"

说完他转身走出包间，这回没有关门。

言梦除了对言辰的事敏感，对其他事一向神经大条，她看不出方若雨情绪不对，也没听出她在嘲讽尚卫国，给三人倒上酒，自己先端起一杯来，对言辰道："哥，我敬你一杯。"

言辰皱着眉道："小姑娘家家的，跟谁学的这江湖气？"

言梦很委屈："我都二十三了，还说我是小姑娘，再说我敬你酒怎么了？敬你酒就是江湖气了吗？那你出去应酬见客户，不跟人敬酒呀？"

言辰把筷子拍在桌上，正要说话，方若雨赶紧拉住言梦，笑着对言辰道："尚老板不是说了这是果酒吗？喝一两杯没事的，跟饮料一样。"

想想言梦毕竟刚回来，自己心情不好拿她撒气也不对，言辰抿了抿唇，端起自己那杯酒来。

言梦欢欢喜喜地举杯跟他碰了一下，一仰头喝了个精光。

她咂咂嘴："好喝，真好喝，哥，我们买些带回家吧，给爸妈喝，爸爸最爱睡前喝杯小酒的。"

言辰默然，他想说那是你妈不是我妈，可自己一个大男人，又是言梦的哥哥，说这话有点孩子气了。

言梦又倒了一杯酒，跟方若雨碰了杯，接着又喝干了。

言辰说她："你慢点喝，又没人跟你抢，你喜欢的话一会儿让尚卫国给你拿一桶都行，回家你慢慢喝，在这里喝醉了算怎么回事？"

"哥，你怎么一见面就老是骂我？你是不是不喜欢我了？"言梦两杯酒下肚，小脸红红的，嘟着嘴一脸的委屈。

见言辰又皱眉，方若雨赶紧打圆场："梦梦，你这是最后一杯了啊，下面的酒我跟言总喝，你不许再喝了。"

"哦。"言梦倒也听话，点点头拿起筷子吃菜。

言辰坐的位子面对着门口，他看见尚卫国引着两个人入座，那靠窗的位子刚好对着他们的包间。

女孩坐下来后，转身将包挂在椅背上，余光不经意一瞥，看到言辰吃惊地叫了句："言副总？"

言辰对沈默点点头，沈默落落大方地站起来："您也来这里吃饭啊？"

她走进包间，看见言梦和方若雨，冲两人笑了笑："言梦小姐，方秘书，你们好。"

言梦哼了一声，将头扭向一边。

方若雨则笑着问："沈助理也来这里吃饭，不知是跟谁一块儿来的？"

她以为沈默跟程昊谈恋爱一定是偷偷摸摸的，哪知道沈默很大方地说："是跟程昊一块儿来的。"

"咦？你跟程昊走得挺近呀。"

沈默冷笑了下，看着言辰解释道："言副总放心，公司制度我记得很清楚。我跟程昊只是师徒关系，我在薛总身边的日子，他教了我不少东西。"

言梦撇撇嘴，小声说："说得跟真的一样！"

沈默权当没听见："言副总你们慢慢吃，我回去坐了。"

言辰"嗯"了一声算是回答，方若雨突然灵光一闪，笑着对言辰说："既然大家都是同事，要不然我们合桌吧？言副总，您说呢？"

"啊？不用了吧。"沈默推辞着，她实在不想跟言梦和方若雨坐一桌吃饭，两人一定会夹枪带棒地说话，她怕自己会气死。

方若雨直接无视她，转身对着门外喊："程昊？"

程昊听到有人叫他，也走了进来，看见言辰也在这儿，他很吃惊："言副总，您也在这儿吃饭啊？"

言辰点点头没说话，沈默的解释他是相信的，可是不知怎么，看到沈默跟程昊一起，他心里莫名觉得有些不快。

方若雨见言辰没反对也没同意，便自己拿了主意："程大秘书，要不我们合桌？这样人多吃饭也热闹些。"

程昊看向沈默："不用了吧……"

"沈助理，以后我们都在言副总身边工作，应该要好好相处，今天这顿饭算是一个良好的开始，如果你同意的话，就坐下来一块儿吃。"

方若雨话说到这份儿上，沈默再要走也说不过去了，只好道："好吧，我去拿包，再跟尚老板说一声。"

程昊替她拉开椅子："你坐下，我去吧。"

程昊转身出去，顺便带上了门。

言梦挤眉弄眼，夸张地说："哇，这么恩爱，让人不羡慕都不行了。"

方若雨赶紧添油加醋道："还说你俩没谈恋爱，程大秘书对公司女同事一向冷淡，我可是头一回看见他这样体贴入微照顾人的。"

沈默苦笑道："帮我拿个包，去通知一下老板我们合桌，这就叫照顾人了？"

"那可不嘛，现在的男生都是'妈宝男'，一个个跟大爷似的，出门都是女生伺候他们，哪有他们伺候女生的啊。程昊这样的男生不好找了，沈助理，你可要好好珍惜哦。"

言梦不服气地说道："瞎说，我哥可不是'妈宝男'，我哥是天底下最好最好的男人。"

方若雨拍拍言梦的手臂，哄孩子似的道："对对对，你哥是天底下最好的男人，长得帅又有责任感，想要嫁给你哥的女人，那一定得是含着幸运星出生的。"

言梦亲热地挽住方若雨的胳膊说："我觉得若雨姐就不错，长得漂亮性格又好，说不定你就是含着幸运星出生的。"

方若雨瞥了一眼面无表情的言辰，娇笑着道："是吗？那我得打电话问问我妈了。"

程昊推门进来，拉开椅子坐在沈默身边道："已经跟尚老板说过了，我们点的菜一会儿上到这边来。"

沈默点点头，接过他递过来的包，然后说道："谢谢程老师。"

程昊笑着回答："不客气，沈默同学。"

言梦两手捧着脸，故作惊讶地道："哇，同事恋加师生恋，好浪漫的感觉。"

言辰搁在桌上的手机亮了一下，他拿起来，看见微信上有人发信息给他。

他点开一看，竟然是尚卫国发过来的，一个挤眼睛的表情。

"言副总，今晚好热闹。"

言辰回复。

"滚！"

尚卫国哈哈大笑。

"就不滚，言副总，等我做完了菜，申请去看戏好不？"

言辰发过来一个愤怒的表情。

"不好，你买门票吗？"

"不成问题，门票你卖多少钱一张？"

"你的脑袋值多少钱？"

尚卫国表示很惊恐。

"啧啧，一个程秘书，就把你给气成这样了？气到想杀人？"

"别瞎说，你知道个屁。"

尚卫国撇嘴。

"小兄弟，别忘了我可是研究过微表情的，你的眼睛背叛了你的心……哟，我这怎么还唱起来了呢？看到你这冰箱人终于有表情了，我怎么就这么开心呢！"

"滚！信不信我拉黑你。"

"哎哟，不说了，我的菜糊了！"

言辰放下手机，表情阴阴的。

言梦担心地问:"哥,你脸色怎么这么难看,是不是不舒服?"

方若雨看了眼他倒扣的手机,问道:"言副总,是公司出什么事了吗?"

言辰站起身,说了一句:"没事,你们慢慢吃,我去趟卫生间。"

他开门走出去,房里剩下三女一男,程昊用热茶给沈默和他自己的杯子消毒,言梦跟方若雨对视一眼,心照不宣地笑了。

这两人阴阳怪气的样子让沈默很厌烦,可是又不能甩手走人。

于是她也站起来,然后说道:"我去找尚老板问问周四包场的事。"

程昊"嗯"了一声,他已经习惯沈默做事喜欢负责到底的行事风格了。

可是方若雨听了却皱眉问:"沈助理,你现在可是言副总的生活助理,薛总那边的工作你不是已经交接清楚了吗?为什么还要管这件事?"

沈默回答:"我不习惯做事做一半,是我提议薛总在这里给薛太过生日的,我当然有义务让这件事圆满完成。"

言梦一撇嘴:"说得真好听,还不是想巴结老板嘛。"

方若雨用胳膊肘撞了她一下:"梦梦别乱说,沈助理可是薛总跟前的红人,得罪了她,你是没什么,言副总会倒霉的。"

沈默冷冷看她一眼,没说话,转身走了出去。

程昊皱着眉头看向方若雨,冷声道:"方秘书,以前我怎么没发现,您说话有怪音呢?"

方若雨不解:"什么怪音?"

言梦也是一脸认真:"是呀,我没听出若雨姐说话有怪音呀!"

程昊一本正经地说道:"阴阳怪气的,可不就是怪音吗?"

方若雨愣了下,随即生气地说:"程秘书对沈助理真好,要说你们俩没谈恋爱,还真让人无法相信。"

程昊笑了笑,端起杯子喝水,然后拿出手机来,居然玩儿起了游戏。

方若雨回敬他的话如同炮弹打在了棉花上,她愣了一会儿,被无视的耻辱感让她更加生气。

她把酒杯蹾在桌子上,气愤地道:"程秘书,你这是什么意思?"

程昊耸耸肩:"我不明白方秘书是什么意思,我一直没说话呀!"

"你……"

言梦忍着笑,她觉得方若雨被气得七窍生烟的样子很有趣:"好了,若雨姐,别生气了,女人生气容易变老的,你一生气,就不漂亮了。"

程昊点点头,很认真地附和道:"这位小姐说得对。"

"程昊!"

程昊一摊手:"瞧你,是你叫我们来合桌的啊,现在自己气成这样?要不我们还是拆桌吃算了。"

程昊说着话站起来,还顺手拿起了沈默挂在椅背上的包。

方若雨一看他这架势,就有点后悔了。

言辰不在这里,如果他回来看到程昊和沈默又拆桌了,肯定会在方若雨身上找原因,因为程昊并不认识言梦,而沈默现在看起来又很得言辰的心。

她压着火,对程昊说:"程大秘书,你也不用这样吧,我就是跟你开个玩笑而已。你赶紧坐下吧,要不然一会儿言副总回来看见你和沈助理拆桌了,会怪我的。"

程昊冷笑一下,又坐了下来,然后他再次拿起手机,玩起了游戏。

沈默来到收银台,问服务员尚老板在哪里,服务员指指后厨:"尚老板在里面做菜呢。"

沈默说了声谢谢,便往后厨走去。

厨房是开放式的,沈默还没走过去,就听见尚卫国的笑声,然后就是言辰的声音。

"你笑什么笑,有那么好笑吗?"

尚卫国哈哈两声:"今天晚上你的脸吧,都可以当调色盘了,你知道不?"

"你给我闭嘴!"

"我给你分析一下,一个恋哥狂魔,一个痴心小秘书,一个备受青睐的美女助理,小兄弟,你艳福不浅呀!"

言辰恨声道:"你少胡说八道,沈默跟我没关系。"

"哎哟喂,越是拼命撇清想要保护的人,越是心里最在意的那个,你懂不懂?这叫逆向恋爱心理学。"

"你少跟我说这些,方若雨逼着沈默跟我们合桌,就是想跟言梦一唱一和地欺负她,你就告诉我,这种局面我该怎么破?"

尚卫国更加幸灾乐祸了:"想不到堂堂言副总,业界有名的青年才俊,也有向我求教的时候。我可以告诉你方法,但你得跟我说实话。"

言辰很烦躁问道:"什么实话?"

"你是不是真的喜欢上沈默了?"

外面突然响起重物倒地的声音,言辰跟尚卫国对视一眼,一齐走过去朝外看。

空荡荡的走廊里,墙角装饰用的铁艺花架倒了,那盆发财树里的土倒出来一大半。

尚卫国皱紧眉头道:"谁这么冒失啊!"

他叫坐在收银台边玩手机的服务员:"莎莎,过来把这里收拾一下。"

"好的,老板。"收银员走过来把花架扶正。

言辰心中一动,问道:"刚才有人到后厨来过吗?"

收银员点点头:"有的,刚才沈小姐过来找我们老板,咦,你们没看见她吗?"

"呵呵!"尚卫国见言辰脸色都变了,幸灾乐祸地笑起来。

言辰瞪着他，说了句："损友！"

尚卫国笑着道："沈小姐说不定是听到了所以慌张逃走，我看你一会儿怎么办！哎哟我的菜！"

尚卫国转身跑回厨房，言辰看看走廊这头又看看那头，最终还是决定先不回包间，因为他现在也没想好，一会儿要怎么面对沈默。

他跟着尚卫国回到厨房，尚卫国一边把锅里的菜盛到盘子里一边说："你怎么又回来了？"

言辰抿着唇不吭声，拉着凳子居然坐了下来。

尚卫国把炒锅重新坐上火，端着菜往外走，言辰问："这哪桌的，你让服务员送不行吗？"

"你们桌！"尚卫国坏笑，"你等着，我去帮你打探一下情况。"

"你别……"言辰抬手想拦他，可是他也不知道要说什么。

你别问沈默刚才听到了什么。还是说，你别什么都不问，最好是打听一下沈默刚才听到了什么。

他缩回手，盯着门口发呆，突然发现自己好多年没有如此踌躇过了，这种感觉不好，很不好。

尚卫国很快回来，看见言辰，耸了耸肩说："走了！"

"什么意思？谁走了？"

尚卫国一边洗锅一边回答："沈小姐呀，我过去的时候，她拿着包正要走，说是有急事。她一走，程秘书自然也就跟着走了。"

言辰没说话，站起来就往外走。

"欸，你干吗去？你想走也可以，还有两个菜没上，没上的菜也得算账的，我告诉你。"

见言辰根本就不理他，尚卫国笑得更开心了："言副总，我劝你先别回去。"

"为什么？"

"你那个方秘书有点醉了，说不定你回去，会上演一出小鸟依人的戏。"

言辰皱紧眉头问道:"方若雨怎么会喝醉,这才多大会儿的工夫?那言梦呢?"

到底是自己的亲妹妹,平时再胡闹再让人烦,可言辰还是担心的。

他快步走出厨房,回到包间。

打开门就看见方若雨端着空杯子,听到开门声醉眼迷离地看过来:"尚卫国,我们的酒喝完了,我都叫了半天了,怎么还不给我们上酒。"

言梦正在拉她,回身看见是言辰,生怕再挨骂,赶紧解释道:"哥,不是我让若雨姐喝多的,刚才沈默回来跟程昊急匆匆地走了,若雨姐好像有点不痛快。"

"沈默跟程昊走,她有什么不痛快的?"

言梦一脸蒙,"是呀,我也纳闷呢"。

其实方若雨的不痛快还不是因为言辰对沈默的另眼相看吗?而程昊也算是敬一总公司的男神之一,现在连他都对沈默呵护入微。

方若雨就不明白了,自己好歹也是公司的"司花",这沈默才来几天呀,不论是长相还是气质都比不上她,为什么所有人都那么喜欢她呢?

薛山器重她,程昊一看就是喜欢上她了,这些人都跟她方若雨不相干,她可以不在乎,可是言辰不同呀。

言辰一听说沈默和程昊来吃饭,脸色就变了,如果说他不是在乎沈默,那又是什么呢?

再加上刚才程昊对她挑衅的无视让她产生的挫败感,所以程昊坐在这儿的时候,她就开始跟言梦推杯换盏。当然,言梦怕言辰骂她所以小口小口地喝,方若雨每次都是实实在在地用大杯喝。

等到沈默急匆匆回来说突然想起自己有急事要走,程昊又鞍前马后地跟着说要送她回家。

方若雨酒入愁肠就更难过了,她看不起的沈默都有人贴心守护,而她追求了这么多年的言辰,心肠难道是石头做的吗?

方若雨站起来,跌跌撞撞走到门口,叫道:"尚卫国!"

"来了来了!"尚卫国端着一盘菜进来,"方秘书有何吩咐?"

方若雨纤纤玉指,戳着尚卫国的胸口说:"你不是跟言总差不多大吗?也勉强算是八零后吧,尚卫国,你别笑,不许笑,你快点告诉我,你老家在哪里?如果你家里实在困难的话,我可以帮你的……"

言梦过来拉她:"若雨姐,你喝醉了。"

方若雨一把推开她,抓住尚卫国的胳膊摇晃:"我一点都没醉,我告诉你梦梦……"

尚卫国的菜还没放下,怕菜洒了,又怕烫着她,就把菜护在胸前,另外一只胳膊挡着,随着她的脚步绕圈:"方小姐,我不是梦梦啊,我是尚卫国,哎哟,你别晃了,你让我把菜放下再晃行吗?"

言辰紧皱眉头:"怎么喝成这样!你那不是果酒吗,果酒劲儿这么大吗?"

尚卫国好不容易把菜递给言梦,一脸无辜地道:"这怎么能怪我,人家方秘书是酒入愁肠,你懂不懂?这得怪你!"

护哥狂魔言梦瞪起眼睛说道:"怎么能怪我哥,若雨姐喝醉的时候我哥又没在这里。"

尚卫国苦笑道:"那怪我啊?"

言辰厌烦道:"让你的人给她找个代驾,一会儿代驾来了把她弄回家去。"

"啊?哥,那我们不吃饭了?"

言辰冷声道:"吃什么吃?要不是你这么闹腾,方若雨能喝成这样吗?我们走,我现在送你回家。"

见哥哥生气了,言梦不敢再多说,拿起自己的包乖乖跟着他往外走。

方若雨还缠着尚卫国说要接济他。

尚卫国哭笑不得，冲着言辰喊："言辰，你不能就把她这么给扔下吧？好歹她也是个女孩子啊。"

"你喜欢怜香惜玉你就把她送回家去。"

"哎，你记得把饭钱给结了！"

"记账！"

程昊开着车，不时看看坐在身边板着脸的沈默问："沈默，你没事吧？你去找尚老板回来，脸色就不大好，不会是尚老板说周四不能包场了吧？"

沈默摇摇头，笑得很勉强："不是的，我就是突然想起来有点急事。"

"嗯？什么事啊？需不需要帮忙？"

"没关系，是……我们女孩子的事。"

一听这话，程昊不好再问下去了，他想是不是沈默身体不舒服，所以加大油门往前开，原本还打算说他们这饭也没吃成，要不要再找个地方随便吃点饭。

可看看沈默好像是真的很难受的样子，程昊也不好再开口。

把沈默送到上次那个巷口，程昊停下车，再次问道："沈默，你确实没事吧？要不要给你买药？"

沈默抱着包，一手摸着门把手道："不用了，程昊，谢谢你了，今天晚上害你吃不成饭，等改天我请你吧。"

"那个不重要，你要是有哪里不舒服，就给我打电话。"

"好的。"沈默下了车，程昊如常掉转车头给她打灯，可是这次沈默并没有回头笑着朝他摇手。

回到家里，沈默来不及换鞋，把包一扔，整个人扑倒在床上。

站在厨房门口听到的话太惊悚了，恋爱养成游戏里菜鸟级别的她，不知该如何应对。

"你是不是真的喜欢上沈默了？"

尚卫国的话在耳边回荡，沈默不敢听言辰的回答，哪怕她再好奇。不论答案如何,她觉得她都承受不起。

"是啊,我是喜欢上她了。"

天哪,这样一个花心男居然说喜欢我?这不是荣幸是耻辱啊!沈默自己很清楚自己有几斤几两重,她最终只会成为花心男恋爱里程碑上轻描淡写最早被他遗忘的一笔。

"怎么可能!我阅人无数,身边还有个美艳的方秘书,什么样的女人我找不来,我会喜欢她?"

我沈默就那么差吗?你言辰阅人无数又怎样?在我心里你就是个花心大萝卜,你不喜欢我,我还看不上你呢!

沈默努力晃脑袋,把头发上的皮筋取下来,她想让自己不再胡思乱想,可是脑袋里又忍不住地冒泡泡。

言辰的脸在她眼前晃,板着脸时,浅笑时,专注地跟他们谈项目时,低头伏案写字时……

沈默尖叫一声,揉着头发在床上打了个滚,老天爷,怎么会这样!都怪自己,为什么非要在言辰离开包间时跟出去!

说来说去都怪那条美女蛇,要不是她那张碎嘴,自己就不会沉不住气,也不会找借口出去,更不会去找尚老板,就不会听到那么可怕的对话……

她包里的手机传来微信提示声,沈默闭着眼睛把手机摸出来,仰面躺在那儿,点开视频通话。

米拉的脸出现在屏幕里,浓妆艳抹醉眼迷离,沈默闭了闭眼,天哪,又一个醉鬼!

"沈小默,我告诉你一个天大的好消息!"

沈默面无表情地问:"啥?"

"我们老板已经决定了,我半个月内就能到北京,我跟你说,你这几天打听着点,咱们得赶紧找房子。"

"啊?什么半个月,什么找房子?"

米拉皱起眉,盯着沈默那张因为仰躺而变成大饼的脸:"咦,你怎么变形了?"

"去你的，你才变形，你还变形金刚呢！"

"你是不是忘了？我上次不是跟你说，我们公司决定在北京开分公司让我负责，我以后要定居北京了！"

沈默坐起来，她刚才心绪太乱，思想走神，智商没在线。

"对不起对不起，我给忘了，想起来了想起来了，米大娘，我向您承认错误。"

米拉歪着脑袋，盯着沈默，然后又故作深沉地摸一摸下巴说："沈小默，你是不是有事儿？"

"啊？我没事呀？"

"不对，你肯定有事儿。你赶紧的，说出来，你有什么不开心的？让姐们儿我听了开心开心。"

"我……米大娘你真没良心。"

"哈哈哈……"米拉笑得花枝乱颤，沈默就盘腿坐在那儿冷眼瞧着她，直到她自己收住笑声。

沈默板着脸问："笑完了？"

"哈哈……嗯嗯，笑完了。"

"哦，那我挂了，我突然想睡觉。"

"别呀沈小默，你成功地勾起了我的好奇心，赶紧的，说说。"

沈默瘪着嘴，想想自己明天还真是不知道如何面对言辰，米拉不总是自诩恋爱专家吗，那就听听恋爱专家的意见吧。

于是她就把今晚上的事情经过讲了一遍，米拉不知从哪儿摸出根女士烟点上，悠悠抽着，看着烟雾在她四周袅袅升腾，沈默有种烧香拜神婆的感觉。

"所以说……没人知道你听见他俩的对话？"不愧是米拉，直接就能抓住重点。

沈默点点头，又摇摇头："我逃跑时撞倒了花架，他们听到声音一定会出来的，出来就会看到花架倒了，问一问收银员，就能知道是谁撞倒了花架。"

"所以说……他们没抓到你现行？"

沈默翻翻眼睛："那倒是。"

"那你为啥要紧张？不知道明天怎么见他？你放心，我敢跟你打包票，你家这位言副总是只老狐狸，他就算知道你听见了，明天也会装作啥也不知道。"

"真的吗？"沈默瞪大了眼睛，可同时又有点小失落，"原来是这样啊。"

"原来是这样啊。"米拉学着沈默的口气，笑眯眯地问，"沈小默，你别告诉我，你对你这位花心老总动心了？"

"去你的，我才没有，都说了他是花心大萝卜了，我能爱上这种男人吗？我这么冰清玉洁。"

米拉做干呕状，"沈小默，记住米大娘的教导，男女之间最有效的战术就是敌不动我不动，你明白不？"

沈默一脸呆呆的模样："好像……有点明白，又不太明白。"

"你们现在就处于这种朦胧期，谁先主动谁先死，我估计老狐狸比你能装，所以你也不能太主动。"

沈默撇撇嘴，我本来就没想主动好不好？

"明天这事儿，他不提你也不提，他要是提了……那不可能，他不可能提。"米拉潇洒地把烟头弹掉，又摸了一根点上。

"你少抽点烟，女人抽烟老得快。"

米拉嘿嘿一笑："我自己有分寸，你这几天打听下房子的事，最好是东三环附近。"

"啊？那很贵的啊，咱们住远点不行吗？房租便宜啊。"

米拉嗤笑一声："沈小默，你有点大样儿成不？好歹你也是敬一集团副总经理助理，不是说年薪六十万嘛，你还差这点房租？住得离公司近上下班方便，节约时间成本，时间就是生命就是金钱你懂不懂？"

"得得得，我说不过你，我找，我找成了吧？对了，你到北京来，不打算跟黄粱同住吗？干吗要跟我住一起？"

"你不乐意？"

241

沈默赶紧道："不敢不敢，我很乐意。"

"那不就结了嘛，我告诉你，我虽然跟他谈恋爱，可我们个性独立，没必要天天腻在一起。我可不想一大早睁开眼睛，看见他翻着白眼流口水打呼噜的样子，我也不想他看见我在家里搓脚皮抠鼻屎放屁的丑态。"

沈默无语，她觉得恋爱不就是为了将来结为夫妻生活在一起吗？既然要朝夕相处，那自然就会在对方面前显露出自己最真实的那一面，只有见证过了真实的彼此后还感觉互相离不开，那才是真正的爱情啊。

她又想到自己的父母，她从小到大都没见过他俩红过脸吵过架，一辈子和和美美的，年纪一大把了，还有事没事在沈默面前秀恩爱。

这样的爱情才是最完美最幸福的，也是最真实的啊。

"只要两个人住在一起，那肯定是一地鸡毛，我谈恋爱是为了享受恋爱带来的愉悦和幸福感，不是为了给那个男人当老妈子，沈小默你明白不？"

好吧，沈默心想，有机会要介绍林倩倩跟米拉认识，得好让听米拉给她上上课。

沈默忙不迭地点头："明白明白，米大娘教导得是，米大娘说什么都是对的。"

米拉很满意："那行吧，小默子你跪安吧，娘娘我没啥吩咐了。"

沈默哼了一声，可还是乖乖地一抬手，虚虚跟米拉行个礼："娘娘吉祥，娘娘晚安。"

"啵……"米拉甩给沈默一个飞吻，不等她回答，便切了线。

沈默盯着黑掉的屏幕发了一会儿呆，才跟树懒似的，慢吞吞地下了床，然后晃着走进卫生间。

洗漱后换了睡衣，关灯躺在床上，沈默又给父母发了条微信，可是还是石沉大海，得，这老两口，退休后还真是彻底放飞自我了。

她闭上眼睛,却毫无睡意,又把手机摸出来,打开微信找到言辰的微信号。

他的头像很简单,就是微信初始头像,而名字就是言辰,点开他的相册,朋友圈一片空白。

沈默总觉得,言辰整个人的气质和做派,根本就不像是花心男那一类的,可是为什么,他会经常换女朋友呢?

就这么想着想着,沈默的眼皮开始往一块儿黏,手机不知何时掉在一边,她渐渐地睡着了……

接下来的几天里,沈默一直很忐忑,她真害怕言辰哪天突然把她叫进办公室里问:"沈默,那天我和尚老板的谈话你都听到了吧,你有什么想法?"

她觉得好慌,她不知道怎么回答,她也不知道自己内心的想法。按理说一个女孩子被人喜欢应该是件高兴的事,可是她无论如何也高兴不起来。以至于这段日子沈默只要一看见言辰就立马低下头,就连开会时都选择最靠边的位置坐着,尽量不跟他目光相碰。

这天早上,沈默一大早来到公司,刚出电梯走到办公室门口,言辰大步流星走进来,她赶紧恭敬地站在那儿,心脏都快要跳出来了。

可言辰根本就没有看她,打开办公室的门走进去后,砰地又关上了门。

沈默松了口气,走进办公室,坐下来拍拍胸口。

桌上的电话响了,沈默拿起来接听,里头传来言辰的声音:"沈助理,你到我办公室来一趟。"

沈默的心悬了起来,嘴里答应着:"好的,言副总。"

放下话筒,沈默拍拍胸口,这才站起身,来到言辰办公室门口。

敲了敲门,沈默推门进去,却没看见言辰坐在办公桌后面。

她愣了下，四下看看，见休息室的门半开着，心想言辰应该在里面。

"言副总？"她试探着叫了一声。

言辰果然从休息室里走出来，手里拿着条深蓝色的领带说道："市里邵秘书长的父亲去世了，刚才薛总打电话让我代他去吊唁一下，你跟我一起去。"

说到这儿他皱眉打量着沈默的衣着，沈默今天穿的是白色V领毛衣，下穿一条绛红色格子裙。

言辰摇头道："你的衣服需要换一下。"

"啊？"

言辰皱着眉，一边打领带一边说："你先去收拾你的东西，然后送你回家换衣服。"

"哦，好的。"

沈默转身要走，看见言辰打领带的动作很慢，就朝他的手看过去。

看见他手指关节处有几块瘀青，她不假思索地问："言副总，您的手怎么了？"

言辰抿了抿唇没回答，只是命令道："你去准备吧。"

可是沈默站着没动，她看见言辰表情痛苦，布料扯着受伤的地方想必很痛吧。

想都没想，沈默走过去，伸出双手接过领带道："言副总，我来帮您吧。"

言辰愣了下，却没说什么，把领带交到了沈默手中。

沈默心跳如鼓，红着脸把视线定格在他的领口，这才发现，可能是因为手受伤，他早上来的时候不仅没打领带，连领口处的小扣也没有扣好。

她先把领带搭在自己手臂上，然后试探着伸出手来，捏住那枚小扣，想要帮言辰先扣上扣子。

手指触摸到他的喉结，感觉到他的肌肤凉凉的，她下意识地瑟缩了一下，不敢抬眼跟言辰对视，难为情得想死。

她没有看见，言辰的眼睛里溢着笑意，一直盯着她的脸，发觉沈默偶有抬眸的可能，赶紧把笑意收敛，装作淡漠冷清的样子。

好不容易扣好了扣子，沈默轻轻把他的领子竖起，然后拿起领带，打算绕在他脖子上。

试了一下才发现，他比自己高几乎一个头，如果不踮起脚尖的话，是不可能把领带从他头顶绕过去的。

可是踮起脚，两个人离得这么近，那沈默必将跟他视线平齐，她觉得在经过了昨天晚上的事后，她实在无法直视他的眼睛。

沈默心中哀叹，老天爷，我这是跟你有什么仇什么怨呀，你要这么折磨我？你明知道我很不愿意跟这个男人接近，你还非要一大早就给我这么艰巨的任务吗？

"给我。"言辰突然说道。

沈默愣了下："什么？"

"我说领带给我。"言辰的声音透着不耐烦，几乎扯着从她手里拿走领带，然后绕在自己脖子上。

沈默就那么怔怔地看着，心里涌出委屈，谁叫你长这么高啊？

"沈默。"

言辰的声音让沈默打了个激灵，这才发觉言辰微微昂着头，正在等着她把领带系好。

那尖尖的喉结更加突出，下巴的棱角分明，线条优美得像雕塑，沈默甚至能看到硬硬的胡楂。

她抬手，一边帮他系着领带，一边忍不住好奇，这些胡楂摸起来手感如何呢？会不会很硬？那么硬的东西从皮肤里刺出来，疼不疼啊？

"沈默，你一直这么喜欢出神吗？"言辰再次开口，自然又把沈默吓了一跳。

望着眼前女孩的眼神如受惊的小鹿一般，听到叫她的名字抬眸后赶紧低头，言辰觉得可爱又好笑，忍不住又多说了一句："怎么不说话?我看你跟方秘书斗嘴的时候不是挺伶牙俐齿的?"

沈默干笑了下,帮他系好了领带,后退一步仔细端详,然后她轻声道:"好了,言副总。"

言辰并没有再走到镜子前检查,而是径直往门口走:"那走吧,我们抓紧时间。"

沈默看着言辰从衣架上取下西服穿在身上往外走,套袖子的时候似乎碰到指节处的伤口,皱眉呲了一声。

她快步跟上去,想了想问道:"言副总,方秘书呢?方秘书不跟我们一起去吗?"

言辰走到门外,冷声回答道:"她有她的工作。"

"哦。"沈默应了一声,去自己办公室拿上包,然后锁上门。

一转身看见电梯门开着,言辰站在里头,手按着开门键正在等她。

她赶紧走进去,站在言辰身边。

电梯缓缓下行,除了头顶机器轻微的轰鸣声,没有一个人说话。

沈默觉得这寂静让人难熬,可又实在找不到话题。

叮——电梯门开了。

沈默松了口气,看见言辰大步走了出去,这人人高腿长,几步就走到大门口,沈默又穿着高跟鞋,几乎是小跑着才跟得上。

到了门口,沈默看见那辆熟悉的商务车,言辰根本就不招呼沈默,自己打开车门坐了上去。

沈默跑过去扶着车门,看见开车的是赵师傅,笑着招呼道:"赵师傅。"

"哎,是沈助理呀,快上车快上车。"

沈默上了车,把车门关上,坐在靠近驾驶座的位置问:"今天怎么是赵师傅开车?"

"刚送薛总和程秘书去房产地公司开会,他在路上接到邵秘书长的电话说他父亲去世了,薛总怕您和言副总不知道地址,所以让我过来送你们。"

沈默笑着说:"是这样啊,那多谢赵师傅了。"

"甭客气,为人民服务嘛。"

听到这话,沈默也笑了,她开心的一大半原因是不用跟言辰单独处于一个密闭空间里,那样太尴尬了。

这边的气氛一派和谐,言辰没有温度的声音从后面传来:"先送沈助理回家换衣服。"

赵师傅脸上的笑容立刻消失,应了声:"好的。"

上回去薛山家拿西服,赵师傅来接过沈默,所以她家大概的方向他知道,也就没有问沈默地址。

车子开得很快,一直到了沈默家的巷口,言辰皱着眉道:"你就住这里呀?这里挺乱的。"

沈默拉开车门下车,随口回答道:"我在找房子,过一阵子我就搬走了。"

说完她关上车门,快步朝巷子里走去。

言辰在公司里一直是个冷冰冰的形象,不了解他性格的人,觉得他孤傲冷漠不好相处,对所有员工都是冷眼相待、爱搭不理的。

所以除了那些为他的外貌着迷的女同事,还有跟在言辰身边的小团队成员以外,所有人都不喜欢言辰。

而薛山则不同,他虽然是敬一的一把手,却没有一点架子,对谁都是一副笑脸,和蔼可亲的样子,就连公司的清洁大妈都对薛总经理的人品赞不绝口。

所以沈默一下车,赵师傅从后视镜里看见言辰抱着胳膊身子后靠闭上了眼睛,便撇了撇嘴下车抽烟。

一根烟还没抽完,就看见沈默小跑着过来,她换了条黑色长裤,脚上是一双黑色平底鞋。

赵师傅笑着说:"沈助理,不用这么着急,去参加葬礼没有早晚的,只要人到,有这心意就行。"

"啊?"沈默愕然,"在公司我听言副总说要抓紧时间,我还以为挺赶的呢。"

赵师傅嘿嘿一笑,拉开车门让沈默上去。

车里的言辰明明听到了两人的对话,却连眼皮都没动一下,直到沈默上了车叫他:"言副总?"

言辰心中诧异,慢慢睁开眼睛,他以为沈默是要质问他为什么一直让她抓紧时间害她这么赶。

哪知道他看见沈默冲着他笑,右手朝他伸着,手掌上放着什么东西。

车厢里有点暗,他没有看清,只是定定望着沈默的笑脸,沉声问:"做什么?"

"给你创可贴,我刚才在家里拿的,您的手受伤了,最好包扎一下,小心感染。"沈默说着话,手又往他面前举了举。

言辰愣在那儿,表情显得很古怪,冷峻中夹杂着些许无奈,可是眼神却渐渐温柔。

他犹豫着,目光转向沈默的手,她手腕的皮肤白皙如玉,青色的血管清晰可见,掌间的纹路一点也不乱,一如面前这个巧笑倩兮的人儿。

言辰的喉结滚动了两下,终究还是伸手接了过来:"谢谢。"

沈默笑得很开心,好像得了老师夸奖的孩子。

她眉眼弯弯唇角上扬,鼻梁处的皮肤微微皱起,显得娇俏可爱:"用不用我帮你?"

言辰抿了抿唇,然后点头,"好"。

女孩凑上来,半蹲在他面前,言辰如果低头的话,应该能够闻到她发丝的清香。

他不敢离得太近,微微往后靠了靠,视线却一直盯着她的侧脸,看她长长的睫毛跳跃如蝴蝶的翅膀,双眼很专注地盯着那几片创可贴。

她很轻柔地把创可贴绕在言辰的指节上,把两头按紧后,还孩子气地吹了吹,好像这样能更牢固一样。

"砰!"言辰感到自己的心被什么东西重击,他下意识地捂住胸口。

这动作好大,沈默抬起头诧异地看着他:"言副总,您没事吧?"

言辰果断收回手,然后摇头坐直:"我没事,我自己来,你去坐好。"

"哦。"沈默不明就里,只好回自己的座位坐下。

身边再无他人,言辰盯着手里的创可贴发呆,直到车子停下都没有察觉。

"言副总?"沈默的声音传来。

言辰抬起头:"什么?"

"我们到了。"

言辰点点头:"嗯。"

赵师傅把车停好,过来替两人打开车门,沈默先下车,站在那儿等言辰,见他的脸色比刚上车时更冷,觉得很奇怪却又不便上前去问。

葬礼的氛围很肃穆,沈默是头一回参加葬礼,她默默跟在言辰身后,看他给了礼金,又去灵堂给逝者上香鞠躬,家属谢礼后,有人引着他们去客人席那边入座。

言辰是代表薛山和敬一集团来的,来寒暄的人自然很多,言辰跟人聊天,沈默不能老跟着,她找了个地方坐了一会儿,实在百无聊赖,便起身走出灵堂,打算去趟卫生间。

问明了工作人员,沈默在灵堂后面的院子里找到卫生间,走进去正听见两个女人站在洗手池旁边说话。

一个穿米色风衣的女人道:"哎,你看见刚才进来那个帅哥没有?就是表情冷冷的那个,高冷范儿透着神秘,我喜欢!"

另一个身材微胖的女人惊讶地说:"怎么你不认识他吗?他就是敬一集团的副总经理言辰啊。"

249

"米色风衣"恍然大悟状:"哦……就是那个言辰啊!"

"身材微胖"连连点头:"对对对,就是他,听说他那方面不行……"

"米色风衣"看看左右,小声道:"嘘,你小声点!"

"身材微胖"哼了一声:"这有什么,京城名媛圈差不多都传遍了,你知道言辰为什么经常换女朋友吗?"

"啊?为什么呀?"

"身材微胖"一脸得意,"就是因为他那方面不行,估计得三十四五了吧,还没结婚,女朋友换了一个又一个,就是找不到一个合适的"。

"米色风衣"好奇地问:"可是这跟他那方面不行有关系吗?"

"身材微胖"撇撇嘴道:"这你还不明白吗?他满足不了人家,现在的女人哪里肯受这种委屈,那肯定是试一次不行就分手呗……"

"哦……"米色风衣笑着说,"原来是这样啊。"

"咳咳!"沈默皱紧眉头,故意大声咳嗽。

两个女人听见吓了一跳,一转身看见一个年轻姑娘,撇撇嘴嘟嘟囔囔地走了。

沈默从卫生间出来,站在那儿一边洗手一边就想:言副总除了性格冷点不爱说话,人长得帅又有钱,工作起来专注又负责,除了花心这点有待考证,怎么看也算是个优质男呀。

这两个女人居然说他那方面不行,那方面到底是哪方面啊?

吹干了手,沈默一边寻思一边往外走,就听身后扑通一声,然后便有人"哎呀哎呀"地呻唤起来。

沈默回身,看见一位七十岁左右的老人倒在地上,捂着胸口一脸痛苦,一只手在身前颤抖着,似乎想从口袋里拿什么东西。

沈默赶紧奔过去:"老先生,您怎么了,您哪里不舒服呀?"

老人嘴唇乌青,含糊不清地说:"药……药……药在……"

沈默看见他抖着手指着裤子,赶紧伸手去他裤子口袋里掏,摸到一个小瓶子拿出来一看，是速效救心丸。

她倒出几粒来喂给老人吃，又把其他的重新放回他口袋，然后扶着他，轻抚他的胸口给他顺气。

过了好一会儿，老人才算是缓过来，脸色渐渐恢复正常，喘着气对沈默感激地说："谢谢你呀，姑娘。"

沈默担心地说："老先生，要不要帮您叫救护车啊？"

"不用不用，我自己知道自己，就是今天来参加老邵的葬礼，心里不舒服才会这样，我缓一缓，缓一缓就好了。"

"那我扶您起来。"沈默将老人的胳膊搭在肩上，一手搂住他的腰，撑着他的身子让他勉强站起来。

"爸！我找您半天，您怎么在这儿啊！"一个戴眼镜的中年人从灵堂里走出来，看见老人责备道。

老人笑着说："刚才我差点死过去了，多亏了这位姑娘。"

"啊？"中年人吓得拉着老人上下打量，"您现在怎么样？我就说不要您来参加邵叔叔的葬礼吧，您非要来。"

老人指指沈默："你先别急着骂我，替我谢谢人家吧。"

中年人看向沈默，冲她点点头："多谢你了。"

"不用客气，我觉得还是应该让老人去医院检查一下的好。"

正说着话，沈默包里的手机响了，她拿出来接听，还没来得及说话，那边的言辰质问道："你跑到哪儿去了？"

听得出言辰很生气，沈默惶恐地回答："言副总对不起呀，我马上回去。"

言辰直接挂了电话，沈默攥着手机，对老人和中年人说："老先生没事就好，那我先走了。"

中年人打量沈默："你是跟言辰一块儿来的？你是敬一集团的？"

沈默却已经转身离开，根本就没听到他的问话。

回到灵堂，沈默看见言辰还在跟人说话，便走上前，小心翼翼地道："言副总。"

言辰扫了她一眼说道:"这位是袁先生,曾在美国的苹果公司任职,回国后曾在李彦宏关于AI技术的研发团队里担任研究员。沈助理,你记一下袁先生的联系方式,我打算请袁先生加盟我们的团队。"

那位袁先生朝沈默伸出手:"您好,我姓袁,袁梓翔,请多多指教。"

沈默赶忙握住他的手,礼貌地道:"袁先生您好,我叫沈默,我是言副总的助理。"

袁梓翔点头微笑,沈默记下了他的手机号码,并互相加了微信。

言辰又跟袁梓翔聊了几句,看看时间差不多了,便一起跟主人打声招呼,离开了灵堂。

三人走出去,言辰浅笑着问道:"袁先生去哪里?用不用送您?"

袁梓翔笑着说:"言副总不用客气,我自己开车来的,你们有事先走,我们过几天再联系。"

言辰"嗯"了一声,跟他握手告别。

袁梓翔对沈默微笑点头,目送两人上了车,这才转身走向自己的车。

坐在车里,言辰才冷声问道:"你刚才去哪儿了?"

沈默想起卫生间门口那两个女人的对话,忍不住盯着言辰的脸,"我就去了趟洗手间"。

"以后上洗手间注意掌握时间,之所以带着你出来,不是为了让你当跟班的。"言辰说完这话,便又靠着椅背闭上眼睛,一副不愿再交谈的样子。

沈默莫名其妙,转过身坐好,委屈地想,我上个卫生间能有多大工夫呀?带着我出来,不是为了让我当跟班,那是为了什么?这人也真是奇怪,忽冷忽热,阴晴不定,有话又总说一半留一半,你不说明白,我怎么能完全吃透你的意思呢?

"言辰那方面有问题！"那个微胖女人这样说。

沈默哼了一声，虽然她不明白她到底指的言辰哪方面有问题，此刻她觉得，言辰最有问题的，是他的脑子！

一路无话，回到公司，两个人下车，沈默跟赵师傅打了个招呼："赵师傅，今天谢谢您，辛苦了。"

赵师傅笑着说："不辛苦。"

言辰已经下了车往公司里走，沈默下车后关上车门，快步跟上他。

两个人进了电梯，言辰突然冷声问："沈助理是天性热情，还是特意对每个人都这么周到？"

沈默愣住，她听不明白言辰话里的意味，想了想她回答："我只是觉得，大家出来工作的本意是为了养家糊口，每一份工作都值得尊重和肯定。就像赵师傅，他开车接送我们来回，跟他说声谢谢，是理所应当的吧。"

言辰抿了抿唇没再说什么，电梯到了，他大步踏了出去。

沈默回到自己办公室，放下包刚刚坐好，又看见言辰从自己办公室里出来，她赶紧又站起来，走到门口问："言副总，有什么需要我做的？"

言辰冷声道："薛总回来了，我过去跟他汇报一下，你把团队的其他人都召集过来，关于袁梓翔的事，我要开会跟他们打个招呼。"

"好的，言副总。"沈默答应着，目送言辰走进电梯，这才回到办公桌后打电话。

十五分钟后，团队所有人员都聚在了言辰办公室里，言辰没回来，气氛很轻松，大家七嘴八舌地议论着。

苗甜问沈默："沈默，言副总召集我们来开会，是不是有什么新指示呀？"

黄亚旗也笑着问："是呀，沈默，方秘书不在，你可是离言副总最近的人，赶紧告诉我们，万一是让我们来挨批的，我们也好做个思想准备啊。"

沈默也笑了："你们知道袁梓翔吗？"

大家你瞧瞧我，我看看你，没有一个人接话，有人甚至拿出手机来开始百度。

苗甜亲热地挽着沈默的胳膊："沈默，你就别打官腔了，快点告诉我们，这人谁呀？"

"慢着慢着，我想起来了！"秦子洋突然站起来，"我好像在一个网络期刊上读到过这个名字，对对，那本期刊是介绍李彦宏的AI开发团队的，沈默，这个袁梓翔是不是李彦宏团队里的成员呀？"

沈默点点头："是的，言副总已经说服他加盟我们的团队了，我们还互相留了联系方式，下次我们开会的时候，袁先生应该就会参加的。"

"哇！"大家听了兴奋不已，"这下好了，言副总找到这样一位专家加入我们，以后我们所有的问题都能迎刃而解了。"

苗甜捧着脸，眼睛里全是星星："言副总真是太了不起了，人长得帅又有能力，居然能请到李彦宏团队的精英，我决定把我心目中第一偶像的位置让给言副总。"

黄亚旗促狭地问："那胡歌呢？你是不是打算从此不喜欢他了？"

苗甜瞪他一眼："别胡说，喜欢胡歌跟喜欢言副总是两码事，两人都不是一个领域的，好不啦？"

一帮年轻人正说说笑笑，办公室的门被推开，言辰冷着脸走了进来。

看见他的表情，大家赶紧收起笑容站了起来："言副总。"

言辰摆摆手，示意大家坐下，他问沈默："沈助理，大概的情况，你都跟大家说了吗？"

沈默赶紧道："刚才已经跟大家讲过了。"

"嗯，大家也知道，李彦宏在全球十大AI领军人物中排名第三,是十位中唯一一张华人面孔,而袁先生是他团队中的核心成员,所以袁先生的专业水平可想而知。我今天能在葬礼上遇到袁梓翔也算是巧合,幸运的是,我跟他谈了我们关于精密仪器广泛应用于AI技术的设想,他也很感兴趣,并且答应加入我们的团队作为技术指导。"

大家听到这儿,一齐鼓起掌来,言辰此时的脸色才有所好转,他浅笑着双手往下压了压,示意大家安静。

然后他继续说道:"今天召集大家开这个会,就是想让大家把这几天遇到的问题和困难都总结出来,互相探讨一下,有什么不明白的地方就记录下来圈重点,等过几天袁先生有空过来,你们可以一一向他提问。"

"哎呀,那真是太好了!"

"看来咱们这个项目很快就可以完成,然后投入生产了。"

"对对对,说不定明年这个时候就能看见成果……"

"是呀,让公司里某些人看看,当初否决掉咱们言副总这个方案,他是多么地鼠目寸光!"

言辰听到这句立刻冷声道:"现在我们来讨论一下,其他的题外话不要再说了,沈助理,你来做记录。"

"好的,言副总。"沈默已经打开平板电脑做好了准备。

接下来的时间,整个团队展开了热烈的讨论。

因为言辰和沈默回来的时候差不多已经快十一点了,所以大家中午都没有午休,会议一直开到三点多才结束。

结束时大家才想起来看时间,一看之下都笑了,就商量着晚上要到哪里聚餐,还问言辰的意见。

言辰浅笑着说:"我今天晚上还有事,这样吧,我们明天晚上聚餐,沈助理安排一下地点,等下班的时候通知我一下。"

沈默正在平板上奋笔疾书,没听到大家在讨论什么,只听到有人叫她的名字,下意识地抬头,"啊?谁叫我?"

苗甜笑着打她一下:"聚餐呀,言副总请客,让你选地方。"

沈默"哦"了一声："行啊，什么时候？"

大家面面相觑，都看着她摇头笑了："沈助理一工作起来真是兢兢业业，搞得我们大家都好惭愧啊。"

沈默呵呵傻乐，最终还是言辰解了围，说好第二天晚上找一家韩国烧烤店，下班后一块儿过去。

大家开开心心地离开，沈默就回到自己办公室，忙着整理会议记录，快下班时，她的电话响了。

"喂，沈助理，我是薛山呀，你下班有没有时间，我们见一面？"

沈默很诧异，薛山现在找她做什么？

"好的，薛总。"

"嗯，你五点四十下楼，我的车子在门口等你。"

五点四十分，沈默起身收拾东西，然后关灯锁门。

走出自己办公室，她撇了下隔壁的言辰，玻璃窗里，言辰还伏案在写着什么，再加上隔着玻璃窗框这么看，竟然有种写实油画的感觉。

说良心话，工作时的言辰有一种别样的魅力，特别吸引女孩子的眼球。

沈默盯着他看了一会儿，叹口气，只要他不抬头用那张冷面看人，还是挺帅的嘛。

下班时间超过十分钟，不加班的同事几乎都走光了，所以电梯里很空。

一路顺畅地来到一楼，沈默看见门外停着那辆黑色的商务车。

走到车边，里面有人替她拉开了车门，沈默一看，居然是薛山，赶紧惶恐地道："薛总，我自己来就可以的。"

"呵呵，没关系的，为女士服务是一个绅士应该做的。沈助理，赶紧上车吧。"

沈默上了车，看见赵师傅，微笑着冲他点点头。

她选了个跟薛山并排的单人座位坐下："薛总，您让我来，有什么吩咐吗?"

"哦,是这样的,你给我介绍的小饭馆我很满意,我太太生日那天,我还听从你的建议买了条丝巾当做生日礼物,她果然很喜欢,还说这是我们结婚这么多年来,我给她过得最有新意的一个生日。我今天就是想对你表示感谢的。"

沈默原本以为薛山另有目的,听到这话放下心来,笑着说:"薛总不用客气,这是我应该做的。"

"那要不咱们先找个地方吃饭?"薛山看着沈默,"我听说你和言副总回来后,就召集团队开会,一直到下午三点多,应该还没吃午饭吧?"

沈默想,可不是嘛,我早上就吃了两片面包夹果酱,这一整天米粒未进,现在饿得前胸都贴后背了。

她可没好好想想,薛山是怎么知道他们团队开会直到下午三点多的。

"唉,薛总这么一说,我就觉得我真是挺饿呢。"沈默羞涩地笑了,带着些小女儿的娇态。

薛山"嗯"了一声,慈爱地说:"那我们就先吃饭,沈助理喜欢吃什么?"

"我吃什么都可以的。既然薛总也觉得小馆的菜不错,要不咱们还去那儿?"沈默提议道。

一听这话,薛山也点点头,"那好啊"。

于是沈默跟赵师傅说了地方,她又提前打电话给尚卫国,让他最好安排个单间,如果没有的话,也最好是个安静的位子。

尚卫国接了电话也没掉链子,有个单间腾了出来,他让人火速清理,等到沈默和薛山到的时候,一切准备就绪。

上次薛山和石梅已经来过,跟尚卫国也算是熟悉了,两个人握手寒暄了两句,尚卫国引着两人走进单间坐下,微笑着将菜单奉上:"这是菜单,薛总您看一下。"

薛山摇摇头:"哎,菜单就不用看了吧,尚老板把自己拿手的菜做几样出来就行。"

"那好吧，我先给您和沈助理沏上茶。对了，上次的果酒还要吗？"

薛山看向沈默："女士说了算。"

听说要上果酒，沈默有点怕，她想起那天方若雨喝多了，一会儿薛总让她喝酒她又不能不喝，她可不想在薛总面前失态。

见沈默没说话，薛山笑着冲尚卫国摆摆手："尚老板看着上吧。"

"好的。"尚卫国欠欠身，走了出去。

薛山盯着沈默："沈助理？"

听到薛山的声音，沈默回神："啊？薛总您说什么？"

薛总看着她一脸微笑："怎么跟在言副总身边没几天，学会发呆了？"

沈默不好意思地笑了："哦，我就是想到那天晚上方秘书喝果酒喝醉了，这酒应该挺大劲的。"

"哦？"薛山挑一下眉，"你们经常来这里吃饭吗？看来言副总现在性情变了，竟然会带着下属出来吃饭了？以前他可是两点一线的生活规律，从来不在业余时间跟公司任何同事有接触的。"

沈默一听，赶紧解释道："不是的，我们也是刚好在这里碰到的……"

"你们？"

薛山用探究的眼神看着沈默，沈默真是恨不得抽自己几个嘴巴子。

她想起那天言梦和方若雨一唱一和的话，虽然自己和程昊没有什么，可多次单独出来吃饭却是事实，年轻男女正常交往在当事人看来没什么，但架不住有心人的杜撰和猜忌呀。

尤其是在敬一集团这样明文规定同事之间不允许谈恋爱的大公司里头，一旦有人举报或是被领导发现，轻则调离部门，重则是真的要被开除的。

如果薛山知道自己是和程昊来这里吃饭才碰到言辰兄妹和方若雨的，他会怎么想？会不会以为自己真的在跟程昊谈恋爱？

"程大秘书跟随薛总多年了，要说必须开除一个人，那肯定不会是他……"

"那就是沈默喽！"

想到这儿，沈默打了个激灵。

薛山把玩着手里的瓷杯，笑盈盈地说："沈助理，看来我说得没错，跟在言副总身边，你别的本事没学会，倒是学会跟他一样三缄其口了。"

这话虽然是笑着说的，却透着冷飕飕的意味。其实薛山晚上找借口把沈默叫出来，是有自己的目的的。

一来薛山是想探探沈默的心思，看看她在言辰身边待了这几天，对言辰有什么看法和态度；二来也想套下沈默的话，了解言辰最近工作方面的动向，尤其是上次他竟然越级向董事会呈报AI项目的计划书并且被一致通过这件事，让薛山很没面子，他并不想言辰这个项目顺利进行下去；三呢，其实上午薛山让言辰代他去参加市里邵秘书长父亲的葬礼，也是有意为之，他完全可以派程昊或者其他副总过去的，却偏偏派了最忙碌的言辰，就是为了给他找些事做，好扰乱他的工作计划。

哪知道回来后，赵师傅跟薛山汇报，说言辰和沈默是跟一个男人一起走出灵堂的，三人还站在车边说了好一阵子话，还互相交换了名片。

能够参加邵秘书长父亲葬礼的人，都是市里的领导或者是商界的名流，薛山太了解言辰了，他机敏敏锐，善于抓住一切时机来达到自己的目的。

听赵师傅汇报完，薛山就觉得自己这次是失算了，于是他立刻就把言辰叫到自己办公室，明面上是问参加葬礼的事，其实是想从跟言辰的闲聊中，问出他今天在葬礼上遇到的那个男人是谁。

没想到言辰根本就不买他的账，也不像从前那样对他俯首帖

259

耳了，两个人没说两句，言辰就推说要开会，离开了薛山的办公室。

薛山气急败坏，可一时也拿言辰没有办法，思来想去，他决定还是从沈默这边入手。

听到薛山这么说，沈默后背出了一层冷汗，她低下头，嗫嚅道："不是的，薛总，我是不知道怎么说。"

"这有什么不好说的？沈默，我印象里你一向爽朗大方，现在怎么也变得扭扭捏捏了呢？"

沈默抬起头，鼓起勇气道："我是跟程昊一起来这里吃饭的，没想到碰到了言副总和他妹妹，还有方秘书也在这里，后来我们合了桌，我就看见方秘书喝果酒喝醉了……"

薛山静静听着没说话，沈默从他眼睛里看不出任何情绪，心里更紧张了："薛总，您别误会，我跟程昊真的只是朋友关系，是因为在您身边的那几天，程秘书一直挺照顾我，而且我跟着他学到了不少东西，所以就拜他为师了，有时候一块儿吃个饭什么的，互相交流一下工作经验，我们真的没有在谈恋爱，是真的。"

"嗯，是这样。"薛山一副若有所思的模样，抿了口茶放下，盯着手里的杯子，就不再说话了。

这样讳莫如深的表情让沈默更加紧张了，她根本就不知道，薛山是在玩心理战术，为的就是下面好套她的话。

"薛总……"过了好一会儿，沈默到底绷不住了，先开了口，近乎哀求的口气，"您没有生气吧？"

薛山就笑了，用长辈般慈祥的目光看着沈默，说道："我怎么会生气呢？沈助理，我也是年轻时候过来的，年轻人之间有交往是很正常的事情，虽说公司规定了同事之间不能谈恋爱，可没说不能交朋友呀？而且我是很信任你和程昊的，你们都是我眼里的骨干，我其实私心里还希望你俩多多交流的。沈默，我希望你跟程秘书多学点东西，我不是说过嘛，将来想把你培养成我的左膀右臂，你没忘记吧？"

沈默听了这话，一颗心总算是落了地，感激地对薛山说："我记得的，薛总，我一直都记得。"

外面响起敲门声，尚卫国推门进来，手里的托盘上放着两盘菜和一壶果酒。

他走进来先是看了眼沈默，然后又去瞧薛山，两个人视线相接，尚卫国不由得眯了下眼睛。

随即他笑着道："先上两道菜，薛总尝尝味道如何？"

薛山点点头，等着尚卫国把菜摆在桌上，看着盘子里的菜肴赞赏道："沈助理介绍得好，上次我太太在这里过生日非常开心，今天的菜肯定也错不了。"

尚卫国看了沈默一眼，给二人摆好酒杯，每个人倒了半杯酒，然后说："那还真得感谢沈助理慧眼识珠了，您二位慢用，尝尝今天的酒。"

说完尚卫国收起托盘，转身走了出去，关上门之前，他特意又看了薛山一眼，薛山恰好也正盯着他，两人相视，都笑了，尚卫国笑得坦荡，薛山的笑容，却有点勉强。

刚才薛山对沈默松紧有度的谈话，如果不是尚卫国突然敲门的话，接下来薛山就可以直接切入正题问今天葬礼上的事了。

结果尚卫国这么一横插进来，薛山再问沈默葬礼上言副总都见过谁，就真是有打探之嫌了。

所以薛山就有点生气，看着尚卫国的目光阴沉沉的。

尚卫国何许人也，微表情研究得透透的，进门就看见沈默的神色不对，再看薛山老狐狸一副胸有成竹的得意模样，就知道沈默肯定是入套了。

他走出包间关上门，笑眯眯拿出手机来，给言辰拨了个电话。

这时的言辰正独自在健身房里满头大汗地跑步，看到电话是尚卫国打来的，皱了下眉，按下暂停键站在跑步机上接听。

"什么事？"

尚卫国愣了下，笑着问："火气这么大，是被迫又跟谁约会了吗？是不是又是哪位客户给介绍的自家女儿？你要实在不喜欢这样，就跟他们直说啦，就算为了工作也不能太勉强自己。不过，你也别太过烦心，你啊，也不能永远都活在对感情的抗拒和障碍之中，有些事该放下还是要放下，内心那扇门终究还是要再打开的。有时候既然跟人家女孩见面了，那就不妨敞开心扉试着多聊会儿天多沟通一下，说不定哪天就能遇到那个能给你打开心结的意中人呢？我告诉你，你不全心全意投入，这辈子都别想找着那个人！"

言辰冷声说："你打电话就是为了教育我？你是不是有病？我现在不需要你给我做心理辅导，没什么事我挂了，我这忙着呢。"

"别别，我是为了跟言副总你汇报个事儿……"

"说。"

尚卫国嘿嘿一笑，"你们公司的薛总来我小馆子吃饭了，你猜猜，他跟谁一块儿来的？"

"我怎么知道！"

"嘿嘿，你家小可爱！"

言辰愣了下："沈默？"

"哟，你终于承认了，沈默就是你家的小可爱，哈哈哈。我刚才进去，感觉气氛不大对，沈默好像挺惶恐的样子，薛山一脸的洋洋得意，言副总，你不打算来搭救你的小可爱吗？"

言辰没说话，联想今天在薛山办公室里的对话，他很容易就能猜到薛山找沈默是什么用意。

他带着AI项目的计划书上报给董事会的时候，就做好了应对一切突发状况的准备，甚至想好了薛山接下来可能会用这样那样的理由来牵制他，更有可能把他从副总的位子上拉下来。

他只是没有想到，中间会插进来一个沈默，更没有想到的是，薛山竟然会利用沈默的天真纯良，将她派到自己身边做卧底。

其实就算薛山今天不套沈默的话，他邀请袁梓翔的事公司上下早晚会知道，他并不认为这是件需要保密的事，也不在乎薛山是从什么渠道知道的。

可是此刻听到尚卫国说，薛山正在套沈默的话，他发觉自己竟然出奇地愤怒，虽然他也想不明白，这愤怒因何而来。

尚卫国听言辰半天没说话，喂喂了两声："言辰，你还在不在呀？你怎么不说话，不会是气晕了吧？"

言辰闷声道："没晕，你好好做你的菜，其他的事别瞎操心，我正跑步呢，不要再给我打电话。"

说完他便挂了电话。

尚卫国听到手机里传来"嘟嘟"的声音，满脸笑容地收起手机，拿着托盘步子轻快地往厨房走去，边走还边自言自语道："不错不错，冰箱人终于会发脾气了，好事呀好事！"

包间里，薛山拿起筷子，先给沈默夹了些菜放进碟子里，然后又给自己夹了些，笑着道："先吃饭吧，其他的吃完再聊。"

沈默赶紧扶了下碟子："谢谢薛总。"

薛山吃了口菜，点点头满意地道："嗯，味道确实不错。"

沈默也把碟子里的菜吃了，接话道："嗯，我第一次来这里吃，就觉得很有家的感觉。"

"沈助理的父母还在老家吧？什么时候接他们来北京玩玩，能够教育出这么优秀的女儿，我挺想见见两位老人的。"

沈默赧然："薛总您太过奖了，我父母过得可逍遥呢，今年刚刚退休，老两口就计划着全国旅游，现在也不知在哪个城市，这两天我给他们发微信都没回我呢。"

"已经在路上了？那说不定过几天就到北京了，到时候沈助理一定要通知我，我做东，请二老吃顿便饭。"

沈默听了这话，觉得薛山真是太抬举她了，一时间恨不得把心都掏出来奉上，就算为薛总肝脑涂地也是应该的。

薛山瞧着沈默激动的表情，话锋一转，微笑着问："说起来我跟邵秘书长的父亲也算是忘年交，今天因为其他事情没有亲自去拜祭，心里也挺不舒服的。"

沈默忙道:"没关系的,老人家一定理解,而且今天言副总已经把薛总的心意带到了。"

"嗯,我过几天还是得抽空去邵秘书长家拜访一下。对了,今天在葬礼上,言副总有没有引荐什么人给你认识?我让言副总带你去的原因,就是想让你多见识一下,认识些将来对你有帮助的人。要知道能参加邵秘书长父亲葬礼的宾客,都是社会上有头有脸的人物,如果将来想要有所成就,光是自身有能力还不够,还是需要有实力的人扶持的。"

沈默很感激,仔细地想了一下,也想到了自己在卫生间门口搭救的那个老人,可是自己并不知道那老人是谁,而且她自己做了好事,对薛总说的话,好像是在自我表扬一样,沈默也不大好意思。

然后她就想到了袁梓翔……

起初沈默有些犹豫,因为言辰并没有交代邀请袁梓翔加盟AI团队的事现在就可以对外宣布,所以沈默拿不定主意能不能对薛山说。可是又一想,薛总是敬一的老大,所有的项目不都得他最后拍板定案吗?而且言副总也说了,过几天袁梓翔会到公司来跟他们团队一起开会,到时候公司上下的人还是会知道言副总邀请到这样重量级的人物加盟AI团队呀。

再加上薛山此刻正用无比信赖的眼神看着自己,沈默脑袋一热,就把葬礼上言辰和袁梓翔相识并互相交流了项目内容的经过告诉了薛山。

薛山默默听着,内心惊怒交加,脸上却始终带着赞赏的微笑。

等到沈默连今天他们团队开会的议题都讲完时,薛山点点头:"言副总的能力我早就预见到了,要不然当初也不会提拔他,他为公司的前途尽心尽力,沈默,能够在他身边学习是你的机会,你一定要好好把握。"

沈默主动端起酒杯:"薛总,我敬您一杯,真的很感激您,如果不是您,我就没有可能进入敬一,更加没有可能遇到这么好的领导，还有这么难得的学习机会。"

薛山也笑着端起杯子，跟沈默碰杯："这主要还是因为你个人的优秀和努力，沈默，要加油啊。"

沈默重重点头，然后一饮而尽："薛总，我一定不辜负您的厚望。"

尚卫国再进来上菜的时候，就感觉房间里的氛围明显跟刚才不同了，他暗自摇头，心里直替沈默捏把汗。

可是沈默浑然不觉，由薛山主导着话题，天南海北闲聊的过程中，不知不觉就把这几天跟在言辰身边看到和经历的一切讲了出来。

等到吃完饭，薛山已经完全掌握了自己想要的信息。

薛山主动去结了账，尚卫国将二人送到门口。

来到车边，薛山看看表："哎哟，今晚聊得太开心，没想到都快九点了。赵师傅，先送沈助理回家，然后再送我。"

沈默道："不用了，薛总，还是先送您吧。"

"我没关系的，现在太晚了，我听赵师傅说你住得挺远的，每天搭地铁到公司就得两个小时，你明天一早还要早起，不能耽误你休息。"

沈默笑得很灿烂："薛总，您真是体贴下属的好领导。"

"对你这样的得力干将，我这个做领导的当然应该多关心。"薛山说着话还绅士地帮沈默拉开车门，示意沈默先上车。

看着商务车绝尘而去，尚卫国从院门里走出来，背着双手悠闲地踱步到路边停着的一辆车子旁边，抬手敲了敲车窗。

"言副总，是不是改行做侦探了？这开的谁的车子呀？还知道伪装了？"

车窗慢慢打开，言辰铁青着脸，视线盯着前方的路面，仿佛载着沈默的车子还停在原地。

他冷淡地回答："我的车拿去检修了。"

尚卫国嘿嘿一笑道："哦，是吗？言副总看起来心情很差的样子,来,下来跟我喝两杯,我给你疏导疏导?"

言辰瞪他一眼,重新关上车窗,尚卫国赶紧后退一步,以为他要发动车子离开,他必须得防着言辰这手,因为他以前经历过,这家伙差点轧了他的脚。

哪知道言辰居然真的下了车,锁上车门冲着他一扬下巴:"走吧,今晚不醉不归!"

尚卫国诧异地盯着言辰的脸,然后突然伸手,摸了摸他的额头:"言副总,你没发烧吧?你是真的喜欢上沈默了?那你今天晚上心情不好,是薛山带着沈默来吃饭你吃醋呢,还是老狐狸利用了你家的小可爱你替她鸣不平呢?"

言辰把头偏向一边,还是没躲过尚卫国的手,他皱眉瞪着尚卫国:"听不懂你在说什么!"

"行吧。"尚卫国坏笑,揽住言辰的肩往小院里走,"听不懂也没关系,反正也不关我的事"。

"不关你的事你还这么多嘴,我看你们心理师都有打探别人隐私的癖好!"

尚卫国哼了一声:"你懂什么,只有深刻剖析一个人,才能彻底治好他的隐疾,当然,是心理上的。"

"哦?是吗?那我也来剖析剖析你的。你先跟我交代一下,那天晚上你把方秘书怎么了?她喝成那样,今天又请假没上班,难不成你们……"

自从那天晚上跟薛山吃过晚饭,沈默就很受鼓舞,她不想辜负薛山的期望,工作上尽力尽责,对同事也是有忙就帮,就连对方若雨的态度也转变了许多,搞得每次方若雨看她不顺眼想呛她两句时,都被她的笑脸给堵了回去。

言辰对她的工作态度很满意,便把跟袁梓翔联系和沟通的任务全面交给了她。

沈默九月份进入敬一集团,一转眼现在已经是十一月份了,北京的冬天又寒冷又干燥,沈默因为住得太远,在路上耽误的时间久,所以已经穿上了厚厚的棉服。

这一天一大早出门,沈默坐上地铁后开始在APP上找起租房信息,米拉快要到北京来了,她想在她来之前找到合适的房子收拾好,到时候米拉来了就可以直接搬过去住了。

地铁到站,沈默把觉得不错的几套房子收藏,打算午休时发给米拉看看。

沈默下车的地铁出口离公司有两条街的距离,她习惯了每天早上边听歌边步行到公司,有时候会在公司附近一家网红咖啡馆里买杯咖啡。

可是今天走到咖啡馆门口,却看见围了一堆人,几乎快把人行道给挤满了。

沈默走过去,听见行人们小声议论着。

"不就丢了钱包嘛,也不用哭成这样吧?她钱包里到底有多少钱呀?"

"别说了,人家小姑娘家家的,肯定是个北漂,本来孤身一人在北京混就不容易,现在钱丢了,肯定伤心啊。"

"那干吗不报警啊?让警察来帮着找小偷不就结了吗?"

"那肯定是金额不够报警啊,警察来了不受理,她不是白报,说不定还得耽误上班时间,这一来二去的再扣工资,那不是更不划算吗?"

沈默听得皱紧了眉头,现在的人也太没同情心了,人家女孩子丢了钱,你们不上去安慰帮忙,还在这里说风凉话!

"让一让让一让。"沈默拨开人群往里挤,看见地上坐着个女孩,正抱着膝盖哭得很伤心。

沈默拍拍她肩膀问道:"姑娘,你没事吧?"

那女孩抬头,看见是沈默,哭得更凶了:"沈默……"

"啊?"沈默傻眼了,她没想到丢钱包的居然是林倩倩,她赶紧一手扶着她起来,一手去驱赶人群,"别看了,都别看了,该干吗干吗去,有什么好看的啊!"

"倩倩,怎么会是你?你快别哭了。"沈默把林倩倩拉起来,上下打量她,"你没事吧?有没有摔着哪里?"

林倩倩哽咽着摇头道:"没事,沈默,我的钱包丢了,怎么办呀?要是祝贺知道了,肯定要骂我的。"

沈默问:"怎么丢的呀?丢了多少钱?"

"八百多块,还有几张银行卡,钱包里还有我和祝贺的合照。"林倩倩说到这儿,瘪着嘴又要哭,"我刚才走到这儿,看到里面排队的一个人很像祝贺……我就站了那么一会儿,哪知道有个人撞了我,等我察觉到的时候,才发现钱包不见了。"

沈默看她举着包,包的一侧被拉了个大口子:"银行卡里有钱吗?你的手机没丢吧?"

林倩倩摇头道:"手机在我大衣口袋里,卡里也没有多少,最多也就一百来块。可是离发工资还有半个月呢,祝贺……他又从我们住的房子里搬走了,现在我一个人要承担房租,我连下班买菜的钱都没有了啊。"

沈默连忙安慰她:"好了好了,你快别哭了,你这样,赶紧打电话把你的银行卡挂失,对了,身份证不会也在钱包里吧?"

"没,身份证在我家里。"

沈默道:"那就好那就好,身份证是最重要的。要不我先借你一千块,等你发工资的时候再还我好了。"

林倩倩愣住:"那怎么好意思?"

"没关系的,反正我现在还有钱用,先借给你应应急。"

林倩倩感动得不知道说什么好,沈默看着她眼泪在眼眶里打转,挽起她的胳膊说:"快点吧,上班要迟到了,一会儿打完卡我微信给你转账。"

林倩倩感激地说:"沈默,谢谢你了。等发了工资我一定还你钱。"

"没关系的,这几天没见你,你还好吗?吴主任还欺负你吗?"

听到沈默这么问，林倩倩低下头不吭声了，自从祝贺跟她分手以后，她上班时总是恍恍惚惚的，想起那天晚上的情景就觉得难受想哭。

所以吴主任交代给她的任务她也完成得不好，总是被骂。

沈默见林倩倩不说话，就问她："倩倩，你怎么了？为什么不说话？"

林倩倩苦笑了一下，她不想说出来再让沈默担心："没事，我挺好的，吴主任最近也没让我加班了。"

长眼睛的人都能看出来林倩倩没讲实话，可不论她出于何种原因隐瞒，那都是她的选择。

沈默也不好再说什么，两个人挽着胳膊往前走，转过街角就快到公司门口了。可就在这时候，她俩看见一辆大红色的保时捷停在路边，紧接着车门打开，祝贺从驾驶座上下来，然后弓着腰拉开后车门。

沈默瞪大了眼睛，看见赵婉儿施施然下了车，脸上带着甜笑，半是娇嗔地看着祝贺，正对他说着什么。

赵婉儿今天穿的是PRADA，背着LV的包包，今天这一套，怕是二十个八百块也不够。

沈默看向林倩倩，见她脸色惨白，眼圈红红的，心里替她气不过："我们过去。"

林倩倩一把拉住她，拼命地摇头，泪珠四散，摔碎在她的肩头："别，别过去。"

"为什么呀！"沈默急道，"是他嫌贫爱富抛弃你的，你又没做亏心事，为什么要躲着他们走？"

"他……我想他也有自己的苦衷，一切都是我不好，谁让我没本事呢。"

沈默看着林倩倩，有点怒其不争，可看着林倩倩委屈的模样又觉得她可怜。

她叹气，看着赵婉儿走进大楼，而祝贺又上了车，应该是要把车子开到地下停车场。

沈默拉了下林倩倩:"现在可以过去了吧?"

林倩倩不好意思地笑了:"沈默,你是不是觉得我很没出息?"

"怎么会呢,每个人都有自己处理感情的方式。可是倩倩,我想跟你说的是,爱情不是生活的全部,女人不一定要依附男人才能活着,你明白吗?"

林倩倩微微皱眉,她似乎无法理解沈默的话。

林倩倩的母亲一生唯一的一份职业就是家庭妇女,父亲是个工人,喜欢下了班喝酒打牌,回家后稍有不如意就打骂林母。所以林倩倩的母亲自小灌输给她的思想就是,你要好好学习,将来只有考上了大学才能有机会认识优秀的男人,不要像她没有文化,只能嫁个工人窝窝囊囊地过一辈子。

上学时的祝贺长相英俊不说,还能说会道,最擅长哄女孩子开心,所以他是女同学眼里的男闺蜜。多少次女生宿舍的夜谈会里,林倩倩都听上下铺的女生说过,祝贺就是她们心目中最想嫁的那种男人。可就是这样的男孩居然会看上丑小鸭一样的林倩倩,这让她受宠若惊,从此认定了祝贺,发誓非他不嫁。可是自从到敬一工作以后,林倩倩发现祝贺变了,对她越来越冷淡,直到跟她提出分手。一直到现在,她都把他的改变归罪于自己,祝贺这么优秀,肯定是自己做得不够好让他不满意,他才会和她分手的。

祝贺离开的日子,她日日以泪洗面,她无法想象,没有了祝贺,她以后在北京的日子该怎么活。所以哪怕事实就摆在眼前,她依旧想要蒙蔽自己,单方面认为祝贺还是爱她的在乎她的,他之所以会向富家小姐献殷勤,一定有他的原因和苦衷。

沈默说完那句话,也没期待着林倩倩立马开窍,看看表已经八点五十五了,可是林倩倩还是呆呆地站在那儿,一副若有所思的模样。

她拍了下她的肩膀说:"倩倩,别发呆了,赶紧去打卡,上班的时候不要胡思乱想,把工作做好,咱们午餐的时候在餐厅见,好不好?"

林倩倩讷讷地点头:"好的。"

沈默拉着林倩倩打了卡,两个人挤进电梯,她先在八楼下了,回头看看徐徐关上的电梯门里,林倩倩还是一副呆呆的模样,不由得叹了口气。

来到自己办公室,沈默放下包,坐在那儿打开电脑,然后捧着脸发呆。

她想象着如果这事搁在米拉身上会怎么样,米拉肯定当时就上前抓住出轨男的胸口,先甩他两巴掌,然后一脚把小三踹倒,再用三寸高的细高跟鞋踩在小三身上,叉着腰大骂道:"这男人老娘不要了,赏给你慢慢玩儿吧!"

想象着这幅情形,沈默不由得笑出了声,桌上的座机响了,沈默赶紧收起笑容,咳嗽一声拿起话筒。

"沈助理,你到我办公室来一下。"

"好的,言副总。"

沈默轻轻放下话筒站起身,走到隔壁门口敲了两下,然后推门进去。

言辰如常坐在办公桌后,面色凝重眉头紧锁。

沈默看着他,心想这一大早的,看言副总这表情心情似乎不大好,自己可得小心点,不然很有可能背锅被骂。

言辰盯着她,紧抿着唇也不说话。

沈默两手在身前交握站在那儿,开始还跟他对视,后来被他看得心里发毛,只得低下头去。

"言副总,您叫我进来有什么吩咐吗?"

言辰冷声道:"刚才我接到袁先生的电话,他说这周要飞回美国复职,不参加我们的项目团队了。"

"啊?"沈默抬起头,惊讶地问,"怎么会这样?"

"是呀,我也奇怪,怎么会这样。那天在葬礼上,他明明说不打算回美国,以后要在北京定居的。"

沈默不明白，言辰为什么要把她叫来说这些，可是她也不敢问，只得又低下头站在那儿等着。

过了一会儿，言辰说："沈助理，跟袁先生沟通联系的事，我是交给你来办的，所以我们团队里，除了我之外，只有你一个人跟他算是单线联系。我现在问你，你有没有把袁先生加盟我们团队的事情，说给我们团队之外的人听？"

沈默只觉得全身的血往上涌，她盯着言辰的脸，眼前渐渐模糊，莫名的委屈涌上心头，忍不住就想飙泪。

可她强忍着，颤抖着声音问言辰："言副总，您这是什么意思啊？您是不是想说，是有其他公司知道我们在做这个项目，所以也向袁先生发出邀约，把他给挖走了？而把袁先生打算加盟我们团队的事泄露出来的那个人，是我？"

言辰不说话，身子后靠在椅背上，抱着双臂，冷冷看着沈默。

沈默的眼泪跟断了线的珠子似的往下淌，心里骂着自己没志气不能哭出来，可就是忍不住。

"我没有，我真的没有跟其他人说过这件事，言副总，你要相信我！"

言辰的眼神暗了一下，几不可闻地叹了口气，慢慢道："不一定是公司之外的人，公司内部呢？你有没有跟任何人讲过？"

"啊？！"沈默的脑袋嗡的一声，随即她下意识地摇了摇头，然后用手背狠狠地擦着脸上的泪水，好像这样的动作就能分散言辰的注意力，好让他不再追问下去似的。

第十七章　不要被他们的外表迷惑

言辰的提醒，让沈默想到了薛山，沈默不敢相信，她也不能相信，薛山是敬一的总经理啊，他怎么可能会为了阻止自己公司项目的进程而从中作梗？

言辰盯着沈默的眼睛问:"沈助理,你想到了什么?"

沈默咬着唇回答:"没,没什么。言副总,这件事你信也罢,不信也罢,我没话好说。如果您觉得是我把秘密泄露出去的,您可以开除我或者把我调离您身边。"

言辰疲惫地捏捏眉心道:"你出去吧。"

沈默转过身,像个木偶一样往门口走去,手握上门把,一瞬间真的忍不住想跟言辰说出真相,可是……

薛总对她是有知遇之恩的啊,他是那么宽仁又让人温暖的好领导,他这么做,一定也有自己的原因吧。

既然我沈默已经错了一回了,我就不能再错了,如果我再在言副总这里告密的话,我不等于就是搬弄是非了吗?

看着沈默关上门,言辰叹了口气,把准备好的项目计划书装进文件夹里,然后给方若雨打电话:"方秘书,你准备一下,一会儿跟我出去一趟。"

那头的方若雨愣了下,随即欢快地答应:"好的,言总,需要我给司机班打电话吗?"

"不用了,开我自己的车。"言辰说完,挂了电话,然后拿着文件夹站起来,走出办公室。

坐在桌子后面的沈默看见言辰出来,赶紧站起来,可是言辰根本看都没看她一眼,径直往电梯口走去。

沈默看见方若雨拿着包急匆匆从秘书办公室出来,跟言辰一前一后走进电梯。

看着电梯门缓缓合上,沈默才重重地坐回椅子上,她心里难过极了,说不清是委屈还是愤怒,感觉此刻自己被全世界欺骗和抛弃,而且还是在她懵懂无知的情况下。

就这样看着电脑呆呆地坐着,直到手机传来微信提示音,她拿起来一看,是林倩倩发来的。

"沈默,十二点了啊,你怎么还不下来吃饭?"

沈默这才发觉,原来自己发呆到了中午。

"不好意思啊，倩倩，我今天比较忙，就不陪你吃午餐了。"

"这样子啊，没事的，那我们有空再一块儿吃饭。"

"嗯。"

沈默放下手机，想一想言副总现在也没说开除她的事，那手头的工作还是要完成的啊。

于是她把这几次的会议记录重新整理了一遍，将昨天开会时大家圈出来的难点和问题都列到一个文档里，就这样一直忙碌着，不知不觉到了下午五点半。

下班时间到了，沈默收拾东西站起来，锁好自己的门，看看言辰的办公室里空无一人，他和方若雨出去跑了一整天都没有回来。

沈默想，是在补救袁先生这件事吗？

沈默走出大楼，对面车子里有人冲她按喇叭，然后车窗打开，居然是尚老板。

尚老板冲她招手喊道："沈助理，你家言副总呢？"

我家言副总？

沈默苦笑，言副总什么时候成她家的了？也许曾经是她家的，不过应该很快就不是了吧。

沈默穿过马路走到车边，对尚卫国说："言副总今天跟方秘书出去了，一天都没有回来，尚老板想找他的话，可以给他打电话。"

尚卫国笑着摇摇手里的手机："他的私人手机在我这儿，昨天晚上他去我那儿喝酒落下了。"

沈默"嗯"了一声："那我把言副总的工作号给你吧，你打电话跟他联系。"

"这家伙是个工作狂，如果现在还没忙完的话，谁给他打电话他也不会接的。要不这样，我把手机给你，你明天上班替我带给他如何？"

沈默犹豫了一下，点点头说："那好吧。"

274

尚卫国把手机交给沈默，看她装进包里，然后问她："你是不是要回家，要不我送你吧？"

"啊？不用了，我搭地铁就好。晚上小馆的生意那么好，您应该很忙吧？"

尚卫国笑着道："菜品我已经准备好了，一般客人到七八点才会上来的，现在才五点半，时间很充足。上车吧，我送你回家。"

沈默不好再拒绝，绕过车头坐在了副驾驶座位上。

尚卫国发动车子，一边问："沈助理住在哪儿？"

"天通苑五区26号楼。"

尚卫国听了点点头，在导航上输入地址，寻找最近的不堵的路线："都在北五环外了，你每天上班这么远，得多早起来呀？而且那边人员复杂，你一个女孩子住在那儿，不安全吧？"

沈默笑了下说："之前没想到会得到敬一的工作，手里的现金也不多了，想着能省点是点，就租了那里。不过我在找房子了，打算找离公司近点的地方，会有个好朋友跟我合租，这样负担小一点。"

说到找房子的事，沈默的神情又黯淡下来，如果言辰把她开除，那她马上要面临生计问题，银行卡里只有一万块钱，早上还借给了林倩倩一千。

虽然她知道米拉不会跟她计较房租的问题，可她心里总是过意不去的。

只是没想到，自己在敬一的职业生涯居然这么短……

尚卫国开着车，不时用余光瞥向沈默，想了想开口问："沈助理，我看见你从大楼出来表情就不对，是不是遇到什么烦心事了？"

沈默的思绪被拉回来，勉强笑着道："没有，没什么事。"

尚卫国安慰道："是不是被你们言副总骂了？没关系的。言辰那人我了解，如果是因为工作上面的失误被他骂了，只要及时弥补，下次不再犯相同的错误，他是不会说什么的。言辰对新人一向宽容，别看他表面冷冰冰的，其实他心地很好的。"

沈默看着他问："您跟言副总是好朋友吗？我看你们很熟的样子。"

"我们是在香港认识的，差不多有六七年了。那时候啊，他也还是个职场新人，在敬一的业务部工作，跟着部门经理去香港谈业务，因为被甲方刁难得很惨，心里不爽就一个人在酒吧里喝闷酒，刚好遇到同样心里不爽的我，一言不合就打起架来，打着打着，这不就认识了吗？"

沈默听得笑了："想不到您和言副总还会打架。"

"每个男生都会打架的，不要被他们的外表所迷惑哦。我跟你说这些的意思是，如果你真的是因为工作上的失误而被言辰骂的话，完全不必担心。因为言辰也是从新手过来的，他明白你们的辛苦和付出。没有人不犯错的，只要错误不是不可原谅的还可能弥补的，而且你也尽量去弥补了，那一切就都还OK。"

沈默低下头，眼圈又红了，小声说："我也不知道，应该是来不及了。"

尚卫国问："到底出了什么事，能跟我说说吗？"

沈默没作声，她不知道该从何说起。如果真的像言辰怀疑的那样，是自己把这件事泄露出去的，那她就只跟薛山说过。她不敢相信，薛山真的会利用自己手中的权力扰乱甚至阻挠言辰这个项目的进行。要知道如果这个AI项目正式投入生产的话，就像言辰所说的，会给敬一带来可观的效益，甚至会把全国的AI技术提高到一个新的台阶，也算是在国际上为中国争得了荣誉。

虽然她也亲眼目睹了言辰越级向董事会呈报计划书时薛山的恼怒，可她无法相信薛山会为了一己之私，仅仅是报复言辰对他的不敬而去破坏这个项目。薛总是那么宽厚善良的一个好领导，他怎么可能做出这种事呢？

见沈默依旧不说话，尚卫国笑了下，温声道："沈助理可能不知道，我在香港是有执照的心理医生，所以你放心，我们的谈话内容绝对保密,我不会向任何人泄露的。"

沈默在北京本就没什么朋友,唯一的朋友米拉现在还在深圳,再加上她也很想听听第三个人的意见,听到尚卫国这么说,就把事情的前因后果讲了一遍。

尚卫国静静听沈默讲完,并没有说话。

沈默看着他,见他表情平常如初,忍不住问道:"尚老板怎么不说话,是不是也觉得我做错了?我不该向薛总说起袁先生的事吧,可是我也没想到薛总他居然会……薛总不应该是这样的人啊,尚老板您说,这中间是不是有什么误会?"

尚卫国笑了,他问道:"沈助理看过《琅琊榜》吗?"

"啊?"沈默不明白他为什么在这个时候提起电视剧来,"看过一些,怎么了?"

"《琅琊榜》里的梁帝,设计杀死自己的亲生儿子祁王和密友林燮,沈助理觉得是为了什么?"顿了顿,他又道,"言辰可以说是薛山一手栽培出来的,我还记得几年前我们喝酒时,言辰拍着胸脯说薛总对他有知遇之恩,他将来一定不会辜负他的期望。沈助理,你现在有没有这样的想法?"

尚卫国的笑意里带着一丝讥讽:"你把薛山想象成梁帝,言辰呢……"

沈默瞪大了眼睛,她打断尚卫国:"所以尚老板的意思是,薛总害怕言副总在公司表现太突出了,在董事会、高层和员工中建立起来的威信远远超过他,所以才想尽办法压制言副总?"

见沈默一点就透,尚卫国很满意地点头:"所以你不必自责,也没有什么可难过的,其实薛山当初把你安排在言辰身边,你内心深处是知道他的用意的,只不过你不愿意去承认和面对。在薛山看来,你就是他安插在言辰身边的一颗棋子,而且相信我,言辰身边的棋子不止你这一颗。今天就算你没透露这件事,薛山也会从其他地方知道的。"

沈默低下头,好半天没说话。尚卫国微笑着看着她,知道对于初入职场的沈默来说,这种被自己信赖的上级利用的滋味并不好受。

一路上沈默一直低着头抠手指,尚卫国也没有再说什么,打开电台,调到音乐台放着舒缓的歌曲。

直到沈默回家的那个巷口,尚卫国停了车,才开口道:"沈助理,你到家了。"

沈默茫茫然抬起头看向窗外,然后拿起包,对尚卫国说:"尚老板,谢谢你了,那我回家了。"

"嗯,有空儿到小馆来吃饭,给你打八折。"

尚卫国开玩笑的口气让沈默勉强笑了下,她"嗯"了一声,然后打开车门下车。

看着她的身影消失在巷子里,尚卫国这才发动车子,往回开去。

沈默回到家,把包扔在床上,心情糟得连吃饭的心思都没有了,倒头就想睡觉。

包里的手机嗡嗡振动,她拿出来,这才发现微信上有个群都快炸了。

点开一看,正是她建的那个群,她一下下往上翻着,看到如下对话。

胡歌女朋友:@悄咪咪,你怎么回事呀,下班去办公室找你,你居然都溜了。

敬一第一帅:是呀,不是说好今晚聚餐吗?我们还说让你叫上言副总呢?

我老婆在云端:一听说晚上言副总要请客,我午饭都没吃,现在饿得前胸贴后背了,没想到你俩居然放我们鸽子!

敬一第一帅:就是,太不像话了,太不像话了!

言辰:不好意思各位,我的错我的错,临时有点突发状况,我和方秘书现在还在外面,聚会改天吧,到时候我请大家吃大餐。

胡歌女朋友:哇!居然把言副总给炸出来了,言副总,是不是公司出什么事了？

　　我老婆在云端：是呀是呀，用不用我们帮忙？言副总，有事您说话。

　　敬一第一帅：哦，原来是这样呀，可以理解可以理解。不过@悄咪咪，你离言副总最近，第一时间得到消息，应该通知我们呀。本来今天晚上有美女约我去蹦迪的，为了小组吃饭，我都推掉了。

　　我老婆在云端：黄亚旗，你不地道，有美女约你去蹦迪你居然不告诉我？！

　　胡歌女朋友：你们俩色鬼扯哪儿去了！既然不吃饭了，那我就先回家了啊，各位明天见。

　　言辰：再次跟大家说声抱歉，改天我一定请大家一条龙，大家可以玩到尽兴。

　　敬一第一帅：还是言副总大气！那就这么愉快地决定了，秦少洋，我要梳洗打扮了哦，你如果想跟我去看美女的话，赶紧哟……

　　我老婆在云端：等一下等一下，我刚进小吃店点了碗麻辣烫，你就不能等我吃完嘛！

　　……

　　看完大家的对话，沈默的手指按在键盘上，她想回复跟大家说抱歉，可是想来想去，不知道说什么好。

　　沈默把手机扔到枕边，大睁双眼盯着天花板，尚卫国说的话她还是消化不了，那些职场上的钩心斗角她一直以为只是电视剧里的情节，从来都没想过，会发生在自己身边。

　　甚至于，自己很可笑地也演了一个角色，一枚棋子，呵，一枚棋子。

　　沈默无声地笑了，翻个身蜷缩成一团，然后慢慢闭上眼睛。

　　第二天上班，沈默难得地迟到了一次，等到她打完卡急匆匆上楼时，看见言辰的办公室门大开着，团队成员都坐在那儿，听到脚步声一齐朝门外看过来。

沈默的脸腾地红了，抱着包一路小跑去往自己办公室。

方若雨走到门口，故意大声道："沈助理，开会就等你了，能不能有点集体观念？"

沈默忙道："对不起对不起。"

放下包拿出平板电脑，还有昨天准备好的几次会议记录打印本，沈默心想，如果今天言辰在会上说要开除自己的话，那她就把这些都交给方若雨，最起码，她手头的工作还是完成得很漂亮的。

走进言辰办公室，沈默转身关上门，看见坐在沙发上的苗甜冲她一笑，眨眨眼拍着她身边的空位，示意她过去坐。

沈默微笑，又轻轻摇头。

她走过去站在言辰办公桌边上，恭敬地对言辰说："对不起言副总，我迟到了。"

言辰抬眸看了她一眼，淡淡道："嗯，去找个地方坐下，我们开会。"

沈默愣住，随即走过去坐在苗甜身边，苗甜小声问："你昨天晚上干什么去了，群里跟你说话也不回，今天居然还迟到，不会是在男朋友家过夜了吧？"

"咳咳！"方若雨皱眉看向她们，还故意咳嗽两声。

苗甜撇撇嘴，小声说："臭孔雀！"

沈默忍不住笑了笑，她抬头，刚好跟言辰视线相接，脸一红，赶紧低下头去。

言辰收回视线，对大家说道："昨天跟袁先生敲定了下时间，他下周一会到公司来，到时候大家都准备一下，我们在向袁先生提问题的同时，他也会向我们团队的各个成员提出问题，毕竟考核是双方的嘛。你们各个领域里需要掌握的东西，这几天要准备好，如果周一袁先生提问，哪位回答得不够专业精练的话，我可是要罚的。"

沈默看向言辰，她眼里是掩饰不住的疑惑，昨天袁梓翔不是说准备回美国复职了,不来参加这个团队了吗?怎么这才一天的工夫又变了?

想想昨天言辰从上午离开公司一直到下班都没回来,难道是去劝说袁梓翔了?

要知道国外不论是待遇还是工作环境,以及专业氛围方面,都要比国内的AI行业先进许多,言辰是如何说服袁梓翔放弃那样的优厚条件来选择他们这个刚起步的小团队的呢?

大家自然都不知道昨天的小插曲,所以一听说袁梓翔下周一就要到公司来,都很兴奋,七嘴八舌地讨论起来,只有沈默一直出神,就连会议记录也没做。

好在这次会议时间很短,半个小时就结束了,大家起身离开,沈默也站了起来。

看到大家都出去了,沈默又转身回来,她鼓足勇气,问言辰:"言副总,您不打算开除我吗?"

言辰抬起头,很诧异地看着她:"我为什么要开除你?"

"我……"

依旧站在办公桌边的方若雨听到两人对话,顿时就明白了,她指着沈默:"哦,原来就是你把袁先生要加盟我们团队的事泄露出去的啊?沈默,你到底安的什么心啊?"

沈默后退一步,下意识地辩解:"不是我!你是怎么知道……"

方若雨打断她,义愤填膺地说道:"昨天我和言总到袁先生公司找他,人家根本就不见,后来烦了就让秘书出来说,有人给他传信儿,说敬一下半年不打算在AI方面投资,叫他不用来敬一,不要浪费时间做无用功,所以袁先生就拒绝了我们的邀约。这用脚指头想也能明白吧,邀请袁先生的事我都不知道,那天言总是带你出去的,除了你泄密还能有谁?你知不知道,袁先生为了躲我们,下班从公司后门走的。我们在公司等到八点,后来又开车追到袁先生家,在他家门口站了大半夜,袁先生实在过意不去,才开门让我们进去的？言总把准备好的计划书给袁先生看，苦口婆心地劝说，都差点给他跪下了，人家才答应周一到公司来看看的！沈默，你知道这个项目言总下了多大工夫，投入了多少心血吗？你被某些人安插到言总身边演无间道，我们没有权力赶你走！可拜托你有点眼力见儿行吗？这个项目不是言总一个人的，是整个团队的！如果你想要靠打小报告溜须拍马走捷径往上爬，我拜托你从我们这里滚出去！不要因为你一个人的私欲影响我们整个项目！"

言辰皱眉厉喝："方秘书，够了！"

方若雨看言辰发怒，很委屈地看着他："怎么了，我说错了吗？"

沈默脸色惨白，站在那儿紧抿着唇，泪水在眼眶里打转，可是她却跟自己说："沈默你不能哭，你不许哭！"

言辰看了她一眼，冷声对方若雨说："方秘书，你先出去吧。"

"可是……"

"我让你出去！"

见言辰是真生气了，方若雨狠狠瞪了沈默一眼，这才走出去带上门。

办公室里只有言辰和沈默两个人了，一个低垂着头两手交握身前站在那儿，一个坐在办公桌后皱眉盯着眼前的女孩。

过了好久，言辰捏捏眉心道："沈助理，这件事你不用有心理负担，我也没想过要开除你。"

沈默抬起头，泪水在眼眶里打转，她不知道说什么好，只能难过地说出三个字："对不起。"

言辰轻笑了下说："你没有对不起谁，毕竟在邵老的葬礼上遇到袁梓翔也是我没料到的事，算是意外收获。其实袁先生的加盟只是推动我们项目进程的条件之一，就算没有他，我们的项目该怎样还是怎样，只不过是时间长短的问题。沈默，我这么说你明白吗？"

沈默吸了吸鼻子，哽咽着道："言副总，您不用安慰我，这件事确实是我……"

言辰打断她道："我没有安慰你，你也用不着我安慰。沈默，经过这件事，我希望你能够想明白一些道理，职场不比校园，不要盲目相信任何人，更不要随随便便就把信赖和希望附加到任何人身上。能够保护你照顾你的只有你自己，在自己想要的利益面前，每个人都可能做出背叛的事，也许是背叛他人，也许是背叛自己的本心和灵魂。"

沈默皱着眉深思，喃喃地道："真的是这样吗？那我是不是连自己都不能相信了？"

言辰叹了口气，靠在椅背上，眼神中透出些许的无奈："有些时候，算是吧。"

沈默没说话，她看着言辰，突然很想问一句：言副总，那我可以相信你吗？

这念头在她脑子里盘旋，终究是没有勇气问出口。

办公室里静可闻针，两个年轻人默默相对，也不知在想些什么。

过了好一会儿，言辰回过神，对沈默说："没别的事你就出去吧。"

沈默转过身往外走，走了一半又折回头，特别诚恳地说了一句："言副总，我跟您保证，以后再也不会跟任何人泄露咱们团队的任何事。"

言辰淡笑："我知道。"

沈默回到自己办公室，刚刚坐下，方若雨抱着一摞书和文件走进来，摔在沈默面前。

"言总说这些书让你周一前看完，还有文件。"

沈默拿起两本书，一本是《与机器人共舞》，一本是《如何创造心灵：揭示人类思想的秘密》。

沈默一脸迷惘："言副总让我看这些？"

方若雨很不耐烦地说:"周一袁先生来考核咱们,团队里大家各司其职,你可是言总的贴身助理,如果他问你专业方面的知识,你答不上来不是让言总下不来台?沈默,你别以为这次的事言总不跟你计较就算过去了,我告诉你,以后我会替言总盯着你的,我不允许你再一次做叛徒!"

说完她甩手走出去,门都没给沈默关上,沈默叹口气,起身关上门,重新坐下来开始看书,一边准备好本子,打算边看边做笔记。

整个上午,沈默都在阅读,言辰好像是刻意给她学习的时间,中间出去开会都是叫方若雨跟着,并没有叫沈默随行。

不知不觉就到了中午,搁在桌上的手机振动,沈默才抬起头来,拿起手机,看到微信上是林倩倩发过来的信息。

"沈默,你今天中午有时间吗?我们一起吃午饭,好吗?"

沈默一看时间,竟然已经十一点五十五了,她回复林倩倩一个"好"字,收拾了一下东西,便拿起手机走出办公室。

第十八章　敬一第一高手

来到一楼餐厅,沈默进门就看见林倩倩一个人坐在靠窗的角落里,她面前并没有餐盘,就那么低着头默默坐着。

沈默走过去,在她肩上拍了一下:"倩倩?"

林倩倩抬起头,沈默看见她的眼睛又红又肿,唇角还有隐约可见的淤青,沈默吓了一跳:"你的脸怎么了?"

林倩倩仿佛看见亲人一般,眼圈又红了,她哽咽着说:"沈默,祝贺在微信上把我拉黑了……"

沈默觉得莫名其妙,既然你们都分手了,他把你拉黑就拉黑呗,用得着这么难过吗?

坐在她对面,沈默说:"拉黑就拉黑吧,反正你们也分手了。

你嘴角的伤是怎么回事?"

林倩倩抬眼,眼泪跟断了线的珠子一样往下掉,沈默见她这副模样,质问道:"你别告诉我,你去业务部找他他打的啊!要真是这样的话,我们去找他部门经理,让他开除他!"

林倩倩哭着摇头:"不怪他,是我不好,我打他们办公室座机让他出来跟我说清楚,还有现在租的房子那事怎么办。我俩就在楼道里见面,我去拉他,他一不小心推了我一下,是我自己磕到的。"

沈默气愤道:"你磕到哪儿能把嘴唇磕破啊?明明就是他打的,倩倩,他都不要你了,你还帮他说话啊?"

她拉着林倩倩的胳膊:"走!我们去找他们经理!"

林倩倩看着经过的同事,压低声音说:"沈默,你别这样啊,大家都看着呢!本来公司内部员工就是禁止谈恋爱的,如果被人知道我俩谈过恋爱就糟了,我们还都是实习生,会被开除的。"

"那也不能就这么算了!不行,我们得找他讨个说法!"

林倩倩用近乎哀求的口气说:"沈默,你别这样,我找你来是想跟你说,你那一千块钱,发工资我可能还不了了。祝贺不愿意出一半房租,说当初合同是我签的,退房要提前一个月通知,如果现在退房就要扣押金,你也知道我的钱包刚被偷,这边的房租又贵得要死,所以我……"

沈默气得在桌子上捶了一拳:"混蛋!真是太混蛋了!"

捶完了,她恨铁不成钢地看着林倩倩说道:"你让我说你什么好啊!当初你租房子是为了跟他一块儿住的,他又不是没住过,凭什么不掏钱?"

林倩倩呜咽道:"现在说这个,还有什么用啊。我就是想不明白,上大学的时候是他追的我,我为了他才留在北京的,那时候放暑假,他去我家连我父母都见了,还跟我父母保证,要好好照顾我的。可现在……"

林倩倩突然不说了,眼睛直看向沈默身后。

沈默转头，看见赵婉儿还有上次一块儿的那个女孩端着托盘朝她俩走过来，两人的身后，跟着缩头缩脑的祝贺。

赵婉儿走过来，礼貌地对沈默和林倩倩一笑："请问你俩是不是吃完了？可以把位子让给我们吗？"

沈默瞪着眼神四下扫的祝贺，冷冷道："我们还没吃，不好意思，这位子不能让给你们。"

另一个女孩嗤笑一声："不吃饭坐在餐厅里占位子，脑袋叫门给夹了吧？"

沈默一拍桌子站起来："你说什么！你再说一遍？"

那女孩也不甘示弱，话是冲着沈默说的，眼睛却瞥着林倩倩："我说错了吗？你们不吃饭占着位子干吗，没看见餐厅里人都坐满了吗？喊，这样的人我见得多了，你以为你占着这地方这位子就属于你的了，也不拿镜子照照自己什么德性！"

赵婉儿扯一扯女孩的衣袖，小声说："晴晴，你少说两句，要不我们再等一会儿，说不定人家真没吃饭呢。"

"等什么等，有什么好等的！我就见不得鸠占鹊巢的人！"叫晴晴的说着话就把餐盘蹾在桌上，然后往林倩倩身上挤："让让，这是四个人的座儿，你们就算屁股再大，也不能一个人占两个人的位子吧。"

林倩倩被晴晴挤到角落里，却不敢抬头，眼泪扑簌簌往下掉。

沈默可不是怕事的人，只要她认定了自己是对的，天王老子的情面都不会给。

她一掌把晴晴搁在桌上的托盘扫在地上，厉喝道："你别太过分了，那边，那边，不是好多四个人的座儿坐两个人吗？你干吗非要过来跟我们抢位子？"

沈默说完，推开晴晴就去拉林倩倩："倩倩，我们走！"

晴晴是那种智商余额严重不足的姑娘，自己没什么心眼儿，很容易被人当枪使。赵婉儿初来公司主动亲近她，拉着她要做朋友，她也没多想。再加上晴晴知道赵婉儿家挺有钱的，也有心巴结赵婉儿。

她多次听赵婉儿说，人事部有个叫林倩倩的女孩一直缠着祝贺，因为是同事，所以祝贺不好直接拒绝怕闹得太僵以后见面尴尬。这话晴晴也就真信了，再加上印象里林倩倩总是柔柔弱弱的模样，她就想着帮赵婉儿出头在她面前表现一下，可她没想到，林倩倩居然有个这么彪悍的朋友沈默。

给沈默这么一吼，晴晴吓得僵在那儿，反应过来只觉得又羞又臊，她满脸通红，气得朝沈默扑去："不许走！你凭什么打翻我的午餐，你今天不给我个说法我决不放过你！"

沈默背对着晴晴，正要扶起林倩倩，感觉到背后有风声，下意识地手肘一弯，向后捣了一拳。然后她听到一声惨叫，带着惊讶的表情转过身，看见晴晴已经捂着鼻子仰面倒地，刚好砸在她打翻的午餐托盘上。

沈默哼了一声，林倩倩也吓得瞪大了眼睛，连哭都忘了。

祝贺更是又惊又怕地看看一边哭一边要爬起来的晴晴，再看看沈默，不由得缩了缩脖子。

赵婉儿眼珠一转，把餐盘一扔，一边朝晴晴奔过去一边大声说："哎呀，你怎么打人呢！"

原本只是餐厅一角的动静，给"香奈儿"这尖厉的喝声一宣扬，餐厅里大半的目光朝这边看过来。有好事的连饭都不吃了，拿着筷子朝这边挤了过来。

沈默冷冷看着两人，原本打算走，现在也不走了，就看着两人表演。

赵婉儿扶起晴晴，冲她使个眼色，晴晴捂着鼻子，一边哭一边指着沈默嚷道："你为什么打我，你凭什么打人呀！你是哪个部门的，我要找你们领导告你！"

看热闹的人们窃窃私语，林倩倩吓得缩在沈默身后。沈默心想，这祸是我惹出来的，我再躲也没用，索性就挺一挺胸脯："你去告吧，我是……"

她话还没说完,就听见有人大声道:"出了什么事,都挤在这里做什么?不用工作了吗?"

众人一看,是薛总的贴身秘书程昊,赶紧作鸟兽散,虽然回到自己的位子上了,可都支棱着耳朵听着这边的动静。

程昊一脸严肃走过来,目光扫过晴晴和赵婉儿,又落在祝贺身上。然后他问沈默:"沈助理,你是不是不小心碰到了这位同事的餐盘?"

"啊?哦,是的啊。"

程昊道:"那还不赶紧给人家道歉,再给人家买一份饭,午休时间马上就结束了,不要耽误工夫,吃完午饭休息会儿还得上去工作。"

"哦,好的好的。"沈默掏出自己的饭卡,走过去对晴晴说,"对不起了,我不是有意的,我再给你买一份饭,你刚才点的是什么?"

晴晴又急又气,不甘心地看向赵婉儿和祝贺,希望他俩替自己作证,"不是这样的,程秘书,是她把我的餐盘推到地上,还故意打我的。"

程昊冷笑:"哦?是吗?有没有人给你作证?这二位……"

他扫一眼赵婉儿,对这个女孩根本没印象,打量她一身的穿着,再看看祝贺不时偷眼看她表情的样子,什么都明白了。

"你是叫祝贺吧?我记得你是业务部的?"程昊问祝贺。

祝贺没想到老大的秘书居然认识自己,有些受宠若惊:"是的,程秘书,我是祝贺。"

"嗯,你知道是怎么回事吗?事情是不是像这位同事说的?"

明眼人都能看出来程昊偏袒的是哪一方,再说祝贺这么爱慕虚荣一心往上爬的人,公司高层有任何变动他都打探得一清二楚。

从跟部门经理的闲聊中他知道,薛总新招的那位女生活助理被派到言副总身边了,听说是姓沈,此刻听程昊叫"沈助理",而且又这么偏向她,祝贺权衡利弊,自然不会帮晴晴说话了。

他看一眼赵婉儿，满脸的无奈，摇摇头说："我没看见。"

晴晴瞪大了眼睛，用难以置信的口气问："祝贺，你怎么能这样啊？"

她又去拉赵婉儿："婉儿，你替我说句话啊？"

赵婉儿看看她衣服上的油渍，一脸真诚地叹口气道："晴晴算了，人家也不是故意的，我还是先送你回家换件衣服吧。"

沈默一听拿出手机："那这样吧，你衣服的干洗钱和今天的饭钱我出了，你说个数，我微信扫给你。"

晴晴简直气炸了，她环视一圈，没想到自己最信任的朋友居然睁着眼睛说瞎话，自己明明是为了帮她啊！

还有这个肇事者，她这是什么意思啊！还微信扫码给她干洗费和饭费，这不是明摆着啪啪打她的脸嘛！

想到这些，晴晴"哇"地哭出了声，朝餐厅外奔去。

程昊差点笑出声来，他咳嗽两声对目送晴晴的赵婉儿和祝贺说："你们不是一个部门的吗？还不赶紧去看看，她怎么样了？"

"哦，哦。"祝贺一听程大秘书的吩咐，也顾不得赵婉儿了，拔腿往外跑去。

祝贺跟林倩倩分手后就跟赵婉儿表白了，赵婉儿很得意，她今天原本是打算向林倩倩炫耀一下并宣誓"主权"的，哪知道会弄成这样。看见祝贺不顾自己跑了，赵婉儿气得跺了跺脚，也追了出去。

演戏的都散了，观众也没什么好看的了，大家又开始专心吃饭。

林倩倩虚脱一样坐在椅子上，担心地对沈默说："沈默，真对不起呀，你又为我出头了，他们以后会不会报复你啊？"

沈默扬了扬拳头："犯我者，拳头伺候！"

程昊背着双手看着她，调侃道："沈助理，想不到你打架也是一把好手？"

没想到沈默扬扬得意地一抱拳道："好说好说，本姑娘小时候也是练过跆拳道的。"

"啧啧，幸亏我没惹过你。"程昊眨眨眼，笑着道，"打了一架也饿了吧，要不，我们出去吃午饭？"

沈默也笑了："行啊，我请你，谢谢程老师刚才替我解围。"

她说完去拉林倩倩："走吧，倩倩，我们出去吃饭。"

林倩倩苦着脸说："我不去了，你们俩去吧。"

"你又没吃午饭，不去干吗？打算上楼坐在工位上自己哭死呀？多大点事儿呀，不就是失恋吗？赶紧的，跟我们出去吃顿好的，胃开心了，人也就会开心起来的，知道不？"

沈默硬把林倩倩拉起来，挽着她的胳膊朝外走去。

程昊跟在两人身后，看着沈默的背影，笑着摇了摇头。

公司后面小巷的小饭馆里，程昊点了三碗面，一个凉菜。

沈默很豪气地捋捋袖子道："不用给我省，再来盘红烧肉。"

胖胖的老板娘正拿笔记菜，听到她的话很诧异地问："啊？三碗牛肉面再配个红烧肉？姑娘，你不嫌腻呀？"

程昊笑着说："不用理她，就照我点的上。"

老板娘点点头："成，那您三位先喝水。"

老板娘拿着菜单走进厨房，程昊看了一眼坐在沈默身边一直低着头的林倩倩。

他问道："你是人事部的？"

林倩倩点点头："是的，程秘书，我叫林倩倩。"

"哦，沈默刚进公司时，薛总安排她暂时在人事部办公，你们就是这么认识的吧？"

林倩倩"嗯"了一声，却始终不好意思抬头说，"嗯，沈默对我挺照顾的。"

"沈默照顾你？呵呵……"程昊笑了，"她就是这么照顾你的啊？在餐厅里为了你跟人打架？"

一听这话，林倩倩的头垂得更低了，恨不得找个地缝钻进去。

沈默道："程老师，话不是这么说的，路见不平拔刀相助是应该的。对了我问问你，公司有没有什么制度，用来制裁背信弃义的陈世美的？"

程昊失笑，"沈助理，你也是研究生毕业的，你怎么不问问法律有没有这样的条款？"

沈默说这话，既是为了安慰林倩倩，也是为了调节气氛，可是眼见林倩倩的头越来越低，很明显自己的策略很失败。

她没谈过恋爱，还真是不明白林倩倩此刻的心思，她觉得分手有什么大不了的，再说像祝贺那样的男人，现在认清他的真面目是好事，总比结婚后才发现他出轨傍富婆强吧。

"哎！米拉说得对，男人没一个好东西。"沈默抚额。

"米拉？"程昊瞠目，"她这话说得也太主观武断了吧。那照她这么说，黄梁也不是好东西了？"

沈默听程昊这样说米拉，不满地冲着他瞪眼睛，程昊笑了，赶紧指指林倩倩，朝沈默使个眼色。

沈默会意，对林倩倩说："倩倩，别难过了，旧的不去新的不来，祝贺抛弃你，那是他没眼光，你们现在分手，你这叫止损你知道不？要不然等你们结婚你才发现他是这么个东西，你说说可怕不？"

听到沈默当着程昊的面提祝贺的名字，林倩倩害怕极了。在她眼里程昊可是薛总身边的人，比高管还要高一级，给他知道自己跟同事谈恋爱，他说不定就会上报到薛总那里开除她的。

"沈默，你快别说了！"林倩倩惶恐地看着程昊，赶紧又低下头。

沈默笑着说："放心吧，倩倩，程昊是自己人，他不会出卖我们的。"

听沈默这么说，程昊很高兴，他挑挑眉道："嗯，我很荣幸成为沈助理的自己人，那需不需要签份保密协议？"

沈默摆摆手说："不用不用，程大秘书，我相信你。"

话音刚落，沈默想起上午言辰的话："不要盲目地相信任何人,更不要随随便便就把信赖和希望附加到任何人身上……"

她愣了半秒,听到程昊说:"那我一定好好表现,争取不辜负沈助理的信任。"

听到两人的对话,林倩倩很奇怪地看着他俩。

牛肉面端上来了,沈默把筷子塞到林倩倩手里:"赶紧吃面吧,吃完了回去好好工作,倩倩,把失恋当成你的重生,忘记这个渣男,把注意力放在工作上。其实你业务能力挺强的,就是从前一门心思关注祝贺,工作表现才一直不温不火的。"

林倩倩诧异地抬起头问:"是吗?"

"当然了,你看,吴主任每次刁难你,把他的工作硬塞给你,你不都很快很好地完成了吗?这说明你是有潜力的,倩倩,我看好你哟。"

沈默说完,还冲着程昊挤眉弄眼,示意他也说两句安慰的话。

程昊笑笑说:"放心吧,公司是不会埋没一个好的人才的,给大家的机会是平等的,只要你努力工作有好的表现,领导都会看在眼里的。"

林倩倩好似受到了鼓舞,又感觉失落的情绪有了个出口。

她点点头,感激地道:"嗯,谢谢程秘书,沈默,也谢谢你的鼓励,我以后一定努力工作,我要早点转正,一定要让那个渣……那个谁看看,失去我是他的损失!"

"嗯,加油!"沈默给林倩倩夹了一筷子凉菜,放在她面前的碟子里。

吃过午饭,三个人回到公司,走进员工电梯里,里面的人看见沈默,都不约而同地往里面挤了挤,好像是要为她让出位置。

程昊暗笑,小声对沈默说:"恭喜沈助理一战成名,从此成为敬一第一高手。"

"去你的!"沈默也没料到会变成这样,她在心里祈祷,最好言副总不要知道这件事吧,告密事件刚刚过去,自己在他那里的印象分恐怕都扣了一大半了,现在要是让他知道她又在餐厅里跟人打架,这下子要扣成负分了。

来到八楼,沈默最先下电梯,一回头看见程昊满是笑意的眸子盯着她,她回瞪了他一眼。

回到办公室,沈默坐下来接着看书,可是思绪老是乱跑,就担心些有的没的。

两点半的时候,言辰和方若雨从电梯里出来,方若雨故意瞥了眼坐在那儿的沈默,唇角带着几分嘲讽。

果然,言辰走到沈默门口时,冷声道:"沈助理,你到我办公室来一下。"

沈默赶紧站起身,说道:"好的,言副总。"

忐忑不安地站在办公桌前,沈默看着坐在那儿盯着电脑屏幕的言辰,他不说话,她也不敢说。

过了好一会儿,言辰才抬头说道:"上午我跟方秘书出去开会时,看见你在看书。你先看的是哪本?"

"啊?哦哦,我看的是《与机器人共舞》。"

"嗯,看得懂吗?"

沈默想了想,很慎重地回答:"还……可以吧。"

言辰手肘搁在桌子上,两手的手指交叉,指腹互相轻触,好像是在弹钢琴。

沈默注意到,他的手指修长,指甲修剪得干净整洁。她突然就想,言副总的手长得真好看,好像是钢琴家的手,不知道他业余时间都干什么,不会真的会弹钢琴吧?

"我听说,你中午在餐厅跟人打架了?"

沈默回神,下意识地回答:"没有,我那不算打架。"

"嗯?那你说说看,到底是怎么回事?你作为我的生活助理,虽然级别上没有高管的职位高,可是也算是我身边最近的人了,你有没有想过,副总经理的生活助理在餐厅跟普通员工打架,在公司上下会造成怎样的影响?"

沈默低垂着头,小声说道:"言副总,我错了。"

言辰盯着她，看见她双手在身前交握，手指扭在一起，活脱脱就像小孩子犯错害怕被老师责罚的样子。

他微微一笑，接着道："我明白你是为了帮朋友出头，可是帮朋友出头不是只有这一种方法。你知道祝贺要追的那个女孩是谁吗？"

"啊？"沈默瞪大了上眼睛看向言辰，"言副总，原来您都知道啊？"

言辰轻笑道："只要有人的地方就有八卦，而聊八卦是普通人之间最重要的社交方式，有时候就算你不想听，也会多多少少地钻进你耳朵里。"

见言辰的表情好像并没有生气，沈默的胆子大了些，她眨眨眼问："言副总，那女孩是谁呀？"

言辰用那种"瞧，你不是也爱聊八卦"的表情看着沈默，沈默笑了，眉眼弯弯一副心无城府的样子。

言辰暗暗叹口气，这丫头还真是不长记性啊。

"你还记得上次你到机场给薛总送西服，他要见的那位赵书记吗？"

沈默恍然大悟："哦……原来那'香奈儿'就是赵书记的女儿？"

言辰一摊手："所以，你以为房地产公司的预案怎么这么快就能签字审批。"

沈默皱紧眉头，自言自语道："香奈儿是领导的女儿，这样一比，林倩倩还真没什么竞争力。"

"嗯？你说什么？"

沈默忙道："没什么没什么，对不起，言副总，我不知道原来中间还有这层关系。"

言辰浅笑地看着她："知道的话，你会不会就不帮林倩倩出头了？"

"啊……"沈默红着脸低下头，她不想说谎，因为她知道以自己的性格，就算知道了香奈儿的身份，她还是会这样做。

言辰目光深沉而后说道："我告诉你这些，并不是想评价你什么。为朋友两肋插刀确实没错，但是有时候也要讲究方式方法，你这种方法就很蠢你知道吗？你是帮林倩倩出头了，可是祝贺有因此受到应得的教训吗？于晴晴只是赵婉儿手里的矛，你跟于晴晴打了一架，对赵婉儿产生任何影响了吗？你等于是帮着祝贺把他跟林倩倩的关系彻底走向决裂，说不定还间接促成了赵婉儿和祝贺成为情侣。"

沈默皱眉思索着，她觉得言辰说得太对了，她以为她帮林倩倩出了气，可结果呢？当事人并没有受到任何损失，说不定自己还做了次红娘。

反而是她自己，这么一闹，再加上程昊对她的庇护，现在好了，她在公司更出名了，有好事的人说不定已经开始编造她跟程昊是在谈恋爱，又说不定这会儿这事已经传到薛山耳朵里了。

沈默后悔，相当地后悔，她垂着头不说话，觉得自己真是头冲动的蠢驴。

言辰见她这副模样，又笑了："做了就做了，没什么值得后悔的，起码林倩倩这个朋友你是交定了的。时间能证明一切，只要你努力，总有一天那些对你有成见的人会改变对你的看法的。"

沈默抬起头，眼睛亮晶晶的，她很真挚地道："言副总，谢谢您对我的教导，跟在您身边，我觉得我不仅学到了专业知识，也学到了许多职场上为人处事的规则和道理。我现在明白了，方秘书为什么那么崇拜您，您一定也教导了她许多吧？"

言辰皱了下眉，他有像教导沈默一样谆谆教导过方若雨吗？

当初薛山为了避嫌把程昊跟方若雨对换，言辰见到方若雨的第一印象就是这女孩是个花瓶，后来经过接触和磨合，他也认可了方若雨的工作能力，可同时也从方若雨的眼里看出对自己的爱慕，于是他对她也更加地冷淡和严厉。

为什么会这么耐心地教导沈默呢？言辰脑海里浮现出尚卫国

的话:"你是不是真的喜欢上沈默了?"

"言副总?"沈默的声音让言辰拉回思绪,他看着沈默,女孩一脸的天真烂漫。

"嗯,这个周末你把那几本书好好看看。"

想一想又觉得那些专业书籍对沈默太过生涩难懂,就又补了一句:"大概记一下就可以,周一袁先生来开会,主要是讨论一下计划书的内容,看看团队的专业成员们整体素质如何。当然,你作为我的助理,最好是能够懂一些这方面的知识,毕竟你也是团队的一份子。"

沈默很郑重地说:"言副总放心,我考研的时候全靠死记硬背,虽然不能完全理解,但我保证能记住那些专业术语。"

"知道了,你出去吧。"

沈默应了一声,转过身打开门走了出去。

看着门徐徐关上,言辰靠在椅背里抱着双臂,他感觉自己对沈默的关心确实超出了正常的上下级关系,可怕的是,这种关心竟是自然而然发生的。

意识到这一点,他并没有觉得开心,心反而往下沉了沉,这样不好,这样真的不好。

沈默回到自己办公室就坐下来看书,整个下午都没有人打扰。

下班时她找了个袋子,把那些文件和书装起来,拎起来走出办公室锁上门。

周六一整天,沈默都窝在家里看书,饿了就吃零食和泡面,到了晚上八点多她决定松松脑子,就找了部电影,看完后看看表十一点多了,洗漱后就上床睡觉。

就在她睡得正沉的时候,却被手机铃声吵醒了。

沈默以为是米拉打来的,因为米拉刚到深圳头一年,经常半夜里给沈默打电话,而且大多都是在喝醉的状态下。

她陪客户喝酒,那些男人借着酒劲对她动手动脚,她不敢得罪只能忍着,唯一的发泄方式就是回到家打电话给沈默,在电话那头大哭。

她没有开灯，闭着眼睛按下接听，把手机放在耳边："喂，哪位？"

对方迟疑了一下："沈默，我是言辰。"

"啊？言副总？"沈默腾地坐起来，看看表凌晨一点半，言辰这个时候给她打电话，是出什么事了吗？

言辰嗯了一声，问道："沈默，你的父母是不是叫沈国钧和宋丽云？"

沈默的心顿时提了起来，就连声音都开始结巴："是……是的，言副总您……您怎么知道的？我父母他，他们……"

言辰打断她，温和地说道："你不用紧张，你父母现在在警局，你先换好衣服在家等着我，我过去接你。"

第十九章　这女婿我很满意

言辰挂断了电话，黑暗里的沈默却还举着手机坐在那儿。

过了好一阵子，她突然弹起来，急匆匆地开灯下床，然后拿了件卫衣套在身上，抓起手机和钥匙就出了门。

就这样穿着拖鞋奔跑，穿过小巷来到大路上，沈默并没有停歇，拼尽力气往前跑着，好像这样子就能早点看见言辰，也就能早点知道父母出了什么事。

也不知跑了多久，对面一辆车疾驰过来，冲着沈默按喇叭，车窗打开，言辰对她喊："沈默，你怎么在这儿？"

眼前女孩披头散发，满脸的汗水，身上穿着单薄的睡衣，上身套了件兜帽卫衣，还是穿反了的。

看到沈默眼睛里的无助和惶恐，言辰的心突然揪了起来，他下车脱下大衣披在她身上："我只知道你家的大概位置，正要给你打电话，你怎么跑这么远了？"

沈默抓住他的衣袖,嘴唇都在颤抖:"我爸妈到底怎么了?言副总,你快告诉我呀?"

看到她这副表情,言辰知道她是误会了:"抱歉抱歉,是我没说清楚,你爸妈现在好端端地在警局,他们人没事。"

"是真的?"沈默瞪大了眼睛,见言辰点头,腿一软要想摔倒。

言辰赶紧扶住她走到车边,拉开车门让她坐进去。

然后他上车一边发动车子,一边把事情的经过讲了出来。

健身房里,言辰接到一个陌生的电话,对方说是警察,又问他认不认识沈国钧和宋丽云。

言辰莫名其妙,问对方是不是打错电话了。

警察告诉他,他们在一幢旧居民楼里查获一个传销团伙,所有的成员都伏法认罪,只有一对五十多岁的男女,说自己是被冤枉的,还说他们是一对夫妻,今天刚坐火车到北京,是来北京看他们在这里工作的女儿的,没想到被人骗到了这传销组织里。

警察让他们拿出证据,他们又没有,让他们给女儿打电话,可是他们却说手机被传销组织的头目没收了。

后来在警察的追问下,他们说出女儿的名字叫沈默,在敬一集团工作,又问他们女儿的手机号码,他们说记在手机上了,脑子里没记住号码。

警察没办法,只好查114往敬一总公司打电话,可那时候已经是晚上十点了,前台小姐已经下班,刚好有个加班的职员下班经过,就接下了电话,听到警察问沈默,就想起中午在餐厅一战成名的沈助理。

查了下公司通信录又找不到沈默的电话号码,于是就把言辰的工作电话告诉了警察。

这样辗转着,警察总算联系上了言辰,而言辰一听说沈默的父母现在在警局,问明了情况后,就答应立即带着沈默去警局给父母作证。

沈默听完言辰的讲述,半天没说话,言辰余光瞥着她,担心地问:"沈默,你没事吧?你怎么不说话?"

却没想到这一句话跟按了开关一样,沈默"哇"的一声哭了出来。

言辰惊讶地看着她,从杂物箱里拿出纸巾盒,抽出几张纸巾递给她:"你父母又没事,他们好好的,你哭什么?"

"我……我不知道。呜呜……我就是觉得,这老两口太不让我省心了,哇……"

言辰看着沈默这样,很想笑,可是沈默在哭,又觉得自己笑的话不合适,于是他的表情就很古怪。

沈默擦着眼泪鼻涕,言辰见她把纸都揉成了一团,索性把整盒纸巾递给她。

沈默抽抽搭搭地说:"气死我了,这两人一退休就放飞自我了,微信上视频了一次就说什么要全国旅游,我以为是开玩笑呢,哪知道是真的!给他俩发微信从来都不带回的,却天天更新朋友圈,网页上能查到的旅游景点他俩全拍遍了,还动不动就在朋友圈里秀恩爱!我问他俩什么时候来北京,俩人说不告诉我,要给我个惊喜!这惊喜可真好,这纯粹是惊吓呀!"

言辰笑出了声,"你父母应该很恩爱吧?"

"啊?可不是嘛!打小我就觉得我是充话费送的。"知道父母没事,沈默又哭了一场,情绪发泄出来,心情也放松了许多。

"嗯,真好。"言辰点点头,由衷地说。

沈默看向言辰,她不明白言辰所说的"真好"是什么意思。

可是一看到言辰的脸,沈默打了个激灵,完了,这可是言副总呀,自己在絮絮叨叨地说些什么呀!

再低头看看自己的造型,披头散发满脸眼泪鼻涕,身上是印着星黛露的幼稚睡衣,要命了,随手拿了件卫衣还穿反了。

"啊!"沈默惨叫一声,她没抱住自己,反而捂住了脸,好像只要自己看不到就不丢人一样。

言辰被她的惨叫吓了一跳,转头看着她问:"又怎么了?你没

299

事吧？"

沈默拼命摇头："没事没事，我没事，言副总，从现在开始，你能不能别看我？"

"嗯？为什么？"

"太丑了，我太丑了！妈呀，我从来没这么丢人过。你好好开车，别再看我啊。气死我了，等我见了我爸妈，我一定要好好批评他俩！"

"哈哈。"言辰笑得很开心，他觉得眼前这个女孩可比那些所谓的热门韩剧有意思多了。

"快把手放下，你这样不丑，挺好看的。"

"啊？"沈默从指缝里观察言辰的表情，想看看他是不是在嘲笑自己，可见他一脸的认真，就慢慢放下手。

言辰接着说："你把我的大衣披好，手上有皮筋吗？把头发扎一扎就好了。真的，你这样挺好的。"

沈默翻个白眼道："言副总原来也会哄人，我还以为您总是冷冰冰的呢。"

言辰愣了下，是吗？过往身边的家人同事，都说他像个没有感情的冰箱，从来都是程式化的问答，也不说哄他们两句。

他也一直以为，自己天性凉薄木讷，却没想到，竟然有一天，会有个女孩说自己会哄人。

言辰的目光变得深沉，不由得又向沈默看去。

却见她把手腕上的皮筋取下来又戴上，还故意再把披在肩上的头发抓乱一点，就听她自言自语道："不收拾了，就这样！一会儿见了沈国钧和宋丽云同志，我得让他们看看，我现在有多惨多难看，全是他俩害的！我为了他俩，心都快操碎了！"

言辰的笑意更深，附和着"嗯"了一声，"对，是得给他们个教训，别动不动就来什么惊喜"。

沈默呆呆地看着言辰，她没想到，言副总居然还会说俏皮话儿。

来到警局时,已经是凌晨两点多了,车子刚停稳,沈默就拉开车门跑下车。

言辰微笑摇头,拔下车钥匙下车跟了上去。

沈默奔进大厅,就看见椅子上坐着沈国钧和宋丽云同志,老沈的冲锋衣上沾着白灰和污迹,想来是被推搡碰撞之下在墙上蹭的;老宋的模样更惨,一头卷发零乱,右眼窝青紫,本来就胖乎乎的脸一边肿着,坐在那儿眼眶泛泪,就像个受了委屈的孩子。

见此情景,沈默心里哪还有气,一声"爸妈"出口,泪就下来了。

老两口听见女儿的声音,一齐朝这边看过来,看见沈默,先是互相看了一眼,然后站起身。

沈默奔到跟前,一把将两人抱住:"怎么搞成这样啊?为什么不提前给我打电话?"

老宋瘪瘪嘴,带着哭腔道:"别提了!活了大半辈子,临了,居然进了回局子,说出去丢人死了。"

老沈瞪了她一眼:"你还有脸说?还不是全怪你!"

老宋拉着沈默道:"默默,你给妈评评理,一出站就看见一个老人孤苦伶仃坐在那儿哭,说是找不着家了,那能忍心不管吗?"

沈默吸吸鼻子,带着哭腔问:"为什么不找警察?"

老沈哼了一声:"老太太说她怕警察,你妈还真信了!我说这大半夜的一老太太坐在这儿肯定有鬼,你妈偏不信,非说她是老年痴呆走失了,说要送她回家……"

老宋抬手在老沈胳膊上打了一下:"我帮人有错吗?你忘了去年邻居老王家的老太太,也是老年痴呆,家里人没看好跑出去了,他儿女找了三天三夜都没找到,最后被人从湖里捞出来,尸首都泡发了,你想想惨不惨?我告诉你沈国钧,老吾老以及人之老,这话不是光让你在老年大学里转文泡妞使的!再说了,咱们也有老到那种程度的时候,你想想要是换成你大半夜的找不着家,咱家默默得多着急呀!"

301

老沈一听老宋当着女儿的面说这话,气得瞪圆了眼睛:"我呸呸呸,你在闺女面前瞎说啥呢!"

沈默见二老越说越不像话,赶紧站在两人中间劝架:"好了好了,在家天天闹,出了门还吵,能不能消停点?这大半夜的把我撅起来,跑到警局来领人,你们就一点不自责?还好意思在人家警察面前吵架?"

给沈默这一训,二老不吵了,互相瞪了一眼,都低下了头。

坐在那儿的警察跟看戏似的,这时站起来笑着说:"情况呢,我们已经大概了解清楚了,也审了传销团伙的头目,二老确实是晚上从火车站刚骗进去的。我们叫你来,就是需要你做个证明,你就是他们的女儿吧,你叫沈默是不是?"

沈默赶紧走过去说道:"是的是的,警察叔叔,我就是沈默。"

警察是个二十多岁的小伙子,听到沈默这么叫他,抬头看着沈默,沈默自知失言,赶紧道歉:"对不起对不起,警察同志,警察同志。"

"情况说明在这儿,你签个字吧,你身份证出示一下。"

沈默一听就愣了,她急着出来,就拿了家里的钥匙和手机:"身份证……我出来得急,我没带呀。不过我手机上有我的身份证照片可以吗?"

警察有点为难地说:"我们需要身份证复印件留档的,你没有身份证怎么行?"

一直站在后面的言辰走过来问道:"我有身份证,用我的可以吗?"

警察上下打量他,问:"您是……她的什么人?"

老沈和老宋这会儿才看见原来沈默是有人陪着来的,再一看这小伙一表人才穿着得体,而自家女儿身上穿套睡衣,外面披的那件考究的大衣一看就是男式的,顿时什么都明白了。

他俩走过去一左一右握住言辰的手,老沈满面笑容说:"你是我家默默的男朋友吧,你好你好,真是谢谢你了,大半夜地陪默默来领我们……"

老宋在他腰上捶了一下:"什么领,是带,带我们回家。"

沈默一听就急了:"爸,妈,你们别乱说,他不是……"

老宋果断一挥手:"我明白,不是不是,我闺女说不是就不是。"

说着话老宋还冲言辰挤挤眼:"我都明白,我闺女害羞,你俩是不是还在暧昧期,还没正式确定关系?小伙子,我闺女可是千里挑一的好姑娘,你要努力哟!阿姨看好你哟!"

言辰看向沈默,见她涨红着脸满眼焦急,会心地冲她笑了下,对二老说:"伯父伯母好,我叫言辰,我是沈默的上司……"

"上司呀!哇,默默你可以呀,上回视频的时候你怎么没跟我们说?"老宋一听更开心了,打量着言辰频频点头,"我闺女就是优秀,有眼光,真有眼光,瞧瞧小言这颜值,可不比韩剧里的那些男明星差。"

"妈!"沈默又快哭了,刚才是担心急哭的,这会儿是没法解释急哭的。

言辰苦笑,此时也不便再解释,便把身份证拿出来交给警察说:"我是沈默的上司,这是我的身份证,您看这样可以吗?"

年轻警察盯着言辰,又打量一身睡衣的沈默:"上司?"

沈默羞红了脸,把手机里的身份证调出来:"这是我的身份证照片,要不您先看看,明天一早我就把我身份证复印件送过来。"

"不用了,就用这位先生的吧,那麻烦这位言先生在这儿签个字。"警察把陈述书推到言辰面前。

签完了字,让二老领回行李,言辰收起身份证走过去要帮他们拎行李箱。

老沈赶紧谦让道:"不用不用,一看你就是当领导的,你哪干过这种体力活儿,我来吧,还是我来吧。"

言辰笑了笑,又去提老宋的行李箱:"没关系的,我上大学的时候勤工俭学在小饭店里打工,什么脏活儿累活儿都干过的,这点活儿不算什么,伯母,我来帮您。"

沈默听了这话,讶异地看了看言辰。

四人走出警局,言辰打开后备箱,跟老沈一块儿把箱子放进去。

沈默拉着母亲坐在后面,老沈则跟言辰坐在前面。

发动车子,言辰笑着问:"二老还没吃晚饭吧,要不找个地方吃完饭再安排住宿?"

沈默连忙道:"不用了言副总,已经够麻烦您了,您把我们送到我家巷口就行了。"

言辰自后视镜里看着沈默:"这大半夜的回去,你家里有吃的吗?再说你租的房子应该很小吧,二老住得下吗?"

沈默嗫嚅道:"吃的……有泡面;住的……我跟我妈睡床,我爸睡沙发就行。"

老沈回过身,跟老宋对视一眼,用半是商量半是撒娇的口气对沈默说:"默默,爸爸饿。"

沈默气得真想原地爆炸,她翻了个白眼:"饿也得忍着。"

老宋跟孩子似的晃沈默的胳膊,"默默,爸爸妈妈知道错了,你看妈妈的脸都让人给打肿了,你忍心不让我吃饭呀?"

"啊!"沈默气得抓着头发大叫。

言辰忍不住笑出了声:"哈哈,沈默,我知道有几家二十四小时营业的饭店,就带伯父伯母去吃了饭再说吧。"

沈默反对无效,只得抱着胳膊看向窗外生闷气。

老两口对视,心照不宣地笑了。

言辰把车开到一家饭店门口,对二老说:"这个时候如果口味吃得太重会睡不好的,所以咱们就先喝点粥吃点小菜。明天是周日,噢不,是今天了,等天亮了让沈默带你们逛逛,去吃吃北京烤鸭什么的。"

老宋一脸期待地看着言辰,眼睛里直泛精光:"小言,你不跟我们去呀?"

言辰愣了下，他看向沈默，沈默恨不得咬老妈一口："妈！人家言副总明天还有事儿呢！"

"啊？可明天是周日呀，小言你也休息吧？那你明天有什么安排？"

言辰看着沈默，浅笑着道："我就是看看书听听音乐，也没什么安排。"

老沈一拍巴掌："那好啊，默默对北京也不熟，小言，你是北京人吧，要不明天你带我们逛逛？"

"爸！你怎么知道我对北京不熟？"

老宋在她胳膊上掐了一把，一脸的恨铁不成钢："你再熟能熟得过小言？人家可是土生土长的北京人！"

言辰又笑了，他点点头道："那好吧，咱们先吃饭，一会儿再商量一下明天去哪儿逛。"

"好嘞！"老两口一听开心得不行，也不招呼自己闺女了，打开车门就下了车，前后脚往饭店里走去。

言辰拔下车钥匙，笑着说："沈助理，你不下车吗？"

沈默尴尬极了："言副总，真是太对不起了，我爸妈就这样，跟老小孩似的，你别跟他们一般见识。"

言辰打开车门下了车："没关系，我觉得挺好的，说老实话沈助理，我挺羡慕你的。"

说完这话，言辰锁上车门迈上台阶，沈默跟在他身后，心想言副总是不是在说反话？羡慕我，他年轻有钱又有才华，羡慕我什么呀？

服务员招呼他们入座，然后奉上菜单，二老把点菜的大权交给了言辰。

言辰一边询问二老的口味一边点了菜，然后欠一欠身，说自己要出去打个电话。

看着言辰站在门口的背影，老宋脸上是抑制不住的笑容："默默，你微信上给我们留言说你公司不干了，去敬一做总经理助理，我当时还想,你放着好好的老总不当去给人家做助理,这丫头是怎么想的呀!现在看看小言……啧啧啧,默默,你是不是就是因为小言才入职敬一集团的?"

沈默想吐血,爹妈真是太把她当盘菜了,他们以为自己养的闺女得有多优秀啊,想进敬一就进敬一,想当言辰的助理就能当助理?

"妈,您别乱想,我就是觉得自己开公司太累了,而且发现自己的职场知识储备不够用,所以才想进大公司多学两年。"

老沈忙不迭地点头道:"嗯嗯,小言是个好青年,爸看出来了,他也是个好领导,闺女你跟着小言,爸爸放心。"

什么叫跟着小言?这话越听越不是那个味儿!

沈默瞪圆了眼睛道:"爸妈,我很郑重地告诉你们,我跟言副总真的只是上下级的关系,是你们忘了我的电话号码,人家警察叔叔打到公司去,公司的人也不知道我的号码,可是知道我是言副总的助理,所以才把言副总的号码告诉警察叔叔的。"

老宋一挥手说道:"你别给我绕来绕去的,我听不懂,我就告诉你,沈默,这女婿我很满意,就他了!"

"啊!"沈默气得瘫倒在椅子上双脚乱踢,"爸妈,不带你们这样耍无赖的。"

老沈冲老宋竖个大拇指:"我附议,沈默,今年爸妈给你的任务就是,不管现在小言跟你是什么关系,年底之前你必须把他拿下,争取变成我们的女婿。"

沈默趴在桌子上,几乎要哭出来了:"爸妈,不带你们这样的啊,你们才见他不到半个小时就把女儿给卖了?你们知道他是什么人吗?"

"知道呀,你的上级,敬一集团的副总经理,年轻有为,一表人才,长得有点像……"老宋眨巴着眼睛,想了一会儿,"对对,我老觉得他眼熟,我现在想起来,他长得像池晟!"

"谁是池晟?"父女俩异口同声地问。

老宋一脸嫌弃:"池晟你们都不知道,韩国优秀男演员,那可是演技派,长得还帅,这年头明星多了去了,可是真正算得上演员的可不多。等等,我找给你们看。"

老沈摇头叹气:"默默你瞧,自从退休以后,你妈天天在家刷韩剧逛淘宝,你还怪我带她出来旅游?我再不带她出来走走转移注意力,她得把家里的钱全取出来跑韩国找她的……那叫啥来着?"

"欧巴,叫欧巴!真无知!"老宋拿起自己的拎包打算摸手机,突然一拍脑门,"坏了,跟团伙头目搏斗时他把我手机扔水盆里了。"

沈默撇撇嘴:"该!"

"咦,你这丫头!"老宋脸一板,就要伸过手去拧沈默的脸蛋。

服务员端着托盘过来说道:"打扰一下,您的粥好了。"

老宋这才收回手,沈默吐吐舌头,冲老妈做了个鬼脸。

言辰打完电话回来,看到老两口坐在一起,沈默自己坐在他们对面,犹豫了一下正准备拉张椅子,沈默赶紧起身给他让座:"言副总,您坐里面吧。"

言辰点点头,说了声"谢谢"。

坐下后他笑着说:"我刚才给酒店打过电话了,已经安排好了一个双人间,一会儿吃完饭,就带伯父伯母过去。"

沈默赶紧摇头:"不用了,言副总,太麻烦您了,一会儿我们坐出租车回我家就行。"

"撇开我和你的关系不谈,伯父伯母是到北京来旅游的,我作为一个地道的北京人,也算是东道主,我怎么能不热情招待呢?"

老沈跟老宋对视:"那房费我们自己付。"

言辰说:"给您二老安排的是敬怡酒店,我们敬一集团旗下的产业,我订房间的话享受四折优惠,所以算下来也没多少钱,伯父伯母就不用跟我客气了。"

沈默长长叹了口气,只好说:"那谢谢言副总了。"

老沈笑眯眯地看着言辰:"小言,你有没有名片啥的?"

沈默急道:"爸,你又想干吗啊?"

老宋在桌子底下踢了沈默一脚,她自己不知道,她踢到的是言辰。

言辰吃痛,脸上却保持着浅笑:"我出来得急,没带名片,要不咱们加个微信吧。"

"啊?可是我手机摔坏了啊。"老沈很失望。

老宋赶紧从包里拿出个本子,上面居然夹了一支笔:"小言啊,那你把电话号码告诉我,明天我们去买了手机再加你微信。"

"好的,伯母。"言辰报了一串号码,老宋很认真地记下来,又念了两遍跟言辰确定,这才收起本子。

沈默小声嘀咕道:"都知道出门拿个本子,怎么就不知道把自家闺女的手机号记在本子上?"

老宋一听瞪眼道:"你是不是傻?我把你手机号记在本子上,万一丢了给诈骗团伙拿到,给你打电话说我出车祸了或者被人绑架了,骗你钱咋办?"

沈默狠狠地翻了个白眼:"你们现在还不是被人骗!"

"我那是失误,失误好不?唉,这年头就不适宜做善人。"

言辰笑着安慰道:"伯父伯母,话也不是这么说的,其实社会上还是好心人多,尤其是像您二老这样的好人,如果大家看到有困难的人都不上去帮忙,那这个社会会变成什么样子?"

老沈用赞许的眼神看着言辰:"对对,小言说得对,说得好啊。"

吃过饭,言辰又开车把三人送到敬怡酒店,让服务员带着他们到房间安顿好后,才开口告辞。

老宋冲着老沈使了个眼色,老沈会意,对沈默说:"默默,我和你妈想赶紧休息,你就回去吧。"

"啊?不用我在这儿陪你们啊?我现在回去天都快亮了,天亮了还得再过来,你们忍心让我把时间浪费在路上?"

老宋上下打量着沈默说："你打算天亮穿成这样陪我们出门啊？再说了我们现在才睡觉，哪能天亮就出去逛，怎么也得睡到中午吧？小言，就麻烦你把默默送回家？"

言辰笑着答应："好的，伯母。"

"妈！"

可是二老根本不给沈默说话的机会，直接把她推出了门外，然后跟言辰摆手："小言，好好照顾我家默默哟。"

说完砰的一下就关上了门，好像再晚一秒，沈默会就夺门而入倒在床上打滚一样。

两个年轻人站在走廊里，沈默尴尬得要死，她实在是不好意思再让言辰送自己回家，而且这漫长的一路两个人待在一个密闭的空间里，再加上沈默父母打从警局出来这一通精彩的双簧，她不知道该跟言辰怎么单独相处。

言辰笑了笑说："走吧，我送你回去。"

沈默犹豫了一下，跟在他身后说："不用了吧言副总，已经耽误您这么长时间了，我打个出租回去就行，您还是赶紧回家休息吧。"

言辰没说话，按下电梯按钮，看着电梯门徐徐打开，两人走了进去。

"言副总，我想了想，明天就不用麻烦您了，您平常这么忙，好不容易有个休息日，不用陪着不相干的人瞎逛浪费时间的。"

言辰两手插在裤子口袋里，听到沈默最后一句话，挑了下眉，却还是没有开口。

走到车边，言辰按下钥匙解锁，他并没有急着上车，而是来到副驾驶门旁，拉开门对沈默说："上车吧。"

沈默推辞道："不用了，我坐出租回去很快的。"

"我既然答应了你父母送你回家，我就得说到做到，虽然说，咱们是不相干的人。"

这话口气冷冷的，沈默愣了一下上车，言辰砰地关上车门，沈默看着他绕过车头，突然感觉他好像生气了。

可是他在气什么呢？沈默挠挠头，她实在想不明白。

言辰闷头开车，沈默时不时瞥他一眼，见他不开口，心里倒也轻松了几分。

来到沈默家那条巷口，言辰停下车说道："到了，要不要送你进去。"

"不用了，今天已经很麻烦您了。"沈默脱下大衣，"您的大衣还给您。"

"你先穿着吧，车上开着空调，你穿得单薄，下去会感冒的。"

沈默想了想，如果真的感冒了明天又要被老妈念叨，便点点头："那好吧，等我干洗了……"

"啊！"一说到干洗，她想起上次自告奋勇帮言辰清理白衬衫上的咖啡渍失败后，把那件衣服拿去干洗店的事，过了这么久，她早就把取衬衫的事忘到九霄云外去了。

言辰看着她，黑暗中眼眸很亮，如沁着月色的深潭："怎么？"

沈默就觉得自己的心好像被人投了颗石子一样荡了一下，她脸上发烧，掩饰着笑着说："是您的衬衫，上次咖啡渍我去不掉，就送去干洗店，结果忘了取了。"

"哦，没关系的，这件大衣也不用去干洗，穿了几个小时而已，哪里就脏了。你赶紧回去休息吧，我掉个头给你照点亮。"

沈默不知道说什么好，只是点点头"嗯"了一声，她转身往巷子里走，听到车子引擎发动的声音，然后背后有两道光柱，将她面前的路面照得明亮极了。

望着自己穿着言辰大衣的影子投射在地面上，沈默无声地笑了。她心里涌出莫名的感觉，说不清是什么，却那么清晰地让她打心眼儿里想笑。

她不由得问自己，多少次程昊送她回来时也是这样给她照亮的，为什么她每次都是急匆匆地想赶紧回家，却不像此刻这样，只想慢慢地踱步，好似每走一步就快要踏出这光亮，便觉得温暖不在了一样呢?

第二十章　到底谁才是亲生的

回到家,沈默把言辰的大衣小心挂起来,站在那儿傻傻地看了一会儿,又拉起袖子闻了闻。

觉得自己这样子好像有点蠢,害羞地捂着脸咯咯笑了。

沈默关了灯倒在床上,翻来覆去地睡不着,她把失眠的原因归咎于这一晚上的折腾,却又无法忽视内心里那头小鹿横冲直撞的感觉,就这样一会儿醒一会儿迷蒙的,睡着时天已经彻底亮了。

沈默再次醒来,又是被手机铃声吵醒的,她听出那是微信上要求视频对话的提示音,想一想父母的手机都牺牲了,能是谁呢?

迷糊着眼睛抓起手机,看到是米拉打来的,她点击同意,一边揉着眼睛一把手机高高举在面前。

屏幕里的米拉神采奕奕,穿一套米色的职业裙装,利落的短发下眉目精致。

看到沈默那张脸,米拉夸张地后撤身子:"沈小默,咱们就算再熟,你也不能这么不顾形象吧?"

沈默打个哈欠说:"别提了,我天亮才睡觉,都快被折腾死了。"

米拉一脸嫌弃道:"我都看见你后槽牙了我!天亮才睡?谁折腾你了,你又折腾了谁?昨天是周六,你不会是让人留宿了吧?快点,把那人叫过来我瞧瞧,是不是程大秘书?程昊,程昊你在哪儿呢?"

米拉在屏幕里左顾右盼,好像这样子就能看到沈默之外的全景。

沈默骂道:"去你的,一天天脑子里都装了些啥?一点都不符合你都市丽人职业女性的人设。"

"你这话就不对了,弗洛伊德说过,性是人类行为的主要动力和共同点,也是人类的基本需要。你这个年纪的小姑娘,嘿嘿……很正常嘛。"

沈默盘腿坐起来:"好了好了,你就别污染我的耳朵了,是我爸妈,我爸妈来北京了。"

"啊?你爸妈到了。我还说明天早上的飞机到了北京,要是房子还没找好的话,我就先跟你住呢。"

沈默一听大喜:"你真的要来北京了?已经确定了吗?"

米拉很得意地点头:"那是,我做事多干脆呀,我们老总也同意了,我一张机票的事,都计划好了,周一飞到北京,先在你那儿落脚,然后我开始找工作室招人……"

"你来呀,来我这儿住,我爸妈没住我家,他们现在在酒店住呢,再说我估计他俩也待不了几天,应该很快就往下一站旅行了。"

米拉想了想,还是摇头:"算了吧,你那麻雀窝大的地方,转个身两人都得脸碰脸,我的东西又乱又多,万一你爸妈打算去你住的地方参观一下,看见东西那么乱,你又要挨骂了,我还是先去黄梁那里住几天。沈小默不是我说你,我叫你抓紧时间找房子,你一天天都干吗了?"

沈默委屈地说:"大姐,我也要上班的好不?我哪有时间出去看房子啊?"

米拉那边有人叫她,她转头应了一声,对沈默说:"得了,我不跟你说了,我明天早上飞到北京,先去黄梁那儿安顿下来,然后中午我去你公司接你一块儿吃饭,顺便再去看看房子?"

沈默想了想说:"我现在不能确切地回答你,因为我不知道周一中午我用不用陪我父母吃饭。"

米拉摆摆手道:"不管了,反正我周一到北京,到时候再说,我去开会了,拜……"

米拉直接切了线,沈默看着黑掉的屏幕发了会儿呆,她回忆起昨天晚上那一幕幕，尤其是下车后自己穿着言辰大衣回到家时春心荡漾的情形，觉得真是荒诞得像一场梦。

她使劲甩甩头，又搓了搓脸下床，走进卫生间洗漱去了。

洗漱完了换好衣服，沈默站在镜子前梳头，手机又响了，她走过去拿起来，看到是个陌生的号码。

"喂？哪位？"

"默默，我是妈妈呀，你起床了没有呀？我和你爸爸已经出来了。"

"出来？出去哪儿？"沈默奇怪地问，"对了，你俩这么快就买了手机吗？这是北京的号呀，你们弄个北京的号干吗？"

"不是的，这是小言的手机号，怎么你不知道呀？"

沈默顿时石化，就听见那头老宋咯咯地笑，跟老沈说："老头子，这个号码默默都不知道，嘿嘿，看来咱们跟小言的关系比默默还亲近。"

沈默真想把手机摔了，又听见那头有个清冷的声音说："伯父伯母，我跟沈默说吧。"

"好好好，你来说，你来说。"

然后言辰的声音就传了过来："沈默，是这样的，伯母早上给我打电话了，于是我过来接上他俩，他俩的意思是去你住的地方看一看，然后咱们再安排下一步的行程，你看可以吗？"

话都说成这样了，沈默还有什么好说的，她只得答应下来。

挂断电话，沈默跟装了弹簧一样在屋里上蹿下跳，好不容易气喘吁吁地把该归整的归整该清扫的清扫完了，再一低头发现自己还穿着睡衣，赶紧又去洗了个头换衣服，照镜子时感觉自己气色好差，于是又化了个淡妆。

一切收拾完毕，沈默站在屋子里左右看看，很满意地点点头。

言辰的时间掌握得很恰当，似乎知道这时候沈默已经准备停当，他的电话就打了过来。

"沈默，我们现在在你家巷口，你家具体的位置我不清楚，你能否出来接一下？"

沈默赶紧回答："好的，言副总，我马上就来。"

沈家老两口和言辰站在巷口，远远看见沈默小跑着过来，老宋笑着朝她招手："默默，我们在这儿。"

沈默走过来，先是礼貌地跟言辰打招呼："言副总，不好意思，我爸妈又麻烦您了。"

老宋嗔怪道："瞧你说的，小言才不嫌麻烦，是吧，小言？他刚才还说，很喜欢跟我们聊天呢。"

言辰浅笑着点头："是的，伯母，听您和伯父斗嘴很有意思。"

老宋得意地看着沈默，沈默没好气地说："走吧，跟我回家。"

沈默一想，昨天言辰被折腾到凌晨，肯定没睡好，这一对老顽童一大早又打扰人家，人家言副总那是不好意思拒绝才去酒店接他们的。既然现在自己这做女儿的接手了，就不好再麻烦言副总了。

她接过老沈手里的袋子，客气地对言辰说："言副总，麻烦您送我父母过来，你要是有事就去忙吧，今天我陪着他俩就行。"

言辰愣了下，脸上的笑容收敛，目光瞬间冷了下来。

他点点头："那好吧，伯父伯母……"

老宋一看不乐意了，狠狠在沈默腰上掐了一把："死丫头，人家小言一大早就来接我和你爸去吃早餐，想着你肯定起得晚还没吃，特意给你带了一份，你就这么对人家呀！"

那一下可是真掐，疼得沈默眼泪都快出来了："妈！"

老沈也有点生气，指指刚才沈默接过去的袋子："你这孩子也真是不知好歹，你都收了人家的早餐还赶人家走？你现在怎么这么没良心啊你？"

沈默心里委屈得不行，她原本是好意，现在弄得好像她是故意伤害言辰一样。

她酸溜溜地看着言辰，心说言副总还真有本事，从昨天晚上到现在，这才几个小时的工夫呀，这人就把这老两口的心给收服了,到底谁才是亲生的呀!

"赶紧给小言道歉。"老宋气呼呼地说。

沈默看向言辰,一副敢怒不敢言的表情,夸张地鞠了一躬:"言副总,对不起,都是我不好,是我没良心,我不该不知好歹……"

言辰想笑,他想起小时候母亲离开后留下的那只白猫,每次偷吃被抓包时,也是这样的眼神和表情。

老两口愣是没听出沈默话里的讽刺,开心地对言辰说:"小言你别跟默默一般见识,这丫头从小叫我们给惯坏了。"

言辰弯了一下唇道:"没事没事,沈默挺好的。"

老宋一拍巴掌说:"是吧,我就说嘛,我自己养出来的闺女那当然是没话说了。"

沈默脸红到了脖根,这二老不去德云社说相声真是可惜了,她挽住老宋的胳膊羞愧地说:"妈,赶紧回家吧。"

于是沈默挽着老妈在前面走,言辰和老沈走在后头,就听见老沈还在跟言辰夸奖自己的女儿:"我闺女,嘿!打小就聪明,是我们小区里拔尖的孩子,年年考试第一名,要不然也不能考上研究生。她毕业那时候,有好多家单位要她,她偏不愿安安生生在单位里待着,非要自己折腾着到北京来创业。我们那个担心哪,可孩子有这个闯劲儿是好事,我们做父母的就算再担心也不能阻止不是。后来她说她在北京开了家公司,我们挺高兴的,哪知道还没干几个月呢,又跟我们说,公司不干了,去敬一给你当副总经理助理了。我和他妈还想着,这什么样的领导有这么大魅力呀,能让我们闺女把公司都关了跟着他干,心说这次旅游一定得过来见见她的领导……"

老宋转头接过话茬:"这一见我算是明白了,我闺女有眼光,眼光真好!小言,我家默默以后就交给你了,交给你,我们放心。"

沈默真恨不得找个地缝钻进去,她脸上火辣辣的,根本不敢

315

跟言辰对视。

"爸妈,我求求你俩别说了,我就这点光辉历史,都让你们给抖搂干净了,我以后还见人不?"

言辰笑着说:"嗯,沈默是不错,工作认真有责任心,性格直爽善良还勤恳好学,将来一定能有所作为。"

一席话说得二老眉开眼笑:"沈默再优秀,她到底年轻,还是得有你这样的人教导她,默默呀,你以后得跟着小言好好学知道不?有什么不懂的不明白的,就问小言。"

沈默瘪着嘴不说话,老宋又在她腰上掐了一把说道:"死丫头,跟你说话呢。"

沈默疼得跳起来:"妈!我到底是不是你亲生的啊?你都给我掐紫了你信不信?"

老沈见沈默真生气了,打着哈哈说:"哟,我这闺女吃醋了,小言,你可别跟她一般见识,这丫头就爱使小性儿。"

三人来到沈默租的套间门口,她拿出钥匙开门,心里莫名忐忑,她想起米拉说的话:"你那房子跟个麻雀窝似的。"

言副总那么讲究,他看到房里的陈设,会不会觉得很简陋而看不起她?

哪知道打开门,言辰的神色坦然平静,倒是老沈和老宋,打量了一圈,对视一眼。

老宋拉着沈默问:"闺女,你就住这种地方呀?这也太小了吧?闺女……你受苦了。"

说话间老宋眼圈就红了,沈默抽出手,安慰道:"妈!你是不是韩剧看多了?怎么动不动就煽情啊?那么多北漂的年轻人,像我这样的算是条件好的了。"

老沈叹口气,"这地方也太小了吧,默默,以前你在家里有泡澡的习惯,这儿的卫生间呢?不会还用公厕吧?"

"爸!"沈默走过去打开卫生间的门,"卫生间在这儿呢,您别担心了。我以前在家泡澡那是不知道节俭,当时花着爸妈的钱心安理得。现在自己赚钱了，才知道赚钱的难，我真是后悔，以前过得太铺张浪费了。"

"哎哟我的闺女哎！"老宋扑过来把沈默搂在怀里，跟拍孩子似的拍着她后背，"老妈听你这么说，又是心疼又是开心，我这，我我我……"

言辰笑着道："沈默说得对，她这条件在北漂中算是好的了，我公司有些年轻人，租的地下室住，单间的墙板是木板隔的，条件要简陋得多。"

老沈像是怕言辰觉得他们沈家条件不好，赶紧解释道："小言呀，有空到我们家去看看，我家的条件还是不错的。我们在济南和淄博共有三套房，我和默默她妈现在住的是济南的大套，有一百八十多平，淄博那两小套是她奶奶留下的，等将来默默结婚……"

"爸！"沈默顿足，她真想问问爸妈，就这么急着把女儿卖出去吗？是不是觉得她已经老得嫁不出去了？

老沈赶紧闭上嘴巴，不好意思地笑了起来。

老宋心疼地说："默默，这儿的条件真的太差了，离你公司是不是也挺远的？要不咱换个地方住吧，找个条件好点的不成吗？你要是嫌房租贵，爸妈每个月给你贴补点，反正爸妈就你一个女儿，将来那钱都是你的。"

"妈，放心吧，下周米拉就到北京来工作了，我们已经商量好了，到时候我们会合租个公寓，这里我不会住太久的。"

老沈问："米拉？是不是那个你从大学时候就开始聊的网友？默默，不是我说你，网上的人能相信吗，万一是骗子呢？小言不是北京人嘛，我看不如让他帮着找找看有没有合适的房子。"

"爸！"沈默这回是真生气了，"你再这样我就不理你了！"

沈爸这话，言辰还真是没法接，他笑了笑说："伯父伯母，时间也不早了，要不让沈默吃完早餐，我们就出发吧。"

"对对对，光顾着说话了，默默，你赶紧把饭吃了，我们先去故宫。"老宋对女儿赔着笑脸。

沈默噘着嘴道："不吃了,听你俩说话气都气饱了。"

老两口无奈相视一笑,女儿脾气倔,她要是耍起牛脾气来,两人还真没办法,相视一笑,两人用求助的眼神看向言辰。

言辰浅笑,对沈默说:"沈默,好歹是我大老远帮你买的,你多少吃点。"

言副总开口了,沈默也不好再矫情,打开袋子喝了两口粥,又吃了个包子,然后道:"我吃饱了,咱们走吧。"

老两口这才笑了:"走走走,今天陪着女儿痛快玩一天。"

老宋挽着沈默的胳膊往外走,老沈冲言辰竖了个大拇指:"我们是真拿这闺女没办法,小言,还是你行!"

上了车,言辰把他这一天安排的计划说了一遍,又问三人的意见。

老两口听了对言辰更是赞不绝口,夸赞他做事稳妥又认真,是个当代有为好青年。

一路上两人的嘴跟抹了蜜似的,直听得沈默不住撇嘴,心说这两人为了卖女儿,还真是不遗余力呀。

起初沈默对二老使劲撮合她和言辰的行径还挺不好意思,半天下来她也麻木了,爱谁谁吧,甚至在景点拍照时两人强把她和言辰拉到一块儿合影,她还主动跟他站近了一点儿,在老妈的要求下,挽起了言辰的胳膊。

四个人一直玩到黄昏,言辰看看快到饭点了,便带着他们到了预订的饭店。

沈默下了车,看着那装修豪华的大门,心里有点怵,这里吃顿饭,得花她半个月工资吧。

等到二老下车往里走,沈默跟上言辰,小声道:"言副总,这里应该很贵吧,要不咱们换一家吧?去我家小馆好吗?"

言辰笑着说:"你父母第一次来北京,我作为东道主应该把他们招呼好,小馆里只是家常菜,他们在家里也能吃到的,这里是北京的特色菜，外地人来到北京必须尝一尝。放心吧，这顿饭我请。"

沈默脸腾地红了："言副总，我不是那个意思。"

"沈助理，我也不是那个意思，这仅限于我对我尊重的长辈的关心而已，机缘巧合让我认识了你的父母，我很喜欢这两位老人家。其实就算他们的女儿不是沈助理你，我也挺愿意结交他们的，这是我的真心话。"

言辰说完，迈步上了台阶。

沈默挠挠头，什么意思啊？我说的那个意思真不是那个意思，可是言副总的那个意思到底是哪个意思呢？

包间里，饭菜上桌，老沈先端起杯子："小言还要开车，今天咱们就不喝酒了，我以茶代酒，先敬小言一杯，谢谢你今天对我们的款待。"

言辰也端起杯子："伯父太客气了，这是我作为一个晚辈应该做的。"

老宋也笑着端起杯子："小言啊，我们今天说话要是有不周到的地方，你别见怪。你和默默的事……"

"妈！"沈默见老妈又提这茬，直冲她瞪眼睛。

老宋也瞪了她一眼："你能不能让我把话说完！"

沈默气馁地妥协道："得得，您说您说。"

老宋看着言辰，再次开口说道："小言，我和你伯父也是打年轻时候过来的，所以你跟默默的事我们不强求，合则来不合则去，有缘分的人是怎么样都会走到一起的，没缘分我们老两口再撮合也没用。不过小言，阿姨想跟你说句掏心窝子的话。"

言辰浅笑道："伯母您说。"

"阿姨真的很喜欢你，你长得好像池晟。小言，你给我签个名好不？"

"噗！"沈默一口老血差点喷出来。

她的心提着，以为老妈又要说："小言，我想让你当我的女

319

婿，你就把我家闺女给娶了吧"，哪知道她居然冒出来这句！

我这不靠谱的老妈哎，沈默真是想死的心都有。

言辰莫名其妙，他看看老沈和沈默的表情，对老宋微笑道："可以呀，可是伯母，池晟是谁？"

老宋一听不高兴了："池晟你都不知道，那可是韩国有名的男演员，长得可帅呢，来，阿姨让你看看。"

说着话她拿出新买的手机就要亮出自己的壁纸，气得沈默把她的手机抢过来："妈！你成熟点不行吗？"

言辰这才明白："哦，原来是个明星，哈哈，我哪有明星长得帅。"

"不对不对，池晟不能叫明星，得叫演员，明星都是作秀的他们没演技的。"

沈默趴在桌子上，她已经无力抱怨自己的亲妈了。

"那好，我回去搜一下看，看看他都演过什么……"

言辰话没说完，口袋里的手机响了，他拿出来一看，是言梦打来的。

皱了下眉，他站起身抱歉地说道："伯父伯母不好意思，我出去接个电话。"

老沈欠欠身："你去，快忙你的去。"

看着言辰走出包房，老宋语重心长地拍拍沈默的手道："默默，小言真的不错，你就不打算考虑一下？"

"妈！我都说多少遍了，他只是我的上司，而且我们公司有规定，禁止办公室恋情，再说了我刚参加工作，还没干点什么事呢，你们就催着我谈恋爱结婚，那我的研究生不是白读了？"

老沈听了直摇头："非也非也，女性高学历最重要的还是为了把孩子教养好，不一定非得奔事业，要知道能够把自己的孩子培养成材，就已经是一件很了不起的事了。"

沈默翻了个白眼，她决定不再跟父母讨论这个问题："你俩打算啥时候走，明天我可就要上班了，没时间陪你们。"

"哎哟,今天玩得太开心了,忘了跟你说,我们已经让小言帮我们订票了,早上五点的火车,我们要去昆明。"

"还敢乱跑呀?你俩真行,干脆让言辰做你们的儿子算了。"

老沈嘿嘿笑道:"我们不打算要儿子,想要个女婿。"

"打住打住!几点的火车,我去送你们。还有那五十万,我现在不用了。等你们回家安生住了给我打个电话,我把钱给你们转过去。"

老宋摇了摇头道:"闺女,那五十万本来就是给你的嫁妆,你自己好好收着,我们不要。"

"那怎么行,那可是您俩存了一辈子的养老钱啊!"

"我和你妈都有退休工资,那钱本来就是给你存的,原打算你结婚时候再给你的,后来你说要开公司就提前给你了。既然你现在不用了就自己留着,存银行里也好,拿出来做其他的也好,爸妈都没意见。"

听了这话,沈默鼻子酸酸的:"爸,妈……"

老宋捏捏她的脸蛋:"傻丫头,你别嫌爸妈啰嗦,小言真不错,你要不就跟他处处试试,什么公司严禁办公室恋情啊,不行你就换个工作!不过小言有一点我还是不满意的,他居然没看过池晟的戏,不行,等他回来我一定得跟他说说。"

"妈!你有完没完啊……"

站在走廊里,言辰接通电话,听到那头传来言梦欢快的声音:"哥,我看见你的车了,你现在在哪儿?我去找你呀。"

言辰问:"看见我的车,你在哪儿看见的?"

"就刚刚啊,我在宣武门附近的十字路口看见你的车了,你是不是在这附近,我也在呀,你在哪里呀哥?"

言辰捏了下眉心道:"哦,我在家里,车子借给朋友开了。"

"是吗?我约了同学去泡吧,跟他们说我有个很帅很厉害的哥哥,他们都想认识你呢。"言梦的声音里透着失落。

到底是自己的妹妹,骗了她言辰又有些不忍心:"下次吧,下次有机会我请你们。"

"那好啊，说定了啊！对了哥，我想到敬一去工作，可是爸爸说不让我麻烦你，哥……"言梦拖着长音，在跟言辰撒娇。

言辰突然觉得自己刚才的不忍心太多余了，他冷声道："你想去敬一工作也可以，自己去投简历面试，不要打着我的旗号，你知道爸爸正直了一辈子，他不会允许你这种投机取巧的行为的。"

"我有时候真怀疑，你是不是我的亲哥！"言梦生气了，"行，那你等着，我一定要凭自己的本事进入敬一集团！"

说完言梦便挂了电话，言辰皱紧眉头，他把手机放进口袋里，心头涌出烦躁，他实在无法想象，如果言梦进了敬一工作，会是个什么样的情形。

言辰转身，手握着包房的门把手，刚刚推开门便听到里面的笑声，沈默的父亲不知道说了什么，逗得沈默母女俩大笑。

他看着这一家三口，羡慕之情油然而生，这才是他想象中的家，父母恩爱有加，养育孩子的态度开明理智，疼爱但不娇纵，只有在这样的家庭里长大的孩子，才会像沈默那样阳光外向，性格爽朗豁达。

听到身后的脚步声，老沈转过头，朝言辰招招手："小言，快过来坐啊，我们跟默默说了，我们明天早上五点坐火车去昆明，今天晚上就不用你送她回家了，她留在酒店陪我们一晚，明天早上送我们上火车。"

言辰坐下，笑着道："哦，那我明早过来接你们。"

老宋忙道："不用不用，已经麻烦你一天了，不对，一天一夜了，小言，这次真是谢谢你了，要不是你，我和你伯父也不可能玩得这么开心。"

沈默也说："是呀，言副总，这次多亏你了，要不是你，我可应付不了这俩老顽童。"

话音刚落，沈默头上被敲了一下，她捂着头"哎哟"一声，左右看看父母，见两人都是一副若无其事的样子，委屈地道："爸妈，你们好歹也一大把年纪了，还搞这样的突然袭击，有意思吗？说，到底是谁打的我？"

二人对视，得意地扬着下巴："不知道。"

同时又朝言辰使个眼色，示意他不许泄密，言辰忍着笑，迎着沈默的目光，无辜地摊了摊手。

"好啊，现在你们三个人一块儿欺负我，我要跟你们断绝关系！"

三个人一齐大笑，房间里一时充满了欢声笑语。

吃过晚饭，言辰送他们三人到了敬怡酒店。

老两口邀请他上去喝杯水再走，言辰婉拒道："我就不上去了，你们跟沈默这么久没见，今天又一直碍着我，肯定有许多话要说，现在差不多十点了，你们早点上去吧，说说话赶紧休息，明天还得赶火车。"

老宋晃晃手机道："小言，有空常联系，反正咱们加了微信的，什么时候让默默带你去济南，阿姨给你做好吃的。"

言辰微笑点头："好的，阿姨，咱们一言为定。"

目送言辰开车离开，沈默一左一右挽着二老的胳膊走进酒店。

进了房间老宋又像在家里一样，飞奔着往卫生间跑："我先洗澡，默默你不许跟我抢！"

"妈！好不容易我能住个有浴缸的房间，你就不能让我舒舒服服泡一回澡吗？"

那边老沈已经开了电视，调到体育频道："别说话，我要看球！"

沈默摊在另一张床上，撇撇嘴拿出手机，小声嘀咕道："中国队那臭脚，有什么好看的！"

"小丫头你懂什么，只要踢就有希望！"

沈默吐吐舌头，打开微信给米拉发信息。

"米大娘，我爸妈早上五点的火车要去昆明了，我送完他们去机场接你好不？"

米拉回得很快。

"啊,他俩这么快就走呀?我还想着能跟二老见一面呢,这不,我今天还去买了金龟橘和公明腊肠,打算让他们带回家尝尝鲜呢。"

"哎呀,你不用花钱买这些啊,他们不回家,这回受了骗不长记性,还打算玩遍全国呢。"

米拉发过来一个惊恐的表情。

"受骗?受什么骗?"

沈默撇嘴。

"一句两句说不清,总之挺搞笑的,等你来了我再详细告诉你。你飞机几点到?"

"不用接,我三点左右到北京,直接打个车就去黄粱那儿了,那我明天中午给你打电话一块儿吃饭,上午我和黄粱去找房子,如果有合适的,中午我们就一块儿去看看?"

"成!"

米拉发个龇着大牙笑的表情。

"沈小默,开个视频,让我看看咱爹妈长啥样?是什么样的父母,能制造出你这样的优良品种?"

"去你的!哎呀妈呀!"

"啊,怎么了怎么了?"

沈默回复。

"天呐,我妈裹着浴巾从浴室里出来了,活脱脱的老美人出浴呀,我爸吓得拉被子蒙头呢,哈哈哈。"

"我的天,限制级,我走啦!"

"哎哎,米大娘,人呢?真走啦?"

沈默哈哈大笑,把手机扔在枕边,舒服地伸个懒腰,其实她是吓米拉的,她妈妈穿着浴袍出来,正站在床边拿着浴巾擦头发。

"默默,你去洗吧,我给你放好水了。"

沈默从床上跳起来,搂着老妈的脖子亲了一口:"我就知道妈妈最疼我了！"

看着沈默走进卫生间关上门，老宋同志快步坐到床上，拿起沈默的手机。

另一张床上攥着遥控器的老沈皱着眉道："我说宋丽云同志，默默小时候你偷看她日记，现在大了你又偷看她手机，你真有意思！"

"嘘！帮我看着点，我得看看小言是不是她微信好友，两个人平常都聊点啥。"

一听这话，老沈也紧张起来，他下了床蹑手蹑脚走到卫生间门口，"你快点，我盯着呢。"

"咦，还得解锁，要输入数字，这可怎么办？密码是啥？"

"她生日，要不就是你生日，还有还有，她第一天到北京的日子，快点快点。"

"哎呀你别催，你越催我越紧张。"

而与此同时，开着车的言辰刚好停在十字路口，听到手机上传来微信提示声。

他拿起手机，看见有好友验证要求，便点开来，一看是"悄咪咪请求添加您为朋友"。

言辰微微一笑，通过验证后，对方很快发过来双眼冒红心的表情。

"言副总，嘿嘿。"

虽然明知道百分之九十的可能是沈默的父母擅自用她的手机发的，言辰还是觉得很开心。

"？是不是伯母？"

对方又发过来撇嘴的表情。

"小言，你也太聪明了，这么快就被你猜到了，你好歹装一装哄哄阿姨啊。"

"哈哈，我哄阿姨没关系，我只知道一会儿阿姨要挨批了。"

沈妈又发过来个傲慢的小脸。

"她敢！我可是她妈。"

"哈哈……"

言辰还没输入完，后面的车子开始按喇叭，他赶紧把手机放到一边，往前开去。

回到公寓楼下，言辰熄了火，拿起手机接着回复。

"伯母，不好意思，刚才在开车所以没有及时回复您。"

对方发了个发呆的表情。

"谁是伯母，你是谁啊？"

言辰顿时明白，这是换回沈默了，他还没来得及回复，沈默就回过来了。

"啊！你是言副总，对不起啊言副总，我刚才在洗澡，是我妈用我的手机加了您的私人号，真是太对不起了。"

换了沈默，言辰还真不知道说什么好了。

"没关系。"

过了一会儿，沈默回复。

"言副总，这是您的私人号码，要是您觉得不方便，把我删除也行，放心吧，我不会告诉我爸妈的。"

言辰看了这条，皱起眉头，刚才还万里无云的心情一下子就阴了，这丫头就这么不待见自己吗？不就是个好友吗？搁在那儿又不碍着她什么，为什么非要求自己把她删除掉？

这么想着，他打出一行字来：沈默，我就这么碍你的眼吗？

可是想一想又删除，然后他把微信关闭，收起手机下了车。

酒店房间里，老沈从卫生间里出来，看见沈默还在玩手机，他关了灯，不满地说："丫头，明天还得早起，赶紧睡吧，别玩手机了。"

沈默看了一眼躺在身边的老宋，正抱着手机津津有味地看韩剧，她撇撇嘴："爸，你怎么不说我妈？"

"那能一样吗？小言给我们买了卧铺票，上了车我跟你妈还能睡觉，你呢？你送完了我们还得回家换衣服吧，来回路上一倒腾上班时间也差不多了,你没有时间补觉啊。"

沈默想想也是,冲着老沈甜甜一笑:"还是爸爸细心,我妈一天天的就知道搞明星崇拜,根本就不关心我这个女儿。"

老宋推推鼻梁上的老花镜,哼了一声:"我还不关心你,我为了你的终身大事多忙活呀,我知道你不好意思加小言的私人号码,我这不是帮你加上了吗?丫头,长点儿心。"

沈默说起这个就来气:"妈,你这么一搅和,我以后上班怎么面对言副总,这多不好意思啊!"

"有什么不好意思的!比起工作来,找个好人嫁了是正事儿,你得主动起来知道不!"

沈默拉着被子蒙上头:"不听不听,老和尚念经!"

"嘿,你这丫头!"老宋放下手机,钻进被窝里对沈默挠痒,母女俩笑成一团。

沈默的手机响了,她跟母亲讨饶,笑着拿起手机。

看见微信上米拉发过来的信息,是一张在机场的自拍照,米拉对着镜头笑得很灿烂。

"出发。"

沈默笑着回复。

"一路平安啊,北京欢迎你!"

"好了好了,都不许再玩手机了,赶紧睡觉。"老沈把床头灯也关上,严肃地命令道。

他走到母女俩的床边替她俩拉好被子,这才回到自己床上躺好。

听着父母呼吸声渐渐均匀,沈默的心从未有过地安定,她翻个身钻进母亲怀里,老宋虽然闭着眼睛,却很自然地搂住了女儿。

就这样在母亲的怀抱里,沈默慢慢地睡着了。

第二十一章　最生猛的女人

凌晨三点，米拉乘坐的航班在首都机场降落。

从出口通道处出来，米拉走向行李处取行李，刚把两只巨大的箱子从传送带上弄下来，有只男人的手就伸过来，握住了其中一只箱子的把手。

米拉皱着眉，朝那男人看过去："先生，您是不是搞错了，这是我的箱子。"

那男人三十左右的年纪，冲锋衣牛仔裤，长相普通，头发剃得很短，身上唯一值钱的东西，也就是挂在脖子上那台单反相机了。

他脸上堆着笑，对米拉说："您是米拉小姐吧？"

"啊？我是。你哪位？"米拉上下打量他，语气很生硬。

"别误会，我不是坏人，我是 Show Time 时装杂志的，这是我的胸卡。"男人拉开冲锋衣口袋，掏出一张胸卡举在米拉面前。

"Show Time 时装杂志摄影助理，张易斌？还胸卡？"米拉眯着眼睛，又把胸卡上面的照片跟眼前的男人对比一下，轻蔑地笑了，"你想干吗？"

"因为上个月在北京举办的时尚大赛中，您代表深圳 Aromatic 时装公司设计的参赛作品获得了全国二等奖，所以我们杂志社当时就想采访您。可是您拒绝了我们的邀约，而且当天就离开了北京，所以……"

米拉很不耐烦地打断他："就算要采访我，也得是记者吧，你一个摄影助理，连个名片都没有，你凭什么来采访我？你会采访吗？还有，你怎么知道我今天到北京？"

张易斌憨厚一笑说道："原因有几方面：第一呢，因为我有个朋友在您深圳的团队里，所以我知道您今天凌晨的飞机来北京；

第二，现在是凌晨，记者们白天跑采访都挺累的，为了等着采访您得在机场蹲一夜，所以就把这活儿推给我了；第三，我不是个助理嘛，杂志社食物链里最低阶层，所以上头分派什么活儿我就得接什么活儿。"

米拉从他手里夺过箱子，推着往大门走："你怎么不说你自己爱表现想拍马屁争来这个活儿呢？"

张易斌愣了下，随即笑着摇摇头，快步跟上米拉："您这箱子挺沉的，我来帮您吧。对了，您去哪儿呀？我有车，要不我送您？"

米拉斜睨他一眼："起开，谁知道你是不是骗子啊。"

张易斌苦笑着道："这您还真说错了，我不是骗子，哪个骗子会在机场蹲一夜专门等着骗您呀？"

米拉站住，一转头柳眉倒竖，说道："你什么意思，你是说我不值得你骗了？"

"啊？"张易斌急得双手乱摇，"不是不是，您值得我骗，您现在可是国内知名的时装设计师。"

可他这一解释，米拉眼睛瞪得更圆了："你还说自己不是骗子，你口口声声说我值得骗！"

"啊我我……"张易斌张口结舌，被米拉堵得不知道说什么好了。

就在他愣神的工夫，米拉已经在路边拉开一辆出租车的车门："师傅醒醒！"

等着接活儿的司机师傅睡得五迷三道，睁开眼睛一看有客人，赶紧坐起来问道："进城啊，有行李吗？"

"两个大箱子，麻烦打开后备箱。"

司机一边下车一边答应着："好嘞。"

米拉松了手，张易斌勤快地上前搭把手，把米拉的两个大箱子搬进后备箱。

司机以为他俩一块儿的，还客气地说了声："谢您嘞。"

米拉哼了一声，拉开车门坐在后排，张易斌一笑，拉开另一边车门也坐了进去。

"哎呀你干吗？"米拉生气地瞪着张易斌。

司机发动车子，"上哪儿呀二位？"

"你下去！"

张易斌笑笑也不说话，司机以为这是小两口置气呢，笑着问："到底去哪儿？"

张易斌回答："她去哪儿我就去哪儿。"

米拉翻个白眼，心说反正有司机跟着，谅这人也不敢怎么样，再说他不说了他有车吗？行，他爱跟就跟着吧，反正他还得回机场取车，来回也不花我的钱。

她报了地址，对张易斌说："想采访我也行，一会儿你替我把车钱付了。"

张易斌很干脆地点点头："行。"

说完他又去拉冲锋衣的口袋，拿出手机和一个本子问道："那我是不是现在就可以采访您了？"

米拉觉得这人的认真劲儿挺可笑的，她挑挑眉，回了句："随便。"

张易斌先翻开本子，然后咳嗽一声清清嗓子，把手机调到录音模式，先来了段开场白："现在是北京时间凌晨三点二十八分，我们在去西四环的路上，我今天有幸采访到国内知名的服装设计师米拉小姐，前不久她的作品在北京盛典时尚大赛中获得二等奖……"

张易斌自顾自说完开场白，对米拉提了几个问题。

米拉听了，脸上轻视的表情渐渐消失，她能感觉到张易斌是做好了功课而来，而且他提的问题专业性很强，立场也很中肯。

她认真想了想，开始一一回答。

张易斌感觉到米拉对他的态度有所转变，脸上现出会心的笑容。

就这样一路有问有答，出租车很快来到黄梁租住的公寓楼下面，司机师傅似乎也听得入了迷，停了车居然没叫两人。

因为有个问题还没有答完，所以米拉手握着门把也没开门下车，可她余光瞥见计价器居然还在打表，顿时就火了。

"我说司机师傅，不带这样的，您这车都停了大半天了，您怎么还打着表啊？"

司机一愣，赶紧按下计价器："对不住对不住，听你俩聊天听入神了，把这茬给忘了。"

张易斌嘿嘿地乐："想不到米拉小姐还挺细心，不是说车钱我付吗？"

米拉一想对呀，反正我不掏钱，人家爱打表就打呗，可是她也不想在张易斌面前认错，瞪了他一眼转身下车："麻烦帮我搬行李。"

张易斌和司机视线交接，司机冲着张易斌竖起大拇指："这丫头挺飒，有点北京大姐那味儿！"

张易斌也笑了，还不忘点点头回道："我也这么觉着。"

"张易斌，干吗呢你？"米拉叉着腰站在车后面，见两人都不下车，又不好叫司机，只好叫张易斌。

两个男人下了车，帮忙把米拉的两个大箱子搬出来，然后张易斌给了钱，司机开车离开。

张易斌抬头看看二十几层的公寓楼："米拉小姐在这儿租的房呀？这房价可不便宜。"

米拉一扬下巴，高傲地说："我男朋友住这儿，再见！"

说完她头也不回，拖着两个箱子往大门里走去。

张易斌看着她站在那儿按电梯，若有所思地摸了摸下巴，笑着道："北京大姐那味儿，有意思……"

电梯门缓缓合上，张易斌转身打算离开，这才想起刚才应该叫住那辆出租车的，因为他自己的车还在机场！

可是这里不比机场或者是火车站附近，哪里那么好叫车啊。

331

他挠挠头,坐在台阶上,拿出手机打开滴滴软件,打算找辆车返回机场拿车。

电梯停在十五楼,米拉拖着那两个大箱子走到1508门口,滑开密码锁的盖子输入密码。

随着"嘀"的一声,锁开了,米拉把箱子放在门口,用肩膀抵着门,脱掉脚上的高跟鞋抱在怀里,蹑手蹑脚地走进去。

这个时间段正是睡意最深的时候,米拉笑得很开心,她想象着一下扑到床上的时候,黄梁突然惊醒,会不会大叫一声拉着被子蒙住头,以为有人入室来劫钱劫色了。

门自动关上,房间里一片昏暗,米拉闭了下眼再睁开,让眼睛适应这样的光线。

沙发边的小夜灯亮着,可是只能照见巴掌大的地方,米拉慢慢走到卧室门口,手握着门把正要进去,感觉到脚下被什么东西绊了一下。

她弯腰,一手抱着鞋一手把那东西捡起来,借着灯光一看,居然是条黑色蕾丝的丁字裤。

她愣在那儿,脑子里瞬间空白,被蜇了似的把它扔在地板上,打开卧室的门走了进去。

站在那张两米宽的大床边,她看见黄梁怀里搂着一个女人,两个人睡得很沉,裸露在外的肩膀和薄被下面交叠的身体已经说明了一切。

突然很希望自己瞎了,又或者,眼前这一幕不是真的,她现在人还在飞机上,她睡着了,这只不过是她做的梦而已。

她手一松,高跟鞋落在地毯上,转身跑出卧室,拉开门奔了出去。

疯狂地按着电梯按钮,然后跑进去,看着数字一个个地减少,她整个人是蒙的,想不明白自己为什么在这儿,现在又打算干吗。

电梯来到一楼,她再次狂奔,跑出大厅迈下台阶时差点被自己绊倒。

有双手一下子扶住她，张易斌的声音响起："米拉小姐，你怎么出来了？你的鞋呢？出了什么事，你脸色这么难看？"

这声音好像能招魂儿似的，米拉的双眼开始聚焦，随即一片蒙眬。

"你怎么哭了？出了什么事？"张易斌皱紧眉头，急切地问道。

米拉死死盯着他胸口的单反相机，突然冷声问："你这相机能用吗？"

"啊？当然能用，干吗这么问？"

米拉伸手拽住单反相机的带子，把张易斌拽得脑袋抵在她胸口上，她一边往大厦里走一边说："你跟我上去帮我拍点东西，我随便你采访，陪你睡也行！"

眼前是温香软玉，可是这话里却充满了决然和凌厉。

带子刮着耳朵，张易斌被拽得生疼，他根本来不及思索了："你先放开我，米拉，你冷静点。"

"我冷静不了！你帮我拍点东西！要快！"二人以这样奇怪的姿态来到电梯处，米拉疯狂地按着电梯。

保安室里的值班员终于被吵醒了，拉开门缝揉着眼睛问："干什么啊这么吵？"

"捉奸！"米拉利索地回答，然后拽着张易斌进了电梯。

张易斌听到这两个字，顿时什么都明白了，他心里长叹一声，对米拉说："你先放开我好不好？"

"那你帮不帮我？"米拉的声音哽咽。

"米拉，你冷静点，你这样做没有意义的。"

"我就不，你到底帮不帮我？"米拉说着话，又用力一拉带子。

"哎哟，我帮，我帮还不行吗？"

米拉松开张易斌，倔强地用手指抹了把泪，另一只手拧掉单反镜头盖："你一会儿帮我拍照，多少钱你说个价，论张算。"

张易斌苦笑道："你先把镜头盖给我，我这机子三万多呢，零件不好配。"

333

"那正好,你不答应我就不给你。"米拉反而把镜头盖塞进自己胸口。

张易斌这回是实实在在地叹了口气,用过来人的语气道:"米拉,你这是难为你自己,真的一点意义都没有。"

"我不管,我只要眼前痛快就行!"

叮——

电梯门开了,米拉像女战士一样横冲向前,来到1508室门口,快速地输入密码,然后她拉开门对身后的张易斌说:"卧室里的灯一打开,你就开始拍!"

眼前的女孩双目赤红,眼睛里带着愤怒和决绝,可是不知为何,张易斌此刻却在想:她的心一定很疼吧。

"张易斌!"米拉压低声音。

"啊?好好,我知道了。"张易斌只好举起相机,做好准备姿势。

米拉快步冲进卧室,打开门的瞬间很熟练地摸到墙壁上的开关。

空间里一片光亮,刺得床上两个人睁开眼睛后根本来不及反应,米拉冲过去,把被子掀开,冲着张易斌吼:"快拍!"

张易斌只觉得心脏快要跳出来了,他机械地按动快门,把那两具赤裸泛白的肉体所有的丑态悉数拍下。

床上的女人尖叫着,男人适应了眼前的光亮,看到是米拉,冲着她怒吼,再伴着咔嚓咔嚓的快门声,卧室里乱成了一锅粥。

黄梁从床上跳起来,光着身子就去抓张易斌的相机:"别拍了,你他×是谁?你怎么进来的!"

米拉冲过来,一个耳光扇在黄梁脸上,趁着他捂着脸停顿的瞬间,拉着张易斌就往外跑。

好在电梯还在十五楼,两个人原路返回,气喘吁吁跑到一楼大厅,保安室的门半开着,值班员探出头来,被米拉凌厉地一瞪,赶紧缩回头关上门。

出了大厦，张易斌两手按在膝盖上喘着，他一边喘一边仰头看向米拉。

米拉扬着头，也不知在看什么，又或者，只是不想眼泪淌下来。

喘了一会儿，张易斌扶着腰站直，看向她光着的脚，丝袜已经磨破了，纤巧的脚趾从孔洞里钻出来，指甲上涂着艳丽的红色："你去哪儿啊？我送你。"

刚才的生猛劲儿过去了，米拉感觉累极了，她无助地看着他，梦呓般地重复："去哪儿？"

"是啊？你去哪儿？"张易斌又问了一句。

他口袋里的手机响起，他拿出来接听，原来是他叫的滴滴到了，司机找他确认位置。

张易斌说了具体位置，收起手机对米拉说："你去哪儿，别告诉我你只有这一个地方可以去。"

"我……天通苑五区26号楼。"米拉说出了沈默的地址。

有辆车停在路口，冲着这边闪灯，张易斌对米拉说："我叫的车来了，走吧。"

他转身往前走，米拉却站着没动，张易斌看着她，大厅里的灯光洒出来，映在她的侧面，她就那样子一半站在明亮里一半站在黑暗里，很脆弱，却又好像在发光。

"米拉……"他又叫她。

"啊？"米拉回神，又抬头朝大厦看了一眼，这才无力地道，"走吧。"

上了车，米拉把脚搁在座椅上，她抱着小腿，把脸埋在膝盖里。

沿途的街灯照进车厢，时而明亮时而昏暗，张易斌就这么直直盯着她，确切地说，是盯着灯光洒在她短发上明灭的光和她耳后那块莹白的皮肤。

半小时后，车子停在沈默家的那个巷口，张易斌推推米拉的肩膀说:"米拉,你到了。"

"啊?"米拉抬起头,声音里透着迷茫,仿佛刚才睡着了一般。

"哦,多少钱?"她拿起斜挎在身上的包。

张易斌说:"不用了,我给。"

"哦,谢谢你呀。"米拉下了车,游魂似的往巷子里走。

司机掉头,有一瞬间灯光打在米拉身上,张易斌看见她纤细的脚踝,黑色丝袜已经烂到了小腿处。

他不假思索地开口道:"停车!"

司机猛地刹车,很了然地转头看着他,然后报了车钱。

张易斌扫码付款,下了车朝米拉追去。

巷子很黑,米拉深一脚浅一脚地往里走,听到身后的脚步声,她突然就笑了,她在想,会不会是个流氓?或者是深夜吸饱了回家的瘾君子,如果他们过来,那就搏斗一番吧,太疼了,因为心里太疼了,这个时候肉体上受些痛苦,会不会让心里的疼痛减轻一点呢?

"米拉!"那是张易斌的声音。

米拉站住,困惑地转过身:"干吗?你追上来干吗?张易斌,你别想趁火打劫!"

张易斌哭笑不得,他弯腰就要脱下鞋子:"你先把我的鞋穿上,你袜子都破了。"

"不要!"

"为什么呀?你的脚不冷吗?"

米拉很决绝:"你有脚气,你们男人都有脚气!"

张易斌直起身子,用不可思议的眼神盯着她,米拉也回视他,满眼的嫌弃和倔强。

这是个什么女人呀,这个时候居然还有心思计较这个?

张易斌叹了口气,走到她身前两手撑在膝盖上弓着背:"上来,我背你,至少送你走出这条巷子。"

米拉低头,此时她才看到,崎岖不平的路面上有许多水洼,墙根底下还有垃圾。

她皱紧眉头,没犹豫就趴在张易斌身上,张易斌直起腰,突然"哎哟"一声。

"干吗?"米拉伏在他身上问。

"镜头盖……硌着我了。"

米拉把镜头盖从胸口取出来,拉开他冲锋衣胸兜的拉链塞进去,感觉到他的手摸向自己大腿,厉喝道:"你少占我便宜!"

"大小姐,我不扶着你的腿会被你勒死的!"

米拉咬了咬牙不再作声,她搂着张易斌的脖子,感觉到他坚实的后背,男人特有的温暖气息在她鼻端萦绕,她突然就泪如雨下。

感觉到脖子里湿湿的,张易斌张了张嘴,却不知道说什么好。

站在那几幢又黑又矮的旧楼前,张易斌问:"哪幢啊?"

"26号三楼东户。"米拉瓮声瓮气地回答。

"啊?三楼,有电梯吗?"

"不知道。"

张易斌真想腾出手来擦擦汗,他觉得自己的腰快断了,脖子上挂的单反相机此刻也有千斤重。

"这到底是谁家?你来过吗?有没有电梯你都不知道?"

"我朋友家,没来过。"

"啊?"张易斌借着楼旁边的灯光找26号楼,"行吧,米拉,你真行。"

"嗯,我也这么觉得。"说完这话,她又咯咯地笑了,脸上的泪还没干,却笑得没心没肺。

可是张易斌没笑,就这么沉重地往前走着,米拉笑了一会儿,有种落寞的感觉,她止住笑声,胸口又开始痛。

她把脸埋在张易斌的肩窝里:"张易斌?"

"嗯?"

"好疼啊,我能咬你一口吗?"

张易斌没说话。

米拉又开始笑:"你不说话我就当你同意了。"

"别……""咬"字还没出口,米拉狠狠地朝他肩膀咬去,好在天冷了穿得厚,倒也没有想象中的疼。

"找到了,26号。"看见26号那个牌子,张易斌算是松了口气。

米拉松口,抬头看向墙体斑驳的旧楼,她突然觉得无趣,一切都很无趣,"张易斌,你放我下来吧。"

"还没到三楼东户呀。"

"不用了,谢谢你,我自己上去就行。"不等张易斌回答,米拉自己从他身上跳下来。

"你走吧。"米拉仰头看着他。

张易斌转过身跟她对视,米拉的眼睛被泪水浸得很亮,却没有了公寓大厦门口时的无助和迷茫。

"我送你上去,看着你进门再走。"

米拉轻笑道:"你是不是怕我自杀?"

张易斌没承认也没否认,只是坚持着说:"我送你上去。"

"不说了,我说不用了。"

"照片你不要了?"张易斌有些生气,皱紧眉头说。

"照片?"米拉好像完全忘记了刚才自己导演的闹剧,想了一会儿才笑道:"要啊,你洗好了给我,到时候我给你报酬。"

"那我首先得知道你的联系方式,然后,你必须答应让我送你上楼,看着你进门我才能离开。"

米拉从包里拿出一张名片:"给你,上面有我的工作号码。"

张易斌定定望着她:"我不要工作号码,我要你的私人号码。"

"哦?你想干吗?泡我?还是看我今天刚失恋可怜想安慰我?"

张易斌不说话,掏出手机,调出通信录:"快点。"

米拉笑了下,报出自己的私人号码,看到他很郑重地输入,又跟她确认了一遍,然后编辑名字。

张易斌收起手机,抬脚往楼道里走:"走吧。"

米拉却一屁股坐在道牙上:"她现在不在家。"

"什么?"张易斌又惊又累,他叉着腰原地打了个转,然后很生气地瞪着米拉,"不在家你让我背着你走这么老远……"

"我没有让你背呀!我说了让你走的,是你不愿意走!"

张易斌气得指着米拉的鼻尖道:"你你你……你真行,你为什么不早说?"

米拉托着下巴,一脸无辜地说:"你也没有问呀,再说我受了这么大的刺激,不是这会儿才想起来吗?算了你走吧,今天晚上多谢你了!"

张易斌气得一甩袖子,大步朝原路走去,米拉看着他的背影渐渐消失在黑暗里,叹口气又把自己抱成一团,把头埋在膝盖里闭上眼睛。

可是不一会儿,她听到脚步声,睁开眼睛看见面前有一双脚。

她抬起头,看见那张平凡却很温暖的脸。

张易斌闷声说:"算了,帮人帮到底,我陪着你等她回来,大不了拍照片的报酬我多要点!"

凌晨时分的天色更黑沉,风也更加刺骨冰冷。

深圳现在还是二十五六度的天气,米拉登机前穿的是职业套裙,她也考虑了到北京时会冷,所以外搭了件羊绒大衣,可是在黄梁家开门的时候,她把大衣放在行李箱上了。

张易斌坐在米拉旁边,也用同样的姿势抱着膝盖,看到她瑟缩成一团,想了想脱下冲锋衣给她披在肩上。

"我不要,你自己穿着吧。"米拉拒绝道,抖着肩膀把衣服弄掉。

张易斌瞪圆了眼睛,强硬地重新给她披上:"怎么了?我身上又没有脚气!米拉,我的忍耐是有限度的,你别太过分啊!"

米拉扑哧笑了,她眉眼弯弯看着张易斌问:"张易斌,你有女朋友吗?"

张易斌愣了下说:"有过,干吗?"

339

"哦，然后呢？"

"然后？什么然后？"

米拉皱了下眉，有点不耐烦地解释："我是说，她是怎么变成你前女友的？"

张易斌上下打量着她问："你确定这个时候要听我的八卦？"

"说点什么吧。"米拉脸上的笑容消失，她再一次把脸埋在膝盖里，"说点什么让我听听，这样我就不用一直想着那个画面了。"

张易斌抿了抿唇，又帮米拉拉了下从她肩头滑落的衣服，可是她太瘦了，而他的冲锋衣太过宽大，他拉一下它就再滑一次，如此反复，张易斌烦了，索性坐近她一些，揽住她的肩膀。

米拉抬头，恶狠狠地道："松手，我说了，你甭想趁火打劫！"

"不要动！再动衣服又掉了！"张易斌也没示弱，霸道地又把她往怀里揽紧。

男人的怀抱很温暖，许是因为刚才肾上腺素爆棚，此刻安静下来，米拉只觉得全身透着疲惫，再加上靠着这么暖和的怀抱，米拉的困意袭来，渐渐地合上了眼睛。

而张易斌，却在缓缓地叙述自己的过往："我俩是大学同学，毕业后约好了一块儿来北京打拼，来之前抱着一腔激情，到了北京之后才知道，那不是激情是莽撞。为了省钱，我们租了城中村里的一间平房，厕所和洗漱都在外面，墙板很薄，隔壁的一丁点动静我们都能听得很清楚。我们都是本科毕业，以为到了北京能够开拓出一片天地。可现实就是现实，那时她只找到报社校对的工作，而我，辗转于各种人才交流中心，投了不少简历，可是每份工作都没做长过。后来托朋友找关系，才找到现在这份工作，说得好听是杂志社的摄影助理，其实就是个打杂的，每天上班买咖啡寄快递，时不时地还要帮社长接送孩子。可是这些都不算什么，我一直以为，只要我们真心在一块儿就好了，我们有手有脚，只要一块儿努力，总有一天能过上我们想要的生活。可我没想到，有一天回家，会撞见她和她的社长在我们那张小床上。呵，不过我可没有你这样的勇气,米拉,你知道吗?你是我见过最生猛的女人了。"

张易斌说到这儿,仰头看着天空,远处的黑幕上点缀着稀疏的星星,有个地方隐隐泛白。

张易斌想,那应该是光明快要来了吧,它正在努力将黑夜撕开一个角,然后拼命地挤啊挤,挤出自己的一块位置,最终,将黑夜整个包裹。

于是,白天就来了……

想到这儿,张易斌笑了,他声音很轻,像是在跟米拉讲故事,又像是在自言自语:"那天她当着我的面哭了,哭得很凶。她说太苦了,真的太苦了,她说她对不起我,可是她不能再留在我身边了。她还说那个社长答应她,只要她愿意陪他三年,就给她办北京户口,那样她就可以堂堂正正做个北京人了。你说,做北京人有什么好啊?就算有了北京户口,在北京人眼里,不还是外来人吗?你永远说不出字正腔圆的京片子,你永远不能理直气壮地跟北京土著说你是北京人……"

张易斌低下头,鼻端闻到女人身上的香水味,伴着凌晨时分清冷的风,没有丝毫的欲望和吸引,只觉得哀伤,浓重的哀伤。

"米拉,你怎么不说话,你睡着了吗?"张易斌叹口气,轻声问道。

怀里的米拉似乎觉得姿势不舒服,闭着眼睛转过来面向他,然后上半身趴在他膝盖上。

张易斌苦笑,再一次替她拉好背上的冲锋衣,听见米拉呓语道:"黄梁,你这个王八蛋!"

黄梁?就是那个光着身子来抢相机的男人吧。这名字取得真好,黄梁一梦。

他们就这么一直坐着,天色微微亮起,有早起晨练的大爷大妈经过,好奇地盯着他俩看。

还有下夜班的中年男人,穿着油腻腻的羽绒服,糊着双眼歪歪斜斜骑着自行车过来，直盯着米拉那双被破碎黑丝袜裹着的纤细小腿，差点骑到路边冬青树花丛里。

张易斌狠狠瞪他一眼，拉着冲锋衣的袖子替米拉挡住春光。他的腿麻得厉害，可是他不敢动，怀里的女人终于忘却心里的疼痛睡着了，她如果醒了，再疼怎么办？

六点二十分，送完了父母的沈默走到26号楼下，先是看见路边坐着两人，那男的穿件单薄的圆领卫衣，冻得嘴唇乌青，脑袋一点一点的，正在打瞌睡。

他身边还坐着个女人，趴在男人的怀里，整个上半身连脑袋都被一件男式冲锋衣盖着。

沈默也只匆匆看了一眼，快步往楼道里走，她急着上楼换衣服上班，还想着上午给米拉打个电话，问问她是不是安全到达了。

张易斌感觉一阵风在身后刮过，他打了个寒战睁开眼睛。

被米拉压着的腿实在麻得受不了了，不由自主地就抽了一下。

这一抽不打紧，米拉揉着眼睛坐起身子问："几点了？"

张易斌也有点迷糊："嗯？六点半了吧，一般六点半天就是这光景。"

米拉站起来，原地跳了两下，把身上的衣服跳到了地上，她冷得打了个哆嗦，弯腰把衣服捡起来扔给张易斌："北京真他×冷。"

张易斌仰头看着她，衣服披面砸下来，顺着他的脸又滑落在他怀里，他突然嘿嘿笑起来。

"你傻了？笑什么呢？"

"没事，我腿麻了，过来搭把手。"张易斌朝米拉伸出手。

米拉下巴一扬，轻蔑地哼了一声，一边从包里掏手机一边往楼道里走："昨天……哦不，今天谢谢你了，照片洗好了跟我联系！"

张易斌骂了句"没良心的女人"，一手撑着地面站起来，穿上冲锋衣，又甩了两下腿，然后跟着米拉上楼。

米拉并没有注意张易斌还跟着，她一边上楼一边给沈默打电话，转过拐角余光看到张易斌的同时，手机里传来"喂喂"的声音。

米拉迅速挂断电话，下了两级台阶，手肘一横卡在张易斌脖子上，抵着他退到墙角。

"不是让你走吗？你跟着我上来做什么？"

张易斌脖子被她卡得说不出话来："咳咳，放手，放手啊！"

米拉后退一步，瞪着他厉声道："告诉你，你别以为昨天晚上你帮了我，我就会……"

"会怎样？"张易斌的眼神里带着戏谑。

米拉语塞，跟他对视两秒，然后叹口气道："你走吧，我不想让我朋友知道昨天晚上的事。"

张易斌上下打量她，视线落在她的光脚和破烂的丝袜上："你现在这样，她很难不知道吧。"

米拉低下头，倔强地道："不用你管！你走吧，反正我就不想让她知道。"

"得，那好吧。"张易斌双手举在肩前，"我不让她看见我，好歹让我看见你进屋成吗？怎么说咱们这也算是一夜的革命友情，你就算是让我放心行不行？"

米拉咬着唇，思忖了一会儿，然后点点头："你离我远点。"

转过身，米拉又瞪了张易斌一眼，这才抬脚上楼，她手里的手机响了，拿起来看见是沈默打的。

"喂？米拉，刚才是你打的？怎么又挂了？"

米拉强笑着道："可能是放在包里碰到了。"

沈默问："你现在在哪儿？我刚才想着给你打电话的，心想你肯定跟黄梁在……嗯，所以不便打扰你。正打算一会儿去公司了再打给你。"

米拉犹豫了一下："我飞机晚点了，我没去黄梁那儿，沈默，我出了点事儿。"

沈默听了紧张地问:"啊?你现在在哪儿,出了什么事?你告诉我地址我过去找你。"

"不用了,你开门吧。"米拉抑制不住眼泪,她快步上楼,来到沈默的家门口。

沈默打开门,看见一脸泪水的米拉,手一松手机落在地上,一下子把她抱住:"出了什么事啊,米拉,你在发抖,你为什么哭?到底出了什么事,你快告诉我呀!"

"沈默,我好冷,进去再说好吗?"

"好好。"沈默侧身让米拉进屋,关上门的那刻,她看见外面有条人影一闪而过。

沈默扶着米拉坐在床边,拉过被子披在她身上,又转身去倒了杯热水给她捧着。

看她情绪稍好一点,蹲在她身前:"说说吧?到底怎么了?"

"呵。"米拉垂下眼帘,盯着杯子冒着热气的水,"也没怎么,就是飞机晚点了,我就没去黄粱那儿,想着直接过来找你的,结果碰上个黑车司机……"

"啊!"沈默惊叫,上下打量沈默,看到她光着脚丝袜也破了,担心地问:"你没事吧?有没有报警。"

"已经报了,是警车送我回来的。"

"我先打电话请个假,然后陪你上医院。"沈默站起身,走到门边捡起手机就要给言辰打电话。

米拉赶紧阻止:"不用了,我真的没什么事,就是受到了惊吓,警察已经备案了,我还记着那车的车号,应该很好找的。你别管我了,你赶紧去上班吧,别迟到了。"

沈默看看表,却还是犹豫不决:"我留在家里陪你。"

"真的不用,我睡一觉就好了,你乖乖听话,好好地去上班,有热水吗?我想洗个澡。"

"有,你等我给你调一下。"沈默一边说一边往卫生间走去。

"默默!真的不用,你赶紧去上班,你再这样我就真的生气了!"米拉擦干了眼泪，态度出奇地强硬。

沈默奇怪地看着她，她直觉事实不像米拉说的那样，可是这个时候再问，米拉是肯定不会说实话的。

她叹口气，拿起外套和包："那好吧，我走了，你洗完了澡好好睡一觉，我中午给你打电话。"

米拉放下杯子站起来："好，你路上慢点。"

沈默抬手，手指抹去米拉脸上的泪痕："乖，一个人在家好好的，等着我回来，带你去吃好吃的。"

米拉的胸口热流涌动，忍不住又想流泪，她强把泪水压下，笑着推了沈默一把："去你的，少在我面前母性泛滥。"

"哈哈，我走了。"沈默把手机放进包里，打开门走了出去。

关上门的那刻，米拉坐倒在床上，她整个人向后仰，瞪大了眼睛盯着天花板，泪水好像喷泉一样，顺着她的眼角流到耳朵里，流到她的头发里。

第二十二章　他就是想为她做点事

沈默下楼，她的脚步很快，刚才耽误了些时间，她怕赶不上那一班地铁。

走进那个巷子的时候，她看见前面有个男人摇摇晃晃地往前走，他身上的冲锋衣很眼熟，沈默想起来，这不是刚才坐在道牙上的那个男人嘛，只不过那时，这衣服披在一个女人的身上。

经过那男人时，沈默忍不住多看了他两眼，没想到那男人也打量着她，眼神里带着说不出的意味。

这是个什么人哪？看脖子上挂的单反相机不像便宜货，可是看穿着又很普通，而且一大早坐在别人家楼下，看样子是坐了一夜。

可是同他一块儿的女人上哪儿去了？他这么盯着自己看又是

什么意思?

要不是太赶,沈默真想停下来问问:"你有病呀,看什么看!"

赶到公司时刚好九点整,打了卡九点零二分,沈默还是迟到了。

今天周一,是袁梓翔来公司的日子,站在电梯里盯着液晶数字一下下增加,沈默祈祷着,最好袁先生还没来,言副总也还没来得及召集团队成员到他办公室开会。自己在这么重要的日子里迟到太显眼了,方若雨就不说了,说不定苗甜和黄亚旗他们也会怪她。

电梯门一开,沈默箭一般地冲了出去,刚走进自己办公室,桌上的电话就响了。

沈默匀着气,拿起话筒,那边传来言辰的声音:"沈助理,到我办公室来一趟。"

情况不妙啊!莫不是袁先生已经来了?

沈默答应着,放下话筒拉一拉衣服,又拿出小镜子照照,然后深呼吸两下,这才去敲言辰的门。

推门进去后,沈默算是松了口气,团队成员并没有如她的想象坐在那儿,那位袁先生也还没来。

沈默两手交握站在办公桌前:"言副总。"

言辰的目光从电脑屏幕上转向沈默,和颜悦色地问:"你爸妈走了?"

"是的,言副总。"

"嗯,你送完他们再赶回家,然后再搭地铁过来上班,居然没有迟到,一路上挺赶的吧。"

沈默愣在那儿,这一大早的,言副总是打算跟她拉家常吗?

"嗯,是有点赶,迟到了两分钟,不知道这个月人事部会不会扣工资。"沈默老实回答。

言辰的眼神里带着笑意,沈默觉得,言副总温和的样子,还是挺帅挺有亲和力的。

"你爸妈说你曾经开过公司?那是什么时候的事,为什么又不做了?"

沈默完全没料到言辰会提这件事,她咬了下唇,想了想说:"言副总,我有些事瞒着我爸妈是不想他们担心,如果我告诉你实情,你能帮我保密吗?"

"哦?"言辰后靠着椅背,抱着胳膊看着沈默,昨天沈家二老一说,言辰就觉得这里面有事儿,没想到还真让自己猜对了,"你先说说看。"

"不行,你先答应我。"

言辰盯着她,过了好一会儿笑着道:"你的钱是不是被人骗了?还是跟你关系很亲近的人吧。大概有多少钱?有没有报案?"

"啊?"沈默瞪大了眼睛,不可思议地问,"您怎么知道的?"

唉,你不知道自己透明得跟张白纸一样吗?

言辰笑了下,他食指和中指在桌面上轻叩两下道:"这样,你把骗你的人的名字告诉我,最好有身份证号码,然后把大概的经过给我写一下,还有你报警的时间以及在哪个派出所报的案。"

沈默惊讶地问:"言副总,你要知道这些做什么呀?"

"我昨天说过,我很喜欢你的父母,这笔钱应该是你父母存了一辈子的血汗钱吧?我想出面帮他们讨回来,就这么简单。"

沈默完全惊呆了,她愣愣地看着言辰,嗫嚅了半天才说道:"言……言副总,其实你不用这样的。你这样,我真的不知道该怎么感谢你啊。"

门外响起敲门声,然后方若雨的声音传来:"言总?您在吗?"

言辰笑容收敛,冷声道:"请进。"

方若雨推门进来,看见沈默,愣了下,随即说道:"沈助理,袁先生不是你负责联系的吗?你不联系一下看袁先生今天几点到,好让团队的同事们做好准备吗?"

"啊?"沈默心想,上周不是你跟言副总一块儿去找的袁先生吗?然后言副总又没说让我继续跟进这件事,怎么现在又变成我

347

负责联系的了?

可是她并没有说什么,因为在上司面前辩解那就是狡辩,她点点头:"好的,我这就出去给袁先生打电话。"

沈默走出去,方若雨看着她关上门,哼了一声道:"沈助理一天天也不知道在想些什么。言副总,您不觉得自从她跟在您身边后,就发生了许多事吗?"

言辰皱着眉问道:"你进来有什么事?"

见言辰不悦,方若雨也不敢再多嘴,她笑着道:"是这样的,昨天我跟梦梦还有几个朋友出来玩,走到宣武门的时候,梦梦非说看见您的车了,后来她就给您打电话,您说车借给别人了?言副总,您不是一向都不爱把车借出去的吗?"

"你进来就是为了问这个?方秘书,我有没有说过,我在私事上不需要秘书?"

见言辰的脸色更冷,方若雨满心的委屈,她眉眼低垂,小声道:"不是的,是我今天看到公司网站上人事部发的招聘通告,上面说人事部打算招聘两位新职员,刚好昨天听梦梦说,她想到敬一来上班,所以我就问问您的意见。"

言辰紧锁眉头道:"这件事我跟言梦说过了,她想加入敬一也可以,不要指望我会帮她什么。她自己递简历参加面试,只要人事部通过,我这边没意见。"

方若雨听了点点头,笑得很开心:"行了,那我知道了,我去告诉梦梦。言总,您还有什么吩咐吗?"

"没有,你出去吧。"

方若雨脚步轻快地走出言辰的办公室,她要快点把这个消息告诉言梦。她心里打着如意算盘,虽然言辰说了言梦进敬一的事他不帮忙,可是姓言的人那么少,人事部一看言梦的名字,自己再在赵经理面前提那么一下下,那言梦进入公司还不是手到擒来的事吗?

哼,沈默就等着吧,那个小妖精容不得言辰身边有其他的女人存在，只要言梦进了敬一，把沈默从言总身边赶走那是分分钟的事。到时候，我方若雨就又是言总唯一的女人了，只要再收服了言梦，成为言太太的日子还不是指日可待吗？

方若雨一想到跟言辰拍婚纱照的情形，几乎笑出声来，余光看到沈默正坐在那儿打电话，不由得又狠狠瞪了她两眼。

沈默抬起头，方若雨已经扭着腰肢走进秘书室，沈默叹口气，这一大清早的，都什么仇什么怨呀？

一个对她虎视眈眈满心防备，一个又说要帮她要回那五十万，再加上米拉早上那让人怀疑的神态举止，对了对了，还有巷子里头肆无忌惮盯着自己打量的单反男。

妈呀，这世上的人都怎么了？为什么出现在自己身边的人，都这样呢？

打完了电话，沈默又去跟言辰汇报："言副总，袁先生说九点半到公司，要不要我通知团队同事们上来？"

言辰抬眉道："你在群里叫一下就可以了吧。"

沈默竟无言以对，她以为言辰一向把公私分得很开，而且他是知道自己当初建这个群是为了工作之余聊天用的，便说道："可是方秘书不在里面啊。"

"她在秘书室，你叫她一下就好。"言辰把钢笔笔盖合上，又看向沈默，"你那笔钱的事……"

沈默慌忙道："快九点半了，我下楼迎接一下袁先生，顺便在群里叫叫大伙儿。"

说完沈默逃也似的走了出去，言辰盯着关上的门，心里纳闷，这丫头到底在想什么呢？

他觉得自己想要帮忙的意图说得很清楚啊，他确实是想帮沈家二老讨回那笔钱，当然，他内心真正的想法，是想帮沈默做点事。

虽然他并不明白，他为什么就那么想帮沈默做点事。

他一度以为，因为那些年的那些事，自己的内心已经变得薄情冷漠，对任何人尤其是对女人很难再生波澜。虽然尚卫国总是笑着说他只是没遇到对的人，没遇到那个能真正给他温暖的人，他却不以为意。

直到这个女孩出现，也不知道是从哪天起，她就这么一点一滴地走进他心里。

他觉得自己不需要表白也不需要让她知道，他就是想为她做点事。

他喜欢看着她心无城府的笑，喜欢在经过时看她伏案认真阅读的样子，他期待着有一天她在自己面前能够像对着她父母那样毫无顾忌地大笑，虽然他并不知道，那一天会不会到来。

可是她为什么要拒绝呢？甚至可以说是害怕，难道在她的心里，他言辰就那么差劲吗？还是她以为如果他为她做了点什么，就必须要得到回报吗？

电梯来到一楼，沈默一边在群里给大伙儿发信息，一边往大门走去。

前台小姐很亲热地叫住她："默默姐。"

沈默回头，看见正是上回言梦来公司时，她帮着解围的那位前台小姐，便笑着走过去问："小苏什么事？"

"刚才有位先生找你，我问他有什么事需不需要打电话叫你下来，他用不说，然后留下了两个大箱子。"

沈默皱着眉问道："大箱子？那人有没有说是谁？"

"他没说，只说你看见箱子就明白了。"前台小姐让沈默走进去，指了指墙边竖着的两个大箱子。

沈默看见上面还贴着行李牌，她凑过去一看，见上面写着米拉的名字，她眉头皱得更紧了。

"那人长什么样子啊？"沈默问。

前台小姐比画着说："三十六七岁的样子吧，这么高，穿的西服看起来很贵，长得还挺帅的，成熟大叔范儿。默默姐，你在哪里认识的这样的男人呀，也给我介绍介绍呗，你不知道，这种大叔范儿的男人是最吸引人的呀。"

沈默在思考，根本没听清前台小姐在说什么，听她描述的好像是黄梁，可是米拉早上不是说，飞机晚点了她没去黄梁那儿，而是坐黑车遇到抢劫的吗？

当时急着上班来不及细想，这会儿想想这话里漏洞太多了，如果是抢劫，米拉是怎么逃脱的？又是怎么报的警？

现在她的箱子又离奇地出现在这儿，难不成是那个相貌堂堂的劫匪良心发现把米拉的箱子给送回来了，可他是怎么知道自己跟米拉的关系，还知道送到这儿来呢？

门口一辆出租车停下，有个男人下了车，拉了拉西服正抬头往敬一大厦上方看去。

沈默一看，这不正是袁梓翔吗？

她赶紧收回思绪，跟前台小姐说："箱子你先帮我看着，我下班来取。"

"好嘞，默默姐，以后有这样的优质男，一定要记得介绍给我认识哟。"

"好说好说！"沈默摆摆手，快步迎向袁梓翔。

"袁先生您好。"沈默恭敬地伸过去双手。

袁梓翔看着她，跟她握手道："我记得你，上次你跟言副总一块儿参加了邵老的葬礼。"

沈默笑着道："是的，我是言副总的助理，欢迎您到敬一来，我们进去吧。"

袁梓翔点点头，跟沈默并肩往里走："上周言副总跟另一个女孩到公司找我，后来又追到我家去，我一看那个女孩没见过，还以为你不做了呢。"

沈默请袁梓翔进电梯，一边回答道："那位是方秘书，是言副总的秘书，我是言副总的生活助理。"

"哦？"袁梓翔打量着她，"现在国内的总裁事务这么繁忙吗？又是秘书又是助理的？"

沈默笑着解释道："其实是有分工的，方秘书主要负责言副总行政和业务方面的事务，而我主要负责言副总日常生活和个人形象以及一些工作之外的琐事。这样分工比较细化，也有助于言副总把更多的精力投入到工作和手头的项目中，对于言副总协助总经理更好地管理公司也有帮助。"

袁梓翔抿了抿唇，没有发表意见。两个人盯着液晶数字，电梯里除了机械轻微的轰鸣声，没有人说话。

沈默觉得怪尴尬的，想了想问："袁先生，我最近一直在读AI方面的书籍，周末的时候读了本《与机器人共舞》，里面提到'意识'与'伦理'的问题，您觉得人工智能真的会在将来某一天超越人类，成为世界的主宰吗？"

袁梓翔有些惊讶地看着沈默："你不是言副总的生活助理吗？并不负责业务方面的事务，怎么还会看这些书？"

"哈哈，我是想多学习一些知识，而且大家开会的时候我也会参加，我听大家讨论的问题挺有意思的。"

"嗯……"袁梓翔点点头，用赞许的口气说："现在的年轻人像你这样爱学并且肯思考的，不太多了。那沈助理，这个问题你是怎么认为的呢？"

叮——

电梯到了八楼，沈默来不及回答，礼貌地请袁梓翔先行。

袁梓翔走出电梯，笑着说："你刚才的问题很有意思，一会儿咱们可以在会上讨论一下。"

啊？不是吧。沈默暗自叫苦，她只是想找个话题而已，要不然两人都不说话太尴尬了，没想到袁先生还挺认真的。

要是一会儿开会的时候他把问题抛出来，大家伙儿答不上来，那不是给言副总丢脸吗？

可是此时再说什么已经来不及了，沈默只得赔着笑脸请袁先生进入言辰办公室。

大家都已经等在里面，看见袁先生进来，纷纷站起身来报以热烈的掌声。言辰向大家做了介绍,袁梓翔又听大家各自自我介绍一番,然后落座。

会议正式开始,关于团队拟定的计划书内容袁梓翔提了几点意见,大家很认真地记录着,并且就专业知识方面,也提出了自己的疑问。

整个会议的气氛很好,沈默在一旁听着,因为没来得及去拿平板电脑,所以她打开手机录音,把会议内容录了下来,打算会议结束后再重新整理。

快十一点的时候,会议结束了,袁梓翔在整个过程中侃侃而谈,跟大家聊得很投契。

他站起来,很兴奋地对言辰说:"要不是你那天坚持追到我家来,让我来听听你们的想法,我真得后悔死。"

言辰笑着问:"袁先生何出此言?"

袁梓翔目光扫过眼前这群年轻人,然后说道:"言副总手下这帮年轻人,是我在全国的AI团队中见过最优秀的了,他们不仅有自己独到的思想和见解,还不媚俗大胆坚持自己的原则,我很欣慰。我一直以为国内的AI技术除了李彦宏团队,就再也没有其他的可持续发展人才了,今天看到言副总的团队,我又看到了希望。"

一番话说得大家很受鼓舞,纷纷起身鼓起掌来。

袁梓翔又将目光投射在沈默身上:"刚才在电梯里,沈助理向我提了一个问题,我现在想问问大家的看法。"

沈默一听袁梓翔居然这么郑重其事地要把自己的问题抛出来,脸顿时红了。

而大家都知道沈默才加入团队没几天,名义上又是言副总的生活助理,对于专业她可以说是一窍不通的,她能提出什么让袁梓翔感兴趣的问题,还要在会议的最后着重讲出来呢?所以大家也都好奇地看着她。当然,方若雨除外,她不明白,这个女人怎么这么爱出风头,自从她出现以来,几乎吸引了所有人的注意力,这叫她又妒又恨,只想明天就把言梦弄进公司来。

袁梓翔已经说出了电梯里沈默提的问题,大家听了面面相觑,又一齐看向沈默。

言辰笑着道:"既然沈助理向袁先生提出这个问题,那么我想,她心里一定有她自己的答案吧,不如我们让沈助理先说说?"

沈默大窘,摇着手说:"哎呀,我是新人啊,我真的什么都不懂的,言副总,求您别让我丢人现眼好不好啊?这样子我会拉低大家的平均分的。"

大伙儿听了哈哈笑起来,苗甜说:"默默,你就说说你自己的看法呗。"

黄亚旗也说:"是呀,沈默,你没听过一句话吗,叫做无知者无惧。"

"去你的!"沈默瞪了黄亚旗一眼,语气略带娇嗔,言辰听在耳里,心头莫名酸了一下。

沈默被大家众星捧月般地捧起来,也不好再推辞,只得笑着道:"我是门外汉,说错了大家可别笑话我。"

秦少洋头摇得跟拨浪鼓似的,"不笑不笑,你快点说吧!"

沈默想了想,然后说:"我是觉得,所有的事物咱们都是辩证地来看。首先得从两个概念说起,那就是 AI 和 IA,IA 以人为核心,一切为人类服务,机器将作为人类的好朋友、好伙伴;而 AI 呢……"

言辰盯着沈默,听着她用她那清脆明朗的声音侃侃而谈,有那么一瞬间,感觉她整个人是被包围在一团光晕中的。

她就那样子站在那儿,表情专注眼神清亮,他听不清她说了什么,他只知道他的目光无法从她身上移开。

她怎么能这么好呢?从头到脚,不论是手指在空中画出的弧线还是偶尔扬眉弯唇的小动作,都是那样美好可爱。

猛然惊醒的时候,他听到心里有个声音在说:"大事不好,你陷进去了……"

而此时沈默已经讲完，所有人都呆呆地看着她，反应了足有三四秒的工夫，才不约而同地鼓起掌来。

袁梓翔一脸的欣慰，转头看向言辰，见他正呆呆地盯着沈默，会心地笑了，然后他开口："言副总，言副总？"

言辰回神，看见大家鼓掌，赶紧也鼓起掌来。

袁梓翔看看他，又再次把目光投射在沈默身上："不错呀言副总，真不错，您的生活助理知识储备都这么厉害，佩服佩服啊！"

言辰谦虚地说："哪里哪里，跟您以前的团队比，我们团队还差得很远呢。"

"这样吧！以后我每周三周五到公司来，或者言副总带着团队到我家去做客也行，反正我家里地方大，二楼有专业的工作室。大家请放心，只要是涉及我知识领域方面的问题，我一定知无不言言无不尽。"

众人听了一阵欢呼，言辰笑着道："已经中午了，不如袁先生留下来，尝尝我们的工作餐？"

袁梓翔高兴地说："好啊！我也好久没吃过国内的工作餐了。"

沈默赶紧接话道："那我下楼帮言副总和袁先生打回来吧？"

袁梓翔摆手道："不用不用，工作餐一定要跟同事们一块儿吃才有感觉嘛！"

"对对对，袁先生，我们一人请您吃一样菜，我请您吃红烧肉！"秦少洋起哄道。

言辰也笑了："那既然这样，就不用花我的钱了。"

黄亚旗接着说："工作餐我们请，言副总可别忘了，您还欠我们大家一顿饭呢，要不袁先生下午就别走了，等着晚上言副总请客怎么样？"

所有人齐声赞同，沈默却皱起了眉头，她说好了下午请假回去陪米拉的，看现在这情形，怕是走不了吧。

袁梓翔笑着说："晚上那顿就算了，我今天还有事，改天吧，改天我联系言副总和沈助理，到时候大家一块儿聚一聚。"

言辰点点头:"行,只要袁先生打电话,我们团队随时恭候。"
沈默礼貌地道:"言副总,袁先生,那咱们现在去餐厅?"

见言辰和袁梓翔没有异议,沈默走到门口打开门,请两位领导先行。

大伙儿跟在后面陆续走出来,苗甜经过沈默时,在她肩上拍了一下:"默默,看不出来呀!你挺厉害啊,说起咱们这个项目来头头是道,你老实说,你是不是背着我们恶补了?"

沈默嘿嘿一笑:"可不是嘛,我周六在家学习了一天呢。我这纯粹是现学现卖,真没想到今天瞎猫碰上死耗子居然都用上了。甜甜呀,你跟他们几个说说,我今天都尴尬死了,你们以后可不许再提这茬笑话我,听到没?"

苗甜搂着沈默的肩膀,两个人往外走:"那没问题,谁叫咱们是好姐妹儿呢,不过中午你得给我加个菜。"

沈默搂住她的腰:"你这小算盘精,我给你加个菜,你再请袁先生吃个菜,这一来一去的你不吃亏嘛。"

"那是!我多聪明呀,哎呀默默,你的工资比我高,你就可怜可怜我,甭跟我计较这盘菜钱了吧。"

沈默哈哈大笑:"放心,咱们这可是革命友谊,不过以后我有不懂的地方问你,你可得倾囊相授。"

"成交,要不要拉钩?"

两个女孩说说笑笑往外走,根本就没注意办公室里还留了个人,那就是方若雨。

团队的气氛这么好,按理说大家都该很开心,可是一向心高气傲的方若雨却是又羞又恼,她觉得沈默今天的风头真是出尽了,而且为什么大家都对她这么好,对自己却总是一副爱理不理的样子呢?

现在好了,没人叫她一块儿下去吃饭,她到底是去还是不去?

要是主动贴上去,显得自己太不尊贵了;可要是不去,沈默会不会趁机在大家面前编派自己,说她方若雨不合群假清高呢?

正两难呢，门却被推开，沈默笑盈盈地站在门口："方秘书，快点啊，大伙儿等你呢！"

方若雨愣了下，随即哼了一声："我中午有事，你们去吃吧。"

沈默眨巴着大眼睛，玩味地看了她两秒，然后跑过来，一下子挽住她胳膊。

"哎呀走吧，咱们都是一个团队的，大家今天是请袁先生吃工作餐，少你一个人就少份菜嘛！我们都说了，咱们团队十几个人，每人点份菜请袁先生，这样就能把餐厅的菜都尝一遍了。再说你长得这么好看，坐在那儿跟朵花似的，大家看着你吃饭都开心，这叫秀色可餐，哈哈哈……"

方若雨愣是给沈默推着来到电梯口，看见苗甜正不停按着开门键，看见她俩过来，笑着招手："赶紧进来吧，其他楼层的同事说不定都等着电梯下楼吃饭，估计这会儿正骂人呢。"

方若雨撇撇嘴，不情不愿地走进电梯，沈默和苗甜站在一边，方若雨就靠着另一边厢壁站着。

沈默和苗甜对视一眼，偷偷笑了。

方若雨余光明明看见了，心里也很好奇这两人笑什么，可是碍着面子又不好意思问。

就这么别别扭扭地来到一楼，三个人走出电梯，沈默把饭卡拿出来交给苗甜："你拿着我的饭卡只管去刷，我出去打个电话。"

苗甜还没说话，方若雨抢着道："沈默，你怎么这么多事啊！刚才还说大家都等着呢，这会儿又要去打电话！"

苗甜接过饭卡，给沈默解围："走吧方秘书，沈默的饭卡都在这儿了，你还怕她不来，她要是敢不来，咱们就把她卡上的钱全刷完。"

沈默跟两人挥挥手，走到大厅安静的一角给米拉打电话。

电话响了好久，那边才接听，可是听背景很嘈杂的样子："喂，米拉你在哪儿呢，怎么这么吵啊？"

"我在人才交流中心呢，我刚把公司的招聘信息发出去了。对了沈默,上午我去几家房介公司登记了下,现在手头有几套房子,中午我们去看看?"

沈默想起早上开门米拉痛哭的样子,她知道无论凌晨时米拉遇到了什么事都一定不是小事,可这才不到六个小时,这家伙居然就满血复活了?

听她这口气,应该是跑了一上午吧,不仅办了公事还兼顾了私事,这家伙的心理到底是有多强大啊!

可这么一想,沈默在对米拉钦佩之余更多的是心疼。

沈默攥着手机,声音有点哽咽:"米拉……"

米拉脆生生地吼了句:"干吗!沈小默你少他×给我释放母爱,我有妈!亲生的!"

"去你的!"沈默笑了,"我打电话就是想告诉你,我中午回不去了,既然你在外面吃正好,要不我看看一会儿我能不能找个机会给言副总请个假,行的话下午我们去看房子吧。"

"言副总啊……你还用请假,直接给他抛个媚眼不就得了嘛。"米拉又开始不正经。

沈默没好气地道:"不跟你说了,大家等着我吃饭呢,你自己也好好吃饭知道不,晚上我请你吃好吃的,咱们去小馆吃。"

"成,那我挂了,我现在找地方吃饭,下午还得跑市场监管局呢。"

"喂喂?"沈默又喂了两句,却发现那头已经挂断了电话。

她叹口气,米拉永远都是这么风风火火的,她收起手机转身打算回餐厅,一抬头看见言辰站在她身后。

"言……言副总您怎么出来了?"

言辰面无表情道:"我出来接个电话,你站在这儿干吗?"

"哦,我也是打个电话。对了言副总,我下午能请半天假吗?"

言辰盯着她问:"有什么事?"

沈默没来由地心慌,她低下头:"是我的朋友今天刚到北京,早上好像出了点事,我问她她又不肯说,我就想下午陪陪她,顺便问问到底怎么了。"

"是米拉吗？"

沈默抬头问："您怎么知道？"

言辰口气冷冷地回道："你在饭桌上跟你父母提的时候我听到的，我又不聋，我还听到你说你俩是网友。"

又生气了?!言副总为什么这么爱生气，可是我自己又说错了什么惹得言副总生气呢？

沈默在心里嘀咕，脸上却堆着笑："哦哦，是的是的，就是米拉。那我可以请假吗？"

"行吧，一会儿吃过午饭，等袁先生走了，你就下班吧。"

沈默很想欢呼，她看着言辰笑着说："知道了，谢谢言副总，那我进去了。"

言辰微微皱眉盯着她，抿了抿唇才道："你进去吧。"

"嗯嗯。言副总你也快点，那几个家伙吃个饭狼吞虎咽，一会儿就把好吃的都给吃光了。"

说完沈默脚步轻快地往餐厅里走，根本就不知道身后言辰直直盯着她的背影看，目光都舍不得移开。

这个中午，敬一集团总公司的餐厅一角格外热闹，言辰团队里的几个年轻人把几张桌子拼到一块儿，上面摆了一桌子的菜，他们谈天说地有说有笑，对一位陌生面孔的中年人格外尊重。

再加上平日里从来不来餐厅的高冷男神言副总竟然也出现了，并且还坐下来跟他们边吃边聊，这更引得其他同事议论纷纷。所以接下来的两三天里，言副总惊现餐厅和言副总团队出现新面孔这两件事，成为整个公司八卦人士的谈资，当然，少不得会传到薛山的耳朵里。

程昊是一贯不爱传闲话的，而下属们又有哪个敢在敬一老大的耳朵边说八卦呢？薛山之所以知道这件事，是晚上回家后听石梅讲的。

午休结束后人事部的同事一边议论一边回到办公室工作，吴主任听到后又详细打听了一下，便迅速给石梅打了个电话。

薛山家里，他坐在沙发上，听石梅讲完后，皱紧了眉头，手指在沙发扶手上轻叩。

石梅端起杯子抿了口茶，半开玩笑地问："我听吴学立说，言辰最近在公司挺冒进呀，他那个项目计划案你是不同意的，结果他直接就上报到董事会了？"

薛山瞥了她一眼："公司里的事你懂什么！别一天天净听你这个亲戚瞎胡说，这人就是个搅屎棍，什么都不会，天天在公司除了说三道四就是说三道四，我早晚开除他。"

"你瞧你这人，要不是吴学立，你能这么及时地掌握公司中层和普通员工的思想动向吗？你别天天一口一口我家亲戚的，咱们是一家，他也是你亲戚好不好？"

薛山冷哼："是吗？那我爸妈还是你的亲公婆呢？你为什么容不下他们？"

薛山提到这事就来气，上回石梅答应的，只要他把沈默从自己身边调开，石梅就把他父母从老家接到北京来。

哪知道把沈默调到言辰身边后，薛山提出要接父母，石梅又不同意了，她说她当初说的是要把沈默开了，而不是还留在敬一，这丫头留着早晚是个祸害。

既然薛山没把沈默开除，她自然也不用遵守承诺。当时薛山气得摔了个杯子，石梅不得已，便答应让他把父母接到北京住一阵子。可是二老来了后她横挑鼻子竖挑眼，又是老太太上厕所不知道冲马桶了，又是老头身上有股味儿不爱洗澡了。薛家二老都是老实本分的农村人，见媳妇儿这样为难儿子，没住上三天就自己要求回老家了。薛山没办法，给家里的弟弟打了个电话，让他们在家里多照顾老人，又给弟弟卡上打了十万块钱，派专车把二老送回了老家。

这些日子薛山对石梅生了嫌隙，态度一直冷冷的，石梅想找个机会和解，刚好今天吴主任打了这个电话通风报信，原想着自己主动告诉薛山他会高兴，哪知道又让他给说了一通。

石梅气得把杯子蹾在茶几上，恨声道："薛山，你把话说清楚，我是不是同意你把你父母接来住了？那他们住不习惯能怪我吗？"

薛山抬头，狠狠瞪了石梅一眼，站起来走进书房，然后砰地关上了门。烦躁地坐在书桌后，薛山盯着对面墙上那幅字："虚怀若谷"。

虚怀若谷！我倒是虚怀若谷了，可是人家不依不饶呀！

在知道袁梓翔跟言辰结识并打算加盟言辰的AI团队后，他便把公司下半年的财务计划发到了袁梓翔的邮箱，并且说明敬一集团未来若干年都无意在AI方面发展。

他料想袁梓翔应该拒绝言辰的邀约的，可这中间又发生了什么事，让袁梓翔改变了主意，而且看样子他已经答应加入言辰的团队了，要不然怎么可能一块儿去餐厅吃工作餐呢？

薛山感受到了深深的威胁，现在董事会所有成员对言辰的能力赞赏有加，而自己的精力却一年不如一年。

董事会关心的不是谁做总经理，他们关心的是自己的利益，谁做总经理能够让他们在分红时获得的利益最大化他们就会倾向谁，所以薛山才因为言辰的冒进而坐立难安。

现在袁梓翔同意加入言辰的团队了，这个项目从计划到实施无疑会加快进程。

那么下一步，他该怎么办呢？

第二十三章　冤家路窄

我家小馆里，沈默和米拉坐在屏风后面的四人餐桌边。

沈默正用热茶洗两人的碗筷和杯子，米拉则皱着眉不停划拉着手机。

沈默把杯子烫好倒上茶，放在米拉跟前："好了，别忙了，你一下午手机都不离手。"

米拉放下手机叹口气："有什么办法，我是带着艰巨任务来北京的，这边的分公司得尽快开张呀，我不仅要负责招兵买马，还得负责公司注册执照审批，现在想想都头大，早知道让别人来负责这个分公司，我就安安生生地跟着团队做个设计师多好。"

沈默笑着说："米大娘的野心已经昭然若揭了，你吧，也就是矫情一下嘴上发发牢骚，我早就看出来了，你可不是池中物，早晚要飞上天做凤凰的。"

"哟哟哟……"米拉端起杯子，"沈小默什么时候也学会转文了，老实交代，是不是跟你家言副总学的？"

"去你的，什么你家我家的，言副总可不是我家的，那是方秘书家的。我说米大娘，你就这么怕我没人要嘛，一会儿程大秘书一会儿言副总的，我告诉你，这两人可都不是我的菜。"

米拉一挑眉："沈默我告诉你，话可不能说得太满，不然以后会有报应的。"

尚卫国端着托盘走进来，一边放菜一边笑着问："什么话不能说得太满呀？"

米拉笑笑，看着桌上的菜："尚老板，我有些日子没来了，这是您的新菜品呀？"

尚卫国点点头："米拉小姐试试菜？对了，黄先生和程秘书今天没一块儿来吗？"

米拉原本拿起筷子就要尝菜，听尚卫国提到黄梁，脸色一冷把筷子扔下了。

沈默瞧着米拉脸色变了，更确定早上的事肯定跟黄梁有关，可是她这样让人家尚老板下不来台也不大好，毕竟上回尚老板还是开解过自己的。

沈默冲尚卫国眨眨眼："今天晚上是闺蜜之夜，闺蜜之夜。"

尚卫国了然一笑："哦哦，是这样啊，那我免费送二位一壶玫瑰果酒,美容又养颜。"

沈默冲尚卫国一抱拳:"多谢尚老板。"

"客气了,您二位先用着,我接着上菜。"尚卫国拿着托盘出去。

沈默听他脚步声远了,看着米拉小心翼翼地问:"米大娘,你跟黄粱,没什么事吧?"

米拉夹了块肉放进嘴里,眼神四下扫了扫:"能有什么事,我根本见都没见他呢,能有什么事儿?"

"不对呀,以前来北京,你哭着喊着都要先见到黄粱的,这回是怎么了,你说早上飞机晚点怕打扰他睡觉,这都一天了你怎么都没跟他联系呢?"

米拉又啪地拍下筷子:"分手了!沈小默,你别这么八卦成不成?我现在不想说。"

沈默一愣,随即笑道:"成成,米大娘说什么都成,不想说那咱就不说了,来,吃菜吃菜。"

米拉瞪了沈默一眼,又拿起筷子吃菜。

沈默笑了笑,也拿起筷子:"今天看的房子里有没有你看中的?"

米拉抬眉:"光我看中有什么用啊,得离你公司近,还得离我租的写字楼近,要不取个折中点算了,就在中间地段找个公寓。"

"嗯,也行,我是没什么意见,你做主吧。"

米拉伸手摸摸沈默的脸:"哎哟沈小默,你怎么能这么乖呢?"

沈默笑得像只得宠的小猫:"嘿嘿,那得看跟谁了。"

话音刚落,就听见有服务员热情地说:"欢迎光临,请问您几位?"

"两个人,找个安静点的地方,你们老板在吗?"

沈默心道坏了,这不是黄粱的声音吗?米拉刚说跟他分手了,居然就在这儿碰到了,妈呀,这还真是冤家路窄啊!

就听服务员说:"屏风那边还有一张小桌,二位要是不介意的话，就坐那里吧。"

米拉第三次摔下筷子，沈默看着她的脸色越发地难看，赶紧抬手盖在她手背上劝道："米拉，算了，不是都分手了吗？"

米拉看向沈默，她本来已经站起身，听了这话又慢慢坐了下来。

她心里很苦，可是她又不能跟沈默说，这男人真是贱啊，早上才被我捉奸在床，现在还有闲情出来吃饭！她等了一天的电话，以为他会跟自己联系，就算不为这几年的情意，那些照片难道他就不想要回去？

可是没有，什么都没有！呵呵，有是有的，现在这不就遇上了吗？

两人都不说话，就听屏风那面有人拉椅子的声音，然后就是瓷杯碰撞，有人在倒茶。

服务员问："二位看看菜单，想吃点什么？"

黄粱回答："不用了，告诉尚老板，就说我来了，让他做主，他知道我的口味，珍妮，你有没有特别想吃的？"

珍妮？沈默觉得这名字好像在哪里听过，她看着米拉，米拉双眼直勾勾盯着她背后的屏风，沈默都怀疑，再盯一会儿她就能用意念把屏风给点着了。

那位珍妮开口了，声音沙沙的，听起来得有四十左右的年纪："随便吧，我没心思吃。"

黄粱打发服务员离开，很怜惜地说："你多少也得吃点。"

珍妮怒道："吃什么吃，你还吃得下！裸照都让人给拍了，万一她拿着那些照片找到我老公怎么办？我让你今天去找她把照片要回来，你为什么不去！"

黄粱很为难地说："你不是不知道米拉的脾气，她那人吃软不吃硬，我如果跟她硬来，她说不定真会把照片发到网上，还不打马赛克的。"

照片？还是裸照？沈默瞪大了眼睛，米拉的眼睛里射出火苗，她的眼睛里射出问号。

"怎么回事啊？"沈默用口型问。

米拉没看她，眼睛瞪得像铜铃那么大，可沈默分明看见，她眼底正在慢慢地溢出泪水。

沈默叹口气，言情小说她也爱看，大概想象一下，再加上黄梁上午送到她公司那两大箱子，她也知道是怎么回事了。

米拉爱面子，性子又倔，她是不想在闺蜜面前丢人，所以她才不愿意说出这事，只说自己被黑车司机给抢劫了。

算了，抢劫就抢劫吧，沈默不想再去纠结，她拍了拍米拉的手，又抽出两张纸巾塞给她，小声说："不吃了，我们走吧？"

米拉却使劲摇头，眼泪随着动作四散纷飞，可是旧的眼泪飞出去了，新的又再涌出来。

就听脚步声渐近，然后是尚老板愉快的声音："哟，黄大督导来了？这位是……"

"我老板。"

"他女朋友。"

黄梁和吴珍妮同时回答，然后互相看了一眼，黄梁很尴尬地低了下头。

尚老板心中了然："没事，我就是过来打个招呼，你们先喝茶，我去做菜，这位小姐？"

"哦，她叫珍妮。"黄梁说道。

尚老板打量吴珍妮，她衣着考究妆容精致，却挡不住眼角的苍老和风尘，再看看她手上那枚鸽子蛋大小的戒指和同款钻石耳环，便什么都明白了。

他心中冷笑，面上却很和煦："珍妮小姐有没有什么特别爱吃的？或者有没有什么忌口的东西？"

"没有，我都可以。麻烦你快点上菜，我不舒服想吃完饭赶紧回家。"吴珍妮态度冷淡。

尚老板笑了下，对黄梁点点头："那行，你们稍等，菜马上就来。"

说完他转身走出去，想了想又走到隔壁桌。

一眼就看见米拉满目仇恨盯着那面屏风，尚老板笑了，小声道："我这可是上等红木全手工苏绣的屏风，米拉小姐别给我看坏了。"

米拉轻哼一声："蛇鼠一窝，真是什么人都接待。"

知道米拉这是心中邪火没处发泄，尚卫国也没跟她计较，沈默却觉得怪不好意思的，小声道着歉："对不起啊尚老板，她心情不好，您别见怪。"

尚卫国点点头："理解理解，我是想问问，你俩要不换个地方？有个包间的客人刚走，要不你俩……"

米拉一拍桌子："凭什么换，我又没做什么见不得人的事！"

这一嗓子挺大的，黄梁直接站了起来："米拉？"

然后他就走了进来，米拉盯着他，眼睛里能喷火，端起面前的茶杯就朝他泼去。

恰好这时吴珍妮也走了过来，一看茶水就要泼到自己十几万买的Valentino羊绒大衣上，吓得尖叫一声就躲进了黄梁怀里。

黄梁下意识护住她，转个身的瞬间那杯热水已经浇在他的肩膀和脖子上。

除了米拉，所有人都呆住，吴珍妮反应过来，上下摸弄着黄梁的脖子和下巴处："你怎么样，有没有烫伤？要不要上医院啊？"

黄梁面色阴沉，拂开吴珍妮的手，转过身看着米拉，显得很痛苦："米拉，你这又是何苦？"

米拉冷笑，她拉住沈默："我们走。"

黄梁上前就想拉她胳膊："米拉，你先别走，我们说清楚……"

"说什么！有什么可说的，我现在看见你就想吐！"米拉厉声道。

尚卫国在场，吴珍妮也盯着他，黄梁脸上有些挂不住。

他皱紧眉头，替自己辩解："米拉，我们在一起三年了，可是我们聚少离多，我在北京也挺……"

"孤单"二字还没说出口，米拉一个耳光甩在他脸上："少他×往自己脸上贴金，你但凡找个比我年轻漂亮的，我还真信了你这鬼话。可你找这么个老太婆！黄梁，你要算个男人你就当着这老太婆的面承认，你这是卖身求绿卡吧！"

一句话直噎得黄梁差点背过气去，吴珍妮也用难以置信的眼神看向他："黄梁，她在说什么？"

黄梁几乎气急败坏，他朝米拉扑过去："米拉，你少含血喷人！"

尚卫国往前迈一步，直接挡在黄梁和米拉中间，他皱紧眉头道："黄先生，这里是我的地盘，请你安静些。"

米拉再次冷笑，拉着沈默就往外走，沈默转身拿包，对尚卫国说："尚老板，麻烦您先记账。"

黄梁要去追，可尚卫国挡着他，他只得恨恨地瞪着尚卫国："尚老板，想不到你这么爱管闲事。"

吴珍妮看着米拉和沈默消失在门口，转身看向黄梁，冷声问道："黄梁，她说的都是真的？你不是口口声声说爱我吗？说只要我离婚就跟我结婚？还说你不在乎我的美国国籍，只要我愿意，我们就一起生活在北京？"

"我……珍妮，你听我解释啊！"

吴珍妮悲愤地看了他一眼，快步朝门口走去，黄梁此时也顾不得脸面了，一边喊着她的名字一边追了出去。

饭馆里所有人目睹了这一场老掉牙的剧情，等到演员们退场，竟然不约而同地鼓起掌来。

门口刚进来的言辰被黄梁撞了下，揉着肩膀走进来，听到大家的掌声，奇怪地问："什么情况？"

尚卫国哭笑不得，摆摆手示意服务员过来收拾桌子："别提了，拍八点档呢，你家沈助理还是演员之一。对了，你进来的时候没碰到她吗？她刚走。"

"哦，没看见。什么八点档，出了什么事？怎么还跟沈默有关？"

言辰下班后原本是有个活动安排的，一位刚从台湾回来的多年的客户朋友，在顺义的一处自家别墅里举办了一场小型私人交流派对，也邀请了言辰过去参加，说是再顺便沟通一些新的合作，也介绍几个新的圈内朋友给言辰认识。

言辰一个人去是去了，可整个过程都心不在焉的，他眼前一直晃着上午沈默在会议上发言时的模样。

派对过了大半，言辰也算是在朋友的引荐下，跟在场的所有社会名流及企业家都做了个简单的认识沟通，只是还没等派对彻底结束，言辰就跟朋友推说家里有事选择先行离开。这是因为那一刻，他觉得心里有种情绪东奔西跑，他不知道是该放出来还是该强压下去。所以他必须找个人分析一下，自己现在对沈默到底是个什么心理，下面他又该怎么做，于是就来到了我家小馆。

跟着尚卫国走进厨房，言辰拉开自己常坐的那张圆凳坐下："到底怎么回事呀？沈默怎么了？"

尚卫国洗锅坐火，笑着瞥他一眼："哟，现在这么关心沈默了？"

"说人话！"

"哈哈，其实就是那些感情烂事，沈默有个闺蜜叫米拉你知道吗？"

言辰点头："知道，她今天早上的飞机到北京，从深圳来的，以后要在北京发展。"

"哟哟哟，知道的还不少，你先跟我互换下情报，这些事不可能是跟你家沈助理聊天聊出来的吧？"

言辰皱眉道："你赶紧说你的，你说完我再说。"

"行！"尚卫国也是个爽快人，"我大概听了一耳朵，再加上你刚才说的吧，我分析应该是这样……"

尚卫国还没往下说，言辰不满道："原来你也是什么都不知道！算了，我打给沈默。"

"好啊，你打你打，我看你打了怎么说？沈助理，你刚才在小馆里演戏了？演的什么戏呀？你是什么角色？这戏好玩吗？"

言辰握着手机愣在那儿，也是，两人现在充其量也就是上下级关系，人家八小时之外的生活，不归你言副总管啊。

言辰突然气馁，他叹口气道："那你说，说说你的分析。"

"其实剧情很简单，米拉早上飞机到北京，想给黄粱个惊喜，结果把黄粱和他的老板吴珍妮捉奸在床，然后晚上沈默就和米拉来这儿吃饭，想不到黄粱和他那女老板也来了，四个人隔着一扇屏风，黄粱和女老板的话米拉和沈默都听见了。于是就上演了一出爱恨情仇……米拉把热茶泼向黄粱，又给了他一耳光，还当着女老板的面放话，说黄粱跟她睡觉是为了她的美国国籍。"

言辰听得一愣一愣的，半天才问："可这跟沈默有什么关系？"

"你是不是傻？米拉以后要跟沈默天天在一起吧？她当着金主的面拆穿了黄粱的真面目，他能不怀恨在心？刚才要不是我拦着，黄粱差点上去打米拉，那米拉要是被打，你家沈助理能站着干看啊？"

言辰这会儿不愣了，心里又紧张起来，他再次拿起手机："不行，我还是得给沈默打个电话。"

说着话，他一边拨号一边往外面走去，"哎哎！"尚卫国拿着锅铲想说什么，一看他已经走到外面，摇摇头笑着说："言副总看来是沦陷了，关心则乱，关心则乱哪。"

沈默和米拉坐在出租车上，沈默时不时看看米拉，米拉则一直把头别向另一扇车窗外，从她的侧面可以看出来，她一直咬着后槽牙，想来心里还是满满的恨意。

"米拉……"沈默刚开口，包里的手机就响了。

她拿出来，看见竟然是言辰的私人号码，皱紧了眉头接听："喂？言副总？您这时候打电话，有什么事吗？"

言辰堵在那儿，好半天才说："也没什么事，就是我刚到我家小馆，听尚老板说你刚才也在，但是没吃饭就走了，所以……"

米拉突然抢过手机，冲着言辰说："言辰，你会喝酒吗？出来喝一杯？"

言辰愣在那儿，就听见那头沈默好像在跟米拉抢电话，"米拉，你别闹，他是我老板啊，你不能这样"。

米拉说："沈小默，给你两个选择，要不我自己去找个地方喝得烂醉然后被人捡尸回家，要不你看着我喝得烂醉然后让你男人带我回家！"

"你男人……"言辰抿了抿嘴唇，他听见沈默很无奈地说："我们买酒，回家喝成不？我陪着你喝。"

"我不要，跟你喝酒我喝不下去，我得顾着你，沈小默，我还得顾着你。可是我不用顾着他啊！我求你，让我喝醉吧，我不想回去躺在床上，我翻个身一呼一吸都是痛的你知道吗？"

过了好一会儿，言辰听到沈默轻声问："喂，言副总，您还在吗？"

"嗯。"言辰嗯了一声。

沈默叹口气："你能不能……"

"说个地址，我过去找你们。"言辰斩钉截铁。

沈默报了个地址。

言辰挂了电话，止不住地嘴角上扬，他快步走进厨房，然后说了句："我走了。"

尚卫国刚把一盘菜装盘，听了这话转过身，"哎，你怎么能走啊，我们俩互换情报呢不是？你还没跟我说，你是怎么知道米拉的情况的啊。"

"我见了沈默的父母。"言辰丢下这句话就不见了。

尚卫国手里的锅差点扔了，他盯着刚才言辰站的地方，仿佛在虚无中看到了沈家二老慈祥的笑脸。

他摇摇头，自言自语道："臭小子，够速度的啊，这恋爱还没谈上呢，岳父岳母都拜见过了？厉害厉害，不服不行呀！"

尚卫国把炒锅放在水龙头底下接了点水，又坐在火炉上，然后用干净的抹布把菜盘一圈溅上的菜汁擦干净，这才端着菜往外走。

给顾客上完菜又寒暄几句，听到有人喊结账，再一看收银台里没有服务员，他应了一声，就要过去拿账单。

一抬头看见门口又走进来一个人，尚卫国忍不住笑了，今天晚上这是怎么了，这些人怎么跟走马灯似的，是要演你方唱罢我登场吗？

方若雨上次在这里喝醉后，被言辰丢下，是尚卫国把她送回去的，只不过他没跟着上楼，而是送到她公寓大厅里，让保安把她扶上去的。

所以方若雨第二天醒来后一直都以为，那天晚上是言辰和言梦送她回家的，可是想想自己酒后的模样，她没好意思问言梦，所以这事也就略下不提了。

此时方若雨走进小馆，看到哪里都坐满了人，尚卫国站在那儿笑盈盈地看着她，她就觉得有几分讨好的意味，没办法，谁叫咱长得漂亮呢。

她扬一扬下巴，问尚卫国："尚老板，还有位子吗？"

尚卫国看见收银员来了，把账单给她，然后笑着问："方秘书几位？"

"我一人。"

"哦……那您愿意拼桌吗？那边有对情侣快吃完了。"

方若雨看过去，有对小情侣对坐在四人小桌边，男孩正夹了一块肉送到女孩的嘴里。

她皱了下眉头："那我下回再来。"

见她转身要走，尚卫国叫住她："方秘书要是不嫌弃，我厨房有个专座。"

一听说是厨房，方若雨紧皱眉头，想想那一股子油烟味，恐

371

怕回家洗好几遍都洗不掉吧。

尚卫国看着她，笑一笑接着道："那可是你们家言副总的专座。"

听了这话，方若雨笑靥如花："好啊，言副总的专座，我一定得坐坐。"

"那您请。"尚卫国微微弓身，右手臂一伸，做了个请的姿势。

方若雨微微颔首，施施然跟着尚卫国往后厨走，一看厨房里并不像她想象中那样又脏又乱，便赞许地点点头："这里的卫生谁打扫的？挺干净的啊。"

尚卫国拉开刚才言辰坐的圆凳："这是我的厨房，自然由我打扫收拾。"

方若雨很惊讶，她打量着尚卫国："看不出来，真是看不出来。"

尚卫国笑笑，在水龙头下面洗了手，问道："方秘书看不出什么来？又看出什么来了？"

"啊？尚老板有话能不能直接说，我听不懂你在说什么。"

尚卫国转头，见方若雨眼神专注地盯着他，确定她不是在假装听不明白。

于是他笑笑，问方若雨："方秘书想吃什么？"

方若雨微侧了下头，美目放空，想了想自己又笑了："不知道，尚老板看着办吧。"

尚卫国点点头，打开燃气灶把锅放在上面，一边倒油一边问："方秘书今天怎么一个人来吃饭？"

"一个人来不行吗？你们小馆子有规定必须是两人及以上才能来？"

"那倒也不是，我就是觉得像方秘书这样的美女，应该是没有机会独处的，肯定是无论走到哪儿身边都簇拥着一大堆追求者。"

方若雨长叹一声，有点孤芳自赏的意味："我也不知道为什么，上学的时候还好些，自从工作以来，就再没人追我了……我妈每次打电话来，都问我有没有谈男朋友。今年过年我都愁得慌，我在考虑回家过年时要不要租个临时男友，不然回去不仅要被我爸妈骂死，还要接受亲戚们的轮番轰炸。"

尚卫国看向方若雨，见她穿着高跟鞋的双脚踩在圆凳的横杠上，手肘支着膝盖，两只手托着腮，一脸的惆怅，那模样倒不像她平日的美艳冷傲，竟有几分稚气柔弱，只是这口气着实让人烦。

他笑了笑："方秘书有没有想过，也许是自己的问题？"

"嗯？我有什么问题？"

"方秘书是不是一毕业就进入敬一集团，然后就待在言辰身边做了秘书？这在你的同龄人中，起点算很高了。会不会正因为如此，普通男性对方秘书望而却步呢？"

方若雨若有所思地问："会吗？"

她大学学的是文秘专业，因为长得漂亮，被辅导员推荐到了学生会的文艺部，后来又兼任宣传部部长。

老实说她的学习成绩只算中等，大学四年大部分时间都花在了学生会的工作中，后来勉勉强强拿到了毕业证书，便跟其他同学一样开始往各大公司投简历。

现在想想，她确实很幸运，在别的同学把简历当书本成批量复印的时候，她只投了几份简历，就被敬一集团录用了，而且一进公司就被任职为公司总经理薛山的贴身秘书。

虽然后来因为石梅的妒意，薛山把她跟程昊对调，将她安排在言辰的身边，可对于一个初入社会的小姑娘来说，总经理和副总经理，都是敬一里有权势的人，而且能够待在任何一位的身边，都足以俯视整个集团数千名员工了。

想到此，方若雨讷讷地说："原来是因为这个吗？"

其实尚卫国的话还有另一层含义，会不会是因为方秘书你多年身居高位，才养成如此跋扈孤傲的性格，习惯了瞧不起身边所有比你低阶的朋友和同事，所以才使得大家都对你敬而远之，也造成你现在交不到一个真心朋友的局面呢？

可是看眼下方若雨这样子,她肯定是想不到这一层的。

"方秘书不是喜欢你们言副总吗?你待在他身边也好几年了吧,为什么不展开攻势?"

言辰可是方若雨心头的白月光,提到他,她可就更惆怅了:"唉,言副总好像看不上我。"

"为什么呢?方秘书美丽又能干,大方又温柔。言辰那小子有什么好,整天跟个移动冰箱似的,居高自傲,不解风情,招人厌烦,据我所知,还总引得身边大把女孩子对其追逐,这样招蜂引蝶的男人有什么好?"

方若雨一听尚卫国这样说言辰,坐直身子瞪圆了眼睛:"尚老板,你不是言副总的好朋友吗?你怎么能这么说他呢?言副总虽然好像是交过几任女朋友,在我看来也是你情我愿,每个女孩跟他都是和平分手,后来还都成了朋友,只要她们开口,言副总都会竭尽全力帮助她们的。"

尚卫国挑挑眉:"哟,方秘书对言副总还真是关心,连他的私生活都掌握得这么清楚。"

方若雨再次叹气:"是啊,我这么关注言总,他却都不正眼看我一下。"

"既然言辰都不正眼看你,你还打算继续单恋下去?方秘书不觉得累吗?你有没有想过,也许你们真的不合适……"

尚卫国话没说完,方若雨生气地打断他:"那言总跟谁合适?沈默吗?凭什么呀!我跟在言总身边这么多年,最适合他的人应该是我!沈默才跟着他几天,凭什么他对沈默就另眼相看!"

尚卫国把炒好的菜装盘,又盛了碗粥放在方若雨面前:"方秘书何必动气,我们只不过是闲聊而已。其实有些事不用钻牛角尖,也许换个角度看就会有不同的想法。有时候吧,放弃并不意味着失败,也不一定会被人瞧不起,而是为了不为难自己。"

方若雨鼓着腮,气呼呼地道:"反正我是不可能放弃言总的,这辈子都不可能放弃。"

尚卫国笑笑："不说这个了，吃饭吧。"

方若雨看着菜和粥，问道："这是什么？"

"枸杞猪肝养生粥，海鲜小豆腐，既补脑又补心。"

方若雨丝毫没听出尚卫国话里的嘲讽，尝了一口笑眯眯地说："味道不错，多谢尚老板的私房菜。"

尚卫国点点头，转身去洗锅，然后他就听见方若雨问："尚老板老家在哪儿啊？你是不是打小出来打工，在全国各地的饭馆里偷学手艺，后来有幸认识我们言副总，让他投资帮你开的这家饭馆啊？"

"我老家在香港，我跟言辰是在香港打架认识的，我们没有金钱方面的关系。"

"啊？"方若雨手里的汤匙掉在粥碗里，吃惊地看着尚卫国，"香，香……港？"

"对，我是香港人，以前是在香港做心理医生的，一做就是十几年。后来我觉得很厌烦，每天听不同的病人讲自己的悲惨人生，感觉四周全是负能量。我喜欢做菜，所以就关了自己的诊所，跑到北京来开了这家小馆子。"

方若雨瞠目结舌，惊得不知道说什么好："可是……哪有香港人叫卫国的啊？这不是农村人的名字吗？你放着高贵的心理医生不做，跑到北京来给人烧菜当厨子？"

尚卫国看定她，双目灼灼，口气里略带责备："方小姐这些年习惯了俯视别人，更习惯了看待任何事情只以自己的主观臆断为准，谁规定了香港人就不能叫卫国了？谁又规定了心理医生不能做厨师？你总是这样自以为是偏颇地看待他人，看待别人对你的态度，却从来不在自己身上找原因。你不觉得正因为如此，你才交不到一个知心朋友，才一直得不到言辰的青睐吗？"

不假思索地说出这些话来，尚卫国有点后悔，因为这并不符合他一个心理医生的职业素养，而且方若雨是个怎样的人，也压根就不关他尚卫国的事。

他以为方若雨听了会跳起来反驳她,哪知道她只是呆呆地看着他,一双美目盈盈,脸上的表情看不出是怒还是什么,就只是那么看着他。

尚卫国往前一步,略带歉意地道:"方小姐,对不起,我刚才说话重了些,请你不要见怪。"

方若雨眨了下眼睛,似乎是想回应,可是两行泪水却顺着脸颊滑落下来。

尚卫国吓了一跳,想要找纸巾,原地打了个转才想起这里是厨房,只有抹布哪来的纸巾啊。

他从口袋里掏出自己的手帕递过去问道:"方小姐,你没事吧?这怎么哭了?"

方若雨接过手帕拭泪,一边呜咽道:"你骂我,你居然骂我,好多年都没有人这么骂过我了。呜……"

这下换成尚卫国瞠目结舌,他搓搓手,竟不知如何是好。

"方小姐,哦不方秘书,你误会了,我不是骂你,我真的不是骂你。"

方若雨抬起头,黑眸被泪水浸润得更加黑亮,她盯着尚卫国:"你不是骂我是什么?你说,你倒是说呀!"

尚卫国微微弓身,往方若雨跟前凑了凑,右手试探着就要伸过去。

方若雨以为他要干吗,抬起头喝道:"尚老板这是做什么?你都把我骂哭了,难不成还想再打我一顿啊?"

"呃,方秘书,你的睫毛……掉了。"

第二十四章　不会是想泡我吧

东单北大街的上井日料店里,沈默和言辰端端正正地面对面跪坐,而沈默身边的米拉则大大咧咧地盘腿坐在那儿。

穿着和服的服务员上完了菜,鞠了一躬对三位道:"您的菜齐了,请慢用。"

米拉摆摆手:"谢谢你,出去帮我们带上门,我们不叫就不用进来了。"

服务员慢慢退出去:"好的,小姐。"

推拉门从外面关上,米拉上下打量对面的言辰,又坏笑着扯一扯沈默的衣角:"沈小默,你不介绍一下吗?"

沈默的脸腾地红了,她瞪了米拉一眼,然后坐直身对言辰说:"言副总,这是我的好朋友米拉,她是国内著名的服装设计师,上个月她设计的服装刚刚在北京……"

米拉拍了沈默一下:"你说这些有的没的干吗,我又不是来跟你家言副总相亲的,你真行!"

"你家……"言辰觉得米拉今晚有些话可以圈重点,嗯,值得深究一下。

米拉豪爽地朝言辰伸出手:"言副总,您好,我叫米拉,我是沈默的闺蜜,以后我就在北京定居了,请多多指教。"

言辰握住米拉的手:"米拉小姐您好,我叫言辰,指教不敢当,希望大家能成为朋友。"

"既然做朋友,那我就不叫您言副总了,不知道您的朋友如何称呼您?"

言辰收回手,浅笑道:"我朋友有的叫我言辰,有的叫我辰辰,还有的叫我小言。"

"辰辰……"米拉看向沈默,朝她挤挤眼,"这可不符合言副总高冷总裁的人设啊。"

"嗯?为什么我是高冷总裁?"言辰笑着问。

米拉撞了一下沈默的肩膀:"你问她啊。"

沈默的脸直红到了耳根,她低下头不敢跟言辰对视,她是真怕米拉一不小心把自己说言辰假扮高冷总裁吸引女生的话再给吐出来。

"言副总,您别理米拉,她这人说话就这样。"

言辰呵呵一笑:"现在又不是工作时间,你也不用老是言副总言副总的,米拉刚才也说了,以后大家都是朋友,你也可以叫我言辰或者是小言。"

沈默抿着唇不知如何回答,她端起桌上的茶杯搁在嘴边,低垂眼眸。

米拉豪爽地笑了:"既然大家都是朋友了,那得先喝一个,友谊万岁,今晚咱们不醉不归。"

言辰听她这么一说,就拿起桌上的酒壶,打算给大家倒上清酒。

哪知道米拉一转身,把身后的包拿过来,拉开拉链掏出两瓶二锅头,重重往桌上一蹾。

沈默和言辰惊呆了,看着桌上的二斤二锅头,又一齐看向米拉。

"米拉,你这是什么时候买的?"

米拉很得意:"下车等你家言副总的时候,我不是去了趟公厕吗?跑隔壁小超市买的。"

沈默打了个激灵,指着那两瓶酒:"你别告诉我,你打算今晚把这个喝完。"

米拉拧开瓶盖,把三个人茶杯里的茶折到一个酒杯里,然后往茶杯里倒二锅头。

"沈小默,再给你两个选择。第一,让我喝个酩酊大醉,然后连汤带水把那些恶心的过去吐个干净,第二天醒来我还是一条好汉;第二,咱们现在就回去,然后你看着我一整夜翻来覆去地长吁短叹,再下来最少一个星期我像个行尸走肉一样失魂落魄在你眼前晃。"

言辰听得笑出了声,他端起杯子道:"米拉小姐也是个爽快人,既然这样,来,咱们走一个。"

米拉哈哈大笑,右手拿杯,左手冲言辰竖起大拇指:"言副总也挺爽快，我喜欢！来！"

两人一碰杯，言辰抿了一口，米拉一仰头差不多喝了一半。

沈默急道："米拉，你慢点喝，又没人跟你抢。"

米拉没理她，把自己的酒杯续满，又端起来喝光："酒逢知己千杯少，言副总，我再敬您一杯。"

沈默一看急了，再次把米拉的杯子夺走，"米拉！"

"你真烦！"米拉酒入愁肠，一整天基本没吃什么东西，硬生生灌下差不多四两酒，此刻已经有些微醺，她两颊泛红，搂着沈默的脖子在她脸上亲了一口，"不过我喜欢，嘿嘿，我知道你担心我。"

沈默红着脸瞥向言辰，见他正笑盈盈地看着她们俩，两个人视线对接，她赶紧转头错开。

"你好好坐着，赶紧吃饭，有什么大不了的，不就是个渣男吗？女人这辈子谁没遇到过一两个渣男？"

说到"渣男"二字，沈默的脸更红了，她想起自己那次大醉，言辰把她送往酒店的路上……

米拉脑袋点得跟小鸡啄米似的："沈助理说得对，沈助理说什么都是对的。"

说着话，她又拿起杯子，举到言辰面前："辰辰，倒酒！"

言辰笑着拿起酒瓶，给米拉倒了浅浅一个底儿，米拉晃晃，不满道："少！再倒，倒满！"

言辰装作很为难："那得听我家沈助理的……"

"喊！当我面秀恩爱。辰辰乖，快点，你要是听话，我就告诉你一个秘密，关于你家沈助理的哦……"

沈默吓死了，伸长手臂就去抢米拉的杯子："米拉，你不能再喝了。"

言辰却一下抓住沈默的手腕，另一只手拿起酒瓶，给米拉倒了半杯，"沈助理的秘密，我很有兴趣知道"。

沈默愣在那儿，只感觉言辰的指尖冰冷，握住她的那刻，她忍不住打了个激灵，却不是冷，而是有一种麻酥酥的感觉，电流一样顺着两个人肌肤交触的地方迅速往上蔓延，一下子就击入她的心脏。

她感觉心跳骤然加剧，扑通扑通快要跳出来了。她不由自主看向言辰，两个人对视，这次她没有再逃开。

言辰依旧是浅笑的脸，浓眉下一双眼睛看起来分外清亮，明明看着她什么也没说，可沈默就觉得他说了许多，直说得她心跳得更快。

倒半杯酒能用多长时间呢？也不过是一眨眼的工夫，等到米拉收回杯子，言辰放下酒瓶松开沈默的手腕。

这无声的传递明明已经结束，沈默却感觉时间仿佛还停滞在刚才那个瞬间。

好奇怪呀，她问自己，明明已经收回手，为什么觉得有一个自己还保持着那样的动作，而对面那个人，还在含情脉脉望着自己呢？

一定是因为喝醉了，一定是自己的错觉，她这样跟自己说，可是刚才被他握住的那一块地方，还是热热的，就连脉搏连着心脏的跳动都能清晰地感觉到。

她禁不住伸出自己的左手，握住刚刚被言辰握过的地方。她回忆着，他的手指是这样放的，拇指和食指交握时重叠了好多，他的手好大，手指好长呀。

沈默这么呆愣的工夫，米拉那半杯酒又下肚了，她再次把酒杯顿在桌上，眼神开始迷离。

"痛快！辰辰真是个爽快人！我告诉你呀，我家沈小默她……"

沈默捂住米拉的嘴："米大娘，我求你了，你别喝了成不成？我都快丢死人了。"

米拉拉开沈默的手，哈哈大笑："哈哈哈，丢人？有什么丢人的！你能有我凌晨四点多光着脚蹲在你家楼下等你回家还丢人？"

沈默愣住，她想起早上上楼时看见单反男用冲锋衣裹着一个女人的情形，难不成那人裹着的是米拉？

可那男人又是谁？米拉上楼后，他又上哪儿去了？米拉把黄粱捉奸在床时，他又是充当了什么角色？

复杂，太复杂了！沈默觉得脑瓜疼，她晃晃脑袋，醉意慢慢上涌。

米拉还在笑，笑得上气不接下气："你们说，你们说说这世界都是怎么了？有人为了北京户口陪老男人睡觉，有人为了美国绿卡陪老太婆上床睡觉。是不是睡觉就能解决一切问题？"

言辰抿了口酒："是，也不是。"

米拉很不满意他的回答，直起身整个人趴在桌子上，隔着桌子抓住言辰的领带："言副总，你可不能做那样的渣男呀，我家默默就交给你了，如果你敢欺负她，我就让你好看！"

沈默还没来得及上来拉她，她扑通一声，磕倒在桌子上。

言辰叹口气，把她的手松开，然后起身扶住她，对沈默道："去把我大衣拿过来。"

"啊？"

言辰看着沈默，抿着唇不再往下说，沈默习惯性服从，站起来走到门口衣架处，把言辰的大衣取下来。

言辰已经扶着米拉躺下，拉过坐垫给她当枕头，然后接过大衣盖在她身上。

他站起来，又走到自己的位子处坐下，见沈默还傻傻站在那儿，指指她的位置："过来坐下。"

"言……言副总，要不我们散吧。"

"坐下来，我们谈谈。"

谈谈？谈什么啊？我们之间，有什么好谈的？

沈默又开始紧张，她跪坐下来，左手又下意识地抚在刚才言辰握过的右手腕处。

言辰低垂着头，似乎是在思索如何开场，沉默了一会儿，举

381

起杯子抿了一口,他抬头看着面前的女孩。

感觉到一道目光投射过来,沈默的头垂得更低了。

言辰问:"你们要找房子?"

"嗯,米拉嫌我住的地方小,还说离公司太远,我们想找东三环附近的公寓合租。"

"需要帮忙吗?"

沈默抬头,她怀疑言辰是不是老天爷派给她的圣诞老人:"不,不用了,我们已经找好了。"

"哦。"

然后就没人讲话了,沈默在那抠手指,言辰一口一口地抿着那杯酒,不一会儿喝到底儿了,自己就又给自己续上一杯。

"言副总,您少喝点,明天还得上班。"

关心突如其来,言辰心头一热。

他放下杯子,笑了,盯着沈默问:"你怎么一直不喝,你不是挺能喝的吗?"

这是在影射上回的事儿,还是在讽刺她?又或者,是在间接提醒,我这里还有你一张十九万的欠条?

沈默的脸由红转白,又由白转红,跟调色盘似的,她有点生气,抬起头直视他:"三个人都喝多了,怎么回家?"

"哦……是这样。"言辰的口气里有掩饰不住的失望,他放下的杯子又端起来,然后喝了一大口,跟赌气似的,"喝多了也没事,楼上就是酒店,开个房就好了,豪华大床房。"

居然还真提这茬了,沈默真生气了,端起自己的杯子:"喝就喝,谁怕谁!言副总今天的西服不会也是意大利手工订制的吧?还是十八万?"

说完她喝了一大口,辣得连连咳嗽,言辰笑着,把米拉的杯子洗了洗,给她倒上茶:"你慢点,没人跟你抢,这一夜长着呢。"

咦?这不是她刚才劝米拉的话吗?这人到底想干吗,说是要给自己提供帮助却又带着戏弄的口气。

叮！沈默心中突然警铃大作，坏了，他不会是想泡我吧？

这是什么意思？把我也当成他的猎捕对象了？想在他的泡妞履历上再添上浓墨重彩的一笔？

不是说他不对公司女员工下手的吗？怎么到了我沈默这儿就变卦了呢？

沈默想到这儿，感觉心里头堵堵的，还有点泛酸。

她把杯子一蹾，站起身先把自己和米拉的包挎在身上，然后就去拉米拉起来。

言辰莫名其妙，这刚开了两句玩笑，气氛不是刚轻松下来吗，怎么又生气了呢？

"沈默，你先别动她，让她睡一会儿，不然现在醒了，出去一冲风会吐的。"

沈默也明白这个道理，因为上大学的时候她也是酒桌上一路冲杀过来的。

可是她就是生气，她不明白自己生气的点在哪里，言辰要是想泡她的话，她不理他不就成了吗？

还有那点酸溜溜的感觉，她更加理不清，一想到这人天天出去"广撒网，多敛鱼，择优而从之"，对不同的女人温柔以待，她就觉得心里很堵，有种说不上来的难受。

沈默不理言辰的劝阻，拉了几下米拉，结果发现睡死的她实在是太沉了。

她气得一屁股坐在地板上，抱着膝盖瞪着米拉："米大娘，快点起来，我们回家了。"

言辰走到门口，拉开门对服务员吩咐着什么，然后关上门回来又坐下。

他突然很想抽根烟，眼前这小女生让他烦躁，他完全摸不准她的脉门在哪儿，就觉得她一会儿高兴一会儿生气的实在太难哄了，偏偏又倔得像头驴，再问也问不出她到底为什么生气。

想想自己虽然没怎么谈过恋爱，但身边接触到的女性也不在少数,知性的居家的,温柔的高冷的,他言辰不都是应对自如吗?怎么到了这小丫头面前,就只觉得无计可施呢?

"沈默,你坐回来!"

沈默没动,嘟着嘴直瞪着米拉,如果这会儿米拉醒过来,恐怕要吓得跳起来大叫。

言辰口气变冷:"沈助理!"

都叫沈助理了,可见是上升到公司上下级层面了,沈默挪了挪身子,慢吞吞起身坐回到言辰对面。

言辰搓搓脸,倒了杯水一口气喝干,然后重重叹口气:"突然好想抽烟。"

沈默抿了下唇,把垂在自己身侧的两个包挪到腿上,打开米拉的,从里面掏出一盒女士烟扔到言辰面前。

言辰一愣,看着她笑了:"你不介意闻二手烟?"

沈默翻个白眼,这会儿就是不想看他,闷声道:"闻一回也死不了吧。"

言辰打开烟盒,抽出一根来,看到里面还装着个小火机,把烟叼在嘴上点燃,深深吸了一口。

烟雾在他周围袅袅飘散,沈默看着他,一瞬间有点恍然,她觉得这个情形好像在哪里见过。

迎着沈默的目光,言辰又笑了:"不生气了?"

沈默别过脸,赌气似的不去看他。

言辰也不再问,自顾自地说:"好久没抽烟了,这个烟好淡。"

"为什么是好久?"

"一般在有难题无法解决的时候我才会抽烟,还有烦躁的时候。"

沈默好奇地问:"那现在为什么想抽?"

言辰盯着她,似笑非笑:"那自然是因为我遇到了难题,有人让我觉得烦躁了啊。"

沈默皱了下眉:"在这日料馆吃个饭能遇到什么难题?有什么

好烦躁的?"

"难题有很多,比如……你为什么生气?要烦躁的事也有很多,比如……怎样才能让你不生气?"

沈默感觉自己的脸很烫,她的头几乎垂到腿上那两只包里。

她心想,如果言副总是在泡我,那他这段位太高了,怎么办,我有点招架不住啊。

"言副总,你跟以前所有的女朋友都说过这话吗?"

言辰愣住,他没料到沈默会突然问这个,很仔细地想了想回答:"没有,我一般不哄女人。"

"啊?那你干吗要交女朋友?还一个接一个?"

"呵,"言辰轻笑,"原来你们是这么看我的?你这都是听谁说的?"

"可是,很多人都这么传的。"

"耳听为虚眼见为实。况且,有时候,眼见的都不一定是真的。"

沈默端起杯子又喝了口酒,心想反正都说了,索性说个痛快吧。

她一摊手,借着酒意直视言辰:"不是吧?那送花的,看演唱会的,咱就先不说了,您可别忘了,单说我来敬一第一天,就在楼道里听到你给一个女孩二十万分手费,还让人家不要再来公司纠缠你,还说,赶紧滚,我没空听你在这儿寻死觅活!"

最后一句话,她学着言辰当时的腔调,又冰冷又恶狠狠的,惹得言辰笑出了声。

"哈哈,你居然还记得。"

沈默耸耸肩:"人人都爱听八卦,八卦是普通人之间最重要的社交方式。"

这话是言辰上周五才跟沈默说过的,言辰又笑了:"嗯,孺子可教,沈助理是个不错的学生,我教你的东西都如此铭记在心。"

"那是。"沈默很骄傲地扬扬小脸,想想又不对,哼了一声又别过脸去。

言辰觉得脸上的肌肉都笑疼了，他好久都没这么笑过了。

他笑着说："有时候真觉得你像只猫，还是只爱生气的猫。"

"猫？"

言辰垂眸，盯着手指间夹着的烟，"我小时候，我母亲养过一只白猫……"

"然后呢？"

"然后我母亲走了，过了不久，那白猫也不见了。"

"走了？"沈默皱着眉，"是……去世了？"

言辰笑着摇头："她跟我父亲离婚了，当天就带着自己的东西离开了北京，听说后来去了美国。"

"啊？对不起啊，"想了想又亡羊补牢安慰一句，"人还在，一切都还有机会。"

言辰又笑了，抬起头看着沈默："沈默，你真可爱。"

沈默觉得自己今晚就像只大闸蟹，还是被言辰反复放在锅里煮的那种，她的脸红了红，红了又红，红了再红，现在已经不知道是什么色儿了。

外面响起敲门声，言辰把烟按灭在碟子里："请进。"

服务员端着个托盘进来："先生，您要的醒酒茶。"

"谢谢，放在这儿吧。"

服务员恭敬地放下茶壶和三个杯子，然后退了出去。

言辰倒了三杯醒酒茶，先自己尝了一下试试温度，然后对沈默说："你扶她起来，让她喝一点，这家的醒酒茶还是挺有效的。"

"哦。"沈默挪到米拉身边，把她上半身抱在怀里，拍拍她的脸，"米大娘，起床了，起床嘘嘘了。"

米拉很厌烦地拍开她的手，哑巴着嘴睁开眼睛："好吵，你俩就不能接着聊吗？梦里王凯正跟我求婚呢！"

沈默接过言辰递过来的醒酒茶，没好气地道："赶紧地把醒酒茶喝了，我们回家。"

"回什么家，哪有家啊！"

米拉坐直身子，丝毫不顾及形象地伸懒腰打哈欠，然后接过杯子一口气喝干，又塞还给沈默："还要。"

沈默只好又把自己那杯给她，米拉连喝三杯，跟回了魂儿似的，看到桌子上还有一瓶没开封的二锅头，笑着就要去拿："来来来，第二轮。"

言辰一下抢过来："今晚就到这儿吧，下次继续。这酒我先替你保管着，你再坐一会儿，咱们就散。"

米拉撇撇嘴道："散什么散，多不好听呀。我说辰辰你真不解风情，你知不知道我刚才其实是装睡，听你俩聊天，我都快急死了。我说你就不能努把力呀，亏我家沈小默还说，你是泡妞的高手呢……"

"米拉！"沈默真想一酒瓶再把她砸昏，这一醒就口吐芬芳的劲头她还真受不了。

言辰笑笑站起来："你们再坐一会儿，我去结账。"

言辰出去关上门，米拉目光呆滞地盯着桌上的酒瓶，整个人又瘫软成一坨："沈默，我好累。"

"累？你不是刚睡醒吗？"

"那也累，真特累呀。梦里我揪着那渣男的衣领，我问他为什么，为什么啊！你知道他怎么说吗？"

沈默叹口气："嗯？"

"他说谁叫你出身卑微呢，谁叫你是个乡下的柴火妞没一点背景呢？那老太婆再人老珠黄，可她能让我去美利坚，你能吗？米拉呀米拉，你就算把名字改得再洋气，你不还是米春花吗？你就算穿得再高档在人前再耀武扬威，你家里不还是个刨地球的吗？"

沈默抱紧她："米拉，你别这么说。"

米拉的脸贴在她胸口，声音有些瓮瓮的，却没有哭："沈默，我得忙起来，我得忙起来。嗯，等我忙起来就好了。"

"好，那找房子搬家的事儿就交给你了，你忙，你快点忙。"

房间的门被拉开,言辰一只脚刚踏进来,就听见身后有人叫他。

"哥!没想到你真在这儿,哈,我朋友给我的手机装了个软件,说是通过手机号能查到对方的具体位置。我还不相信,就用你的号试了下,没想到真的管用哎!"

米拉窝在沈默怀里,听到外头言梦说话,不耐烦地问:"这是谁?好吵。"

沈默后背挺了挺,想起那天晚上在我家小馆言梦跟方若雨一唱一和挤对她的情形,冷声道:"言梦,言副总的妹妹。"

"啊?你小姑子啊!"米拉说着话坐起来,"那我可得端着点儿,不能给你丢人。"

沈默在她背上拍了一巴掌:"去你的,你别当着她的面胡说八道,她可是言副总的'私生饭'。"

"私生饭?这姑娘心理有病吧?居然迷恋自己的亲哥哥?"

两个人这边说着话,那边就听见言辰口气冷淡地说:"谁让你装那些乱七八糟的软件的,我告诉你,那些是恶意软件,有追踪系统的,很可能盗取你的个人隐私。"

言梦的声音由远及近,已经到了门口:"我才不管,我只要找到你就行。哥,你跟谁在这儿吃饭呢?"

接着,一个姑娘的脑袋就探了进来,米拉看过去,见那姑娘脸圆圆的,眼睛不大不小,空气刘海短碎波波头,跟言辰倒是有几分相像,长相也算是甜美可爱。

言梦先看见的是沈默,她显得很吃惊,随即皱紧眉头瞥向言辰,然后又转过脸来用鄙夷的目光瞪着沈默。

"哥?你怎么跟她在一块儿?"

言辰脸颊紧绷,看得出已经生气了:"我跟谁在一起是我的自由,你没什么事就回去吧,这么晚还在外面乱跑,父亲和阿姨知道吗?"

言梦咬了下唇,挤开言辰,鞋都没脱,抬脚走进房间,她指着沈默，厉声质问道："沈助理，你真行呀，上班时间巴结着我哥，这八小时以外的下班时间还不放过他？你到底想干吗？你也不拿个镜子照照自己的样子，就你这样的，配得上我哥吗？"

言辰喝道："言梦！"

米拉端起杯子喝了口水润润嗓子，笑着问言辰："言副总，这位是谁呀？"

言辰抱歉地道："不好意思，这是我妹妹。"

"哦……原来是言副总的妹妹啊，我还当是敦煌来的呢，壁画那么多。"

言梦愣了下才反应过来，"你骂谁呢！"

"哈？我没骂人呀？谁听见我骂人了？"

沈默忍着笑，站起来拉米拉："米拉，算了，时间也不早了，我们回家。"

米拉笑笑，放下杯子站起身："言副总，今天多谢款待，那改日我们再请您。"

言辰"嗯"了一声："那你们早点回去，路上小心。"

沈默就和米拉一前一后往门口走，没料言梦却伸长双臂挡在那儿："不许走，今天得把话说清楚。"

沈默刚才是碍于言辰面子，又觉得言梦毕竟年纪小，也不想跟她废话，此刻见她这样蛮横，皱着眉道："言梦小姐，你到底想说什么？"

"你现在就给我保证，明天你就辞职，要不然让我哥把你调到别的部门，反正你得离我哥远一点！"

"哈！"米拉冷笑，"言副总，你老家是不是住海边？"

言辰很迷惑："什么？"

"没住海边，怎么你们姓言的管得这么宽？"

言辰愣了下，有点想笑，又觉得这会儿笑实在不合适，咳嗽一声板起面孔："言梦，不许胡闹！你站到一边去。"

"我就不，你必须答应我，把沈默开除，要不就把她调到别的部门，否则我今天就不让开。"

沈默笑了："不知道言梦小姐以什么身份命令言副总，你又有什么权力插手我们敬一集团内部的人事调配？"

言梦瞪着她："我跟我哥说话，你闭嘴！"

米拉还是笑："言副总，你家的家教就这样呀？今天晚上跟你聊着吧，感觉你这人还行。怎么一见你家其他人，就这么让人硌硬呢？"

自始至终米拉都没正眼儿瞧言梦，可又句句不带脏字地骂她，言梦气不过，瞪着米拉问："你是谁？我们在这儿说话，哪有你插嘴的份儿！"

米拉冷哼一声："有些人吧，你给她留面子是希望她长得有脑子，可偏偏她就是不带脑子出门儿。"

她转身拉住沈默："我们走。"

言梦双臂一展："不准走，除非沈默今天给我保证。"

对待这个妹妹，言辰还真是没办法，当年他之所以选择住校，有一部分原因也是言梦让他不胜其烦。

此刻他又不能上前把她拉开，只能对着言梦喝道："言梦，你太不懂事了，你这样很没教养你知道吗？"

"哥！"言梦转头看着言辰，一脸的委屈，"这个沈默有什么好啊，你就那么喜欢她？那若雨姐呢，她跟了你那么多年……"

"住口！"

米拉一听，微微眯了下眼，这信息量有点大呀。

她也听沈默说过，言辰身边有个女秘书，现在听言梦的意思，很明显她是跟那方姓女秘书一伙儿的。

米拉冷笑，她看着言辰："言副总，我收回今天晚上我说过的话，我们家沈小默是个心思单纯的姑娘，我看您还是把您自己那些糟心事儿给择干净了，再寻思其他的吧。"

言辰愣住，可是他无言辩解。

米拉拉着沈默走到言梦身边，目光冰冷地看着她："起开！我可不像沈默那么好脾气，今天不跟你一般见识，那是看你哥的面子，你少他×给脸不要脸。"

言梦看着她，只觉得这女人很不好惹，眼神凌厉吓人，周身还散发着隐隐的冷戾。她本来就是个欺软怕硬的，要不然当年就应该直接找言辰的追求者对峙，而不是偷偷在人家枕头底下放死老鼠了。

此刻她见米拉这样强势，不由得有点胆寒，下意识就缩回了手，可是她的人还是挡在门口的。

米拉右手一抬，食指抵在她肩头，一脸嫌弃地用一根手指把她推到一边："小丫头，你现在玩的这些，都是姐姐当年玩剩下的。我告诉你，脑子是个好东西，别被人当枪使了还自以为是地洋洋得意。"

言梦呆呆地站在那儿，眼瞅着二人的身影消失在门口，才气得一跺脚，指着言辰："哥，我可是你的亲妹妹，你居然帮着外人不帮我？"

言辰瞪着言梦怒道："不可理喻！"

说完他走进房间拿起自己的大衣和桌上的手机，看都没看言梦一眼，便拂袖而去。

言梦恼怒地攥着拳，恨声道："沈默，你给我等着，我不会放过你的！"

她拿出手机，给方若雨打电话。

响了好久，那边才接通："喂？梦梦，这么晚了，你怎么还没休息？"

言梦听到方若雨的声音，委屈极了："若雨姐，你知不知道我哥今天晚上干吗了？"

方若雨疑惑地问："啊？不知道啊，怎么了？"

"我哥晚上跟沈默约会呢，被我逮了个正着，结果我哥还护着她，你说气人不气人！"

方若雨紧张地问："梦梦你先别难受，你把经过跟我详细说说。"

"嗯，是这样的……"